STANISŁAW
LEM

DOSKONAŁA
PRÓŻNIA

WIELKOŚĆ
UROJONA

절대
진공
&
상상된
위대함

스타니스와프 렘 지음
정보라 옮김

상상된 위대함

WIELKOŚĆ UROJONA

일러두기

1. 이 책은 2012년 폴란드 바르샤바의 아고라Agora 출판사에서 '가제타 비보르차 총서Biblioteka Gazety Wyborczej'로 발행된 『절대 진공*Doskonała próżnia*』과 『상상된 위대함*Wielkość urojona*』을 번역한 것이다.

2. 원문에서 대문자 및 볼드체로 강조하거나 자간을 넓혀 쓴 단어는 고딕체로 표시했다.

3. 외래어 표기는 한국어 어문 규범의 외래어 표기법과 용례를 따랐으나 존재하지 않는, 가상의 책에 대한 서평 및 서문 모음집이라는 작품의 특성상 국적 불명의 인명과 지명 등의 외래어는 맥락에 따라 관용적으로 표기했다.

4. 각주에 (원주)라고 밝힌 주 외의 모든 주는 옮긴이의 주이다.

절대 진공

DOSKONAŁA PRÓŻNIA

『절대 진공』

„Doskonała próżnia"

(치텔니크 출판사, 바르샤바)

존재하지 않는 책의 서문을 쓴다는 발상은 렘이 처음 생각해낸 것이 아니다. 호르헤 루이스 보르헤스 같은 현대 작가들의 작품(예를 들어『미로』에 실린「허버트 퀘인의 작품에 대한 연구」)[*]에서도 그런 시도를 찾을 수 있을 뿐 아니라 이 개념은 더 오래전까지 거슬러 올라가서, 심지어 라블레[**]조차 이것을 처음 활용한 작가가 아니었다. 그러나『절대 진공』이 독특한 점은 오로지 바로 이런 비평만을 모은 선집이 되고자 한다는 것이다. 체계화된 현

---

[*] 호르헤 루이스 보르헤스(1899~1986)는 아르헨티나 작가, 번역가, 시인이며 미로 같은 상징적이고 난해한 문체로 유명하다. 그가 쓴 단편소설「허버트 퀘인의 작품에 대한 연구」는『픽션들』에 실렸다.

[**] 프랑수아 라블레(1494~1553)는 프랑스의 작가. 소설『팡타그뤼엘』에서 생 빅토르 도서관에 있는 (허구의) 장서들에 대해 특유의 장광설을 펼쳤다.

학 취미 혹은 농담인가? 우리는 저자의 의도가 농담이었으리라는 의심을 버릴 수 없으며 서문 또한 이런 의심을 줄여주지 않는데, 쓸데없이 길고 이론적인 이 서문을 읽어보자면 이렇다. "소설을 쓴다는 것은 창조적 자유를 상실하는 작업이다. (…) 반면 서평을 쓰는 것은 더더욱 존엄 없는 강제노동이다. 소설가는 최소한 자기가 택한 주제에 스스로 구속되었다고 말할 수 있다. 비평가의 입장은 더 나쁘다. 강제노동하는 죄수가 손수레에 묶여 있듯이 비평가도 논할 작품에 쇠사슬로 묶여 있다. 작가는 자신의 책 안에서 자유를 잃지만 비평가는 남의 책 안에서 자유를 잃는다."

이런 설명은 단순화되고 과장되었다는 사실이 너무 명백해서 진지하게 받아들이기 어렵다. 서문(『자아모독』)의 이어지는 문단은 이렇다. "문학은 이제까지 우리에게 허구의 인물들에 대해 이야기했다. 우리는 한 걸음 더 나아가 허구의 책들을 묘사할 것이다. 이것은 창조적 자유를 되찾을 기회이면서 동시에 서로 모순되는 두 개의 정신, 즉 문학창작과 비평의 결합이기도 하다."

『자아모독』은―렘의 결론에 따르면―"입체적으로" 자유로운 창작물이 될 것인데, 왜냐하면 텍스트의 비평가가 자신이 비평하는 텍스트 안으로 이끌려 들어간다면 관습적인 혹은 비관습적인 문학의 화자보다 운신의 폭이 훨씬 더 넓어질 것이기 때문이다. 실제로 오늘날의 문학이 육상선수가 두 번째 호흡을 참듯이 창조자와 작품 간에 더 많은 거리를 두려고 애쓰고 있으니, 이 설명에는 동의할 수 있을 것이다. 더 나쁜 점은 이 박식한 서문이 어째서인지 끝나지 않는다는 것이다. 렘은 이 서문에서 무無가 가지는 양(+)의 측면들과 수학적으로 이상적인 물체와 언어의 새로운 메타수준에 대해 이야기한다. 농담치고 너무 길게 늘어진다. 게다가 렘은 이 서곡을 통해 독자를 (그리고 어쩌면 자신을?) 길이 없는 쪽으로 데리고 나간다. 『절대 진공』은 유사서평으로 이루어져 있지만 이 서평들이 전부 농담만은 아닌 것이다. 이 서평들을 나는 저자의 의도와는 상관없이 다음과 같은 세 부류로 구분하고자 한다.

1) 패러디, 모방, 조롱: 여기에 속하는 글은 『로빈슨 연대기』, 『아무것도 아닌, 혹은 원인에 따른 결과』이며 (두 글 모두, 서로 다른 방식으로 누보로망을 조롱한다) 궁극적으로는 『너』와 『기가메시』도 포함된다. 『너』의 위상은 다분히 위태로운 것이 사실인데, **잘 못 쓴** 책을 상상해낸 뒤에 그 책이 형편없다고 조롱하는 것은 좀 천박한 짓이기 때문이다. 형태적으로 가장 독창적인 글은 『아무것도 아닌, 혹은 원인에 따른 결과』인데, 이 소설은 확실히 아무도 쓸 수 없을 것이므로 여기 적용된 유사서평이라는 기법은 곡예 같은 결과를 허용한다. 즉 존재하지 않는 책에 대한 비평일 뿐 아니라 존재할 수 없는 책에 대한 비평이기도 하다. 『기가메시』가 가장 내 취향에 맞지 않았다. 자루와 송곳에 대한 이야기인데, 그렇지만 이런 농담으로 걸작을 무시할 만한가? 자기 스스로 걸작을 쓰지 못하니까 그럴 수도 있겠다.

2) 습작 글(왜냐하면 결국 특수한 형태의 습작이므로), 예를 들어 『루이 16세 중장』이나 『백치』 그리고 『템포의 문제』. 이들 모두 훌륭한 장편의 씨앗이 될 수도 있었을 것이다. 그러나 장편은 어쨌든 우선 써야만 한다. 요약문은 비평적이든 아니든 결국 주요리의 입맛을 돋우는 전채일 뿐인데 부엌에는 주요리가 없는 것이다. 어째서 없는가? 암시를 통한 비평은 페어플레이가 아니지만 한 번만 해보겠다. 저자는 발상을 떠올리기는 했지만 완전한 형태로 구현할 수 없었고, 글로 펼쳐낼 능력은 없지만 그렇다고 쓰지 않기는 아까웠다. 바로 이것이 『절대 진공』에서 해당 부분이 탄생한 이야기의 전말이다. 렘은 이런 불평을 예상할 만큼 꽤 똑똑했으므로 서문을 활용해서 자신을 방어하기로 했다. 그렇기에 『자가모독』에서 산문 작업이 힘들다느니 장인정신을 가지고 묘사를 깎아내야 한다느니, "후작부인은 다섯시에 집을 나섰다"를 보라느니 이야기하는 것이다. 그러나 좋은 문장을 다듬는 작업은 괴롭지 않다. 렘은 내가 예로만 든 세 작품 모두 정말로 어렵게 집필했다고 맹세한다. 그러니까 위험을 무릅쓰지 않고, 살금살금 변명하면서 문제를 피하는 쪽을 택한 것이다. 렘은 "모든 책은 그 책에서 이야기해서 무효화해버린 얼굴 없는 다른 책들의 무덤이다"라고 말하면서 생물학적인 시간보다 더 큰 개념을 가지고 있음을(예술은 길고 인생은 짧다Ars longa, Vita brevis) 분명

* 폴란드의 현대 시인 미론 비아워셰프스키(1922~1983)가 1973년에 발표한 작품집 『현실 고발』의 첫 문장.

히 한다. 그러나 더 의미 있고 훨씬 가능성 있는 발상들은 『절대진공』에서 별로 보이지 않는다. 앞에서 말한 대로 작가가 똑똑하다는 증거는 보이지만, 지금까지는 농담에만 해당할 뿐이다. 그러나 나는 더 진지한 뭔가가 있다는 생각이 드는데—바로 현실에 구현할 수 없는 갈망이다.

내가 잘못 본 게 아니라는 사실은 책의 마지막에 실린 작품들, 그러니까 『생명의 불가능성에 관하여』, 『오류로서의 문화』, 그리고 특히 『새로운 우주생성론』에서 확신할 수 있다.

『오류로서의 문화』는 렘이 소설과 에세이 양쪽 저작에서 몇 번이나 보여주었던 관점을 전면에 내세운다. 기술의 폭발이 한쪽에서는 문화의 말살자로 낙인찍히고 반대쪽에서는 인류의 해방자로 받아들여진다. 『생명의 불가능성에 관하여』에서 렘은 두 번째로 변절자의 모습을 보인다. 가족 일대기에 나타난 기나긴 모험의 인과관계가 재미있고 황당하다는 사실에 속아서는 안 된다. 그런 익살맞은 일화들이 아니라 렘이 성스러운 것 중에서도 가장 성스러운 것—즉 개연성의 이론, 또한 우연성의 이론, 또한 그가 다양하고도 폭넓은 자신의 개념들을 구축하고 쌓아 올린 그 카테고리를 공격했다는 사실이 중요하다. 이 공격은 광대극 같은 상황에서 이루어지며 렘은 그렇게 해서 칼날을 무디게 하려 했다. 그렇다면 그런 순간을 그로테스크하지 않도록 기획해 구현했단 말인가?

이러한 의심을 강화하는 작품이 『새로운 우주생성론』인데, 진정 저항적인 역작이며, 마치 트로이 목마처럼 책 속에 숨어 있다. 이것은 농담도 아니고 허구의 서평도 아닌데, 그러면 대체 무엇인가? 농담치고는 거대한 과학적 주장을 담고 있어 너무 무겁다. 렘이 백과사전을 걸신들린 듯 읽어치워서 그를 흔들기만 하면 대수학과 수학 공식이 개미처럼 우수수 떨어진다는 것은 알려진 사실이다. 『새로운 우주생성론』은 허구의 노벨상 수상자 연설로, 우주를 혁명적 이미지로 묘사한다. 내가 렘의 다른 책을 전혀 몰랐다면 이 작품이 30명의 비밀결사단, 그러니까 세상 전체의 물리학자와 그 밖의 상대성이론가들을 위한 장난이라고 여겼을 것이다. 그러나 그런 장난은 아닌 것 같다. 그렇다면? 나는 아무래도 저자를 홀렸던, 그리고 저자가 두려워했던 그 개념을 다시 의심한다. 물론 그는 절대로 인정하지 않을 것이고, 나도, 다른 누구도 렘이 '게임으로서의 우주'라는 이미지를 진지하게 받아들였다고 증명하지는 못할 것이다. 언제든 문맥의 장난스러움, 그러니까 책 제목 자체(『절대 진공』─그러므로 '없는 것'에 대해 이야기한다)를 소환할 수 있는데, 그래도 최고의 은신처이자 핑계는 시적 허용-licentica poetica이다.

그러나 어쨌든 내 생각에 이 모든 텍스트 뒤에는 진지함이 도사리고 있는 것 같다. 게임으로서의 우주? 의도적 물리학? 과학의 숭배자로서, 성스러운 과학적 방법론 앞에 납작 엎드린 렘은 그 첫 번째 이단창시자이자 변절자 역할에 걸맞지 않았던 것이다. 그러므로 그 어떤 논증적인 발언에도 이런 생각을 집어넣을 수 없었다. 그렇다고 또 '우주라는 게임'을 소설적 설정으로 흥미롭게 풀어내려고 보니 그건 '평범한 과학소설'에 해당하는 작품을 또 하나 만들어낸다는 뜻이었던 것이다.

그러면 어떤 선택지가 남았는가? 상식적인 사람이라면 침묵을 지킬 수 있을 뿐이다. 바로 이 때문에 저자가 쓰지 않은 책, 앞으로도 절대 쓰지 않을 책, 그러니 무슨 내용인지 알 수도 없고, 존재하지도 않는 작가들의 이름을 갖다 붙인 책, 존재하지 않기 때문에 어쩌면 엄숙한 침묵과 이상하게 비슷한 책들이 탄생한 것 아닌가? 이단적인 사상과 이보다 더 멀리 거리를 둘 수 있을까? 이 책들에 대해, 이런 주장들에 대해 남의 것이라고 이야기하면 침묵하는 채로 말하는 것이나 별반 다르지 않다. 게다가 농담과 장난을 배경에 깔고 있다면 더더욱 그렇다.

그래서 심장 아래 오랫동안 웅크리고 있던, 영양 풍부한 사실주의에 대한 굶주림에서, 있는 그대로 말해버리기에는 자신의 관점이라 해도 너무 뻔뻔하게 느껴지는 생각들에서, 헛되이 꿈꿨던 모든 일에서 바로 이 『절대 진공』이 탄생했다.

'새로운 장르의 문학'을 정당화한다는 이론적 서문이라는 것은 주의를 돌리기 위한 술수이며 마술사가 우리의 시선을 돌려 자기가 정말로 무슨 일을 하는지 볼 수 없게 하려고 일부러 노출하는 움직임이다. 우리는 작가의 속임수가 드러날 것이라 믿지만 실제로는 그렇지 않다. '가짜 서평'이라는 꼼수가 이 작품들을 탄생시킨 것이 아니라 이 작품들이—헛되이—표현될 길을 요구해서 이런 꼼수를 핑계이자 구실로 활용한 것이다. 이 꼼수가 없었다면 모든 것이 은닉의 영역에 남았을 것이다. 왜냐하면 여기서 핵심은 땅에 두 발을 잘 붙인 사실주의의 이름으로 드러나는 공상, 경험주의의 배신, 과학 안의 이단이기 때문이다. 과연 렘은 자신의 음모를 들키지 않으리라 생각했던 걸까? 사실은 아주 단순하다. 진지한 태도로는 소곤거릴 엄두조차 낼 수 없는 말을 웃으면서 소리친 것이다. 서문의 내용과 달리 비평가는 "강제노동하는 죄수가 손수레에 묶여 있듯이 논할 작품에 쇠사슬로 묶여" 있어야만 하는 건 아니다. 비평가의 자유는 어떤 책을 칭송하거나 헐뜯는 데 있는 게 아니라 현미경으로 보듯이 책을 통해 저자를 들여다보는 데 있으며, 그렇게 하면 『절대 진공』은 존재하기를 원하지만 존재하지 않는 것에 대한 이야기라는 사실이 드러난다. 이것은 이루어지지 못한 꿈들의 책이다. 그리고 변죽을 울리는 렘이 사용할 수 있는 유일한 편법은 반격일 것이다. 바로 비평가인 내가 아니라 저자인 그 자신이 이 서평을 써서 『절대 진공』의 한 부분으로 삼았다고 확언하는 형태로 말이다.

마르셀 코스카, 『로빈슨 연대기』

Marcel Coscat „Les Robinsonades"

(쇠유 출판사, 파리)

대니얼 디포의 로빈슨 이후에 아이들의 눈높이에 맞추어 집필된 스위스 로빈슨을 비롯해 수많은 어린이 버전 무인도 생활 이야기가 나왔다. 그리고 몇 년 전 파리의 올랭피아 출판사가 시대의 유행을 따라 하찮은 작품인 『로빈슨 크루소의 성생활』을 출간했는데,* 그 작가의 이름은 거론할 가치도 없는 것이, 작가는 잘 알려진 목적을 위해서 집필노동자를 고용하는 이 출판사의 소유가 된 여러 필명 중 하나 뒤로 숨어버렸기 때문이다. 그러나 마르셀 코스카의 『로빈슨 연대기』는 기다릴 가치가 있었다. 이것은 로빈슨 크루소의 사회생활, 그의 사회활동과 자선활동, 그의 힘

---

* 파리의 올랭피아 출판사는 포르노 문학 출판사로 유명하다.

들고 고된 삶에 대한 이야기이며, 작품의 핵심은 고독의 사회학, 소설의 마지막에 가서는 완전히 군중으로 가득 차서 터지려고 하는 무인도의 대중문화이기 때문이다.

코스카 씨는, 독자도 즉시 눈치챘겠지만, 표절작이나 상업적 성격을 띤 작품을 쓴 것이 아니다. 이 책은 무인도의 선정성이나 포르노그래피에 대한 것이 아니며, 조난당한 주인공의 욕정을 털북숭이 열매가 달린 야자나무 혹은 물고기나 산양이나 도끼나 버섯이나 부서진 배에서 건져낸 돼지고기 쪽으로 인도하지도 않는다. 올랭피아의 작품과 달리, 이 책에서 로빈슨은 남근을 세운 일각수처럼 관목과 사탕수수밭과 대나무숲을 짓밟으며 해변의 모래와 산꼭대기와 샘의 물과 울어대는 갈매기들과 멀리 날아다니는 신천옹들의 그림자나 폭풍우에 해안으로 몰려온 상어들을 덮치는 욕정에 찬 수컷이 아니다. 이런 내용을 갈망하는 사람은 이 책에서 그 비뚤어진 상상력을 발전시킬 밑거름을 발견하지 못할 것이다. 마르셀 코스카의 로빈슨은 순수한 상태의 논리학자이며 극단적인 관습주의자이고 원리원칙에서 이끌어낸 결론을 최대한 멀리 적용한 철학자이므로, 돛이 세 개 달린 범선 '퍼트리샤'의 침몰은 그에게 단지 문이 열리는 것, 끈이 끊어지는 것, 실험을 앞두고 실험실의 기기들을 준비하는 것에 불과했는데, 왜냐하면 배의 침몰은 그가 타인의 영향력에 의해 오염되지 않은 자신이라는 존재에 도달할 수 있게 해준 사건이었기 때문이다.

세르주 N.은 자신이 놓인 상황을 인정하면서 그저 순순히 동의한다기보다는 자기 의지로 바로 그 이름을 받아들이면서 스스로 진정한 로빈슨이 되려고 시도하는데, 이것은 그가 이제까지 살아온 삶에서는 그 어떤 유용함도 얻을 수 없으리라는 점에서 대단히 합리적인 것이다.

조난당한 주인공의 운명은 전반적인 생활의 불편이라는 측면에서 벌써 충분히 불유쾌하므로, 잃어버린 삶에 대한 그리움으로 가득 차서 그에게 애초에 쓸데없는 기억을 공연히 되살리게 할 가치는 없는 것이다. 그가 지금 발견한 이 세계를 인간적으로 살아나갈 만하게 정리해야 한다. 그러므로 이전에 세르주 N.이었던 주인공은 0에서 시작하여 섬과 함께 자신도 변화시키기로 마음먹는다. 코스카 씨의 새로운 로빈슨은 그 어떤 환상도 갖지 않는다. 그는 디포의 주인공이 가상의 인물임을 알고 있으며, 따라서 그의 삶의 귀감은 선원인 셀커크*인데, 셀커크는 몇 년이나 지난 뒤에 어떤 군함에 의해 우연히 발견되었을 때 완전히 짐승처럼 변해서 말을 할 수 없었다고 기록된 것으로 알려져 있다. 디포의 로빈슨은 프라이데이 덕분에 구조된 것이 아니라—프라이데이는 너무 늦게 나타났다—실제로 엄격하기는 하지만 청교도인에게는 가능한 최고의 동반자, 즉 하나님에게 신실하게 의지했기 때문에 구조된 것이다. 바로 이 동반자가 엄격한 학자적 태도와 고집스러운 부지런함과 양심의 결백함과 특히 그 깔끔한 겸손함

---

* 조난당해 무인도에서 4년을 보낸 스코틀랜드의 선원으로, '로빈슨 크루소'의 실제 모델이라는 설도 있다.

을 주인공에게 강요했으며, 이 겸손함 때문에 파리 올랭피아 출판사의 작가는 몹시 격분해 작품 표지의 음란한 묘사 한구석에 새로운 로빈슨의 전면前面 그림을 끼워 넣기에 이르렀다.

세르주 N. 혹은 새로운 로빈슨은 내면에서 약간의 창작력을 느끼면서도 분명 작품 하나도 제대로 뽑아내지 못할 것이고, 이 사실을 미리부터 알고 있었다. 가장 높으신 하나님은 확실히 그에게 어울리지 않는다. 그는 이성주의자이며 이성주의자답게 일에 착수한다. 그는 모든 것을 측정하고 판단해보기를 원하며 그러므로 그냥 아무 일도 하지 않는 것이 가장 현명한 일이 아닐지 생각하는 것부터 시작한다. 그렇게 하면 아주 확실하게 미쳐버리겠지만, 누가 알겠는가, 미쳐버리는 것도 대단히 편리한 상태가 아니겠는가? 하, 와이셔츠에 어울리는 넥타이를 고르듯이 광기의 유형을 스스로 고를 수만 있다면! 과대망상증의 도취감과 그 지속되는 기쁨이라면 로빈슨은 기꺼이 병에 걸릴 수도 있었지만, 그러다가 우울증으로 흘러가서 자살 시도로 끝나지 않는다는 보장이 어디 있는가? 이런 생각 때문에, 특히 심미적인 관점에서 그는 단념했고, 게다가 수동성은 그의 천성이 아니었다. 목을 매달거나 물에 빠져 죽을 시간은 언제나 있을 것이다―그러므로 이런 선택지도 실행의 순간까지는 미뤄둔다. 잠의 세계―소설의 처음 몇 장에서 그는 스스로 이렇게 말한다―그러니까 저 아무 데도 아닌 곳은 어쩌면 다른 말 필요 없이 그냥 완벽할지도 모른다. 그것은 선명함이 약해진 유토피아인데, 왜냐하면 낮에 깨어 있는 동안 수행하는 과업의 수준에 이르지 못하는 밤의 두뇌 활동 속에 가라앉은 채 멍청해지고 약해졌기 때문이다. "꿈속에서," 로빈슨은 말한다. "다양한 사람들이 나를 찾아와 내가 답을 알지 못하는 질문을 입에서 나오는 대로 던진다. 즉 이 사람들은 나의 존재에서 조금씩 떨어져 나온 조각들이며, 내 존재와 탯줄로 연결되어 있다는 뜻이 아닌가? 이렇게 말하는 것은 대단한 착각에 빠져 있다는 것이다. 내가 **이미** 맛있다고 느끼는 저 지렁이들, 통통하고 하얀 벌레들이, 내가 지금 맨발의 엄지발가락으로 조심스럽게 뒤집어보려고 하는 바로 여기 이 편편한 돌 아래 숨어 있는지 알 수 없듯이, 마찬가지로 꿈속에서 나를 찾아오는 사람들의 마음속에 무엇이 숨어 있는지 나는 알 수가 없다. 따라서 나의 **자아**에 대해서 그 사람들은 저 지렁이와 마찬가지로 외부에 있다. 여기서 꿈과 현실의 차이점을 지워버리려는 게 절대로 아니라—그건 광기로 가는 지름길이다!—새롭고 더 나은 질서를 창조하려는 것이다. 꿈속에서 가끔, 아무렇게나, 고통스럽게, 불안정하게 우연히 성공하는 일들을 단순화하고 구체화하고 연결하고 강화해야 한다. 꿈은 현실에 바탕을 두고 있으며 현실에 **방법으로서** 불려 나와 이용되고, 현실을 위해 복무하고 현실을 채우면서 그리고 최고의 상품으로서 현실을 밀어내어 전진시키면서 더 이상 꿈이 아니게 되며, 현실은 그런 치료의 영향으로 이전과 같이 정신이 맑아지면서 또한 새로운 모습으로 형성된다. 나는 혼자이므로 이미 아무에게도 의존할 수 없다. 그러나 동시에 내가 혼자라는 인식이 나에게는 독이기 때문에 혼자 지내지 않을 것이다. 실질적으로 나는 하나님에게 의지할 수 없지만 그렇다고 해서 그 누구에게도 의지할 수 없다는 뜻은 아닐 것이다!"

그리고 이어서 우리의 논리적인 로빈슨은 이렇게 말한다. "인간에게 타인이 없다는 것은 물이 없는 물고기와 같지만, 물이 대개 더럽고 탁한 것같이, 내 주변 환경도 쓰레기장 같았다. 친척, 부모, 상사, 선생을 내가 직접 선택하지 못했고 심지어 애인도 마찬가지였는데, 왜냐하면 상황에 따라 그냥 나타났기 때문이다. 지금 이 상황은 불운이 나에게 내려준 대로 내가 선택한 것이다 (만약에 선택이 가능했다면). 비록 쓰레기장이었다고 해도 일단 내가 태생부터—가족과—동료까지 우연한 상황 속에 살도록 운명 지어졌다면 불평할 이유는 없다. 오히려 반대로 창세기의 첫 문장이 울려 퍼지게 해야 할 것이다. '이런 쓰레기는 치워버려라!'"

우리는 그가 창조주가 "빛이 있으라"라고 한 말에 비견할 만큼 이 말을 장중하게 선언한다는 것을 알고 있다. 로빈슨은 바로 여기서 자기 세계를 0에서부터 창조하기 시작하는 것이다. 우연한 재난으로 인해 주변에 인간이 아무도 없게 된 상황을 넘어서 그는 결심을 하고 모든 것을 창조하기 시작한다. 이렇게 논리적으로 완벽하게 마르셀 코스카의 주인공은 이후 자신을 파괴하고 조롱하게 될 그 계획을 세운다—그것은 아마도 인간의 세계가 자신의 창조주에게 저지른 일과 비슷하지 않을까?

로빈슨은 어디서부터 시작해야 할지 모른다. 주변을 이상적인 존재들로 둘러싸야만 할까? 천사들로? 페가수스들로? (잠시 그는 켄타우로스에도 마음이 끌렸다.) 그러나 환상을 버린 뒤에 그는 뭔가 완벽한 존재들이 주변에 있으면 자신이 소외될 거라는 사실을 받아들인다. 이 때문에 그는 처음으로 이제까지, 이전에는 꿈만 꿀 수 있었던, 정확히 말해서 충직한 하인이자 집사이며 의상 담당자이자 심부름꾼을 하나로 합친 뚱뚱한(뚱뚱한 사람들은 유쾌하다!) 글럼을 생각하게 되었다. 로빈슨 연대기의 이 첫 과정에서 우리의 견습 창조주는 민주주의에 대해 깊이 숙고하는데, 민주주의란 모든 사람이(그것만은 확실하다) 오로지 어쩔 수 없이 필요하기 때문에 참아내는 것이다. 아직 어린 소년이었을 때부터 그는 잠들기 전에 중세 어느 언저리에 어떤 위대한 영주로 태어나는 것이 얼마나 신나는 일이었을지 상상하곤 했다. 이제 드디어 그는 그 꿈을 실현할 수 있게 되었다. 글럼은 상당히 멍청하며 그로 인해 자신의 주인을 자발적으로 떠받든다. 글럼의 머리에 독창적인 생각은 전혀 떠오르지 않으므로 자신이 맡은 일을 절대로 놓치지 않는다. 그저 모든 일을, 심지어 주인이 미처 채 시키지 못한 일까지도 번개같이 해낸다.

　작가는 로빈슨이 글럼과 어떻게 일하는지 혹은 로빈슨이 혹시 글럼을 **위해** 일하는지 전혀 설명하지 않는데, 왜냐하면 줄거리는 (로빈슨의) 1인칭 시점에서 전개되기 때문이다. 그러므로 만약에 글럼이 (상황이 다를 수 없지 않겠는가?) 모든 일을 혼자서 조용조용히 해내고 그것이 나중에 하인으로서 섬긴 결과처럼 나타난다

해도, 그 일을 하는 동안에는 완벽하게 아무 생각이 없는 것이고, 눈에 보이는 것은 그 노동의 결과물뿐이다. 로빈슨이 아침에 아직 잠이 덜 깬 눈을 비비고 일어나자마자 그의 침대 머리맡에는 정성스럽게 준비된, 그가 가장 좋아하는 굴이 바닷물로 가볍게 소금간이 되고 신맛 나는 괭이밥으로 취향에 맞게 양념되어 놓여 있고, 여기에 곁들여서 흰 버터처럼 부드러운 지렁이들이 말끔한 돌 그릇 위에 놓여 있다. 그리고 바로 저쪽에 야자수 섬유로 광이 나게 닦은 신발이 반짝이고, 햇볕에 달아오른 뜨거운 돌로 다린 옷이 기다리고, 마찬가지로 그곳에 놓인 바지는 칼날같이 주름을 세웠고 외투 깃에는 신선한 꽃송이가 꽂혀 있지만, 주인님은 아침을 먹고 옷을 차려입으면서 평소처럼 약간 불평을 하고 점심으로는 제비갈매기를, 저녁으로는 코코넛밀크를 주문하는데, 코코넛밀크는 차갑게 잘 식힌 것이어야 한다―글럼은 충실한 집사답게 서서, 당연한 일이지만 순종적으로 침묵하며 명령을 듣는다.

주인은 불평하고 하인은 듣고, 주인이 명령하면 하인은 해야 한다. 그것은 쾌적하고 평온한 삶이며, 약간은 어떤 시골 마을의 휴일 같다. 로빈슨은 산책하러 나가서 흥미로워 보이는 돌을 줍고, 심지어 글럼이 식사를 준비하는 동안 돌을 그럴듯하게 모아두기 시작한다. 그러는 내내 글럼 자신은 전혀 아무것도 먹지 않는다. 비용과 편리성 측면에서 이 얼마나 놀라운 절약정신인가! 그러나 곧 주인과 하인 관계의 내부에서 첫 번째 모래알이 나타나기 시작한다. 글럼의 존재는 의문의 여지가 없다. 그의 존재에 대해서는, 아무도 쳐다보지 않을 때도 나무는 서 있고 구름은 흘러간다는 사실을 의심하는 것만큼 의심할 수 있을 뿐이다. 그러나 하인의 충성심과 노력과 성실한 복종과 고분고분함은 시간이 가면서 완전히 지겨워진다. 신발은 **언제나** 깨끗이 닦인 채 기다리고, 굴은 아침마다 단단한 침대 옆에서 향기를 내뿜고, 글럼은 아무런 수다도 떨지 않는다―왜냐하면 주인님은 말 많은 하인을 참아주지 않기 때문이라고 생각할 수 있지만, 여기에서 글럼이라는 **인물**은 애초에 이 섬에 없다는 것이 드러난다. 로빈슨은 너무 단순하기에 원시적인 이 상황을 조금 더 정교하게 하기 위해서 뭔가 더 추가할 결심을 한다. 글럼에게 게으름이나 반항심이나 잔꾀를 머릿속에 떠올리게 하는 것은 불가능하다. 어쨌든 글럼은 본래 그냥 그런 것이며, 지나치게 강하게 **존재하게 되었다.** 그래서 로빈슨은 조수이자 요리사인 조그만 스멘을 고용한다. 스멘은 더럽지만 잘생겼다고 할 수 있는, 거의 집시 같은 소년인데, 조금 게으르지만 약삭빠르고 잔꾀를 부리는 성격이다. 그리고 이번에는 주인이 아니라 하인이 점점 더 많은 일을 맡게 되는데, 그것도 주인에게 봉사하기 위한 일이 아니라 이 애송이가 생각해낸 일들을 전부 주인의 눈에서 감추기 위한 일들이다. 실질적으로 글럼은 언제나 스멘을 말리느라 바쁘다고는 해도 이제까지와 똑같이, 심지어 더 높은 수준에서 존재하지 않지만, 로빈슨은 가끔, 무심코, 글럼이 야단치는 목소리를 바닷바람이 그에게 실어올 때면 어렴풋이 들을 수 있지만(날카롭게 소리치는 글럼의 목소리는 기묘하게 커다란 제비갈매기 소리를 연상시킨다), 어쨌든 그는 이런 하인들의 싸움에 끼어들 생각이 없다! 스멘이 글럼과 주인 사이를 이간질한다고? 스멘은 쫓겨난다, 이미 저 멀리 다른 곳으로 내쫓겼다. 스멘은 심지어 굴도 먹어버렸다! 주인은 조그만 사건들은 잊어버릴 준비가 되어 있다—어쩌겠는가, 글럼이 모든 일을 다 할 수는 없는데. 주인은 일하러 나간다. 책망해봤자 아무 도움도 되지 않는다. 하인은 물보다 조용하게, 풀보다 낮게 계속 침묵하지만, 이제 혼자 속으로 뭔가 생각하기 시작하는 것이 명백하다. 주인은 하인의 속마음을 캐묻지 않을 것이며 하인에게 정직하라고 요구하지도 않을 것이다—하인의 고해를 들어줄 필요는 없지 않은가?! 모든 일이 다 매끄럽게 흘러가지만은 않는 것이고, 심한 말을 해봤자 효과는 없다—그러니까 너, 이 나이 든 바보야, 너도 눈앞에서 사라져라! 여기 석 달 치 봉급이 있다. 먹고 떨어져라!

　모든 주인이 그렇듯이 자존심 강한 로빈슨은 뗏목을 완성하기 위해 온종일 시간을 쏟아부은 후에야 암초 가까이 가서 난파된 퍼트리샤호의 갑판에 오른다. 다행히도 돈은 저 파도가 가져가지 않았다. 월급을 정산하자 글럼은 사라지고, 어쩌겠는가—정산해준 돈은 남기고 갔다. 로빈슨은 하인에게 의존하는 데 너무 익숙해져서 이제 뭘 해야 할지 모른다. 자신이 저지른 실수를, 지금 당장은 실수를 저질렀다는 본능적 감각뿐이지만, 깨닫는다. 뭐,

뭐가 잘못된 거지?!

난 주인이야, 난 뭐든지 할 수 있어!—그는 마음을 다잡기 위해 이렇게 말한 뒤에 시에로드카를 고용한다. 이번엔 여성이다—이 이름과 함께 프라이데이와 그의 여성형에 대해서도 생각해보도록 하자(프라이데이와 시에로드카의 관계는 금요일과 수요일의 관계와 같다).* 하지만 이 젊고 상당히 단순한 처녀는 주인에게 유혹의 대상이 될 수 있다. 손에 닿을 수 없기에 더욱 꿈만 같은 그 포옹 속에서 숨이 멎을 수도 있고 열에 들떠 광기와 방탕속에 정신을 잃을 수도 있으며, 창백하고 수수께끼 같은 미소와 흐릿한 옆얼굴과 화롯불의 재 때문에 쓰라린 맨발의 발뒤꿈치와 양고기 기름의 냄새를 풍기는 귓불에 미쳐버릴 수도 있다. 그러므로 즉시, 선한 의도에서, 시에로드카에게 다리가 세 개 달린 것으로 하자. 가장 평범한, 그러니까 사소하고 객관적인 일상생활에서 그는 이런 짓을 할 수 없었을 것이다! 그러나 여기서 그는 창조주다. 그는 마치 독성 있는, 그러나 만취의 유혹으로 초대하는 메틸알코올 한 통을 가지고 있어서 자신이 유혹을 곁에 두고 한시도 마음 편하지 않게 살아갈 것을 알기에 스스로 눈앞에서 그 알코올을 중화시켜버리는 사람처럼 행동했던 것이다. 동시에 그는 상당한 양의 정신노동을 해야만 할 터인데, 왜냐하면 그의 성욕은 그 알코올 통의 밀봉된 뚜껑을 열띠게 벗기려 할 것이

* 폴란드어로 '수요일'은 시로다środa이며 이 단어로 만든 이름이 시에로드카Sierodka이다.

기 때문이었다. 그래서 지금부터 로빈슨은 이렇게 다리가 세 개인 처녀 곁에서, 물론 그녀에게 그 가운데 다리가 **없는** 모습을 상상할 능력은 충분히 있지만, 그래도 그냥 그렇게 살아갈 것이었다. 그는 풀어내지 못한 감정들과 쏟아내지 못한 구애(이런 사람 앞에서 굳이 구애하며 감정을 낭비할 필요가 무엇이란 말인가?)를 가득 보유한 부자가 될 것이었다. 조그만 시에로드카는 그에게 고아sierotka와 중간środek(미트보흐, 일주일의 중간: 섹스는 명백하게 그 안에 상징되어 있다)*을 연상시키며 그의 베아트리체가 될 것이었다. 이 열네 살짜리 꼬마 소녀가 과연 단테의 욕정으로 인한 단테식 경련에 대해 뭐라도 알고 있을까? 로빈슨은 진실로 자신에게 만족했다. 스스로 그녀를 만들어내고 스스로 그녀를—다리를 세 개로 만듦으로써—바로 그 행위로부터 격리해버린 것이다. 그러나 상황은 매우 빠르게 삐걱거리기 시작한다. 이런저런 중요한 문제에 집중하느라 로빈슨은 시에로드카의 여러 중요한 특징에는 그렇게 신경을 쓰지 못한 것이다!

처음에는 어쨌든 꽤 순진무구한 사안에 대해서였다. 그는 가끔 이 조그만 소녀를 훔쳐보고 싶었지만, 스스로 그런 욕구에 저항할 수 있다는 사실을 자랑스럽게 여겼다. 그러나 그런 뒤에는 그의 뇌 속에 여러 가지 생각이 기어다니기 시작했다. 소녀는 이전에 글럼에게 맡겨졌던 일을 했다. 굴을 모으는 일은 별것 아니

* 폴란드어 시로데크środek라는 단어에는 '중간' 외에 '몸의 내부, 장기, 국부'라는 뜻도 있다. 미트보흐Mittwoch는 독일어로 '수요일'이라는 의미.

다. 그러나 주인님의 의상을, 심지어 사적인 속옷까지 관리하는 것은? 여기서 이미 불명확한 요소를 눈치챌 수 있는 것이다―아니다!―명확하지 않은가! 그러므로 그는 완전히 어두워진 한밤중에 몰래 일어나서, 시에로드카가 분명 아직도 자고 있을 시간에, 내놓고 말할 수 없는 물건들을 개울가에서 빨래한다. 그러나 일단 그렇게 일찍 일어나기 시작했으니, 바로 그런 이유로 한 번쯤, 그래, 장난삼아(하지만 오로지 자기 자신만의, 주인으로서의, 고독한 웃음을 위해서) **그녀의** 옷도 빨래하면 어떤가? 그 옷도 그가 그녀에게 내어준 것이 아니던가? 그는 상어들의 위협에도 불구하고 몇 번이나 퍼트리샤호의 잔해로 헤엄쳐 가서 선체 안으로 들어가 어떻게든 여자 옷가지와 치마와 원피스와 속옷 같은 것을 찾아낸 터였다. 게다가 그런 옷가지를 빨고 나면 어쨌든 전부 다 두 그루의 야자나무 줄기 사이에 매단 빨랫줄에 널어야만 하는 것이다. 위험한 놀이다! 게다가 더욱 위험한 것은, 글룸이 이미 하인으로서 섬에 존재하지 않지만, 어쨌든 그를 완전히 지워버릴 수는 없었다는 사실이다. 로빈슨은 글룸이 내쉬는 숨소리를 들을 수 있는 것만 같고, 글룸이 '위대하신 주인님이 어쨌든 나를 완전히 지워내지는 못했군'이라고 생각하는 것을 짐작할 수 있었다. 존재하던 당시에 글룸은 이렇게 정곡을 찌르는 대담한 암시를 절대로 입 밖에 낼 용기가 없었을 테지만, 존재하지 않는 지금은 견디기 힘든 수다쟁이인 것으로 드러났다! 실제로 글룸은 없다, 그러나 그가 남긴 공백은 있다! 그 어떤 구체적인 장소에도 글럼은 보이지 않지만, 하인으로 일할 때도 그는 겸손하게 자신을 숨겼고, 어쨌든 주인의 앞을 막지 않았으며 감히 눈앞에 모습을 나타내지 않았다. 이제 글럼은 완전히 무시무시해졌다. 그의 병적으로 순종적인, 빤히 쳐다보는 시선과 쉰 목소리, 모든 것이 신경에 거슬린다. 멀리서 스멘과 말다툼하는 소리가 제비갈매기들 우는 소리에 섞여 날카롭게 울려 퍼진다. 글럼은 털북숭이 주먹으로 잘 익은 야자열매를 때리기도 하고(이런 암시가 얼마나 파렴치한지!) 야자수 둥치 아래 비늘 조각처럼 드러누워서 물고기 같은 눈으로(빤히 쳐다본다!) 마치 파도 속의 익사자처럼 로빈슨을 응시한다. 어디서? 바로 저기, 곶에 있는 바위다. 왜냐하면 글럼에게는 소소한 취미가 있었기 때문이다. 그는 곶에 나가 앉아서, 대양에서 가정생활을 즐기며 물 밖으로 분수를 내뿜는, 늙고 그렇기에 완전히 허약해진 고래들을 목쉰 소리로 욕하는 것을 좋아했다.

이 모든 일을 시에로드카와 이야기할 수 있다면, 게다가 이미 매우 공식적이지 않게 된 관계를 통해서, 순종과 명령, 주인답고 남자다운 엄격함과 성숙함에 걸맞게 정리하고 가려 덮고 다듬어 말할 수 있다면! 그러나 그녀는 기본적으로 단순한 소녀 아닌가 말이다. 글럼에 대해서는 들은 적도 없다. 그녀에게 말한다는 것은 그림에 대고 떠들어대는 것과 같다. 심지어 자기 혼자서 뭔가 생각을 한다 쳐도 분명히 절대로 아무 말도 하지 않을 것이다. 한편으로는 그 단순함과 소심함 때문이기도 하지만(그것은 적절하다!) 실제로 그런 소녀스러움은 본능적으로 교활하며 완벽하게 모든 것을 이해할 것이다—현실적이고 평온하고 자제심이 강하며 고매하신 주인님을 위해서, 아니, 그 주인님에게 **불리한** 쪽으로! 게다가 그녀는 몇 시간째 사라져서 밤이 되도록 보이지 않는다. 어쩌면 스멘이? 그래, 글럼은 아닐 것이다, 그럴 리는 없다! 글럼은 확실히 이 섬에 없으니까!

순진한 독자는(그러한 독자는 유감스럽게도 부족하지 않다) 여기서 로빈슨이 환각에 시달리고 있으며 광기의 상태로 넘어갔다고 충분히 생각할 수 있을 것이다. 절대로 그렇지 않다! 만약에 그가 사로잡혀 있다면, 그를 사로잡은 것은 그 자신의 창조물뿐이다. 왜냐하면 그 자신에게 급진적인 방식으로—건강하게 하는 방식으로 작동할 만한 일들을 스스로 이야기할 수 없기 때문이다. 그러니까 구체적으로 말해서 글럼은 스멘과 마찬가지로 애초에 있었던 적이 없다는 사실 말이다. 우선, 그렇게 맑은 정신으로 부정한다면 바로 그 파괴적인 영향으로 지금 **있는** 존재—시에로드카—도 타격을 입을 것이다. 게다가 일단 그렇게 온전한 설명이 주어지고 나면 로빈슨은 창조주로서는 영원히 기능할 수 없게 된다. 그리고 아직 일어나지 않은 일과는 상관없이, 실제의 진정한 창조주가 결단코 자기 피조물 앞에서 악의 존재를 인정하지 않는 것처럼, 그도 자신에게 피조물의 무존재성을 인정할 수는 없다. 그것은 양쪽 경우 모두 완전한 패배를 의미할 것이다. 하나님은 악을 창조하지 않았고, 이와 마찬가지로 로빈슨은 그 어떤 무無 안에서 활동하지 않는다. 이런 맥락에서는 양쪽 다 자신이 만들어낸 창세기에 갇힌 죄수다.

이렇게 보면 무방비하게 글럼에게 내맡겨진 쪽은 로빈슨이다. 글럼은 존재한다—그러나 언제나 멀리, 마치 돌을 던지거나 막대기를 내밀면 닿을 수 있을 것처럼 존재하며, 어둠 속에서 눈에 띄지 않게 말뚝에 묶인 시에로드카가 글럼의 자리를 대신하는 것도 도움이 되지는 않는다(로빈슨은 대체 어디까지 간 것인가!). 쫓겨난 하인은 어디에도 없지만 한편으로는 어디에나 있다. 불운한 로빈슨은 그토록 평범한 것을 회피하고 선택된 사람들로만 주변을 둘러싸려 하다가 자신을 오염시켜버렸는데, 왜냐하면 섬 전체를 글럼으로 채워버렸기 때문이다.

주인공은 실존적인 고뇌에 빠져 있다. 특히 시에로드카와 밤에 벌이는 말다툼에 대한 묘사는 훌륭한데, 리드미컬하게 배치된 그녀의 음울하고 암컷다운, 유혹적인 침묵으로 부풀어 오른 그 대화에서 로빈슨은 모든 신중함과 자제력을 잃어버리고 모든 주인다움이 그에게서 벗겨져 그냥 시에로드카의 소유물이 되고 만다—그녀가 고개를 한 번 끄덕이는 몸짓, 한 번의 눈 깜빡임, 한 번의 미소에 완전히 의존한다. 그러나 그는 어둠 속에서 이 소녀의 조그맣고 음침한 미소를 느끼고, 진이 빠지고 땀범벅이 된 채 새벽이 되도록 단단한 침대 위에서 이리저리 돌아눕고, 방종하고 광기에 찬 생각들이 그에게 찾아온다. 그는 시에로드카와 어떤 행위를 할 수 있을지 생각하며 끓어오르기 시작한다… 어쩌면 천국과 같은 방식으로 작동할 수 있을지도? 여기서부터—그의 흥분한 생각 속에서—손수건으로 만든 채찍과 비단뱀을 거쳐 성경에 나오는 뱀에 이르기까지 온갖 암시가 튀어나오고, 여기서부터 시험 삼아 제비갈매기의 머리를 잘라서, 글자 'M'을 떼어낸 뒤에 그 자리에 그저 이브만이 남도록 하며, 그 이브의 아담은 당연히도 로빈슨 자신이 되려고 하는 것이다.* 그러나 그는 글럼이 하인으로 근무하는 동안에는 그에게 전혀 중요하지 않았는데도 자신이 글럼을 없애버릴 수 없다면, 시에로드카를 지워버리려는 계획은 대재난을 뜻할 것임을 알고 있다. 그녀가 어떤 형태로든 존재하는 쪽이 그녀와 헤어지는 것보다 낫다, 그건 분명하다.

이렇게 해서 타락의 이야기가 시작된다. 밤마다 여성 옷가지를 빨래하는 일은 진실로 알 수 없는 어떤 수수께끼가 된다. 그는 한밤중에 잠에서 깨어 그녀의 숨소리를 열심히 귀 기울여 듣는다. 동시에 그는 최소한 자리에서 움직이지 **않기** 위해서, 저 방향으로 팔을 뻗지 **않기** 위해서 자신과 싸울 수 있다는 것을 안다—만약에 그가 저 조그맣고 잔인한 소녀를 내쫓게 된다면, 아, 그때는 끝장이다! 막 떠오른 해의 첫 햇살에 그녀의 속옷이 마치 장난치듯 바람에 펄럭인다, 그렇게 잘 빨아서 햇볕에 하얗게 바래고 구멍이 뚫린(오, 그 구멍들의 위치란!) 속옷. 로빈슨은 불행한 사랑에 빠진 자의 특권인 가장 저속한 고문의 모든 가능성을 인

---

* 폴란드어로 제비갈매기는 메바mewa이며 이 단어에서 머릿글자 m을 떼면 에바ewa, 즉 성경 「창세기」에 나오는 '이브'(하와)의 폴란드어 이름이 된다.

지한다. 그러나 그녀의 금이 간 거울, 그녀의 빗… 로빈슨은 동굴 속의 거주지에서 도망치기 시작하고, 이미 늙은 글럼이 게으른 고래들을 욕하던 그 곳은 이미 역겹게 느껴지지 않는다. 하지만 더 이상 이렇게 버틸 수는 없다—그러므로 이렇지 않게 하자. 그리고 그는 해안으로 가서 그곳에서 대서양 횡단 증기선인 '페르가니차'호의 커다랗고 하얀 선체를 기다리는데, 페르가니차는 태풍에 밀려 (이것도 혹시 그가 편리하게 상상해낸 것일까?) 증기를 뿜는, 죽어가는 진주조개로 뒤덮인 빛나는 발을 무거운 모래사장에 내던질 것이다. 그러나 몇몇 진주조개는 안에 머리핀을 감추고 있고 다른 조개들은 미끈미끈한 점액을—로빈슨의 발아래—부드럽게 내뿜으며 흠뻑 젖은 카멜 담배꽁초 위를 기어가는 건 대체 무엇을 뜻하는 것일까? 이런 신호를 사용해서, 심지어 해변도, 모래도, 잘게 부서지는 파도와 잔잔한 수면 위를 거쳐 심연으로 흘러 들어가는 그 물거품도 모두, 이미 물질적인 세계의 일부가 아니라는 사실을 이 상황이 뚜렷하게 알려주는 것 아닐까? 그러나 그렇든 아니든—어쨌든 이 드라마, 페르가니차호 선체가 곳에 부딪혀 무시무시한 굉음을 내며 부서지면서 그 믿을 수 없을 만큼 거대한 내용물을 춤추는 로빈슨 앞에 흩뿌렸을 때의 그 드라마는 일방적인 감정으로 인한 울음만큼이나 온전히 현실적인 것이다…

인정하자면 이 부분에서부터 책은 점점 더 이해하기 어려워지고 여느 독자가 할 수 있는 것 이상의 노력을 요구한다. 이 시점까지는 명확하고 정교했던 줄거리 전개는 이제 빙빙 꼬이고 제자리에서 돌기 시작한다. 진정 작가는 의도적인 불협화음으로 로맨스의 언어를 망가뜨리려 하는 것인가? 시에로드카를 태어나게 한 저 다리 세 개짜리 의자 두 개는 무슨 목적을 위해 존재하는가? 추측해보자, 이 의자에 다리가 세 개 달렸다는 것은 단순한 유전적 특징이며, 그것은 분명하다, 좋다, 그러나 누가 이 의자들의 아버지인가? 과연 가구의 원죄 없는 잉태, 즉 무염시태를 논하는 것이 작품의 요점인가?? 어째서 글럼은 이전에는 고래들에게 그저 침을 뱉을 뿐이었으나 이제는 고래들의 친척으로 나오는가(로빈슨은 그에 대하여 시에로드카에게 "고래들의 사촌"이라고 말한다)? 그리고 계속 가자면, 2권 도입부에서 로빈슨에게는 세 명에서 다섯 명 정도의 아이가 있다. 숫자가 불명확한 것까지는 이해하기로 하자. 그것은 환각의 세계가 이미 대단히 복잡해졌을 때 나타나는 특성 중 하나다. 이미 창조주는 자기가 창조한 세계의 모든 세부사항을 한꺼번에 기억 속에 질서정연하게 간직할 수 있는 상태가 아닐 것이다. 아주 좋다. 그러나 로빈슨은 이 아이들을 누구와의 사이에서 낳았는가? 이전의 글럼이나 스멘이나 시에로드카처럼 순수하게 의도적인 행위를 통해 아이들을 창조했는가, 아니면 마음속으로 상상한 행위 속에서—아내와 함께—아이들을 배태했는가? 시에로드카의 세 번째 다리에 대해서 2권에는 단 한마디의 언급도 나타나지 않는다. 그렇다면 이것은 일종의 반反창조적인 **적출**을 의미하는가? 8장의 페르가니차호에서 수고양이와 나눈 대화 일부분이 이 사실을 확인해주는 듯한데, 여기서 고양이는 로빈슨에게 "티 비르비노보"라고 말한다.* 그러나 이 수고양이는 로빈슨이 배에서 찾아낸 것이 전혀 아니고 다른 방식으로 창조한 것도 아닌데, 왜냐하면 이 고양이를 상상해낸 사람은 글럼의 숙모로, 글럼의 아내는 이 숙모에 대해 "히페르보레아** 사람들을 낳은 산모"라고 말했기 때문이며, 유감스럽게도 시에로드카에게 의자 외에 아이가 있었는지 없었는지는 알수 없다. 시에로드카는 아이의 존재를 인정하지 않는다. 최소한 그 엄청난 질투 장면에서 로빈슨의 그 어떤 질문에도 대답하지 않는 방식으로 회피하는데, 이 장면에서 이 불운한 주인공은 이미 야자수 섬유로 목을 맬 끈을 만들고 있다.

이 장면에서 주인공은 "안로빈슨"이라고 자신을 지칭하며, 심지어 "절대로안로빈슨"이라고까지 말한다. 그러나 이제까지 이렇게 많은 일을 해왔는데(즉 창조해냈는데) 저 문구를 어떻게 이해해야 하는가? 어째서 로빈슨은 자신이 시에로드카처럼 정확히 다리가 세 개 달리지는 않았으나 어쨌든 그러한 관점에서 볼 때 넓은 의미에서는 그녀와 비슷하다고 말하는 것인가―이것 한 가지는 뭐 어떻게든 이해해볼 도리가 있지만, 1권을 마무리 짓는 저 언급은 2권에서는 해부학적으로나 예술적으로나 그 이후 전개가 전혀 없다. 계속해서, 히페르보레아에서 온 숙모의 이야기

* 어째서인지 고양이가 러시아어로 '너는 뜯겨 나온 사람ty wyrwinogo'이라고 말한다.
** 그리스 신화에 나오는 북쪽의 나라. 영원한 봄이라고 한다.

는 다분히 품위 없어 보이며, 그 숙모의 변신에 동반하는 어린이
들의 합창도 마찬가지다. ("우리는 셋 넷하고 반, 다섯이다, 늙은 프
라이데이야." 여기서 프라이데이는 시에로드카의 숙부다. 3장에서 물
고기들이 이 숙부에 대해 부글부글거리며 말하는데, 또다시 어떤 발뒤
꿈치에 대한 암시가 있지만 누구의 발뒤꿈치인지는 알 수 없다.)

　　2권은 계속 진행될수록 점점 더 혼란스러워진다. 로빈슨은 책
후반부에는 시에로드카와 전혀 이야기하지 않는다. 마지막 의사
소통의 행위는 편지인데, 밤에 동굴에서 화롯불의 재 속에 시에
로드카가 손짓작으로 로빈슨에게 쓴 것이다. 로빈슨은 이 편지
를 새벽에 읽는데―이미 그 전에 어둠 속에서 손가락으로 이미
식어버린 재를 어루만지며 그 내용을 추측하면서 그는 몸을 떤
다…"저를 제발 좀 내버려두세요!"―그녀는 편지를 썼지만 그는
감히 응답할 용기를 내지 못하고 풀이 죽은 채로 도망친다, 어째
서? 미스 진주조개 선발대회를 조직하기 위해, 야자수를 마지막
한 그루까지 욕하면서 막대기로 때려 넘어뜨리기 위해, 해변을
산책할 때 섬을 고래 꼬리에 매달겠다는 계획을 소리치기 위해!
그러자 마찬가지로 오전 한나절 동안 저 군중이 생겨나는데, 그
들도 로빈슨이 아무렇게나, 자기도 모르게, 성과 이름과 별명을
생각나는 대로 써 갈기면서 불러내어 존재하게 만든 것이다―그
런 뒤에 완전한 혼란이 이어지는 것처럼 보인다. 뗏목을 조립하
는 장면과 부수는 장면, 시에로드카를 위해 집을 짓는 장면과 그
집이 내려앉는 장면, 그러면서 다리가 가늘어지는 만큼 팔은 굵

어지고, 그리고 주인공이 이미 귀와 우슈코를, 피와 바르슈치를 구분할 수 없게 되었을 즈음 벌어지는, 비트가 없는 불가능한 난교장면!*

이 모든 것을 다 합치면—에필로그를 제외하고도 170페이지나 된다!—로빈슨이 초기의 계획을 버렸거나 아니면 작가가 작품 속에서 길을 잃은 것 같다는 인상을 받게 된다. 그리하여 쥘 네파스트는 잡지 《피가로 리테레르》에서 이 작품은 "그냥 정신병적이다"라고 선언했다. 그 인간행동학적 창조의 계획에도 불구하고 세르주 N.은 광기로 탈출**할 수 없었다.** 진정으로 일관성 있는 유아론적 창조의 결과는 **반드시** 조현병일 수밖에 없다. 이 평범한 진리를 책은 상세하게 묘사하려 애쓴다. 여기서 또다시 네파스트는 이 작품이 지적으로 메말랐다고 지적한다. 군데군데 어떻게든 재미있는 부분도 있지만 그것은 작가적 창의와 관련된 것이다.

반면 아나톨 포슈는 《라 누벨 크리티크》에서 《피가로 리테레르》에 실린 동료의 판정에 의문을 표하며 아주 정곡을 찌르는 것으로 생각되는 의견을 냈는데, 즉 네파스트는 『로빈슨 연대기』의 장단점과는 관계없이 정신병리에 대한 지식이 없다는 것이다(이 뒤로 유아론과 조현병 사이에 아무 관계가 없다는 긴 논증이 이어지지만 우리는 이 문제가 이 책에 있어서는 전혀 중요하지 않다고 보고 그

---

* 우슈코는 귀 모양으로 빚어 소를 넣어 구운 폴란드식 만두다. 바르슈치는 러시아어 '보르시'로 잘 알려진 동유럽 전통 수프의 일종으로, 비트 혹은 토마토를 넣어 빨간색이 특징이다.

관점에서 독자를 '새로운 비평'으로 이끌어가려 한다). 그리고 포슈는 소설의 철학을 다음과 같이 설명한다. 이 작품은 창조의 행위가 **비대칭적**임을 보여주는데, 왜냐하면 실제로 모든 것을 생각으로 창조하는 것이 가능하지만 이후에 모든 것을 똑같이 무로 되돌릴 수는 없기 때문이다(거의 불가능하다). 창조하는 사람의 기억 자체가 그의 의지와 무관하게 이것을 허용하지 않는다. 포슈에 따르면 소설은 실제로 정신병적인 이야기(무인도에서의 어떤 광기)와는 아무런 상관이 없으며 그보다는 창조 과정에서 제정신을 잃은 상태를 보여준다. (2권에서) 로빈슨의 활동은 그 자신이 그 결과 아무것도 갖지 못한다는 측면에서만 무의미한데, 반면에 심리학적으로는 완전히 명확하게 설명할 수 있다. 그것은 상황을 그저 조각조각 예측할 뿐인 사람이 그 상황들 속을 헤쳐나갈 때 전형적으로 일어나는 소동이며, 상황들은 그 나름의 내적인 규칙에 따라 강화되면서 그를 가두어버린다. 현실의 상황들에서는—포슈는 이 점을 강조한다—현실적으로 도망칠 수 있다. 반면에 상상해낸 상황들에서는 물러설 수 없다. 그래서 『로빈슨 연대기』에서 상상의 상황들은 인간에게 진짜 세상이 반드시 필요하다는 것만을 보여준다("외부의 진짜 세상이 내면의 진짜 세상이다"). 코스카 씨의 로빈슨은 전혀 미치지 않았다—그저 무인도에서 자신이 만들어낸 인공 세계를 관리하려던 계획은 걸음마 단계부터 이미

---

* 프랑스어로 '누벨 크리티크Nouvelle Critique'는 '새로운 비평'이라는 의미다.

실패할 운명이었을 뿐이다.

이런 결론에 힘입어 포슈는 또한 『로빈슨 연대기』에 더 깊은 가치가 있음을 부정하는데, 왜냐하면—이렇게 서술된—작품은 근본적으로 대단히 빈곤하기 때문이다. 이 서평을 쓰는 필자의 의견으로는 앞서 인용한 두 비평가 모두 이 작품의 내용을 제대로 읽어내지 못한 채로 작품 옆을 스쳐 지나갔다.

우리의 의견에 따르면 작가는 무인도에서 미쳐가는 이야기나 유아론적인 창조적 전지전능함에 대한 주장을 담은 논쟁과 비교할 때 훨씬 덜 진부한 내용을 서술했다. (후자 타입의 논쟁은 애초에 무의미했을 터인데, 왜냐하면 체계적인 철학에서 유아론적인 창조적 전지전능함에 대한 확증을 그 누구도 한 번도 내놓은 적이 없기 때문이다. 다른 분야라면 몰라도 철학에서 풍차에 맞서는 싸움은 확실히 소용이 없다.)

우리의 확신에 따르면 로빈슨이 '미쳐갈' 때 취한 행동은 광기와 다르며, 논쟁을 일으키려는 바보짓도 아니다. 소설 주인공이 가진 애초의 의도는 논리적으로 건강하다. 그는 모든 인간의 한계는 타인임을 알고 있다. 여기에서 성급하게 이어지는 의견은 타인을 제거하는 것이 완벽한 자유를 얻기 위한 전제라는 것이다. 이는 심리학적으로 거짓이며 물리학적으로도 거짓인데, 예를 들어 물은 그것을 담은 용기의 형상을 띠게 되므로 모든 용기를 파괴해버리면 물이 '완전한 자유'를 얻게 된다는 명제와 마찬가지인 것이다. 그렇게 되면 용기가 깨지면 물은 흘러나와 웅덩이가 되며, 마찬가지로 완전하게 고독해진 인간은 폭발해버리는데, 여기서 이 폭발은 완전한 비문명화의 한 형태가 된다. 만약에 신이 존재하지 않고 거기에 더하여 그 어떤 타인도, 타인이 돌아올 것이라는 그 어떤 희망도 존재하지 않는다면 자신을 구조하기 위해서 사람은 어떤 신념의 체계를 구축해야 하며, 그 체계는 그 신념을 창조하는 사람에 대하여 **반드시** 외부에 있어야만 한다. 코스카 씨의 로빈슨은 이 단순한 논리를 잘 이해하고 있다.

그리하여 계속하면, 평범한 사람이 가장 강하게 욕망하는 존재이면서 동시에 완전히 현실적인 존재는 바로 **손에 닿을 수 없는** 존재다. 영국 여왕에 대해서, 그녀의 언니인 공주에 대해서, 미합중국의 전前 영부인에 대해서, 저명한 영화 스타에 대해서 모두가 알고 있는데, 그것은 즉 그러한 사람들이 현실적으로 존재한다는 사실을 정상적인 사람이라면 아무도 약간의 의심조차 하지 않는다는 것이다―그들의 존재를 어떤 식으로든 직접(본질적으로) 경험할 수 없는데도 말이다. 여기서 나아가 이러한 사람들과 직접적인 인간관계를 자랑할 수 있는 자라면 그런 사람들에게서 놀랄 만한 부나 여성성이나 권력이나 아름다움 등등의 이상理想을 발견하지 못할 것인데, 왜냐하면 그들과 접촉하면서 일상적인 것들의 힘에 의하여 완전하게 평범하고 보통 사람인 그들의 인간적인 연약함을 경험하기 때문이다. 그러한 사람들은 가까이에서 보면 신과 같거나 혹은 다른 식으로 뛰어난 존재들이 아니다. 그러므로 진실로 완벽의 정점에 있는 것, 그리하여 진실로 한없

41

이 욕망하고 그리워하고 갈망하는 것은 오로지 **멀리** 있거나 아예 완전히 손에 닿을 수 없는 존재들뿐이다. 황홀한 매력이 그들을 군중 위로 끌어올리며, 신체나 정신의 속성이 아니라 사회적으로 극복할 수 없는 거리가 그들의 유혹적인 후광을 만들어낸다.

바로 이런 현실 세계의 모습을 로빈슨은 자신의 섬에서, 스스로 상상해낸 존재의 내적인 왕국에서 재생하려고 애쓰는 것이다. 처음에 그가 단순히 **물리적으로** 자신의 피조물—글럼, 스멘 등등—에게 등을 돌렸을 때 그의 시도는 잘못된 방향이었지만, 자신을 위해 여자를 만들어냈을 때 그는 주인과 하인 사이의 그 충분히 자연스러운 거리를 기꺼이 깨뜨리려 한다. 글럼을 그는 포옹할 수도 없었고 포옹**하고 싶어 하지도** 않았으나, 이제 여자를 앞에 두자 포옹**할 수 없어 안달한다.** 그리고 그가 존재하지 않는 여자를 붙잡아 포옹할 수 없다는 것이 요점이 아니다(왜냐하면 그것은 전혀 지적인 문제가 아니기 때문이다!). 이것이 불가능하다는 사실은 설명할 필요도 없다! 요점은 그가 스스로 만든 자연적인 **법칙**이 영원히 관능적인 접촉을 무용하게 만드는 상황을 생각 속에서 창조해냈다는 것이다—게다가 그것은 상대 여성이 **존재하지 않음**을 완벽하게 무시하는 법칙이어야 한다. 이 **법칙**은 로빈슨을 저지하는 것이지 여성 반려자가 존재하지 않는다는 진부하고 단순하기 짝이 없는 사실을 저지하는 것이 아니다! 만약에 그녀가 존재하지 않는다는 소식을 평범하게 받아들인다면 모든 일은 망쳐질 것이다.

로빈슨은 그러므로 어떻게 행동해야 할지 생각한 뒤에 일을 시작한다―즉 섬에서 자신이 상상해낸 사회 전체를 관리하는 것이다. 바로 그 사회가 그와 여성 사이를 가로막고, 장벽, 장애물의 체계를 만들어내며 그러므로 저 건널 수 없는 거리를 제공해주고, 그 거리에서 그는 그녀를 사랑할 수 있으며 지속적으로 그녀를 욕망할 수 있다―그녀의 몸을 만지기 위해 팔을 뻗고 싶은 작은 욕구 같은 사소한 정황 따위에는 전혀 노출되지 않은 채로. 그가 어쨌든 자신과의 일대일 싸움에서 단 한 번이라도 패배한다면, 그녀를 만지려고 시도한다면―자신이 창조해낸 세계 전체가 바로 그 눈 깜빡하는 순간에 무너진다는 것을 알고 있다. 그러므로 그는 '미치기' 시작하여, 아주 인상적으로 사납게 서둘러 상상 속에서 군중을 불러낸다. 앞서 말한 별명, 성, 아무 이름이라도 생각해내고 모래에 쓰면서, 글럼의 아내와 숙모와 늙은 프라이데이 등등에 대해 중얼거리면서 말이다. 그리고 저 군중은 그에게 **오로지** 어떤 정복되지 않은 공간으로서 필요하다(그 공간은 그와 그녀 사이에 존재할 것이다)―되는 대로 비뚤고 서투르고 혼란스럽게 창조하고 황급히 행동한다―그리고 그 서두름이 피조물을 의심하게 하고, 웅얼거리는 버릇을, 끝까지 상상해내지 않은 자질구레한 사항들을 드러낸다.

만약에 그가 성공했다면 그는 영원한 연인, 단테, 돈키호테, 베르테르가 되었을 것이며, 그런 상태로 계속해나갔을 것이다. 시에로드카는―자명하지 않은가?―그렇게 되면 베아트리체나 샤를로테, 어떤 왕비나 공주와 똑같이 현실적인 여성이 되었을 것이다. 완전히 **현실적**이 되어 그녀는 동시에 **손에 닿을 수 없게** 된다. 그 덕분에 그는 살아가면서 그녀에 대해 꿈꿀 수 있었을 터인데, 왜냐하면 누군가 현실에서 자신의 꿈을 그리워하는 상황과 도달할 수 없는 현실에 이끌리는 상황 사이에는 깊은 차이점이 있기 때문이다. 왜냐하면 오로지 그 두 번째 경우에만 어쨌든 희망을 계속 유지할 수 있기 때문이다… 오직 사회적인 거리 혹은 다른 유사한 장애물이 사랑을 이룰 기회를 막고 있으니 말이다. 로빈슨과 시에로드카의 관계는 그러므로 그녀가 그에게 있어 동시에 **비현실화**하면서 또한 **접근 불가능**해질 때에만 정상화가 가능하다.

사악한 운명으로 인해 갈라진 연인들을 재결합시키는 고전적인 동화에 대해 마르셀 코스카는 영구한 정신적 결혼을 보장하는 유일한 방법으로 영구한 분리의 필요성을 다룬 본체론적인 동화를 대비시켰다. '세 번째 다리'라는 오류의 완전한 사소함을 이해하고 로빈슨(작가가 아니다, 당연한 이야기지만!)은 2권에서 암묵적으로 그것을 "잊어버린다". 그는 시에로드카를 자기 세계의 여주인, 얼음산의 여왕님, 손에 닿을 수 없는 연인으로 만들고자 했다. 그의 어린 하녀로서 훈련을 시작했던, 뚱뚱한 글럼의 후임이었을 뿐인 그녀를…. 그리고 바로 이 시도는 실패했다. 독자 여러분은 이미 알고 있는가, 어째서인지 추측했는가? 대답은 간단하다. 왜냐하면 시에로드카가 무슨 여왕님과는 달리 로빈슨에 대해 **알기** 때문이고, 왜냐하면 그를 사랑하기 때문이다. 또한 그런 이유로 그녀는 순결한 여신으로 남기를 원하지 않았다. 이런 이중성은 주인공을 파멸로 밀어 넣는다. 만약에 그가 그녀를 사랑하기만 했다면, 하! 그러나 그녀는 그 감정에 응답했다…. 이 단순한 진리를 이해하지 못하는 사람, 우리 할아버지들이 빅토리아 시대의 가정교사들에게 배웠듯이 우리가 타인 안의 **자신**을 사랑하는 것이 아니라 **타인**을 사랑할 수 있다고 생각하는 사람은 마르셀 코스카 씨가 우리에게 선사한 이 슬픈 사랑 이야기를 집어 들지 않는 것이 좋다. 그의 로빈슨은 스스로 여자를 상상해냈고 그녀를 완전하게 현실에 내주려 하지 않았는데, 왜냐하면 **그녀**는 **그**이고, 결단코 우리를 떠나지 않는 그 현실에서 깨어날 방법은 죽음밖에 없기 때문이다.

패트릭 해너핸, 『기가메시』

Patrick Hannahan „Gigamesh"

(트랜스월드 출판사, 런던)

여기 제임스 조이스의 명성을 부러워한 작가가 있다. 『율리시스』는 더블린의 하루에 집중한 오디세이아로서, 1870년대부터 1914년 제1차 세계대전이 일어나기 전까지 벨 에포크la belle époche[*]를 배경으로 하여 키르케의 궁전을 지옥으로 만들고 외판원[**] 블룸을 위해 거티 맥도웰의 속옷세트를 전부 끈에 매달아 끌고 다니며 40만 단어의 행진을 통해 의식의 흐름부터 수사관 심문조서까지 글로 쓸 수 있는 모든 종류의 양식과 장르를 통해 빅토리아 시대에 불만을 표했다. 그것만으로도 소설의 정점이자 예술이라는 가족 묘지에 바치는 거대한 기념비가 아닌가(『율리시스』에

---

[*] 프랑스어로 '아름다운 시절'을 뜻한다.
[**] 제임스 조이스의 『율리시스』에서 레오폴드 블룸의 직업은 광고대행사 직원이다.

는 음악도 포함되어 있다!). 아마 아닌 모양이다. 보아하니 제임스 조이스 본인은 그렇게 생각하지 않았던 모양인데, 왜냐하면 그다음에는 **한** 언어만이 아니라 **전언어적인** 렌즈를 통한 문화적 집약체가 될, 바벨탑의 토대로 내려가는 것과 같은 책을 쓰려고 마음먹었기 때문이다. 두 겹의 뻔뻔함으로 무한을 흉내 내는『율리시스』와『피네간의 경야』의 훌륭함은 여기서 재확인하지도 부정하지도 않겠다. 한 편의 서평이란 이 두 작품 위로 자라난 숭배와 저주의 산에 던져진 낟알에 불과할 뿐이다. 다만 확실한 것은 제임스 조이스와 같은 지역 출신인 패트릭 해너핸이 영감을 받은 위대한 선례가 없었다면 결단코『기가메시』를 쓰지 않았으리라는 사실이다.

이런 발상은 미리부터 패배할 운명처럼 보일 수도 있다. 두 번째『율리시스』를 낸다는 것은 두 번째『피네간의 경야』만큼이나 무가치하다. 등반계에서 아무도 오르지 않은 암벽을 처음으로 정복한 자만 인정받듯이, 예술의 정상에서도 인정받는 것은 첫 번째 업적뿐이다.

해너핸은『피네간의 경야』에 대해서는 상당히 너그럽지만『율리시스』는 높이 평가하지 않는다. 그는 이렇게 말한다. "유럽의 19세기를 아일랜드라는 상징에 감싸『오디세이아』형태의 석관에 집어넣다니! 호메로스가 쓴 원전 자체도 가치가 의심스럽다. 그것은 율리시스를 슈퍼맨으로 칭송해 그 나름의 해피엔드에 이르는 고대의 코믹스다. 엑스 웅구에 레오넴Ex ungue leonem*: 어떤 선례를 선택하는지 보면 작가의 수준을 알 수 있다. 『오디세이아』는 어쨌든 『길가메시 서사시』의 표절로, 그리스 대중의 취향에 맞게 뜯어고친 것이다. 바빌로니아 서사시에서 장엄한 패배로 끝난 비극적 전투를 그리스인들은 지중해에서 일어나는 그림 같은 모험으로 바꾸었다. 나비가레 네케세 에스트Navigare necesse est,* '인생은 여행이다', 이것은 나에게 있어 위대한 삶의 지혜. 『오디세이아』는 표절로 인해 몰락했고 길가메시가 겪은 전투의 위대함을 전부 잃어버렸다."

여기서 유의할 점은 수메르학을 공부하면 알 수 있듯이 『길가메시』에 실제로 포함된 줄거리를 호메로스가 사용했다는 것인데 예를 들면 오디세우스, 키르케, 카론 이야기가 그러하다. 또한 『길가메시』는 비극적 본체론의 가장 오래된 버전인데, 라이너 마리아 릴케가 36세기 뒤에 '성장'이라 말했던 것, 즉 "가장 위대한 일에서 완전히 패배한 인물이 되는 것der Tiefbesiegte von immer Grösserem zu sein" 을 보여주기 때문이다. 투쟁이라는 인간의 운명은 필연적으로 패배로 이어지며 이것이야말로 『길가메시』의 궁극적인 의미이다.

패트릭 해너핸은 그리하여 자신의 영웅적인 화폭을 바빌로니아 서사시 위에 펼치기로 결정했는데, 주목할 점은 그의 『기가메

* '항해는 반드시 해야 하지만 인생을 반드시 살아야 하는 것은 아니다Navigare necesse est, vivere non est necesse'라는 속담의 앞부분. 본래 그리스어 속담이었으나 나중에 로마에도 전파되었다.
** 라틴어로 '발톱을 보고 사자를 알아본다'. 작품의 일부를 보면 예술가의 능력을 알 수 있다는 뜻이다.

시』가 시간과 장소 면에서 상당히 제한된 이야기이기 때문에 이 것은 특이한 결정이었다는 사실이다. 악명 높은 갱스터이자 살 인청부업자인 제2차 세계대전 시기 미국 군인, G. I. J. 매시(즉 G. I. Joe 매시―Government Issue Joe는 정부 소속, 보급품이라는 뜻으로 미군 사병을 이렇게 부른다)는 N. 키디라는 사람의 밀고로 범죄 행 각을 폭로당하고 군사재판의 판결에 따라 그의 부대가 주둔하는 노퍼크 카운티라는 작은 도시에서 교수형을 당할 예정이다. 죄수 를 감옥에서 처형장까지 이송하는 데 걸리는 전체 시간은 36분 이다. 이 소설은 처형대의 올가미에 대한 묘사로 끝나는데, 하늘 을 배경으로 차분하게 선 매시의 목에 올가미의 검은 고리가 걸 리는 것이다. 바로 이 매시가 바빌로니아 서사시 속의 반인반 신 길가메시이며, 그를 처형장으로 보낸 오랜 친구 N. 키디는 영 웅을 파멸시키기 위해 신들에 의해 창조된 길가메시의 가장 친 한 친구 엔키두이다. 이렇게 설명하고 보니『율리시스』와『기가 메시』의 창작 방법 유사성이 특히 눈에 들어온다. 공정성을 기하 기 위해 이 두 작품의 차이점에 집중하기로 한다. 이 작업은 상당 히 쉬운데, 해너핸은―조이스와는 달리!―책에「해설」을 붙여주 었으며 이 해설이 소설 자체보다 두 배나 길기 때문이다(정확히 『기가메시』는 395쪽이고「해설」은 847쪽이다.) 해너핸의 창작 기법 에 대해서는「해설」의 70쪽짜리 첫 챕터를 보면 알 수 있는데 여 기에는 제목부터 시작해서 하나의, 유일한 단어에서 뻗어 나오는 다방향적 참고사항이 설명되어 있다.『기가메시』는 우선 자명하게도 『길가메시』에서 유래했으며 제목 자체를 통해 신화적인 원전이 드러나는데, 조이스의 『율리시스』와 마찬가지로 독자가 본문 첫 단어를 읽기도 전에 고전 문헌부터 내민다. 『기가메시』라는 제목에서 중간 'L'이 빠진 것은 우연이 아니다. 'L'은 루시페루스, 루시퍼, 어둠의 왕자인데, 작품 안에 존재하지만 어떤 식으로든 그 안에서—독립된 인물로서—앞에 나서지는 않는다. 그러므로 이 글자(L)와 제목(기가메시)의 관계는 루시퍼가 소설 안에 존재하는 방식과 같다. 거기 있긴 하지만 **보이지 않는다**. '로고스*'를 통해 시작을 알리며(「창세기」의 원인이 되는 단어이다) '라오콘'을 통해 끝을 알린다(왜냐하면 라오콘에게 파멸을 가져온 것은 뱀이기 때문이다.** 그는 **질식**했는데, 『기가메시』의 주인공 또한 목이 졸려 질식한다). 'L'에는 그 뒤로 참고사항 97개가 더 붙어 있지만 여기에 전부 열거할 수는 없다.

계속해서 『기가메시』는 '자이갠틱 메스A GIGAntic MESS' 즉 엄청난 엉망진창, 난장판이며, 사형을 선고받은 주인공이 바로 그런 엉망진창 상황에 놓여 있다. 이 단어에는 또한 다음의 단어들이 들어가 있다. '긱gig' 즉 노를 젓는 작은 배(매시는 피해자들을 작은 배에 태운 뒤 시멘트를 부어 물에 가라앉힌다). '기글GIGgle'—즉 킬킬대는 웃음, 악마 같은 웃음—은 참고사항(1항)의 '파우스트 박

---

* 로고스Logos는 '이성'을 뜻하는 그리스어.
** 라오콘Laocoon은 트로이의 신관으로, 그리스인들이 보낸 목마를 조심해야 한다고 경고한 뒤 두 아들과 함께 뱀 두 마리에 감겨 질식해 죽는다.

사의 애도Klage Dr Fausti'에 따르면 지옥으로 내려가는 음악적인 모
티브와 관련이 있는데 이에 대해서는 별도로 설명한다. 기가GIGA
는 a) 이탈리아어 '기가' 즉 바이올린이며 또다시 서사시의 음악
적인 하위문맥과 관련이 있다. b) 기가는 10의 9제곱, 즉 10억 제
곱을 뜻하는 접두사이고(예를 들면 기가와트) 여기서는 기술문명
이 가지는 **악**의 힘을 뜻한다. '기그Geegh'는 고대 켈트어로 '저리
가라' 즉 '꺼져'이다. 이탈리아어 '기가Giga'에서 프랑스어 '지그
Gigue'를 거쳐 우리는 '가이겐geigen'에 도달하는데 이것은 독일어
속어로 성교를 뜻한다. 이후의 어원 해설은 지면 부족으로 생략
한다. 제목을 끊어 읽는 방식을 바꾼 'Gi-GAME-Sh'라는 형태는
작품의 다른 측면을 예고하는데 그것은 '게임Game' 즉 놀이, 혹은
사냥감이다(여기서는 매시를 겨냥한 인간 사냥이다). 비슷한 예시는
더 있다. 젊은 시절 매시는 지골로GIG-olo*였다. '아메Ame'는 고대
게르만어로 유모인 반면 '아메Amme'는 메시 즉 그물망으로, 예를
들면 전쟁의 신 마르스가 자신의 배우자 여신과 그 애인을 함께
잡은 그물, 혹은 덫, 통발, 함정(올가미), 그 외에 톱니바퀴 장치를
뜻한다(예를 들면 '싱크로메시synchroMESH'는 변속장치다).

작가는 한 문단을 따로 할애하여 제목을 거꾸로 읽었을 때
의 의미를 해설한다. 그 이유는 처형장으로 가면서 매시가 생각
을 과거로 **되돌려** 교수형으로 **대가를 치르게** 된 끔찍한 범죄를 기

---

* 지골로는 주로 돈 많은 여성을 유혹해서 기생하는 남성 매춘부를 말한다.

억해내려 하기 때문이다. 그러자 그의 머릿속에서 커다란 판돈을 건 노름(게임!)이 펼쳐지기 시작한다. 무한히 추악한 행위를 기억해낸다면 그는 성스러운 구원의 무한한 희생양과 동등하게 되고 즉 반反구원자가 된다. 그러나 형이상학적으로 그럴 뿐이고 물론 매시는 의식적으로 그런 반反신의론*을 능숙하게 구사하지 못하며 그저 처형대 앞에서 떨지 않게 해줄 대단한 흉악범죄를 심리적으로 찾고 있을 뿐이다. G. I. J. 매시는 그러므로 패배 속에서 다름 아닌 부정negative의 완벽을 찾으려 하는 길가메시다. 바로 이것이 바빌로니아 서사시의 영웅에 대한 비대칭의 완벽한 대칭이다.

거꾸로 읽은 '기가메시Gigamesz'는 '셰마기그Szemagig'다. '셰마Shema'는 모세 5경에서 기원한 고대 히브리어다("셰마 이스라엘!"은 "이스라엘이여 들어라, 너의 하나님은 유일한 하나님이다!"의 첫 부분이다). 여기서 우리는 거꾸로 읽고 있으므로 하나님이란 적하나님, 즉 악의 화신이다. '기그Gig'는 이제 당연히 '곡Gog'("곡과 마곡!")이다.** '솀'은 바로 '심' 즉 기둥성자 '시므온'의 이름 첫 부분

* 신은 악이나 화를 좋은 목적을 위한 수단으로 인정하고 있으므로 신은 바르고 의로운 것이라는 이론. 이 세상에 악이나 화가 존재한다는 이유를 들어 신의 존재를 부인하려는 이론에 대응하여, 악의 존재가 신의 속성과 모순되지 않는다고 주장한다. 그러므로 여기서 반신의론은 악의 존재가 신의 속성에 맞설 수 있으며 매시 자신이 그만큼 악할 수 있다면 적그리스도급으로 무서운 존재라는 의미가 된다.

** 곡은 마곡 땅의 지배자이며 천년왕국의 종말과 사탄의 출현과 관련된다. 구약성경 「에스겔서」 38~39장과 신약성경 「요한계시록」 20장 8절에 언급된다.

이다.[*] 교수형장의 밧줄은 기둥에 걸려 있으므로 밧줄에 목이 걸린 매시는 "반대 방향의 기둥성자"가 될 것인데, 기둥 위에 서 있는 것이 아니라 기둥 아래(혹은 기둥에) 매달릴 것이기 때문이다. 이것이 비대칭의 다음 단계다. 이런 식으로 해설에서 2,912개의 고대 수메르어, 바빌로니아어, 칼데아어, 그리스어, 고대 교회 슬라브어, 호텐토트어, 반투어, 남부 쿠릴어, 세파르디어,[**] 아파치 방언(아파치족이 '이그$_{Igh}$' 혹은 '후그$_{Hugh}$'라고 외치는 것은 잘 알려져 있다) 표현들과 그 산스크리트어 배경과 범죄집단 은어의 관련 단어까지 설명한 뒤 해너핸은 이것이 아무렇게나 모아놓은 잡학사전이 아니라 서로 다른 풍향이 꽃잎처럼 겹친 정밀한 의미학적 풍배도[***], 수천 개 차원의 입체 컴퍼스, 실행계획을 모은 지도 제작과 같다고 강조한다―왜냐하면 다성학적으로 소설을 구성하는 이 모든 연결고리를 예고하는 것이 중요하기 때문이다.

조이스가 했던 것보다 확실히 더 잘, 더 멀리 나아가기 위해 해너핸은 자신의 책을 전문화적이고 전민족적일 뿐만 아니라 전

---

[*] 기둥성자 시므온(389~459), 주상성자 시므온 혹은 시메온, 기둥 위의 성자 시메온이라고도 한다. 20미터 높이의 기둥 위에서 사는 고행을 계속하며 하늘에 가까워지려 노력했다고 알려졌다. '시므온'의 폴란드어 표기는 Szymon으로, 셈Szem과 유사하다.

[**] 호텐토트어는 남아프리카 공용 네덜란드어. 지금은 코이코이어라고 한다. 고대 교회 슬라브어는 중세 러시아 지역에 정교가 전파될 때 성경을 필사하고 예배하기 위해 만들어진 종교 언어. 반투어는 사실 아프리카 지역에 폭넓게 거주하는 반투 민족의 언어로 실제로는 스와힐리어이다. 남부 쿠릴어는 일본과 러시아 사이에 점점이 떨어진 네 개 섬인 쿠릴 열도에서 사용하는 언어. 세파르디어는 스페인, 포르투갈, 북아프리카계 유대인이 사용하는 히브리어, 혹은 그런 발음을 가리킨다.

[***] 풍배도 혹은 바람장미는 관측 지점의 어느 기간에 대하여 각 방위별 풍향 출현 빈도를 방사 모양의 그래프로 나타낸 것이다.

언어적인 매듭(고리!)으로 만들기로 결심했다. 이런 성취는 꼭 필요했으나(여기서 '기가메시'의 단 한 글자 'M'만으로도 우리는 마야의 역사, 비츨리푸츨리 신*, 아스텍의 모든 우주 창세 신화, 그리고 구강성교까지 참조하게 된다) 그것으로 충분하지 않다! 왜냐하면 이 책은 인류의 모든 지식 전체를 씨실과 날실 삼아 만들어졌기 때문이다. 그리고 다시 말하지만 여기서 중요한 것은 최신 지식이 아니라 학문의 역사와 더 나아가 바빌로니아 점토판의 숫자 연산과 재가 되고 불씨도 꺼져버린 세상의 이미지들—칼데아, 이집트, 프톨레마이오스 시대부터 아인슈타인 시대까지, 행렬과 미적분학, 대수학의 텐서와 군, 명나라의 화병 굽는 기술, 릴리엔탈과 히에로니무스와 레오나르도의 기계들, 안드레의 실패한 열기구와 노빌레 장군의 열기구인 것이다(노빌레의 탐험 중에 식인 사건이 일어났다는 사실은 소설에서 그 나름의 깊고 특별한 의미가 있다. 왜냐하면 마치 수면 위로 어떤 치명적이고 무서운 물건이 떨어져 거울 같은 반사면을 흔들어버린 지점과 같은 역할을 하기 때문이다. 바로 거기서부터 물결이 동심원을 그리며 점점 더 멀리 퍼지면서 『기가메시』를 둘러싸는데, 이것이 자바 원인부터 기원전 인류까지 지구상에서 인간 존재의 "완전한 모든 것"이다). 이 모든 정보 전체가 『기가메시』 안에 잠들어 있으며—숨어 있지만 발견할 수 있다는 점에서 현실 세계와 같다.

* 독일어권에서 '비츨리푸츨리Vitzliputzli'로 알려진 이 이름의 올바른 표기는 '우이칠로포치틀리Huitzilopochtli'이며 아스텍 종교에서 태양과 전쟁의 신이다.

이렇게 우리는 해녀핸의 기본 구상에 도달하게 된다. 동향 사람이자 선배인 조이스를 넘어서기 위해서 그는 소설 작품 안에 언어문화적 요소뿐 아니라 모두가 알아볼 수 있고 보편적으로 중요한 역할을 하는(보편인식Pangnosis) 추가 사건들을 엮어 넣으려 한다.

이런 의도의 실현 불가능성은 곧바로 눈에 들어오고 바보의 터무니없는 억지로 보인다. 대체 하나의 소설, 어떤 폭력배를 교수형에 처하는 이야기가 지구 전체 도서관들을 채울 수 있는 본질이자 주형이며 열쇠이고 보물창고가 될 수 있겠는가! 독자의 이런 냉정하고 회의적인 불신을 완벽하게 이해하는 해녀핸은 약속을 지키는 데 그치지 않고 뒤에 붙인 「해설」에서 자신의 주장을 증명하기까지 한다.

「해설」 전체를 요약할 수는 없으며 해녀핸 특유의 창작 방식도 사소하고 지엽적인 예시를 통해서만 보여줄 수 있다. 『기가메시』의 첫 장은 여덟 쪽인데 여기서 죄수는 군 감옥의 화장실을 사용하면서 앞에 놓인 벽에―소변기 위에―그보다 먼저 이 장소에 다녀갔던 다른 군인들이 갈겨놓은 수많은 낙서를 훑는다. 냄새나는 단어들을 그는 무심하게 생각한다. 그 단어들의 극단적인 외설스러움은―주인공이 여기에 신경 쓰지 않기 때문에―이것이야말로 밑바닥이라는 인상을 주며, 지저분하고 뜨겁고 거대한 인체의 내장기관을 구불구불 파고들어 음란한 단어를 분변처럼 쏟아내는 신체적인 상징의 지옥에 도달하는데 그 상징들은 카마수트라와 중국 '꽃싸움'을 지나 심한 둔부 지방축적증 선인류 여성들이 사는 어두운 동굴까지 이르고 그곳에 저열한 행위 속에 드러난 그들의 벌거벗은 외성기가 벽에 서투르게 새겨져 있으며, 동시에 다른 그림들에 명백하게 드러난 남성 성기는 팔로스-링가의 의례적인 신성화와 함께 동쪽으로 향하고, 여기서 동쪽은 진실을 숨길 능력이 없는 참담한 거짓말로서 원초적인 낙원을 의미하며 태초에 형편없는 정보가 있었음을 뜻한다.[*] 바로 그렇다. 아메바의 선조들이 무성생식의 처녀성을 잃은 데서 성性과 '죄악'이 생겨났기 때문이고, 성의 등가성과 양극성은 섀넌의 정보이론[**]에서 유래했어야 했던 것이며 여기서 대서사시 제목의 마지막 두 글자(SH)가 섀넌을 뜻한다는 사실이 드러난다! 그런 뒤 화장실 벽 바깥의 길은 자연적 진화의 심연을 향해 이어지는데… 진화에 있어서 무화과 이파리 한 장을 탄생시키기 위해 수없이 많은 여러 문화가 필요한 것이다. 그러나 이 또한 대양에서 떠낸 물 한 방울일 뿐인데, 이 장에는 그 외에 다음과 같은 내용이 포함되어 있기 때문이다.

a) 피타고라스 수 '파이'는 여성성을 상징하며(3.14159265359787…)[***] 여성성은 이 장을 이루는 1,000개의 단어에 포함된 글자

---

[*] 팔로스Phallos는 남성 성기. 링가Linga 혹은 링감Lingam은 힌두교에서 파괴와 생식의 신을 뜻하며 돌, 나무, 금속이나 보석으로 만든 짧은 기둥 모양이다.

[**] 클로드 섀넌(1916~2001)은 1940년대에 활약한 미국의 수학자이며 정보를 수학적으로 분석하는 데 공헌했다.

[***] 원문에 이렇게 나와 있다. 실제 원주율의 소수점 아래 11번째부터 14번째까지 숫자는 8979이다.

수에 표현된다.

b) 바이스만, 멘델, 다윈의 생일을 의미하는 숫자들을 가져다 암호를 푸는 열쇠와 같은 방식으로 본문에 적용하면 분변냄새 나는 좁은 공간의 혼돈처럼 보였던 장면이 사실은 충돌하는 두 물체가 성교하는 두 신체를 대신하는 성의 기계역학에 대한 설명임이 드러나며, 이 시점에서 의미들의 전체적인 흐름이 작품의 다른 부분들과 서로 연결되기 시작하는데(싱크로메시!) 예를 들면 제3장(삼위일체!)은 제10장(임신은 열 달 동안 지속된다!)과 관련되고 제10장은 거꾸로 읽으면 아람어로 번역한 프로이트주의라는 사실이 밝혀진다. 이게 전부가 아니다. 제3장은—책을 거꾸로 돌려 제4장 위에 겹치면—프로이트주의와 연결되고, 이것은—즉 심리분석의 원칙은—자연주의적으로 세속화된 형태의 그리스도교이다. 신경증 이전의 상태는 낙원, 어린 시절의 트라우마는 타락, 신경증 환자는 죄인, 정신분석가는 구원자, 프로이트적 치유는 은총에 의한 구원과 비교할 수 있다.

c) 화장실을 나오면서, 제1장 끝에서 J. 매시는 16분의 1박자 곡조를 휘파람으로 불면서(그가 겁탈하고 조각배에서 목 졸라 죽인 소녀가 열여섯 살이었다) 노래 가사는—대단히 음란하다—머릿속으로만 생각한다. 이 지나친 극단성은 현재 순간에는 심리학적 근거가 있으며, 게다가 이 노래를 음절강세적으로 분석하면 다음 장을 변환한 직사각형 행렬을 얻게 된다(다음 장은 이 행렬을 적용하는지 적용하지 않는지에 따라 두 가지 서로 다른 의미가 있다).

제2장은 1장에서 매시가 휘파람으로 불었던 신성모독적인 노래의 발전형이지만 행렬을 적용하면 신성모독이 천사들의 노래로 변환된다. 그 전체에 세 가지 참고사항이 있다. 1) 말로의『파우스트』(2막 6장과 그 이후), 2) 괴테의『파우스트』(일시적인 것은 모두 우화일 뿐이다Alles vergängliche ist nur ein Gleichniss) 그리고 3) 토마스 만의『파우스트 박사』인데 토마스 만의『파우스트』와 연관된 참고사항은 걸작이다! 왜냐하면 제2장 전체가, 단어 속 **글자**들에 순서대로 고대 그레고리안 성가의 음계에 따라 음표를 적용하면 어떤 곡이 나타난다. 여기에 해너핸은 거꾸로(왜냐하면 토마스 만 작품에 따랐으므로) 〈아포칼립시스 쿰 피구리스Apocalypsis cum Figuris〉*를 가사로 변환해 넣었는데, 이 곡은 토마스 만에 의해 작곡가 아드리안 레베르퀸이 만든 곡으로 알려졌다.** 이 지옥 같은 음악은 해너핸의 작품에도 마찬가지로 존재하면서 존재하지 않는데(현실에서는 어쨌든 존재하지 않는다) 마치 루시퍼와 같다(제목에서 빠진 글자 'L'). 제9장, 10장, 11장(트럭에서 내림, 영적인 위안; 처형장 준비)에도 음악적인 하위문맥이(바로 〈파우스트 박사의 애도〉이다) 깔려 있지만 굳이 말하자면 슬쩍 지나가는 정도로만 암시된다. 왜냐하면 사디 카르노를 이해한 뒤에 단열체계로 취

---

* 라틴어로 '숫자들의 아포칼립스'.
** 아드리안 레베르퀸은 토마스 만의 소설『파우스트 박사』의 주인공이며 허구의 인물이다. 〈숫자들의 아포칼립스〉라는 제목의 연극은 폴란드 연극연출가 예지 그로토프스키가 1969년 첫 상연한 이래 지금까지 공연되고 있다.

급할 경우 볼츠만 상수를 기반으로 구축된, 검은 미사가 진행되는 성당이 나타나기 때문이다.* (피정에 해당하는 것은 매시가 트럭 안에서 하는 회상이며 저주의 주문으로 끝나는데, 이 주문은 복잡하고 어려운 활주법이 되어 제8장을 가른다.) 이 장들은 진실로 성당인데, 문장 간, 표현 간 비율이 구문론적 뼈대를 갖추고 있으며 그것은—몽주** 투상법에 따른—노트르담, 그 뾰족탑 전체와 아치형 기둥받침, 부벽, 기념비적인 출입문과 유명한 고딕 장미 등이 가상 평면에 놓인 **평면도**이다. 그러므로 『기가메시』에는 건축에서 영감을 얻은 신의론이 들어 있다. 「해설」(397쪽부터 이후)에서 독자는 앞서 언급된 장들의 본문에 포함된 1:1,000 축척의 대성당 평면도 전체를 볼 수 있다. 그러나 몽주의 정육면체 투상법 대신 제1장에 나온 행렬에 따라 부등각 투상법과 외곽 굴절을 적용하면 키르케의 성을 얻게 되고 동시에 검은 미사는 아우구스티누스 신학*** 강론의 캐리커처로 변한다(또다시 성상파괴다. 아우구스티누스 신학은 키르케의 성이 되고 대신 성당에서는 검은 미사가 진행된다). 그러므로 대성당이나 아우구스티누스 신학은 그저 기계

* 니콜라 사디 카르노(1796~1832)는 프랑스 기계공학자, 군사학자이자 열역학의 아버지로 알려진 과학자이다. 루트비히 볼츠만(1844~1906)은 오스트리아 물리학자이며 볼츠만 상수는 에너지와 온도를 연결해주는 물리 상수를 말한다. 검은 미사는 사탄숭배 혹은 악마주의 종교가 행하는 것으로 알려진 의식이다.
** 가스파르 몽주(1746~1818) 프랑스 수학자. 미분기하학, 기하화법 등을 통해 제도의 기초를 만들었다.
*** 아우구스티누스 신학은 로마 시대 아우렐리우스 아우구스티누스(354~430)의 철학을 바탕으로 발전했다. 어떤 행위가 선하다면 그것은 신의 명령이라는 '신의 명령 이론'을 골자로 한다.

적으로 작품 안에 삽입된 것이 아니라 주제의식의 일부가 된다.

이 한 가지 예시만 보아도 우리는 저자가 아일랜드인 특유의 끈질긴 성정을 바탕으로 어떻게 해서 하나의 소설 안에 인간 세상 전체와 그 신화, 교향악, 교회, 물리학자와 세계사 보편 사건의 연대기를 엮어 넣었는지 이해할 수 있다. 이 예시는 다시 제목으로 돌아가는데, 왜냐하면—이 교차하는 의미들에 따르면—『기가메시』는 '거대한 뒤섞임'이며 특별하게 깊은 뜻을 가지고 있기 때문이다. 우주는 열역학 제2법칙에 따르면 어쨌든 궁극의 혼돈을 향해 가고 있다. 엔트로피는 반드시 증가해야 하고 그러므로 모든 존재의 끝은 패배이다. 그러므로 어느 전직 갱스터에게 일어난 일만이 '자이갠틱 메스'는 아닌데, 왜냐하면 '자이갠틱 메스'는 동시에 우주 전체이기 때문이다(일부 지역에서는 무질서를 '메스'라고 하며 이 때문에 매시가 처형장으로 가면서 떠올리는 모든 창녀의 집이 우주의 심상이다). 그러면서 동시에 '자이갠틱 메스'는 '거대한 미사'를 연상시켜 최후의 무질서가 질서로 바뀌는 '성변화*'를 암시한다. 바로 이렇게 사디 카르노가 대성당과 연결되며, 바로 이렇게 볼츠만 상수가 성당 안에 구현된다. 해너핸은 이 모든 것을 반드시 실현**해야만** 했는데, 그렇지 않으면 **혼돈**이 최후의 심판이 될 것이기 때문이었다. 물론 길가메시 신화는 작품 안에 완전히 구현되어 있지만 해너핸의—바빌로니아 서사시가 남긴

---

* 성변화transsubstantiation는 성체 성사에서 포도주와 빵의 형태는 그대로이나 본질은 예수의 살과 피로 완전히 실체화한다는 교리.

선례에 대한—이 성실함은 소설 속 24만 1,000개 단어 하나하나마다 입을 벌리고 있는 해설의 심연에 비하면 아무것도 아니다. N. 키디(엔키두)가 매시-길가메시에게 저지른 배신은 역사상 모든 배신의 누적된 무더기이다. N. 키디는 **또한** 유다이고 G. I. J 매시는 **또한** 구세주이며 기타 등등으로 그렇게 해석된다.

책을 아무렇게나 펼쳐보자. 131쪽을 보면 위에서 네 번째 줄에 감탄사 "바!"가 있는데, 매시는 운전사가 그에게 권한 카멜 담배를 이 감탄사와 함께 받아들인다. 「해설」의 색인에 27개의 서로 다른 "바!"가 나열돼 있으며 131쪽의 이 감탄사는 다음의 내용과 연결된다.

바알, 바히아[*], 바오밥, 바흘레다(해너핸이 **실수로** 폴란드 산악지역 사람의 성 바흘레다를 틀리게 썼다고 생각할 수도 있지만 그럴 리가 없다! 이 성에서 빠진 'c'는 이미 앞서 설명한 원칙에 의해 칸토어의 'C'와 연결되어 초한성超限性 속의 연속체를 상징한다!)[**], 바포메트[***], 바벨리스크(바빌론의 오벨리스크[****]를 뜻하며 저자의 특징적인 신조어이다), 바벨(이사크)[*****], 아브라함, 야곱, 사다리, 소방대, 전동펌프, 소요, 히피(h!), 배드민턴, 라켓, 달, 산, 베르흐테스가덴[******]—

---

[*] 브라질의 주州 이름.
[**] 연속체 가설은 실수 집합의 모든 부분집합은 셀 수 있는 가산집합이거나 아니면 실수 집합과 크기가 같다는 명제이다. 독일 수학자 게오르크 칸토어(1845~1918)가 처음 제기했다.
[***] 여러 신비주의 종교에서 균형을 상징하는 신적 존재.
[****] 오벨리스크는 위로 갈수록 뾰족해지는 사면체 탑을 말한다.
[*****] 이사크 바벨(1894~1940)은 소비에트 러시아 작가이자 군인.
[******] 남부 독일 알프스산맥에 자리한 도시 이름.

이 마지막 단어는 '바!'의 무음 'h'와 연결되어 20세기에 검은 미사의 숭배자였던 히틀러를 가리킨다.

이렇게 **하나의 단어**, 평범한 감탄사가 모든 높이와 넓이에서 작동하는데다 이 얼마나 생략삼단논법적으로 순진무구한가! 구문론적 미로를 넘어서야만 이 『기가메시』라는 언어적 건물의 높은 층에서 비로소 뭔가 열리기 시작한다! 전형성주의 이론이 여기서 후생성 이론과 싸우며(제3장 240쪽부터) 교수대 밧줄의 고리를 묶는 형리의 팔 움직임은 통사적 반주를 동반하는데 그것은 나선은하의 이중 시간 음계로 **얽힌** 호일-밀른 이론*이다. 그리고 매시의 회상, 즉 그의 범죄는 모든 인간적 타락의 완전한 기록이다(「해설」에는 그의 범죄들과 십자군, 카롤루스 마르텔루스**, 알비겐스 학살***, 오르미안 학살****, 조르다노 브루노 화형*****, 마녀사냥, 집단광기, 채찍고행주의, 흑사병, 홀바인이 그린 죽음의 춤******, 노아의 방주, 아칸소주, 아드 칼라엔다스 그라에카스ad calaendas graecas, 아드 나우

---

* 프레드 호일(1915~2001)과 에드워드 밀른(1896~1950)은 모두 영국 천문학자이며 우주는 팽창하지 않는다는 이론을 신봉했다.

** 카롤루스 마르텔루스(688~741)는 중세 프랑크 군주. 사라센의 침략을 격퇴해 유럽의 이슬람화를 막았다.

*** 알비겐스 학살(1209~1229)은 프랑스 남부에서 성행했던 신비주의를 타파하기 위해 인노켄티우스 3세 교황이 파견한 십자군이 가톨릭교도와 신비주의자를 구분하지 않고 학살한 사건.

**** 오르미안 학살(1915-1917)은 제1차 세계대전 당시 오스만튀르크군이 소수민족인 오르미안족을 학살한 사건.

***** 조르다노 브루노(1548~1600)는 종교적 관용을 주장한 이탈리아 철학자인데 이단으로 몰려 화형당했다.

****** 한스 홀바인(1497/8~1543)은 르네상스 시기 독일의 화가로, 종교화를 주로 그린 아버지 홀바인과 구분하기 위해 한스 홀바인 2세로 불리기도 한다. 춤추는 해골을 묘사한 연작 목판화 〈죽음의 춤〉으로 유명하다.

세앰ad nauseam* 등등의 연관성이 제시되어 있다). 매시가 신시내티에서 파묻은 산부인과 의사의 이름은 크로스 B. 안드로이디스인데, 그러므로 이름은 '십자가cross'라는 뜻이며 성은 '인간의 형태를 띰'(Android, Androi, Anthropos)의 어원 형태에 율리시스(오디세우스)를 합쳤고, 가운데 글자 B는 본문의 이 부분에서 묘사하는 〈파우스트 박사의 애도〉의 음조인 B단조와 연결된다.

그렇다, 이 소설은 끝을 알 수 없는 깊은 바다라서 어느 부분을 건드리든 무한히 광대한 길들이 펼쳐지고(제6장의 쉼표 체계는 로마 지도와 상응한다!) 게다가 그중 어느 것도 무작위하지 않으며 전부 다 그 나름대로 가지를 펼쳐 하나의 전체로 조화롭게 뒤얽혀 있다(해너핸은 이 점을 위상대수학 기법과 연결한다.「해설」수학 부록, 811쪽부터). 그러므로 모든 것이 완성되었다. 남은 것은 한 가지 의심뿐인데, 바로 이것이다. 패트릭 해너핸은 자기 작품을 통해 위대한 선배의 수준에 도달했는가, 또한 자신의 한계를 넘어—하지만 그와 함께!—예술의 왕국에 의문을 표했는가? 소문에 따르면 해너핸은 창작 과정에서 인터내셔널 비즈니스 머신이 제공한 여러 컴퓨터의 도움을 받았다고 한다. 만약 그것이 사실이라 해도 분노할 이유는 보이지 않는다. 오늘날 작곡가들은 컴퓨터를 흔히 사용하는데 작가에게만 금지해야 할 이유가 무엇인가? 어떤 사람들은 그렇게 집필한 책은 다른 디지털 기계의 입

---

* Ad calaendas graecas는 라틴어로 직역하면 '그리스인들의 달력에 따라'인데, 어떤 일을 한없이 미루는 것을 뜻한다. Ad nauseum 역시 라틴어이며 '구토가 나올 정도로'라는 뜻이다.

장에서만 읽을 수 있는데, 왜냐하면 그 어떤 사람도 바다같이 펼쳐진 사실들과 그 사이의 관계를 이성적으로 전부 이해할 수 없기 때문이라고 한다. 그렇다면 나는 한 가지만 묻고 싶다.『피네간의 경야』나『율리시스』만이라도 유사한 방식으로 전부 이해할 수 있는 사람이 과연 세상에 존재할까? 강조하건대, 단어 하나하나 수준이 아니라 모든 관련성과 모든 참조사항과 문화적이고 신화적인 연결지점, 이 작품이 바탕으로 삼아 영광스럽게 자라나게 해준 모든 종류의 패러다임과 원형을 다 함께 이해할 수 있냐는 것이다. 분명 아무도 혼자서 그렇게 하지는 못할 것이다! 제임스 조이스 작품세계를 둘러싸고 작성된 해석 문헌 전체를 다 읽을 수조차 없을 것이다! 그러므로 창작에 있어 컴퓨터 사용의 정당성에 대한 논란은 완전히 무의미하다.

냉소적인 비평가들은 해너핸이 문학에서 가장 커다란 **글자 수수께끼**, 괴물 같은 의미론적 **퍼즐**, 진정으로 지옥 같은 **몸짓 퀴즈** 혹은 **난문제**를 생산했다고 말한다. 소설 작품에서 저 모든 관련사항을 수백만 혹은 수억 개나 부딪치게 만들어 어원학적·어법적·해석학적 골칫거리를 늘어놓으며 즐기고 무한하다는 느낌을 주며 비뚤어진 자기모순적 의미 안에 갇히는 것은, 문학 창작이 아니라 유별나게 편집증적인 호사가들을 위해 문헌학을 미친 듯이 파 뒤집어 생산해낸 지적 장난일 뿐이라고 말이다. 한마디로 이것은 지엽적인 사안들에 완전히 정신을 뺏겨 탈선한 결과이며 문화가 건강하게 발달한 증거가 아니라 병든 증거라는 것이다.

정말로 미안하지만, 천재적인 통합의 표현인 의미의 모호성과 순수한 문화적 조현병을 보여줄 정도로 의미적으로 강화된 작품 사이의 경계선은 어디에 그어야 옳단 말인가? 해녀핸에 반대하는 문학연구자들은 실직할까 봐 두려운 게 아닌지 의심스럽다. 왜냐하면 조이스는 그 훌륭한 몸짓 퀴즈를 내놓으면서 직접 쓴 해설은 전혀 붙이지 않았으니 말이다. 그러니 모든 비평가가 『율리시스』와 『피네간의 경야』를 해설하며 자신의 정신적인 이두박근과 멀리까지 꿰뚫어 보는 혜안이나 재창조의 천재성을 자랑할 수 있는 것이다. 반면 해녀핸은 전부 혼자서 해냈다. 작품을 창조하는 것만으로 만족하지 못하고 그는 작품의 두 배나 되는 해설 도구도 덧붙였다. 이 차이점이 중요한 것이지, 예를 들어 조이스는 '전부 **혼자서** 생각해냈는데' 해녀핸은 국회도서관(장서 2,300만 권)에 연결된 컴퓨터의 보조를 받았다거나 하는 지엽적 정황이 중요한 게 아니다. 그러므로 이 살인적으로 꼼꼼한 아일랜드인이 우리를 몰아넣은 함정에서 벗어날 길은 보이지 않는다. 『기가메시』가 현대문학의 총합이거나, 아니면 『기가메시』와 함께 피네간이나 오디세이아에 대한 조이스의 작품 또한 소설창작의 올림포스산에 오를 자격이 없는 것이다.

사이먼 메릴, 『섹스플로전』

Simon Merril „Sexplosion"

(워커 앤드 컴퍼니, 뉴욕)

만약에 작가가 하는 말을 믿는다면—우리는 과학소설 작가가 하는 말을 믿어야 한다는 압박을 점점 더 자주 받고 있다!—현재와 같은 섹스의 증가세는 1980년대에 들어서면 대홍수가 될 것이다. 그러나 소설 『섹스플로전』의 줄거리는 그보다 200년 더 지난 뒤에 시작한다—뉴욕에서, 한겨울 강추위 속에 눈 더미에 파묻힌 채로. 이름을 알 수 없는 노인이 눈에 파묻힌 자동차들의 차체에 부딪쳐가면서 눈을 헤치고 다니다가 버려진 마천루에 도달해서, 몸에 남은 마지막 온기로 따뜻하게 데운 열쇠를 가슴팍에서 꺼내어 철문을 열고 지하로 내려가고, 그의 배회와 그 안에서 드러나는 회상의 조각들이 소설의 줄거리 전체를 이룬다.

그곳은 깊은 지하이고, 노인의 떨리는 손에 들린 손전등의 불빛이 여기저기 비추는데, 박물관 같기도 하고 대기업 원정대(라기보다는 섹스 원정대)의 본부 같기도 하다―미국이 유럽을 다시 한번 침공했던 그 시대의 원정대 말이다. 반쯤은 수공업 형태였던 유럽인들의 제조업은 인정사정없는 벨트컨베이어의 생산 속도에 밀려났고 후기산업사회의 과학기술적 거물들이 즉각 승리를 거두었다. 전쟁터에서 살아남은 기업은 세 개―제네럴섹소틱스, 사이버델릭스와 러브인코퍼레이티드였다. 이 거대기업들의 생산이 정점에 달하면서 섹스는 사적인 오락, 집단체조, 취미이자 수공예 수집품이었다가 문명에 대한 철학으로 변했다. 매클루언은 이 시대까지도 살아 있었던 강건한 노인으로서 저서 『제니토크라시GENITOCRACY*』에서 바로 이것이 인류가 기술로 향하는 길에 올랐을 때 정해진 운명이었다고, 갤리선에 쇠사슬로 매여 노를 젓는 노예같이, 톱을 든 북방의 벌목꾼같이, 스티븐슨의 증기기관차같이 그 실린더와 피스톤으로 동작의 리듬과 형태와 의미를 규정하고, 그것으로 인간의 섹스, 그러니까 의미가 구성되는 것이라고 말했다. 미합중국의 비인간적 산업이 동양과 서양의 위치적인 지혜를 빨아들이고 중세의 속박을 무뢰한들이 판치는 지역으로 바꾸어놓았으며, 예술을 이용하여 사통하는 자들, 성중독자들, 대물과 대음핵과 음부와 음란물 사업의 동력으로 삼았고, 살균된 벨트컨베이어를 가동했으며 거기서 가학 기계와 음란

---

* 생식 권력, 혹은 생식 권력의 지배 체제.

동거와 가정용 남색기와 공용 타락이 흘러나오기 시작했고 그와 함께 학술적인 연구기관들을 기동하여 종족 보존이라는 목적으로부터 성을 해방하려는 전투에 돌입하였다.

섹스는 더 이상 유행이 아니라 신념이었고 오르가슴은 끊임없는 의무가 되었으며 그 횟수를 기록하는 빨간 화살표 달린 기록계가 사무실과 거리에서 전화기가 있던 자리를 차지하게 되었다. 그렇다면 지하 공간의 통로를 헤매고 다니는 노인의 정체는 무엇인가? 제네럴섹소틱스의 법률 자문? 그렇다면 대법원까지 갔던 그 유명한 소송, 미합중국 영부인을 시작으로 유명인들의 물리적인 형상을 마네킹으로 복제할 권한을 얻으려 벌였던 투쟁이 떠오른다. 제네럴섹소틱스는 1,200만 달러를 들여 소송에서 이겼으며, 바로 여기 노인이 손에 든 손전등의 헤매는 불빛이 반사되는 플라스틱 케이스 안에 최초의 영화 스타들과 세계적인 여성 유명인사들과 공주들과 여왕들이 화려하게 치장한 채로 여전히 남아 있었는데, 판결에 따르면 그들을 다른 방식으로 전시할 수는 없기 때문이었다.

10년이 흐르는 동안 인공 섹스는 숨을 불어넣고 손으로 태엽을 감던 이 첫 번째 모델에서 더욱 훌륭한 방향으로 발전하여 체온조절 기능이 있고 스프링 밸브가 달린 기본형까지 나오기에 이르렀다. 그 원형이 된 사람들은 이미 오래전에 죽었거나 비틀거리는 늙은이가 되어버렸지만, 테플론과 나일론과 드랄론과 섹소픽스는 마치 박물관의 밀랍인형처럼 시간의 흐름에 저항하여,

이제 손전등의 불빛으로 어둠에서 뜯겨 나온 우아한 숙녀들이 헤매는 노인을 향해 움직이지 않는 미소를 띤 채 치켜든 손에는 유혹적인 문구를 녹음한 카세트를 쥐고 있는 것이다(대법원 판결은 판매자가 마네킹에 테이프를 장치하는 것을 금지했으나 구매자는 누구든지 집에서 개인적으로 설치할 수 있었다).

고독한 노인의 느리고 휘청거리는 발걸음이 먼지 뭉치를 뚫고 지나가고, 그 먼지 사이로 창백한 분홍색으로 깊숙한 곳에서 빛나 보이는 것은 집단적 관능의 모습들인데, 몇몇은 서른 명이 얽혀 거대한 슈트루델*이나 괴상하게 뒤엉킨 빵 반죽 같았다. 어쩌면 이 타락과 편안한 남색 사이를 돌아다니는 사람은 다름 아닌 제네럴섹소틱스의 회장일 수도 있고, 어쩌면 처음에는 미국을, 그다음에는 전 세계를 생식기 모양으로 바꾸어놓은 바로 그 최고 기획자일지도 모르는 일 아닌가? 바로 여기에 기업의 상황실과 기획들을 그려놓은 상황판이 있고, 법원에 계류 중인 여섯 건의 소송 관련 사례에 대한 납으로 된 검열 봉인이 있으며, 바로 저기 컨테이너 무더기가 바다 건너 여러 나라에서 애쓸 준비를 하고 있고, 그 속에는 일본 공과 딜도와 러브젤과 그 비슷한 수천 개의 품목이, 모두 사용 설명서와 작동법 안내서가 갖추어진 채로 가득 쌓여 있는 것이다.

때는 마침내 실현된 민주주의의 시대였다―모두가 뭐든지 할

* 과일이나 치즈 등을 반죽으로 얇게 싸서 구운 과자. 겉 부분에 칼집을 넣고 꼬아서 무늬를 만들기도 한다.

수 있었다—모든 것에 대해서. 기업은 자기들이 고용한 미래학자들의 조언을 듣고 담합금지 법안에도 불구하고 조용히 자기들끼리 지구의 시장들을 나누어 가진 뒤에 전문화에 몰두했다. 제네럴섹소틱스는 정상과 일탈을 똑같이 합법화하는 방향으로 움직였고 나머지 두 대기업은 자동화에 투자했다. 채찍질과 구타를 위해 마구 움직이는 기계가 기본형이 되어 등장했고, 목적은 대중을 설득하는 것이었다. 시장 포화에 대해서는 의문의 여지가 없는데, 왜냐하면 거대산업은, 만약에 진정한 거대산업이라면 수요를 그저 충족시키는 데 그치지 않기 때문이다. 거대산업은 수요를 창출한다! 이전에 가정에서 성관계를 맺던 방식은 네안데르탈인의 부싯돌과 몽둥이가 발견되던 곳에서나 이루어지게 되었다. 학계에서는 6년 과정, 8년 과정을 개설했고 그다음에는 양쪽 성별의 관능학을 연구하는 고등교육기관을 설립했으며, 신경섹스기가 발명되었고, 그 뒤로 소음 조절기와 소리 억제기와 음향 격리 기재와 특별한 소음 흡수기가 등장해서 일부 세입자들이 걷잡을 수 없는 비명으로 다른 사람들의 평온이나 쾌락을 방해하지 않게 되었다.

그러나 앞으로 대담하게 끊임없이 나아가야 했는데, 정체되는 순간 생산은 죽어버리기 때문이다. 불빛이 환히 밝혀진 사이버델릭스의 작업장에서는 이미 개인용 올림포스가 기획되고 시험 제작되었으며 그리스 여신과 남신의 모습을 한 플라스틱제 첫 번째 인간형 로봇들이 조립되고 있었다. 또한 종교계와의 법적 소송을 대비한 재정 자원이 확보된 뒤에 천사 모델에 대한 이야기도 나왔는데, 여기에는 몇 가지 기술적인 문제가 해결되지 않고 남아 있었다. 예를 들면 날개는 무엇으로 만들 것인가, 천연 깃털을 쓰면 코가 간지러울 수 있지 않은가, 날개가 움직여야 하는가, 그러면 방해가 되지 않는가, 후광은 어떻게 할 것이며 후광을 끄는 스위치는 무엇으로 만들고 어디에 위치시켜야 하는가 등등이었다. 그때 벼락이 떨어졌다.

암호명 노섹스NOSEX라고 알려진 저 화학물질은 이미 오래전에, 아마 1970년대쯤 합성되었다. 그 물질의 존재에 대해서는 내부 소수의 전문가만이 알고 있었다. 그 합성물 견본은 처음에는 일종의 비밀스러운 무기로 여겨졌고 펜타곤과 연고가 있는 조그만 회사의 실험실에서 관리했다. 노섹스를 분무 형태로 사용한다면 실제로 어느 나라든 인구를 10분의 1로 줄일 수 있었는데, 왜냐하면 이 물질은 몇 분의 1밀리그램만 사용하더라도 성행위에 수반되는 모든 감각이 사라지기 때문이었다. 이 행위는 실제로 오로지 일종의 육체노동으로서만, 그것도 탈수나 세탁이나 다듬이질 같은 매우 소모적인 육체노동으로서만 계속 진행 가능했다.

이후에 노섹스 이용이 제3세계에서 인구 폭발을 막기 위한 계획으로서 부활했으나 이 기획은 위험한 것으로 판명되었다. 어떻게 해서 전 세계적인 대재앙으로 넘어가게 되었는지는 알 수 없다. 노섹스 성분이 회로 합선과 에테르 저장 탱크에서 일어난 화재로 인해 공기 중으로 휘발되었다는 것은 진정 사실일까? 시장을 점유한 세 기업의 산업의 적들이 상황에 끼어들어 활동한 것은 아닐까? 혹은 어쩌면 어떤 전복적이거나 초보수적이거나 종교적인 조직이 여기에 손을 댄 것은 아닐까? 그 대답을 우리는 알아내지 못할 것이다.

지하 통로를 몇 킬로미터나 걸어 다니느라 지쳐버린 노인은 미리 제동장치를 당긴 뒤에 플라스틱 클레오파트라의 매끈한 무릎 위에 앉아서 생각에 잠긴다—마치 심연에 잠기듯이—1998년의 거대한 폭락 사태에 대해서. 대중은 모든 상품에 대해서 매일같이 혐오감을 가지고 돌아섰고 그리하여 시장은 붕괴됐다. 어제는 유혹적이던 것이 오늘은 지쳐버린 벌목꾼에게 도끼를 보여준 것과 같고 세탁부에게 물통을 보여준 것처럼 되어버렸다. 생물학이 인류에게 걸었던 영원한(그럴 것 같았다) 매혹, 그 마법은 산산이 깨졌다. 그때부터 가슴은 인간이란 포유류임을 상기시켜줄 뿐이었고, 다리는 걷는 데 쓰이며 엉덩이는 앉는 데 쓰인다는 것을 알려줄 뿐이었다. 그 이상은 없었지만, 그것뿐이라면 아무것도 아니다! 이 대재앙을 이겨내고 살아남지 못했다는 점에서 매클루언은 행운아였다. 『제니토크라시』이후에도 모든 저작에서 성당과 우주선과 이륙용 엔진과 터빈엔진과 풍차와 소금 창고와 모자와 상대성이론과 수학 공식의 괄호와 숫자 0과 느낌표를 순수한 상태의 존재에 대한 경험인 앞서 말한 저 한 가지 행위의 대용물이자 대체품이라 해석했던 매클루언 말이다.

그런 주장은 매 순간 힘을 잃었다. 인류는 후손을 남기지 못하고 멸종할 위기에 처했다. 1929년 대공황은 사소해 보일 정도의 경제 위기로 시작되었다. 첫 번째로 《플레이보이》 편집부 전원이 스스로 불을 질러 불꽃 속에서 죽어갔다. 스트립쇼 업장 종업원들은 굶어 죽거나 창문에서 뛰어내렸다. 선정적인 삽화를 담은 책을 펴내는 출판사들과 영화 프로덕션들과 대형 광고대행사들과 뷰티업계가 도산했고 미용성형-향수업계 전체가, 그 뒤에는 속옷 산업이 뒤흔들려서 1999년 미국에서 실업자 수는 3,200만 명에 달했다.

이제 대중의 관심을 대체 무엇으로 사로잡을 수 있을까? 탈장 치료용 트러스, 인조 곱사등, 흰머리 가발, 마비 환자용 휠체어에 앉혀 흔들리는 모습—왜냐하면 오로지 이런 것만이 저 악몽, 저 중노동인 성적인 노력과 연관되지 않았고, 오로지 이런 것만이 성과 관련된 해로움이 없음을 보장하고 그리하여 숨 돌리고 쉴 수 있음을 보장하는 듯했다. 아울러 각국 정부에서는 위험을 인지하고 종족을 살리기 위해 모든 힘을 동원하는 일에 나섰다. 신문에는 이성에 호소하고 책임감을 불러일으키는 사설들이 실렸으며 모든 종교의 성직자들이 텔레비전에 나와서 숭고한 이상을 상기시키면서 고매하게 설득하는 설교를 늘어놓았으나, 이런 권위자들의 합창을 대중은 대체로 내키지 않아 하며 들었다. 자기 자신을 극복하라는, 인간성에 호소하는 간원과 충고도 소용이 없었다. 그 결과는 참담했다. 단 하나의 예외로 잘 훈련된 민족인 일본인들만이 이를 악물고 이러한 징후에 맞섰다. 그러자 통정에 대한 특별한 물질적 지원과 명예 졸업장과 훈장과 포상과 경품과 메달과 직위와 대회가 생겨났다. 이런 정책들마저 대실패로 끝나자 돌이킬 수 없는 억압이 닥쳐왔다. 그러나 이에 대하여 모든 지역의 인류가 생식의 의무를 회피하면서 젊은이들은 근처의 숲에 숨었고 나이 든 사람들은 무기력하다는 거짓 증언을 내세웠으며 통제와 감시를 위한 사회적 위원회들은 뇌물에 넘어갔고 마침내 모든 사람이 혹시 이웃이 빠져나가지 않는지 감시할 준비가 되어 있으면서도 그 자신은 할 수 있는 한 이 괴로운 노동을 피하려 했다.

대재앙의 시기는 이제 지하에서 클레오파트라의 무릎 위에 앉아 있는 고독한 노인의 머릿속에 흘러 다니는 기억일 뿐이다. 인류는 멸종하지 않았다. 현재 생식은 뭔가 예방접종을 연상시키는 청결하고 살균된 위생적인 방식으로 일어난다. 고통스러운 실험과 시도의 기간이 몇 년이나 지나고 나서는 일종의 안정기가 찾아왔다. 하지만 문화는 공백을 내버려두지 않는 법이고, 섹스에 대한 반감이 폭발하여 성욕이라는 것이 무시무시할 정도로 빨려 나간 뒤에 그 텅 빈 자리를 대신한 것은 식욕이었다. 식욕은 정상적인 것과 외설적인 것으로 나뉘고, 변태적 과식욕과 음식점포르노그래피 앨범이라는 것이 존재하며 특정한 자세로 음식물을 섭취하는 것은 말할 수 없이 음란하게 여겨졌다. 예를 들어 무릎을 꿇고 과일을 먹어서는 안 되며(그러나 바로 이렇게 할 자유를 위해서 '무릎꿇은사람들'이라는 일단의 변태들이 투쟁하고 있다) 천장을 향해 발을 쳐들고 시금치나 달걀을 먹어서도 안 된다. 그러나—당연히도!—음란한 광경들이 이런 일을 잘 아는 전문가와 식도락가들을 기다리는 비밀스러운 업장들이 존재한다. 이런 곳에서는 관객 앞에서 특별한 기록 보유자들이 보는 사람의 군침이 턱까지 흐를 정도로 탐스럽게 먹는다. 덴마크에서는 영양분포르노 앨범이 밀수출되는데 여기에서는 진실로 무서운 광경들을 볼 수 있다—섭취자는 관을 통해 달걀을 섭취하는 것과 동시에 마늘로 매운맛을 낸 시금치를 손가락으로 돌리고 또한 굴라시를 뿌린 파프리카의 냄새를 맡으면서 식탁보에 감싸인 채 식탁에 누워 있으며, 다리는 끈으로 묶여서 이 난잡한 현장에서 샹들리에를 대신하는 커피 기계에 연결되어 있다. 올해 페미나상을 수상한 소설에서 남자 주인공은 스파게티로 미리 배를 잔뜩 채운 다음 송로 크림을 바닥에 칠한 뒤에 혓바닥으로 그것을 핥아 먹는다. 이상적인 아름다움의 기준도 변했다. 이제는 130킬로그램의 뚱보여야만 하는데, 왜냐하면 이런 체형은 소화기관의 특출한 효율성을 입증하기 때문이다. 패션에도 변화가 일어났다. 여성들은 전반적으로 옷차림만으로는 남성과 구별할 수 없게 되었다. 모든 개명開明한 국가들의 국회에서는 학교 교육으로 어린이들에게 소화 과정의 비밀을 교육하는 것이 가능한지에 대한 토론이 이루어졌다. 이제까지 이 주제는 저속한 것으로서 완전한 금기에 철저히 감추어져 있었다.

그리고 마침내 생물학의 발달은 선사시대의 쓸모없는 유물인 성별 구분을 근절하는 단계에 근접했다. 태아는 인공적으로 수정될 것이며 유전공학의 프로그램에 따라 육성될 것이다. 여기에서는 무성적인 개체들이 생겨날 것이고 이러한 개체들이 비로소 섹스의 대재앙 시기를 겪은 모든 사람의 정신 속에 여전히 쌓여 있는 악몽 같은 기억에 종지부를 찍을 것이다. 진보의 성전, 밝게 불 켜진 실험실에서 훌륭한 양성인간, 이라기보다 정확히는 무성인간들이 태어날 것이며, 인류는 이전의 치욕에서 벗어나 모든 과일을 더더욱 맛있게 씹어 삼킬 수 있게 될 것이다─식도락적으로 금지된 과일만을.

알프레트 첼러만, 『루이 16세 중장』

Alfred Zellermann „Gruppenführer Louis XVI"

(주어캄프 출판사)

　『루이 16세 중장*』은 저명한 문학사 연구자이며 곧 60세를 바라보는 인류학 박사이자 히틀러 왕국 시대를 독일 시골에 있는 처가에서 숨어 지냈고 그 시기에 대학에서 제적당했기 때문에 수동적인 관찰자로서 제3제국의 삶을 바라보아야 했던 알프레트 첼러만의 소설 데뷔작이다. 감히 말하건대 이 소설은 대단한 작품이며 덧붙이자면 아마도 이러한 삶의 경험이라는 자본을 가진─게다가 문학 이론 지식까지 갖춘!─독일인만이 이런 소설을 쓸 수 있을 것이다.

　제목과 달리 이 소설은 전혀 환상적이지 않다. 작중 배경은 세

---

* 그루펜퓌러Gruppenführer는 나치 독일 히틀러 친위대의 상급 장교 계급이며 일반 군대의 중장에 해당한다.

계대전 종전 후 1940년대 중반부터 1950년대 중반까지 아르헨티나다. 50세의 지크프리트 타우들리츠 친위대 중장은 패배하고 점령당한 제3제국에서 도주해 남미로 향하면서 그 유명한 히틀러 친위대 훈련학교가 축적한 '보물Ahnenerbe[*]' 중 일부를 철제 띠를 두른 상자에 가득 담은 미국 달러지폐 형태로 가지고 갔다. 자신처럼 독일에서 도주한 사람들과 다양한 떠돌이와 모험가들을 주변에 모으고, 또한 무슨 일을 하는지 곧바로 정의하기 어려운 행실 수상쩍은 여자들 십수 명을 고용한(그중 몇 명은 타우들리츠가 직접 리우데자네이루의 홍등가에서 데려왔다) 이 전직 친위대 장군은 히틀러가 선택한 장교다운 효율성을 발휘해 아르헨티나 내륙 깊은 곳에서 원정대를 조직한다.

마지막 문명의 장소와 수백 킬로미터나 떨어진 지역에서 이 원정대는 최소한 1,200년 이상 된, 아마도 아스텍 군대가 세웠던 건물로 추정되는 잔해를 발견하고 그곳에 정착한다. 타우들리츠는 곧바로 (그러나 알 수 없는 이유로) 이 정착지에 '파리지아'라고 이름 붙이고, 돈벌이의 유혹에 이끌린 사람들이 모여든다. 원주민인 인디오와 메스티소들이다. 전직 중장은 이들을 효율적인 노동집단으로 변모시키고 자신이 데려온 사람들에게 관리감독을 맡긴다. 이런 노력의 결과 몇 년이 지나자 타우들리츠가 꿈꾸었던 통치 구조가 생겨난다. 그는 어떤 것에도 굴하지 않는 무자비

• 독일어로 '선조들의 유산'.

함과 위세 당당했던 군주제 시기 프랑스를—정글 한복판에—새롭게 창조하겠다는 잘못된 관념을 머릿속으로 연결했는데 그 이유는 바로 자신이 루이 16세의 환생이 될 예정이었기 때문이다.

여기서 잠시 덧붙이자면 앞의 설명이나 이후에 이어지는 내용이 소설의 요약문은 아니다. 작품 안에서는 사건 순서가 지금 이 서평에 이야기하듯이 달력상 시간 순서대로 나타나지 않는데, 작가가 표현하고자 했던 예술과 구성의 본질적 요구를 잘 이해하는바 우리는 일부러 사건을 시간 순서대로 재배치함으로써 주요 주제와 창작 의도를 특별히 강조하여 조명하려 한다. 그리고 수많은 지엽적인 배경 사건은 아무리 짧게 요약해도 도저히 전부 다 넣을 수 없기 때문에 우리의 '시간순서화된' 작품 재구성에서는 생략할 것이다—작품 전체가 두 권 분량에 670쪽이 넘기 때문이다. 그래도 어쨌든 이 서평에서 알프레트 첼러만이 이 대서사시에 구현한 사건 순서를 설명하려고 노력해보겠다.

줄거리로 돌아오자면, 그리하여 '파리지아'에 왕궁과 함께 왕옆에서 알랑거리는 조신, 기사, 성직자, 하인들, 황실 예배당과 무도회장이 생겨나며, 이 모든 것은 유서 깊은 아스텍 건물의 잔해를 총안 뚫린 흉벽으로 사용하고 나머지는 건축학적으로 말도 안 되는 방식으로 재건하여 만들었다. '새로운 루이'는 무조건 충성하는 세 명의 부하 한스 메러, 요한 빌란트, 에리히 팔라츠키를 곁에 두고(이들은 곧 리슐리외 추기경, 드 로앙 공작과 드 몽바롱 공작으로 변신한다) 자신의 가짜 왕좌를 지켜낼 뿐 아니라 주변 사람들의 생활까지 자기 의도에 맞추어 변화시킨다. 게다가 여기서, 이 부분이 소설에서 핵심적인데, 전직 중장의 역사 지식은 파편적이고 왜곡된 정도가 아니라 사실상 전무하다. 그의 의도와 발상이란 17세기 프랑스 역사의 조각들에 바탕을 둔 것이 아니라 『삼총사』부터 시작해서 어린 시절에 읽은 뒤마의 소설과 자라서 '군주적인' 성향을(정확하게 말하자면 실제로는 가학적인 성향일 뿐이었다) 가진 청소년이 되며 탐독한 카를 마이의 모험소설에서 비롯된 잡동사니였다. 게다가 이런 독서에 대한 기억 위에 이후에 닥치는 대로 읽었던 싸구려 연애소설이 덧붙여져 그는 프랑스 역사를 현실에 되살릴 능력이 없었으며, 그 대신 잔혹하고 원시적이며 완전히 아둔하고 뒤범벅된 이미지들이 그의 역사에 대한 관념이자 신앙이 되었다.

사실 작품 전체에 흩뿌려진 수많은 세부사항과 암시들에서 충분히 짐작할 수 있듯이 히틀러주의는 타우들리츠가 보기에 가장 입맛에 맞는 기회이며 가장 '군주제적인' 백일몽이었기 때문에 그저 필요에 따른 선택일 뿐이었다. 히틀러주의는 그가 보기에 중세에 가장 가까웠다—그러나 사실 그 때문에 가장 마음에 들었다는 뜻은 아니다! 하지만 어찌 됐든 다른 모든 형태의 제도화된 민주주의보다 더 안락해 보였다. 타우들리츠는 제3제국 안에 숨은 자기만의 '왕좌의 꿈'을 품고 있었으므로 히틀러의 매력에는 결코 넘어간 적이 없었고 히틀러의 주장을 믿은 적도 없으며, 바로 그 덕분에 '위대한 독일'의 패망을 전혀 슬퍼할 필요가 없었다. 다만 적당히 똑똑한 사람이었으므로 그 패망을 제때 예견했고, 특히 제3제국 엘리트(에 속하면서도) 정체성을 전혀 받아들이지 않았으므로 현실에 맞게 패배를 준비할 수 있었던 것이다. 그는 히틀러 숭배자로 유명했지만 그것이 자신을 속인 결과는 아니었다. 타우들리츠는 10년에 걸쳐 냉소적인 코미디를 연기했을 뿐인데, 마음속에 '자기만의 신화'를 품은 덕분에 히틀러에 대한 저항력을 가질 수 있었고 바로 그것이 특별히 편리했는데, 왜냐하면 『나의 투쟁』의 주장을 조금이라도 진지하게 받아들이려 애썼던 추종자들은 예를 들면 알베르트 스페어*처럼 나중에 히틀러에게서 멀어졌다고 느끼게 되었던 반면, 타우들리츠는 순전히 겉으로만 그날그날 주어진 관점에 동의했던 사람이라서 그 어떤 이단 사상에도 감염될 수 없었다.

　타우들리츠는 끝까지 한 점 의심 없이 돈과 폭력의 힘만을 믿었다. 사람들에게 물질적 보상을 주면 적당히 관대한 군주가 계획하는 일을 수행하게 할 수 있지만, 또한 군주는 한 번 의무와 헌신을 체결하고 나면 실행에 있어 충분히 확고하고 무자비해야 한다는 사실도 알고 있었다. 타우들리츠는 외부인의 눈으로 보기에는 말할 수 없이 천박하고 멍청하고 지저분한 방식으로 계획하고 연출한 이 거대한, 몇 년이나 이어진 연극을 자기 '조신들', 즉 독일인, 인디오, 메스티소, 포르투갈인으로 구성된 그 다채로

* 　알베르트 스페어(1905~1981)는 독일의 건축가, 히틀러의 측근이자 2차대전 시기 나치 독일 군사부 장관이었다.

운 무리가 진심으로 믿는지, 그 연기자 중 누구라도 루이 왕의 왕궁이 의미가 있다고 믿는지, 아니면 그들 또한 의식적으로 코미디를 연기하면서 물질적 보상만 기대하는지 혹은 군주의 죽음 이후 '왕의 무덤'을 약탈할 기회를 노리는지 전혀 관심을 두지 않는다. 타우들리츠에게 그런 문제는 존재하지 않는 것으로 보인다.

왕궁 공동체의 생활은 대단히 선명한 방식으로 전체가 가짜, 그것도 무능력한 위조품에 거짓이라 최소한 좀 눈치 빠른 사람들, 나중에 파리지아에 도착한 사람들이나 이 유사왕조와 유사왕족의 탄생을 자기 눈으로 지켜본 사람들은 그 허구성을 단 한 순간이라도 의심할 수 없었을 것이다. 또한 이 왕국은 특히 초기에는 다분히 병적으로 둘로 갈라진 존재처럼 보였다. 왕실 알현과 무도회에서, 특히 타우들리츠 곁에서 하는 말이 다르고, 이 억지 연극을 계속하기 위해 무자비한(심지어 고문을 포함한) 방법의 실행도 서슴지 않는 군주와 그의 세 측근이 없을 때 하는 말이 달랐다. 그리고 이것은 특별히 화려한, 가짜가 아닌 광채가 번쩍이는 옷을 입고서 하는 연극인데, 왜냐하면 확실한 달러로 값을 치르고 대형 마차로 줄지어 들여온 배송품이 20개월 동안 성벽을 더 높이고 프레스코화와 태피스트리로 벽을 장식하고 왕궁 바닥을 우아한 카펫으로 덮고 수많은 장비와 거울, 금시계, 옷장을 늘어세우고 비밀 문과 은신처를 벽과 작은 방과 정자와 테라스에 만들고, 왕궁을 훌륭하게 관리된 거대한 공원과 뾰족한 말뚝 울타리와 해자로 둘러쌌는데, 왜냐하면 모든 독일인은 적갈색 얼굴의 원주민 노예들이 떠받들어 유지하는 관리감독자이며(이 원주민들의 땀과 노력으로 가짜 왕국이 생겨난 것이다), 독일인들은 정말로 17세기 기사 같은 옷차림으로 다니지만 금장 허리띠에는 파라벨룸* 상표의 권총을 차고 있으며, 그것이 봉건화된 미 달러 자본과 노동 사이에 일어나는 모든 다툼의 최종 변론이다.

그러나 군주와 그의 측근들은 주변에서 왕실과 왕국의 허구성을 즉시 폭로할 만한 현상이나 징조를 천천히, 그리고 동시에 체계적으로 전부 청산한다. 그러면서 처음에는 특별한 언어가 생겨나는데 이 언어를 통해 외부 세계에서 어쨌든 들어오는 모든 종류의 소식, 예를 들면 아르헨티나 정부의 어떤 개입이 '국가'를 위협하지는 않는지를 우회적으로 표현한다. 왕에게 전해지는 이런 소식에서 고관대작들이 감히 군주와 왕좌의 비정통성을 드러내서는 안 된다. 아르헨티나는 언제나 '스페인'이라 지칭하며 인접국으로 취급한다. 모든 사람이 이 인위적인 가면에 조금씩 익숙해지며 화려한 예복을 입고 자유롭게 서로 교류하는 법을 익히고 칼과 언어를 너무나 능숙하게 사용해서, 거짓은 그렇게 더 깊이—이 건물, 살아 있는 그림의 토대와 뿌리에 스며든다. 거짓은 계속 거짓으로 남아 있지만 이제는 진정한 욕망, 증오, 다툼, 경쟁으로 피가 흐르고 맥박이 뛰게 되었으며 그 이유는 거짓 궁전에 진짜 드라마가 펼쳐지기 때문이고, 조신들 중 한쪽 파벌이

---

* 파라벨룸은 루거 권총의 상표명이다. 오스트리아 디자이너 게오르크 루거(1849~1923)가 개발했으며 1898년부터 1949년까지 판매되었다.

다른 파벌을 무너뜨리고 그 시체를 밟고 왕좌에 다가가 타도된 자의 권위를 왕에게서 넘겨받으려 하기 때문이고, 그러다 보니 계략, 독살, 밀고, 칼부림이 비밀스럽지만 완벽하게 현실적인 활동을 펼친다. 이 모든 것에는 어떤 식으로든 군주제적이고 봉건주의적인 요소가 계속 있으며 이것은 새로운 루이 16세인 타우들리츠가 상상하고 영감을 불어넣어 되살려냈으며 전직 나치 친위대 무리가 재창조한 절대권력이라는 꿈이었다.

타우들리츠는 독일 어딘가에 누이의 아들, 즉 자신의 조카이자 마지막 남은 핏줄 베르트란트 귈젠히른이 살고 있으리라 짐작하는데, 베르트란트는 독일이 패배한 시점에 열세 살이었다. 이 청년(지금은 21세)을 찾기 위해 루이 16세는 드 로앙 공, 다시 말해 조신들 중 유일한 '지식인' 요한 빌란트를 보내는데, 왜냐하면 빌란트는 무장 친위대 군의관이었고 마우트하우젠 강제수용소에서 '과학적인 작업'을 수행했기 때문이다. 왕이 공작에게 조카를 찾아서 황태자로서 왕궁에 데려오라고 비밀 지령을 내리는 장면은 이 작품에서 가장 훌륭한 부분이다. 처음에 군주는 왕좌의 앞날을 위해 후계자가 될 자손이 없어서 얼마나 걱정되는지 상당히 점잖게 설명하는데 이 서론이 그가 계속 같은 어조를 유지하는 데 도움을 준다. 이 장면에서 진정한 광기의 맛은 이제 왕이 심지어 스스로도 자기가 진짜 왕이 아니라는 사실을 인정하지 않는다는 점이다. 실제로 그는 프랑스어를 못 하지만, 왕궁을 지배하는 언어인 독일어로 말하면서도 수하의 모든 사람이 이

주제에 대해서 말할 때 그러하듯이 자신이 프랑스어로 말하는 17세기 프랑스인이라고 확신한다.

이것은 전혀 광기가 아닌데, 이 시점에서 독일인임을, 하다못해 언어만이라도 독일어임을 인정한다면 그야말로 광기라 할 것이기 때문이다. 프랑스의 유일한 인접국은 스페인이며(그러니까 아르헨티나를 말한다) 독일은 아예 존재하지 않는다! 누구든 감히 독일어로 말하면서 그 언어가 독일어라는 사실을 상기시키면 목숨이 위험해진다. 파리 대주교와 살리냐크 공작의 대화에서 드러나는바(제1권 311쪽) 샤르트뢰즈 공이 '국가에 대한 배신죄'로 참수당한 이유는 사실 술 취해서 왕궁을 그냥 '매음굴'이 아니라 '독일 매음굴'이라고 말했기 때문이었다. 주목할 점은 소설 안에 넘쳐나는 프랑스 이름들이 코냑과 와인 이름을 생생하게 연상시킨다는 것인데—행사를 진행하는 '마르퀴 샤토-뇌프 뒤 파프'만 봐도 그렇다!—이에 대해 저자는 전혀 설명하지 않지만, 타우들리츠의 기억 속에는 매우 이해하기 쉬운 이유로 프랑스 귀족 이름보다 양주와 보드카 이름이 더 많이 떠돌고 있다는 결론을 내릴 수밖에 없다.

사절로 보낼 드 로앙 공과 대화하면서 타우들리츠는 루이 16세가 신뢰하는 측근에게 비슷한 임무를 맡길 때 말했을 것이라고 자기가 상상하는 방식으로 말한다. 공작에게 허구의 예복을 벗어던지라고 하지 않고 반대로 "영국인이나 네덜란드인으로 가장하라"고 명령하는데 이는 평범하고 현대적인 옷차림을 하라는 뜻이다. 그러나 '현대적'이라는 단어는 사용할 수 없다—이것은 왕국의 허구성을 공격해 약화시키는 단어이기 때문이다. 심지어 달러화조차 언제나 '탈러'라고 불린다.

빌란트는 상당한 양의 현금을 갖추고 리우데자네이루로 가는데 이곳에서 '왕궁'의 상업대리인이 영업하고 있어서 타우들리츠의 사절은 훌륭한 가짜 신분증을 얻어 유럽으로 항해한다. 황태자 수색의 우여곡절에 대해 소설은 침묵한다. 우리가 아는 것은 탐험이 11개월 뒤 성공으로 끝났다는 것이며, 이 독창적인 소설의 본격적인 내용은 바로 빌란트와 젊은 퀼젠히른의 두 번째 대화로 시작하는데 청년은 함부르크의 큰 호텔에서 식당 종업원으로 일하고 있다. 베르트란트는(이 이름은 그가 계속 사용하는 것이 허락된다. 외삼촌 타우들리츠의 의견에 따르면 이 이름은 느낌이 좋다) 부자 외삼촌이 자기를 양자로 삼고 싶어 한다는 부분만 바로 귀담아듣고 그것으로 충분하다며 일을 그만두고 빌란트를 따라나선다. 이 특이한 콤비의 여행은 소설 도입부로서 역할을 완벽하게 수행하는데, 공간적으로는 나아가면서 동시에 시간적으로는 역사 속으로 되돌아가기 때문이다. 여행자들은 대륙 간 제트기에서 내려 기차로 갈아타고, 그런 뒤에 차를 타고, 차에서 내려 말이 끄는 마차로 갈아타고 마지막 230킬로미터를 여행하게 된다.

베르트란트의 옷이 낡아가는 동안 여분으로 가져온 옷가지

• 독일의 옛 은화.

도 '사라지고' 빌란트가 이런 경우를 대비해 준비해둔 고풍스러운 복식으로 대체된다. 그와 동시에 빌란트는 드 로앙 공으로 변한다. 이 변신은 전혀 어떤 권모술수가 아니며 두 사람이 중간중간 멈추어 설 때마다 괴상할 정도로 간단하게 일어난다. 독자가 짐작하듯이(나중에 이 점을 확인할 것이다) 빌란트는 타우들리츠의 잡다한 심부름을 맡은 사절로서 이런 변신을—이렇게까지 천천히 진행되진 않았겠지만—이미 몇 번이나 겪어본 것이다. 그러므로 하인츠 카를 뮐러 씨가 되어 유럽에 갔던 빌란트가 칼 차고 말 탄 드 로앙 공이 될 때 베르트란트도 최소한 외면적으로는 비슷한 변화를 겪는다.

베르트란트는 충격받고 멍해진다. 그는 외삼촌이 막대한 재산의 소유자라는 사실을 알게 되어 억만장자의 상속자가 되기 위해 종업원 일을 그만두었는데 이제는 이해할 수 없는 다채로운 희극 혹은 광대극 안으로 끌려 들어가고 있는 것이다. 빌란트-뮐러-드 로앙이 여기까지 오는 길에 그에게 해준 이야기들은 그의 머릿속을 휘감은 혼란을 더욱 가중할 뿐이다. 이 빌란트인지 드 로앙인지 하는 사람이 그저 그를 놀리는 것 같기도 하고, 어떻게 보면 그를 파멸의 구렁으로 밀어 넣는 것 같기도 하고, 그런데 또 어떻게 생각하면 알 수 없는 사건의 조그만 일부분을 비밀스럽게 그에게 알려주는 것 같기도 한데, 그 사건 전체를 다 알기란 지금으로서는 불가능하고, 그러다 광기에 아주 가까워지는 순간들도 다가온다. 어쨌든 그는 절대로 사물을 본래 명칭으로 지칭해서는 안 된다는 당부를 들었다. 이 본능적인 지혜는 왕궁에서 모두가 공유한 상식이었다.

드 로앙은 이렇게 말한다. "외숙부께서 원하시는 대로 예의범절을 지키셔야 합니다('외숙부님' 그다음에는 '전하' 그리고 마침내 '폐하'). 그분의 성함은 '루이'이며 '지크프리트'가 아닙니다, 무슨 일이 있어도 절대로 '지크프리트'라는 이름을 말해서는 안 됩니다. 그 이름은 버리셨으니 그렇게 해야만 합니다!" 공작으로 변하면서 뮐러는 이렇게 선언한다. '부동산'이 '장원'으로 바뀌더니 다시 '국가'로 바뀌었다. 그렇다, 뭐랄까, 말을 타고 정글 속으로 몇 날 며칠이나 들어간 끝에 벌거벗은 근육질 메스티소 여덟 명이 메는 금칠한 가마에 몇 시간이나 실려 가며 창밖으로는 투구를 쓴 기사들이 말을 타고 행진하는 모습을 보다 보니 베르트란트는 이 수수께끼의 동행인이 하는 말이 진실이라고 조금씩 믿게 되었다. 그러다가도 이 동행인이 미친 게 아닐까 의심스러워지고 그러면서 외삼촌을 만나는 것만 간절히 기대하게 되었는데, 사실 그는 외삼촌을 거의 기억하지 못했다—마지막으로 본 것이 아홉 살 소년일 때였으니 말이다. 그러나 이 만남은 타우들리츠가 기억해낼 수 있는 모든 의례와 예식과 풍습의 혼합물인 성대하고 화려한 잔치의 핵심이었으며, 그러므로 합창단이 노래하고 은 나팔이 팡파르를 울리고, 그러므로 왕이 왕좌에 올라가기 전에 하인들이 길게 "국왕!" "국왕!" 하고 외치며 조각된 문을 양쪽으로 열었다. 타우들리츠는 열두 명의 '최고 귀족'(이들은 실수로 잘못된 곳에서 빌려왔다)에게 둘러싸여 있으며, 곧 신성한 순간이 이어진다—루이 왕이 십자가로 조카를 축복하고 황태자로 선언하며 그에게 반지와 손등과 왕홀에 입맞추게 한다. 이후 단둘이 아침 식사를 하게 되자, 지친 원주민들의 시중을 받으며 높은 성에서 내려다보이는 공원과 그 안에 한 줄로 늘어서 반짝이는 분수들이 펼쳐진 아름다운 풍광을 앞에 두고 베르트란트는 이 휘황한 광경, 그리고 이 일대를 전부 둘러싼 정글이 멀리서 잔혹한 녹색 띠처럼 어른거리는 모습을 번갈아 보면서 외삼촌에게 뭔가 물어볼 용기를 전부 잃었고 외삼촌이 그에게 말해도 좋다고 부드럽게 지시했을 때 이렇게 말한다.

"국왕 폐하…""그래, 그래야지… 높은 이성이 그렇게 요구한다… 거기에 나의 복이 있고 그것이 곧 네 것이다…"왕관을 쓴 나치 친위대 중장이 그에게 자비롭게 말한다.

이 책이 독특한 이유는 서로 절대로 어울리지 않는 듯한 요소들을 연결하기 때문이다. 보통은 무언가 진본이거나 위조이거나, 거짓이거나 진실이거나, 허상을 내보이는 연기이거나 자발적이고 진정한 삶인데, 여기 우리 앞에 놓인 것은 거짓된 진실과 진정한 가짜, 다시 말해 진실이면서 동시에 거짓인 어떤 것이다. 만약 타우들리츠의 조신들이 그저 달달 외운 대사를 읊고 자기 역할을 연기하기만 했다면 우리는 생명 없는 인형극 같은 광경을 보게 되었겠지만, 이들은 연극에 숙달하고 각자 나름대로 빠져들어 몇 년에 걸쳐 익숙해져서 베르트란트가 도착한 이 무렵에는 곧 타우들리츠에 대한 음모를 꾸미기 시작하면서도 주입된 설정에서 완전히 벗어나지 못하게 되었고 그래서 음모 자체도 괴상한 심리적 혼합물이 되어 마치 잼, 설익은 반죽, 파스타, 그리고 호두가 목에 걸려 죽은 쥐 시체를 얹은 케이크처럼 되었다. 왜냐하면 나치 중장은 루이 왕 치세 프랑스 역사에 대한 무의미하게 왜곡된 기억과 삼류 연애모험소설에서 읽은 지식의 조각들을 합쳐 뭉치고 진정한 열정과 정직한 통치에 대한 정열이라는 옷을 차려입혔기 때문이다. 그는 처음에는 자신의 광기에 복종할 것을 강요할 수 없었기 때문에 강요하지 않았으며 오로지 돈으로 매수하기만 했고 그때는 운전기사와 부사관과 친위대원 들이 그와 그의 이 '쇼' 전체에 대해 등 뒤에서 무슨 말을 하는지 못 들은 척해야 했다. 그리고 그때는 이 모든 것을 조용히 참아낼 만한 이성이 있었다—공포와 강제와 고문으로 복종을 얻어내는 편이 더 쉬워지는 순간까지는 말이다. 그 순간이 오자 이제까지 단 하나의 매혹이었던 미국 달러는 '탈러'가 되었다…

이 모든 것을 모아 이루던 원시적인 단계, 말하자면 왕국의 전前역사 시대는 소설 속에서 우연한 대화들의 파편으로만 드러난다—그리고 이런 회상에 비싼 대가를 치르게 될 수 있다는 사실을 기억해야 한다. 소설은 유럽에서 정체불명의 사절이 젊은 종업원 베르트란트를 포섭하면서 시작되고 작품의 후반부에 들어서야 우리가 이제까지 재구성하려고 애썼던 내용을 짐작할 수 있게 해준다. 물론 전직 헌병, 강제수용소 경비병과 의사, 나치 친위대 장갑부대 '그로스도이칠란트' 지휘관과 사격수 들이 루이 16세 왕궁의 조신과 공작과 고위 성직자라는 것은 너무나 악몽 같은, 광기로 가득한 혼란이며, 명시되지 않은 역할들에도 너무나 어울리지 않아서 대체 어떻게 가능한지 알 수 없으나, 그들 모두가 어떤 잘 짜인 역할을 맡아 연기를 못한 것은 아니었으니 애초에 그런 역할과 대본이 없었기 때문이고, 그래서 그들은 나름대로, 많은 경우 어리석은 방식으로, 어찌 됐든 그 외에 달리 방법이 없었으므로 맡은 역할을 수행했다… 그리고 이 상황이 애초부터 거짓이었기 때문에 그들은 거짓되고 어리석게 연기했고, 이런 엉망진창 혼합물은 이 책을 그저 말도 안 되는 헛소리로 만들 수 있었을 것이다.

그러나 실제로는 전혀 그렇지 않은데 그 이유는 이 히틀러의 고문기술자들이 추기경의 붉은 예복과 대주교의 보랏빛 의례복과 금도금한 기사 갑옷을 걸치면서 한때 바보 같다고 느꼈을지 몰라도, 선원들을 상대하던 매음굴 출신 매춘부들을 자신이 귀족 역할을 할 때면 아내인 공작부인이나 후작부인이라 부르고, 루이 왕의 성직자 역할을 할 때면 공주님이나 백작부인 혹은 후궁이라 부르는 것이 재미있었으므로 덜 바보스러워 보이게 되었다. 어쩌다 보니 이 역할이 그들 자신에게도 멋지게 느껴지기 시작했다. 허구의 고관대작 역할에 녹아들면서 그들은 이 모든 창작물을 감상하고 즐겼고 동시에 상상할 수 있는 모든 훌륭한 인물의 이상적인 모습에 걸맞게 행동했다. 소설에서 성직자의 예식용 모자와 레이스 달린 장신구를 착용한 이 전직 무뢰배의 목소리를 보여주는 이 부분은 저자가 심리 묘사를 하는 필력이 정말 믿을 수 없을 정도임을 증명한다.

이 한심한 작자들은 자신들의 호화로운 지위를 즐기지만, 그것은 가장 단순하게 정의하자면 범죄의 귀족화 혹은 정당화라고 할 수 있는 행위를 통해 두 겹으로 강화되었기에 진짜 귀족 신분과는 아무 관련이 없다. 게다가 불량배가 악의 산물을 누리며 가장 큰 기쁨을 느끼는 때는 법의 장엄한 보호를 받으며 악행을 저지를 때이므로, 이 강제수용소의 직업적 가학행위자들은 오래된 습관을 다시 반복할 기회가 주어지자 아주 만족스러워한다—그것도 사치스러운 왕궁의 찬란한 후광 속에서, 그 밝은 빛이 더러운 행위를 하나하나 비추는 가운데 말이다. 바로 그 때문에 그들 모두 끔찍한 짓을 저지르면서도 최소한 말로는 추기경이나 공작 역할에서 벗어나지 않으려고 스스로 애쓴다. 바로 그 덕분에 그들은 자신의 어깨를 장식한 그 높은 신분과 계급의 장엄한 상징 전체도 함께 더럽힌다. 그리고 또한 그 때문에 가장 아둔한 자들은, 예를 들어 메러는 드 로앙 공을 질투하는데, 왜냐하면 드 로앙 공은 인디오 아이들을 괴롭히는 취미를 너무나 능숙하게 정당화해서 어린이를 고문하는 행위를 모든 면에서 최고 수준으로 '왕실에 걸맞은' 일로 바꾸어 말하기 때문이다. (여기서 덧붙이자면 인디오들은 이 결과 전부 '흑인'으로 불리게 되는데, 왜냐하면 흑인 노예가 '더 모양새 좋기 때문'이다.)

우리는 또한 추기경 모자를 얻고 싶어서 빌란트(드 로앙 공)가 애쓰는 이유도 이해할 수 있다. 자신의 그 타락한 놀이를 계속하려면 단 하나 부족한 것이 바로 하느님이 직접 땅에 내려보낸 대리인의 지위이기 때문이다. 실제로 타우들리츠는 마치 빌란트의 이런 요구가 뒤에 어떤 추악한 심연을 감추고 있는지 알기라도 한 듯 그에게 이 특권을 주기를 거부한다. 그러나 타우들리츠는 이 놀이를 다른 식으로 진행하고 싶은 것이다. 그는 현재의 존엄한 지위와 오랜 옛날 나치 친위대라는 과거를 동시에 의식하고 싶지 않은데, 왜냐하면 '다른 꿈, 다른 신화'를 품고 있기 때문이다. 그는 추기경의 진홍빛 모자에 진정한 왕의 권위가 담기기를 갈망하므로, 빌란트가 주변을 닥치는 대로 이용하는 방식을 진심으로 분노하며 거부한다. 저자의 탁월한 능력은 저열한 인간들의 기이한 다양성과 풍부함, 다종다양한 형태의 악을 도저히 어떤 하나의 단순한 공식으로 요약할 수 없는 방식으로 보여준다는 것이다. 타우들리츠는 빌란트에 비해 절대로 손톱만큼도 '더 나은' 인물이 아니고 그저 다른 어떤 일에 열중할 뿐인데, 그것은 바로—불가능한, 그러나 완전한—변모이다. 그래서 그는 자기 나름의 '청교도적' 태도를 보이며 이 때문에 최측근들이 그를 미워하게 된다.

이 조신들에 대해서 말하자면 왜곡된 이유로 인해 그 역할을 잘하려고 애썼다는 것을 우리는 이미 알고 있는데… 그러다 열 명 정도가 모여서 군주-중장에 대한 음모를 꾸며 미국 달러가 가득한 상자를 빼앗고 살해할 계획을 세우는데, 상원 의석과 작위와 훈장과 신분을 버리기가 아까워져서 굉장한 혼란에 빠져버렸다. 타우들리츠를 죽이고 전리품을 가지고 도망치고 싶지는 않으면서도 바로 그걸 원했던 것이다. 그리고 이제까지 누린 겉으로 보이는 지위와 영광만이 그들의 음모를 막은 건 아니었다. 그들은 자신들이 누리는 고관대작의 지위가 사실 불가능하다는 것을 믿는 순간들이 있었는데 왜냐하면 그 불가능성이 그들에게 가장 잘 맞았기 때문이며, 반면 자신이 연기하는 역할이 실제로 자신이 아니고 그저 타우들리츠가 군주로서 무자비하고 잔혹하게 강요한 결과라는 사실을 기억하고 인식하는 것은 거슬렸기 때문이다(이것은 진정한 광기지만 심리적인 과정으로서 증명할수 있으며 완벽하게 논리적이다). 만약 나치 중장이 그토록 완벽하고 꼼꼼하게 가혹하지 않았다면, 만약 그들 모두가 타우들리츠와 그의 명에 따른 행위와 순간적인 은혜에 의존하고 있다는 사실을 그토록—말없이!—확실히 하지 않았다면 아르헨티나 정글 한복판의 17세기 프랑스 왕국은 확실히 더 오래 버텼을 것이다. 그러므로 실제로 연기자들은 이 연극의 감독을—그의 불충분한 진정성을 이미 못마땅해하고 있었던 것이다. 이 욕심 많은 무리는 군주가 허용한 것보다도 '플뤼 모나르쉬크plus monarchique'*를 원했던 것이다.

---

* '더 군주적인'이라는 뜻의 프랑스어.

당연히 그들 모두가 잘못 생각한 것인데, 왜냐하면 그들은 이 역할을 연기하면서 화려한 왕궁을 진실로 더욱 진정성 있게 그려낼 수 없었기 때문이다. 고귀한 역할에 맞게 자신을 적절히 이끌어낼 수 없었으므로 결국 자기 방식대로, 자기 삶에 따라, 각자 자기 역할에 자신이 가진 것, 자신이 할 수 있는 것, 자신의 영혼이 원하는 것을 불어넣었다. 이것을 작위적인 과장이라고 말할 수는 없는데, 왜냐하면 이 공작들이 아내인 공작부인을 대하는 모습, 드 보졸레 후작(전에는 한스 베르홀츠)이 배우자를 때리며 그녀의 타락한 과거를 비난하는 모습을 우리는 몇 번이나 보게 되기 때문이다. 이런 장면에서 작가가 심혈을 기울이는 요점은─요약문으로만 보았을 때─완벽하게 개연성 없어 보이는 것을 개연성 있게 만드는 작업이다. 확실히 이 등장인물들은 의무적으로 연기해야만 하는 이 연극에 조금은 괴로워하는데, 모든 상황의 정점에 선 것은 로마가톨릭 교회 최고 성직자를 연기하는 인물들이다.

정착지에 가톨릭교도는 전혀 없으며 전직 나치 친위대가 어떤 식으로든 종교적이라고 말할 수는 없다. 그러므로 왕실 예배당의 이른바 예배라는 것은 보기 드물게 짧고 성경 몇 구절을 노래하듯이 읽는 정도로 끝난다. 이 사람 저 사람이 군주에게 이런 종교 예식은 없애도 된다고 제안했으나 타우들리츠는 꿈쩍도 하지 않았다. 그리고 어쨌든 두 명의 추기경과 파리 대주교와 나머지 주교들은 미사의 말도 안 되는 패러디를 통해 자신들의 높은 직위를 '정당화했고', 그 일주일에 몇 분의 시간이 무엇보다도 교회의 존엄을 유지해준다고 보았다. 그러므로 이 모든 것이 서로 잘 들어맞았고, 성직자들은 제단 앞에 몇 분간 서 있는 것으로 화려한 연회석과 찬란한 덮개 아래 침대에서 시간을 보낼 자격을 스스로 얻었다. 또한 이 때문에 영사기를 몬테비데오에서 왕궁으로 (왕이 모르게!) 밀반입하여 왕궁 지하에 포르노 영화를 틀자는 발상을 하게 되었으며 여기서 영사기사 역할은 파리 대주교가(전직 게슈타포 운전기사였던 한스 샤페르트) 수행했고, 필름 교체를 맡은 사람은 뒤 소테른 추기경(전직 강제수용소 감독관)이었으며 이 발상은 무시무시하게 우스우면서 동시에 그럴듯하다―이 비극적 광대극의 다른 모든 요소가 그러하듯이 이것이 지속될 수 있었던 이유는 내부에서 말리는 사람이 아무도 없었기 때문이다.

이 사람들이 보기에는 이미 모든 것이 모든 것에 들어맞고 모든 것이 모두에게 어울리며 어떤 것에도, 예를 들어 누군가 꿈 이야기를 한다 해도 놀랄 필요가 없었다. 마우트하우젠 강제수용소 제3동 지휘관이 '바이에른 전체에서 가장 많은 카나리아를 수집했다'고 그리운 듯 회상하며, 카나리아에게 사람 고기를 먹이면 최고로 예쁘게 노래한다고 장담했던 어느 카포[*]의 조언에 따라 먹이를 주려고 했다면 어쩔 것인가? 그러니까 이것은 스스로 인식하지 못하는 상태가 너무 깊어진 결과로서의 범죄성이며, 인간

---

[*] 카포kapo는 나치 강제수용소 수감자들의 대장.

범죄성의 기준이 오로지 자가진단, 스스로 죄를 인정하는 것에만 달렸다면 이 전직 살인자들은 무구한 사람들일 것이다. 어쩌면, 어떤 의미에서 뒤 소테른 추기경은 진짜 추기경이라면 이런 행동을 하지 않았을 것이며 진짜 추기경은 확실히 신을 믿고 미사용 예복을 입혀주는 어린 인디오 소년들을 강간하는 유의 행동을 하지 않는다는 것을 알고 있지만, 600킬로미터 반경 안에 다른 추기경은 확실히 한 명도 없으므로 이런 반성은 그의 양심에 전혀 부담이 되지 않는다.

거짓을 먹고 자란 거짓말은 결과적으로 왕성하게 번성한 허례허식을 만들어냈고 이 허례허식은 인간 행위에 대한 진단으로서 그 어떤 진짜 왕궁의 모습보다 화려해졌는데 바로 그래야만 이중으로 신빙성이 있었기 때문이다. 저자는 조금도 과장하지 않고 상황의 리얼리즘은 훼손되지 않은 채 지속된다. 모두 다 취한 상태가 어떤 경계를 넘어서면 왕관을 쓴 나치 중장은 언제나 침전으로 들어가는데, 왜냐하면 수용소 경비병과 나치 친위대의 옛 습관이 보여주기식 예의범절을 이기고 술 취한 딸꾹질에서 끔찍하고 무시무시한 이야기들이 튀어나오기 시작할 것이며, 가장한 마음가짐과 실제 사고방식의 구역질 날 것 같은 대조가 그 끔찍함을 더욱 선명하게 만들 것임을 알기 때문이다. 타우들리츠의 천재성―이라고 말해도 된다면―은 바로 자신이 만든 체제를 '닫을' 수 있는 대담함과 일관성이 있다는 점이었다.

충격적으로 불완전한 이 체제는 오로지 고립되어 있기 때문에 가능한데, 만약 진짜 세상에서 바람 한 점이라도 불어 들어온다면 체제 전체에 위협이 될 것이다. 그리고 바로 이 위협의 후보가 젊은 베르트란트다. 그러나 그는 진정 충격받은 목소리로 사물을 본래 이름으로 지칭할 만큼 충분한 힘이 있다고 스스로 느끼지 못한다. 베르트란트는 상황 전체가 말해주는 이 가장 단순한 필연성에 감히 주의를 돌리지 못한다. 그저 평범한, 몇 년이나 지속된, 체계적인, 건강한 이성에 바탕을 두고 자라난 거짓말이라니? 아니, 절대 아니다. 그보다는 집단적인 정신병이나 아니면 뭔가 이해할 수 없는, 그가 모르는 목적을 가진 비밀스러운 연극이 이성적인 근거를 가지고 실질적으로 의미 있는 동기에 의해 펼쳐지고 있다면 모를까. 순수하게 꾸며낸, 스스로에게 도취되어 자신만을 바라보는, 스스로 무한히 팽창한 거짓말이라니. 이 서평에서 설명한 맥락과 사실확인은 그에게 접근가능하지 않다.

그래서 베르트란트는 처음부터 시키는 대로 한다. 순순히 왕좌를 계승할 황태자의 의복으로 갈아입고 왕궁 예절을 배우는데, 그 기초적인 인사법과 몸짓과 단어들의 조합은 그에게 괴이하게 친숙하게 느껴지며 전혀 특이하지 않다. 그 이유는 베르트란트 자신도 왕과 그의 행사 진행자에게 영감을 준 것과 비슷한 삼류 연애이야기와 유사역사소설을 읽었기 때문이다. 그러나 베르트란트는 스스로 느끼지 못하지만 계속 저항감을 갖는데, 조신들뿐 아니라 왕까지 짜증 나게 하는 그의 무력함과 수동성은 그를 고분고분한 바보짓으로 몰아넣는 상황에 대한 본능적인 반감의 표현이다. 베르트란트는 어떤 이유에서 자신이 저항하는지 스스로 이해하지 못하지만 거짓 속에 파묻히기를 원하지 않고, 그러므로 고관대작들의 그토록 장엄하고 멍청한 발언을 그저 놀리거나 냉소적인 말을 내뱉을 뿐인데, 특히 두 번째 대연회에서 왕은 베르트란트가 그 자신도 곧바로 인식하지 못한 악의를 가득 담아 일부러 느릿느릿 말하는 데 분개했고, 그래서—진심으로 분노가 폭발하여—그에게 먹고 있던 구운 고기의 뼈를 던지기 시작하고, 그러자 연회장 한쪽에서 왕의 분노에 동조한 사람들이 킬킬거리며 불쌍한 베르트란트에게 은그릇에서 집어 올린 기름투성이 뼛조각을 던져댔고 그동안 연회장 다른 쪽 사람들은 불안하게 침묵한 채 타우들리츠가 가장 좋아하는 방식으로 참석자들을 뭔가 함정에 빠뜨리는 것이 아닌지, 황태자와 짜고 이런 소동을 벌이는 것이 아닌지 확신하지 못하고 있었다.

왜냐하면 우리가 여기서 설명하기 가장 어려운 점은 이 연극의 모든 아둔함, 연출의 천박함에도 불구하고, 어떻게든 이 가짜 왕국이 성립하고 나서는 스스로 힘을 갖게 되어, 끝나지 않으려 한다는 것이고, 끝나지 않으려 하는 이유는 끝날 수 없기 때문이며, 끝날 수 없는 이유는 이제 그 뒤에 완전한 무 외에는 아무것도 기다리지 않기 때문이다(그들은 이제 주교, 왕족, 후작 노릇을 그만둘 수가 없는데 그 이유는 게슈타포의 운전기사, 화장장 경비원, 강제수용소 지휘관으로 돌아갈 수 없기 때문이고, 이것은 왕이 설령 원한다 하더라도 나치 중장 타우들리츠로 돌아갈 수 없는 것과 같다). 다시 말하지만 이 왕국과 왕궁의 진부하고 괴물 같은 시시함 안에 는 동시에 어떤 민감하고 긴장된 신경이 떨리고 있으며, 그것은 저 끊임없는 교활함, 끊임없는 서로에 대한 의심인데, 그 덕분에 거짓 형태 안에서 왕의 총애를 받는 자리를 쟁탈하려 하고 밀고 장을 쓰고 말없이 왕의 호의를 자신에게 끌어당기려 애쓰는 진 짜 전투, 진짜 염탐이 흘러넘칠 수 있었던 것이다. 왜냐하면 실제 로는 추기경 모자와 리본 달린 훈장, 레이스, 장식 달린 예복, 기 사 갑옷이 이런 맹목적인 노력과 배후의 암투를 정당화해주지 않기 때문이다. 결국 백 번의 전쟁과 천 번의 살인으로 얻어낸 영 광도 밖에서 보면 모두 허구의 영광일 뿐이지 않은가? 은밀한 왕 래, 속임수, 적 앞에 쳐놓은 함정, 적들이 왕 앞에서 빠져들게 하 기 위한, 잔뜩 부풀려진 지위에서 입을 잘못 놀려 떨어지게 하기 위한 음모가 그들 모두에게 가장 큰 열정이 되어버린 것이다…

그러므로 이렇게 노력하는 것, 왕궁 마룻바닥 위에서, 거울로 뒤덮인 무도회장에서 화려한 옷차림으로 덮인 거울상이 지켜보 는 가운데 적절한 방식으로 걷고, 이렇게 끝없이, 그러나 피 흘리 지 않는(왕궁 지하실은 예외다) 전투를 지속하는 것만이 그들에게 는 존재의 목적이며, 이것이 없다면 피 흘리게 하는 기쁨을 아는 남자들이 아니라 그저 세상 물정 모르는 아이들에게나 어울리는 유치한 카니발이었을 연극에 의미를 부여하는 것이다… 그러는 동안 운 나쁜 베르트랑트는 표현하지 못한 딜레마를 더 이상 껴 안고 있을 수 없게 되어버린다. 그래서 물에 빠진 사람이 지푸라

기라도 잡는 심정으로 그는 마음속에서 자라나는 계획을 털어놓을 영혼의 형제를 찾아다닌다.

왜냐하면, 이것은 작가가 보여주는 또 하나의 탁월함인데, 베르트란트가 천천히 이 미쳐버린 왕궁의 햄릿이 되어가기 때문이다. 그는 여기서 마지막으로 공정한 직관을 가진 사람이며(햄릿은 한 번도 읽어본 적 없다!) 그러므로 미치는 것이 자신의 의무라고 여긴다. 그는 모든 사람이 냉소적인 의도를 가졌다고 의심하지는 않는데, 사실 그러기에는 지적인 용기가 충분하지 않기 때문이다. 베르트란트는 자신도 깨닫지 못하지만 이보다 덜 저열한 왕궁에서 분명히 현실적인 일을 하고 싶어 한다. 끝없이 그의 혀를 불태우고 입안을 꽉 채운 말들을 밖으로 내놓기를 열망하지만 정상적인 사람으로서는 처벌받을 위험 없이 그럴 수 없다는 것을 이미 알고 있다. 그러나 만약 그가 돌아버린다면, 아, 그러면 상황이 달라진다.

셰익스피어의 햄릿처럼 냉정하게 광기를 가장하는 것과 다르다. 아니다, 바보답게, 순진한 다혈질답게 그는 그저 자신이 미쳐야만 한다는 필요성을 진심으로 믿고 돌아버리려 애쓴다! 그렇게 되면 그는 자신을 목 조르는 진실의 언어를 말하게 될 것이다… 그러나 드 클리코 공작부인, 젊은 남자를 좋아하는 리우 데자네이루 출신 전직 창녀가 그를 침대로 끌고 가서 공작부인이 아니던 과거에 어느 매음굴 마담에게서 배워 기억해둔 방법을 사용하여 그에게 목을 내놓는 대가를 치르게 할 말은 하지 말라고 엄격하게 경고한다. 그녀는 정신적인 질병을 존중해 책임을 면제해주는 법 따위는 이곳에 존재하지 않음을 알기 때문이다. 보다시피 근본적으로 이 공작부인은 베르트란트에게 호의를 가지고 있다. 그러나 침대에서 이루어진 이 대화는 공작부인이 실제로 이 침대에서 능숙한 창녀임을 증명하는 동시에 이제는 더 이상 창녀답게 젊은 남자를 완벽히 설득할 능력이 없음을 보여주기도 하는데(능력이 없어진 이유는 그녀의 제한적인 지성이 왕궁에서 7년째 시들어가면서 유사예절과 유행을 익혀야만 했기 때문이다) 이 대화는 당연히 베르트란트의 계획을 취소시키지 못하고, 그에게는 이제 아무래도 상관없다. 미치든지 도망치든지 둘 중 하나다. 왕궁 조신들 일부는 아마도 무의식중에 정글 밖에서 진짜 세상이 판결문과 감옥과 군사재판을 가지고 그들을 기다린다는 사실을 알고 있을 테고, 이런 생각이 보이지 않는 힘이 되어 더더욱 열정적으로 연극을 계속하게 했을 것이다. 반면 베르트란트는 그런 과거와 아무 상관이 없으므로 이 연극을 원치 않는다.

이와 평행하게 음모가 활동 국면에 접어든다. 이제는 조신 열 명이 아니라 열네 명이 모든 것을 각오하고 왕궁 경비대장을 포섭하는 데 성공하여 자정에 왕의 침전으로 숨어든다. 본래 목적은 절정의 순간에 좌절된다—알고 보니 진짜 미국 달러는 오래전에 다 써버렸고—그 유명한 '상자 아래 비밀 공간'에—남아 있는 것은 위조지폐뿐이다. 왕은 이 사실을 잘 알고 있었다. 그러므로 사실 싸울 이유가 없었다—그러나 일은 이미 저질러졌다. 그들은 침대 밑에 숨겨놓은 '보물상자'를 뒤집어 엎는 모습을 그저 침대 위 장식줄 사이로 바라보고만 있는 왕을 이제 죽여야만 한다. 그들은 왕이 추적하지 못하도록, 그들을 쫓아올 수 없도록 정신을 잃게 할 셈이었지만, 이제는 가짜 보물로 그들을 속인 왕이 미워서 죽인다.

이런 설명이 참혹하게 들리지만 않았다면 나는 살해 장면이 굉장하다고 말했을 것이다. 여기서도 거장의 완벽한 묘사는 우리를 실망시키지 않는다. 밧줄로 목을 조르기 전에 왕에게 최대한 고통을 주기 위해서 반역자들은 강제수용소 요리사와 게슈타포 운전기사의 언어, 이 왕국에서 영원히 금지된 저주받은 언어로 그에게 고함치기 시작한다. 목 졸린 왕의 시체가 아직 바닥에서 떨고 있을 때(수건이라는 소재를 훌륭하게 활용한다!) 살인자들은 감정을 식힌 뒤 다시 조신들의 언어로 돌아오는데, 이것은 전혀 의도적이지 않으며 다만 달리 선택의 여지가 없기 때문이다. 미국 달러는 가짜이고, 가지고 달아날 보물도 없고 달아날 이유도 없고, 타우들리츠는 죽어서도 그들의 발목을 잡고 자신의 왕국에서 아무도 놓아주지 않을 것이다! 그들은 '국왕은 서거하셨다, 신왕 만세!le roi est mort, vive le roi!'의 기치 아래 연극을 계속하기로 합의해야만 하고, 그 자리에서 곧바로, 시신을 앞에 두고 새로운 왕을 선출해야만 한다.

다음 장은 (베르트란트는 '공주' 방에 숨어 있고) 상당히 짧다. 마지막 장에서 경찰 기마부대가 왕궁 정문에 도달하는데, 소설 끝

부분의 이 위대한 침묵 장면이 작품의 감명 깊은 결말이다. 도개교, 구겨진 제복을 입고 옆구리에 콜트권총을 차고 넓은 챙의 한쪽 끝이 접힌 모자를 쓴 경찰, 그리고 그 맞은편에는 갑옷을 입고 미늘창을 든 왕의 병사들, 서로 어리둥절해서 쳐다보는 마치 두 개의 시간, 두 개의 세상이 불가능한 방식으로 하나의 장소에 모인 듯한 상황… 작품에 걸맞은 결말이다! 그러나 저자는 그의 햄릿, 베르트란트를 유감스럽게도 낭비해버렸고, 이 인물 안에 담긴 위대한 기회를 활용하지 않았다. 베르트란트를 죽였어야 했다고 말하는 것이 아니다. 셰익스피어의 작품을 전형적인 예로 활용할 수는 없다. 그러나 잃어버린 기회가 아까운 것이다. 세상을 향해 기운 평범한 인간의 마음에 담긴, 스스로는 의식하지 못하는 위대함 말이다. 대단히 유감이다.

솔랑주 마리오트,
『아무것도 아닌, 혹은 원인에 따른 결과』

Solange Marriot „Rien du tout, ou la conséquence"

(뒤 미디 출판사)

　『아무것도 아닌, 혹은 원인에 따른 결과』는 솔랑주 마리오트 씨[*]의 첫 책일 뿐 아니라 작가로서 가능성의 한계에 대해 이야기하는 첫 소설이다. 아니, 아름다움에서 최고작은 아니다, 꼭 이름을 붙여야 한다면 필자는 정직함으로는 최고작이라 하겠다. 그리고 바로 이 정직함에 대한 필요성이 오늘날 우리의 문학 전체를 갉아먹는 벌레다. 왜냐하면 문학의 주된 질병은 작가이면서 동시에 인간으로서 완전할 수 없다는, 즉 전적으로 진지하게 정직한 사람이 될 수 없다는 수치심이기 때문이다. 문학의 본질을 파헤치는 것은 아주 예민한 아이가 성에 눈뜰 때 겪는 것과 비슷한

[*] 솔랑주를 지칭하는 폴란드어 pani는 대상이 여성임을 드러내지만, 이 책에서는 성별을 드러내지 않는 '씨'로 옮겼다.

고통을 불러일으킨다. 아이가 받는 충격은 우리 신체의 성기의 생물학에 대해 고상한 취향의 측면에서 비판이 필요한 것처럼 여겨지기 때문에 일어나는 내면적 부동의의 일종이며, 작가의 수치심과 충격은 글을 쓰면서 어쩔 수 없이 거짓말을 해야만 한다는 사실을 깨달을 때 일어난다. 꼭 필요한 거짓말, 예를 들면 도덕적인 원칙에 따른 거짓말(불치병 환자에게 의사가 하는 거짓말)도 존재하지만 문학은 여기에 속하지 않는다. 누군가는 의사여야만 하고 그러므로 누군가는 의사로서 거짓말을 해야 한다. 그러나 그 어떤 강제력도 펜을 종이에 대게 하지 않는다. 과거에는 이런 민망함을 알지 못했는데, 왜냐하면 자유롭지 않았기 때문이다. 신앙의 시대에 문학은 거짓말하지 않고 단지 복종할 뿐이었다. 문학이 그러한, 즉 필수적인 복종에서 해방되면서 위기가 시작되었고, 오늘날 그 위기의 형태는 비참하거나 아니면 아예 저속하다.

비참한 이유는 소설이 자신의 탄생을 묘사한다면 반은 자백이고 반은 공갈이기 때문이다. 약간, 아니 상당한 거짓말이 그 안에도 남아 있다. 그리고 후세대 작가들은 집필하면서 이것을 느끼고 허구적 이야기라고 알려진 것을—그 자체에는 불리하게도—점점 더 많이 쓰게 되었으며, 이에 비례하여 대서사시적 불가능성을 표방하는 창작 방법은 내리막길을 걷게 되었다. 그러니까 소설은 처음부터 우리를 자신의 분장실로 데려갔던 것이다. 그러나 그러한 초대는 언제나 이중적인 의미가 있다—음란한 관계에 대한 유혹이 아니라면 그저 희롱이지만, 거짓말하는 대신 아양을 떤다면 그것은 여우를 피하려다 호랑이 굴로 뛰어드는 짓이다.

반反소설은 더욱더 급진적이 되려고 노력했으며 특히 그 어떤 것의 허상도 아니라고 강조하려 했다. '자전소설'은 마치 마술사가 자기 마술의 속임수를 대중에게 보여주는 것과 같았다. 반소설은 그 어떤 것도—심지어 스스로 가면을 벗는 흑마술사의 모습조차 가장하지 않아야 했다. 그래서 어떻게 되었나? 아무것도 전달하지 않고 아무것도 이야기하지 않고 아무것도 의미하지 않고—그저 구름처럼, 의자나 나무처럼 되겠다고 약속했다. 이론상으로는 멋지다. 그러나 결과는 실망이었는데, 모든 사람이 단번에 주 하느님, 자주적인 세계의 창조자가 될 수는 없으며 작가는 확실히 그렇게 될 수 없기 때문이다. 패배를 결정하는 것은 맥락의 문제다. 전혀 이야기되지 않은 것, 혹은 말해지지 않은 그것에 우리가 말하는 것의 의미가 달려 있다. 주 하느님의 세계는 아무런 맥락도 갖지 않으므로 그와 마찬가지로 맥락이 없으며 동시에 자급자족하는 세계만이 그것을 대신할 수 있다. 물구나무를 서서 반대로 해보려 해도 이런 시도는 결단코 성공할 수 없다—언어로는.

그러면 문학이 스스로 부적절하다는 파멸적인 깨달음을 얻은 뒤에는 무엇이 남는가? 자전소설은 부분적인 스트립쇼인데, 이에 비해 반소설은 사실상 (불행히도) 자기거세의 한 형태다. 마치 18세기 러시아의 거세주의자들이 자기 성기에 스스로 도덕적 가

책을 느껴 자신에게 악몽 같은 시술을 행했듯이, 반소설은 전통적인 문학의 불운한 몸체를 거세했다. 그러면 무엇이 아직 남아 있는가? 무無와의 로맨스밖에 없다. 왜냐하면 아무것도 아닌 것에 대해 거짓말하는 사람은(우리가 알다시피 작가는 거짓말해야만 한다) 확실히 더 이상 거짓말쟁이일 수 없기 때문이다.

그렇게 되면 결국—그리고 바로 여기에 원인에 따른 결과의 완벽함이 있다—'없음'에 대해 쓰는 수밖에 없다. 그러나 이 문장이 의미를 가질 수 있는가? 없음에 대해 쓴다—그 말은 아무것도 쓰지 않는다는 이야기와 똑같지 않은가. 그렇다면 그 뒤는…?

꽤 오래된 에세이 『집필의 0도』의 저자 롤랑 바르트는 이 점을 상상조차 하지 못했다(그리고 이 사람의 탁월한 지성은 접시만큼 얕았다).* 그때 그는 문학이 언제나 독자의 심리상태에 기생한다는 것을 이해하지 못했다. 사랑, 나무, 공원, 한숨, 귓병—독자는 이런 것을 겪어봤기 때문에 이해한다. 책은 독자의 머릿속 가구들을 당연히 재배치할 수 있지만, 그것은 책을 읽기 전부터 그 머릿속에 가구가 있을 때만 가능하다.

현실에서 활동하는 사람은 어디에도 기생하지 않는다. 기술자, 의사, 건축가, 재단사, 접시 닦는 사람이 그렇다. 이런 직업군 앞에서 작가는 무엇을 창조하는가? 허상이다. 이것은 진지한 직업인가? 반소설은 수학의 견본을 따르려 했다. 수학도 실제 현실에

---

* 롤랑 바르트(1915~1980)는 프랑스의 문학이론가이자 소설가.『집필의 0도』는 1953년 출간된 그의 문학 비평서이다.

서는 아무것도 창조하지 않는단 말이다! 그렇다. 하지만 수학자는 해야만 하는 일을 할 뿐이고 거짓말을 하지 않는다. 수학자는 필요성의 압박 속에 활동하며, 필요성은 수학자가 임시변통으로 꾸며낸 것이 아니고, 방법은 주어져 있다. 그러므로 수학자들의 발견은 진실하며 그렇기 때문에 방법론에 모순이 있을 때 그들이 받는 충격도 진실하다. 작가는 그런 필요성에 따라 움직이지 않기 때문에, 그토록 자유롭기 때문에, 그저 독자와 암묵적으로 합의할 뿐이다. 작가는 독자에게 가정하라고… 믿으라고… 있는 그대로 받아들이라고 설득하지만… 이것은 놀이이며, 수학을 성장하게 한 그 영광스러운 구속 상태가 아니다. 완전한 자유는 문학의 완전한 마비다.

무슨 이야기를 하고 있었더라? 아니, 솔랑주 씨의 소설 아닌가. 우선 이 아름다운 이름을 어떤 맥락에 놓느냐에 따라 다양하게 이해할 수 있다는 점부터 시작하기로 하자. 프랑스어로 이것은 태양sol과 천사ange다. 독일어로는 오로지 시간의 흐름에 대한 표현이다(그렇게 오랫동안So lange). 언어의 완전한 자주성은 헛소리이며 인문학자들은 순진해서 그것을 믿었지만 멍청한 인공두뇌 연구자들은 그렇게 순진할 자격이 없다. 정확한 기계번역, 아무렴! 그 어떤 단어도, 어떤 문장도 그 참호와 경계선 안에서 자기 스스로 의미하지 않는다. 보르헤스는 단편「피에르 메나르, 돈키호테의 저자」에서 문학 광신자인 미치광이 메나르를 묘사하는데, 그는 정신적 각오의 힘으로『돈키호테』를 다시 한번, 단어 하나하나 그대로, 세르반테스를 참조하지 않고, 그러나 어째서인지 그의 창작 상황을 이상적으로 재창조하여 다시 썼다. 이 작품이 비밀을 건드리는 지점은 바로 이 부분이다. "메나르와 세르반테스의 글을 비교해보면 놀랍다. 예를 들어 세르반테스는 이렇게 썼다(『돈키호테』 1부 19장). '진실의 어머니는 역사이며 시간의 경쟁자, 행위의 비축자, 과거의 증인, 현재의 예시이자 실마리를 알려주는 자이고 미래영겁의 교훈이다.'"

"천재적 아마추어" 세르반테스가 쓰고 17세기에 편집한 이 문장에서 나열한 표현들은 그저 상투적인 역사 찬양이다. 한편 메나르는 이렇게 썼다. "진실의 어머니는 역사이며 시간의 경쟁자, 행위의 비축자, 과거의 증인, 현재의 예시이자 실마리를 알려주는 자이고 미래영겁의 교훈이다."

역사가 진실의 어머니다. 이 발상은 놀랍다. 윌리엄 제임스*와 동시대인이었던 메나르는 역사를 현실에 대한 연구가 아니라 현실의 원천이라 정의한다. 그에게 역사적 진실이란 일어난 일이 아니라 우리가 일어났다고 여기는 일이다. 마지막 표현인 "현재의 예시이자 실마리를 알려주는 자, 미래영겁의 교훈"은 파렴치할 정도로 실용주의적이다.

이것은 문학적 농담이나 조롱을 넘어선 순수한 진실이며 발

---

* 윌리엄 제임스(1842~1910)는 미국의 철학자이자 교육자. 그의 실용주의 철학은 어떤 것이 진실인지 판단할 때 그것이 현실에서 어떤 실용적인 효과를 가져오는지를 고려해야 한다고 보았다.

상 자체의 부조리함은(『돈키호테』를 다시 한번 쓰다니!) 그 진실성을 전혀 손상하지 않는다. 왜냐하면 사실 모든 문장에 의미를 채우는 것은 시대라는 맥락이기 때문이다. 17세기에는 '순진한 미사여구'였던 것이 우리 세기에는 말 그대로 냉소적인 의미를 담게 되었다. 문장은 그 자체를 의미하지 않으며, 그토록 익살맞게 구상한 사람은 보르헤스가 아니다. 역사적 순간이 언어적 의미를 형성하며 그것이 돌이킬 수 없는 현실이다.

그리고 이제, 문학이다. 우리에게 문학이 무슨 이야기를 하든 알고 보면 거짓말일 것이며 어떻게 해도 글자 그대로 진실은 아닐 것이다. 파우스트의 악마가 처한 상황은 발자크의 보트랭*과 같지 않다. 글자 그대로 진실을 말하면 문학은 문학이 아니라 회상록, 보고서, 밀고, 일기, 편지가 되고, 뭐가 됐든 글을 사용한 예술은 아니게 된다.

바로 이런 시대에 솔랑주 씨가 이 『아무것도 아닌, 혹은 원인에 따른 결과』를 가지고 나타난다. 제목? 아무것도 아니거나 원인에 따른 결과라고? 누구의? 말할 것도 없이 문학이다. 문학에 있어 정직하다는 것, 다시 말해 거짓말하지 않는다는 것은 존재하지 않는다는 것과 같다. 오로지 이에 대해서만 오늘날 정직하게 책을 쓸 수 있다. 정직하지 않다는 부끄러움만으로는 이제 충분하지 않다. 어제까지는 괜찮았지만 이제 우리는 그 속내를 알

---

* 발자크의 소설 『고리오 영감』에 나오는 인물. 순진한 청년 라스티냐크에게 출세하려면 백만장자의 서출인 빅토린 양을 꾀어 결혼해서 재산을 물려받으라고 유혹한다.

아본다. 그것은 보통 그럴듯한 속임수이고, 잘 훈련된 스트립쇼 댄서의 손짓이다. 댄서는 얌전한 척 가짜로 얼굴을 붉히고 속옷을 벗으면서 어린 학생처럼 부끄러워하면 손님들을 더욱 흥분시킨다는 사실을 잘 알고 있다!

그래서 이제 주제는 분명해졌다. 그러나 어떻게 없음에 대해 쓴단 말인가? 필요하지만 불가능한 일이다. '없다'고 말하라고? 그 단어를 천 번 되풀이하나? 아니면 이런 말로 시작하면 어떨까. "그는 태어나지 않았고 그러므로 이름이 없었다. 그 때문에 학교에 다닌 적도 없었고 나중에 정치에 관련된 사실도 없었다." 이런 작품이 생겨날 수도 있다. 그러나 이것은 예술작품이 아니라 술수일 것이며, 2인칭 단수로 쓰인 수많은 책과 비슷하게 언제든 '독창성'을 문제삼아 본래 있어야 할 자리로 돌려보낼 수 있다. 그 2인칭을 도로 1인칭으로 만들기만 하면 되는데, 그렇게 해도 아무것도 망가지지 않고 책에서 그 어떤 것도 변하지 않는다. 우리의 허구적 예시도 마찬가지다. 우리가 즉석에서 상상해낸 이 소설에 점점이 깔린 모든 부정사, 저 부담스러운 '않았다'와 '없었다'를 지워버리면 나타나는 것은 또 하나의 평범한 사실주의적 줄거리일 뿐이다. 사건이 일어나지 '않았다'고 말하기 때문에 놀라워지는 것이다!

솔랑주 씨는 저런 꼼수의 유혹에 넘어가지 않았다. 왜냐하면 그녀는 사실 비사건만으로 어떤 이야기(예를 들어 로맨스)를 묘사해도 사건을 묘사하는 것보다 나쁘지 않은 작품을 만들 수 있지만, 이런 기법은 그저 편법이라는 사실을 이해했기 때문이다(이해해야만 하니까!). 긍정 대신에 정확히 상응하는 부정을 보여주고, 그냥 그뿐인 것이다. 혁신의 본질은 실존적이어야 하며 그저 문법적이기만 해서는 안 된다!

"태어나지 않았으므로 이름이 없었다"고 이야기한다면 우리는 사실 존재를 넘어선 영역으로 나아가는 것이지만 이 부존재의 얇디얇은 껍질은 현실에 단단히 매달려 있다. 태어날 수도 있었지만 태어나지 않았고, 학교에 다닐 수도 있었지만 학교에 다니지 않았다. 만약 존재했다면 모든 것을 할 수 있었다. 이 작품 전체가 저 '만약 ~했다면'에 달려 있게 될 것이다. 이런 재료로는 요리를 할 수 없다. 존재에서 비존재로 이런 술수를 써서 뛰어넘어 다닐 수 없다. 그러니까 원초적인 모순, 즉 행위 부정의 껍질을 던져버리고 '없음'에 잠겨들어—아주 깊이 들어가서 그 안에 몸을 맡겨야 하지만, 맹목적이어서는 안 된다, 당연히. 비존재를 점점 더 강하게 비우는 것—그것은 상당한 작업이며 거대한 노력이어야만 한다. 그리고 바로 이것이 예술을 위한 구원인데, 왜냐하면 그 핵심은 점점 더 정밀하고 점점 더 커지는 '없음'의 심연으로 들어가는 탐험이기 때문이며, 또한 그 과정의 극적인 추락과 몸부림을 묘사하기 때문이다—가능하다면 말이다.

『아무것도 아닌, 혹은 원인에 따른 결과』의 첫 문장은 다음과 같다. "기차가 오지 않았다." 그다음에 보이는 문장은 이것이다. "그는 도착하지 않았다." 여기에 부정형이 보이지만, 정확히 무엇을 부정하는가? 논리의 관점에서 보면 이것은 완전부정인데, 왜냐하면 문장이 절대적으로 어떤 것의 존재도 긍정하지 않으며 전적으로 일어나지 않은 일에 대해서만 선언하기 때문이다.

그러나 무릇 독자란 완벽한 논리학자에 비해 허점이 많은 존재다. 작품이 어떻게든 아무 이야기도 하지 않는다 해도 어쩔 수 없이 그 상상의 장면 안에서 어떤 기차역에서 벌어지는 일, 오지 않는 누군가를 기다리는 모습이 생겨나고, 독자가 작가의 성별(여성)을 알기 때문에 오지 않는 남자를 기다리는 장면은 즉시 관능적인 관계에 대한 희미한 기대감으로 채워진다. 그게 어떻다는 것인가? 그게 모든 것이다! 왜냐하면 이런 추측의 책임이 첫 단어부터 전부 독자에게 떨어지기 때문이다. 소설은 이런 기대를 단 한 글자도 뒷받침해주지 않으며, 지금도 그리고 앞으로도 부정의 기법 속에 정직하게 남아 있다. 필자는 이 작품이 군데군데 완전히 음란물 같다는 의견을 들은 적이 있다. 그런데 소설 속에는 어떤 형태로든 성관계를 긍정하는 단어가 하나도 없다. 소설의 줄거리에 따르면 집에 카마수트라도 없고 누구의 것이 됐든 성기도 없는데 그런 긍정이 어떻게 가능하겠는가(덧붙이자면 이 성기는 아주 구체적으로 부정된다!).

비존재는 이미 문학에서 우리에게 알려져 있으나 단지 '누군가를 위한 무언가의 없음'으로 특정된다. 예를 들어 목마른 사람에게 물이 없는 것이다. 굶주림(관능적인 관점도 포함하여), 고독(타자의 부재로서) 등도 마찬가지다. 폴 발레리의 경이롭도록 아름다운 비존재는 이 시인을 위한 삶의 아름다운 부재이며 이러한 '없음'에서 수많은 시적 창작물이 탄생했다. 그러나 이런 문학 작품의 주제는 언제나 오로지 '누군가를 위한 무언가의 없음' 즉 순수하게 개인적인 부재이며 개별적으로 경험되고 그러므로 특별하며 꿈결 같지만 실존적이지 않다(내가 목마른데 물을 마실 수 없다 해도 그것은 물이 부재한다는 뜻은 아니다—물처럼 보편적인 것이 전혀 존재하지 않을 리는 없는 것이다!). 이러한 객관적이지 않은 '없음'은 극단적인 창작의 주제가 될 수는 없다. 솔랑주 씨는 이 사실을 이해했다.

첫 장에서 기차가 도착하지 않고 '누군가'가 나타나지 않은 뒤에 줄거리는 무인칭으로 계속 흘러가서 봄도 겨울도 여름도 없었음을 보여준다. 독자는 계절이 가을이라고 결정하지만 그 이유는 단지 이 마지막 기후적 기회만이 모순되지 않기 때문이다(사실 모순되지만 그것은 나중 일이다!). 그러므로 독자는 계속해서 오로지 혼자서 알아서 해야 하는데, 이것은 독자 자신의 기대와 추측과 임시적인 가설의 문제다. 소설에는 이런 것이 흔적조차 없다. 무중력 공간에서(즉 중력이 없는 공간에서) 펼쳐지는 사랑하지 않는 사람에 대한 숙고가 첫 장을 마무리하는데 이것은 분명 음란해 보일 수 있지만—다시 말하건대 이것도 혼자서, 스스로 어떤 일들을 상상해내는 사람에게만 그렇다. 그러나 소설은 일관되게 그 사랑하지 않는 여자가 할 수 없었던 일에 대해 이야기하며 어떤 위치에서 할 수 있었을 일에 대해서는 말하지 않는다. 그

두 번째 성원, 상상 속 등장인물은 또한 독자 개개인의 소유이며 완전히 개인적인 독자의 이득이다(혹은 손해일 수도 있지만 그것도 독자 마음이다). 소설은 심지어 사랑하지 않는 여자가 어떤 남성과도 함께 있지 않다고 강조하기도 한다. 그렇지만 이어지는 챕터의 시작에서 밝혀지는바 이 사랑하지 않는 여성은 그냥 존재하지 않기 때문에 사랑하지 않는다고 밝혀지는데 이것은 완전히 논리적인 전개다—그렇지 않은가?

그런 뒤에 저 공간 축소의 드라마가 시작되는데 그것은 동시에 음경과 음부의 공간이기도 하며, 이 전개는 학술원 회원인 어떤 비평가의 마음에 들지 않았다. 이 학술원 회원은 이 부분이 "저속하지 않다면 해부학적인 톱이다"라고 논평했다. 주목할 점은 그가 스스로 논평했다는 점인데, 본문에는 그저 계속되는 단계적인 모순이 점점 더 일반화되는 방향으로 나타날 뿐이다. 여성 성기가 부재해서 누군가의 정조를 해칠 수 있다고 말하면 우리는 좀 너무 멀리 나간 것이다. 전혀 없는 것이 어떻게 저속할 수 있겠는가?!

그러고 나서, 아직은 얕았던 이 '없음'의 구렁텅이가 불안하게 커지기 시작한다. 책의 중심부는—4장부터 6장까지—이러한 의식이다. 그렇다, 의식의 흐름이다. 그러나 우리가 이해하게 되는바, 흐름이 아니라 없음에 대한 생각, 오래전에 있었던 생각이다. 이것은 의식하지 않음의 흐름이다. 작품의 구조 자체는 변하지 않고 남아 있지만 교각이 위협적으로 휘어지기 시작하므로 우리는 저 깊은 '없음'의 심연 위를 지나갈 수가 없다. 이런 허공이라니! 그러나―우리 생각에―생각 없는 의식이라도 어쨌든 의식인 것은 틀림없지 않은가? 저 생각 없음에도 한계가 있다면… 그러나 그것은 허상이다. 한계를 만드는 것은 독자 자신이기 때문이다! 텍스트는 생각하지 않고 우리에게 아무것도 주지 않으며, 정반대로 우리 소유였던 것을 차례차례 가져가고, 글의 정서는 바로 그렇게 하나씩 앗아가는 무자비함의 결과다. 공백의 공포horror vacui가 우리를 사로잡으면서 동시에 유혹한다. 이 책을 읽는 것은 소설 속 거짓으로 만들어낸 삶의 파괴만이 아니라, 혹은 그런 파괴라고는 할 수 없고, 그보다는 심리적인 실존으로서 독자 자체를 소멸시키는 행위다! 여성이 이 책을 썼다고? 작품의 냉혹한 논리를 고려한다면 믿을 수 없는 일이다.

작품의 마지막 부분에서는 이렇게 계속할 수 있을지 의심이 들기 시작한다. 이렇게 오랫동안 계속 없음에 대해 이야기하지 않았는가! 계속 진행해서 비존재의 중심으로 들어가는 일은 불가능해 보인다. 그러나 아니다! 또다시 복병이, 또다시 폭발이다. 아니, 더 정확히 말하자면 안쪽으로 향하는 파열, 계속해서 덮쳐오는 '무'다! 화자는 이미 알다시피 없다. 그를 대신하는 것은 언어, 스스로 말하는 것, 허구의 '그것'이다(바로 이 '그것'이 '포효'하고 '번쩍인다'). 마지막에서 두 번째 장에서 우리는 어지러움을 느끼며 바로 절대부정이 달성되었음을 알게 된다. 어떤 기차를 타지 않은 어떤 남자가 도착하지 않았고, 계절이 없고 기후가 없고

집의 벽이 없고 아파트가 없고 얼굴이 없고 눈이 없고 바람이 없고 몸이 없다는 것—이 모든 것을 우리는 이미 멀리 떠나왔고 이들이 남겨진 표면은 글이 점점 전개될수록 저 암세포처럼 집어삼키는 '없음'에 휘말려 이미 부정으로서도 존재하지 않게 되었다. 뭔가 사실에 대한 이야기가 주어질 것이라고, 뭔가 일어날 것이라고 굳게 믿었던 우리의 기대가 얼마나 단순하고 순진하고 그저 웃기는 것이었는가!

그러므로 처음에는 0으로 축소된다. 그 뒤에 부정적 초월의 솔기로 가장자리를 감싼 채 마찬가지로 초월적인 존재의 축소는 심연으로 내려가고, 그곳에서는 모든 형이상학이 불가능하지만 존재론의 실체적 중심에는 아직 닿지 못하고 있다. 진공이 서사를 사방에서 감싸고, 이것이 바로 언어 자체에 들어가는 그 첫 번째 삽입이자 침입이다. 왜냐하면 서술자의 목소리가 스스로 의심을 시작하기 때문이다. 아니, 잘못 말했다. '스스로 이야기하는 그것'이 사라져 어딘가로 날아가버리며, 그 목소리는 없다는 것을 이미 안다. 아직도 존재한다면 그것은 마치 빛의 순수한 부재로서의 그림자 같다. 이 문장들은 존재의 부재다. 그것은 사막에서 물의 부재, 연인에게 사랑하는 여성의 부재가 아니라 자기 자신의 부재다. 이것이 만약 고전적이고 전통적인 방식으로 쓰인 소설이었다면 우리는 무슨 일이 벌어지는지 더 쉽게 이야기할 수 있었을 것이다. 주인공은 나타나지도 않고 꿈도 꾸지 않지만 누군가에 의해—숨겨진 의도적 행위에 의해 꿈꾸어지고 드러나는 인물이라는 의심을 자아내기 시작한다(마치 누군가의 꿈에 나타나며 오로지 꿈꾸는 사람 덕분에 일시적으로만 존재하는 인물인 듯 말이다). 여기에서 두려운 점은 꿈꾸고 드러내는 이 행동들이 멈춘다면, 그리고 어쨌든 언제든 멈출 수 있는데—그러면 그는 사라진다는 것이다!

더 평범한 소설에서는 이야기가 이렇게 흘러갔겠지만 솔랑주 씨의 작품에서는 그렇지 않다. 서술자는 아무것도 두려워하지 않는데, 왜냐하면 그는 없기 때문이다. 그러면 대체 무슨 일이 일어나는가? 언어 자체가 처음에는 의심하고 그다음에는 이해하는 바, 언어를 넘어서면 아무도 없으며, 개개인을 위해서나 모두를 위해 의미하면서 (얼마나 의미하든) 언어는 개인적 표현이 아니고 그러하지 않았으며 그러할 수 없다는 것이다. 모든 입에서 한꺼번에 단절된, 마치 모든 사람이 한꺼번에 뱉어낸 회충처럼, 남의 침대에 들어가 집주인을 먹어치웠지만 그렇게 살해한 지 너무 오래되어 이 무의식적으로 저지른 범죄의 기억이 전부 희미해져 사라져버린 기생충처럼, 이 언어는 풍선처럼, 이제까지는 팽팽하게 부풀어 있었지만 그 안에서 보이지 않게 점점 빠르게 바람이 빠져나가 쭈그러들기 시작한다. 이러한 발화의 쇠퇴는 그러나 더듬거림이 아니며 공포도 아니다(두려워하는 것은 또다시 독자뿐이며, 바로 독자가 대리인으로서 저 완전히 비인격화된 고문을 경험한다). 남은 것은 아직 몇 페이지, 몇 순간의 문법적 기제, 명사들의 맷돌, 구문론적 형태들이 점점 더 천천히 그러나 끝까지 정밀하게 '없음'을 갈고, '없음'은 언어의 한가운데를 뚫어버리고—
이렇게 끝난다, 문장 중간에, 단어 중간에서… 이 소설은 끝나지
않는다, 멈춘다. 언어는 곧바로 도입부부터 자신만만하고 순진하
고 건강한 상식을 가지고 자신의 주권을 믿고 있었으나 침묵 속
에서 배신에 씻겨나가, 아니 더 정확히 말하자면 자신의 외부적
인, 부정한 출생의 진실과 수치스러운 오용을 알고서(왜냐하면 이
것은 문학 최후의 심판이기 때문이다) 자신이 근친상간—비존재가
존재와 맺은 친족성관계의 한 형태임을 이해하고 자살하듯 자신
을 부정한다.

　여성이 이 책을 썼다고? 별일이다. 이 책은 누군가 수학자가
썼어야 했다. 그러나 오직 자신의 수학으로 문학을 확인하고—그
리고 저주한 사람이었어야 했다.

요아힘 페르젠겔트, 『페리칼립스』

Joachim Fersengeld „Perycalypsis"

(드 미뉘 출판사, 파리)

요아힘 페르젠겔트는 독일인인데 『페리칼립스』를 네덜란드어로 썼고(그는 네덜란드어를 거의 모른다고 서문에서 밝힌다) 프랑스에서 출간했는데 그 출판사는 사악한 편집으로 유명하다. 이 서평을 쓰는 필자도 사실 네덜란드어를 모르지만 책 제목과 영어로 쓴 서문과 본문에 있는 수많은 알아볼 수 있는 표현으로 보건대 서평을 쓸 자격은 충분하다고 본다.

요아힘 페르젠겔트는 누구나 될 수 있는 시대의 지식인이 되기를 원하지 않는다. 또한 문학가로 알려지고 싶어 하지도 않는다. 가치 있는 창작은 그 창작물을 이루는 질료나 창작물을 접하는 사람으로부터 저항이 있을 때 가능하다. 그러나 종교적 금기와 검열이 없어진 뒤로 모든 것을 혹은 무엇이든 말할 수 있게 되었고, 단어 하나에도 덜덜 떠는 주의 깊은 청자가 사라진 뒤로 무슨 말이든 아무한테나 내놓을 수 있으니, 문학과 그 인문학적 친척 전체는 시체이며 가장 가까운 가족이 그 진행 중인 부패를 고집스럽게 숨기고 있다. 그러므로 저항을 발견할 수 있고 상황에 위협과 위험부담을 더하고 이를 통해 용기와 책임감을 드러낼 수 있는 새로운 창작 영역을 찾아내야 한다.

오늘날 이런 분야와 이런 활동이 가능한 것은 예언뿐이다. 예언이란 불가능하고 예언자는 아무도 자신의 말을 들어주지 않고 알아주지도 받아들이지도 않을 것을 선험적으로 알고 있으므로 상황이 일어나기 전부터 목소리를 잃은 상태다. 그런데 침묵을 지키는 자도 목소리를 잃었지만, 독일인이면서 프랑스 독자들에게 영어 서문에 이어 네덜란드로 말하는 자도 목소리가 없기는 마찬가지다. 그래서 페르젠겔트는 자기 나름의 가정에 따라 행동한다. 저자는 책에서 말한다. 우리의 강력한 문명은 가장 한시적인 상품을 가장 영구적인 포장으로 서둘러 생산한다. 한시적인 상품은 곧 새것으로 교체되어야 하고 이는 상업을 활성화한다. 반면 포장의 영구성은 폐기를 어렵게 하고 이는 기술과 행정의 지속적인 발전을 촉진한다. 잡동사니를 계속 구입하는 일은 구매자 혼자서도 잘할 수 있는 반면, 포장재 폐기를 위해서는 특별한 오염예방 프로그램, 정화조, 조직된 노력, 계획, 쓰레기 처리 시설 등등이 필요하다. 옛날에는 쓰레기 증가가 비나 돌풍, 강, 지진 등의 자연적 요소 덕분에 적절한 수준으로 유지되리라 기대할 수 있었다. 현재는 한때 쓰레기를 헹구고 씻어내던 것 자체가 문명의 폐기물이 되어서, 강이 우리를 중독시키고 대기가 우리의 폐와 눈을 태우고 바람이 산업스모그를 우리 머리 위에 흩뿌리고 플라스틱 포장재는 탄력이 있어서 지진이 일어나도 부술 수 없다. 또한 지금은 문명의 배설물이 정상적인 풍광이 되었고 자연보호 구역은 그중 일시적인 예외일 뿐이다. 이 풍경 속에는 생산품에서 벗겨낸 포장재가 널려 있고 군중은 포장을 벗긴 상품을 소비하는 활동에 활기차게 열중하는데, 이들이 소비하는 마지막 자연적 생산품 중 하나는 섹스다. 그러나 섹스 또한 포장의 힘으로 뒤덮이며, 바로 다름 아닌 옷치장, 볼거리, 장미, 화장품, 여타 광고용 덮개이다. 이로 인하여 문명은 오로지 개별적인 조각일 때만 멋지고 놀라운데, 이것은 심장, 간, 신장 혹은 폐 조직의 정밀성이 멋지고 놀라우며 이 내장기관들이 빠른 속도로 일할 때는 분명한 의미가 있지만 이 완벽한 부분들이 합쳐진 신체가 미치광이의 신체일 때 모든 활동이 아무 의미도 없는 것과 같다.

예언자는 말한다. 이와 똑같은 과정이 영적인 상품 분야에서도 진행되어, 문명이라는 괴물 같은 기계가 돌아가며 뮤즈들에게서 영감을 짜내는 기제가 되었다. 그리고 도서관들을 폭발시키고 서점과 신문 가판대를 물에 잠기게 하고 텔레비전 화면을 꺼버리고 잉여분이 층층이 쌓여 그 수적인 힘 자체가 완전한 파멸이 된다. 만약 사하라 사막에 세상을 구할 수 있는 모래알 40개가 있다면, 그것을 찾는 작업은 이미 오래전에 완성되었지만 폐지 더 미 속에 파묻힌 구원의 작품 40점을 찾아내는 과정과는 다를 것 이다. 그리고 그 구원의 작품들이 집필된 것은 확실한데, 왜냐하 면 요아힘 페르젠겔트가 네덜란드어로—수학적으로—낸 유령 작업 통계가 보장하기 때문이며, 필자는 네덜란드어도 수학의 언 어도 모르지만 그냥 믿고 따라 하겠다. 그래서 이제 이런 깨달음 으로 영혼을 채우기 전에 우리는 쓰레기를 뒤지다 질식할 텐데, 왜냐하면 쓰레기가 4조 배나 더 크기 때문이다. 사실 그 쓰레기 뒤지기는 이미 끝났다. 예언이 말한 일은 이미 일어났으나 다만 전반적으로 서두르는 바람에 예고된 대로 일어나지 않았을 뿐이 다. 예언은 이 경우 '소급언'이 되고 그렇기 때문에 '감추어진 것 을 드러내다'라는 뜻의 아포칼립스apocalypse가 아니라 '감추어진 것의 근처에 있다'는 뜻으로 페리칼립스pericalypse라 한다. 그 진행 과정은 지루함, 천박함, 아둔함, 또한 가속화, 물가인상, 자위행위 등의 징조를 통해 알아볼 수 있다. 영적인 자위행위는 예언의 실 현이 아니라 예언을 알리는 것에서 스스로 만족을 얻는 것이다. 우선 우리를 한없이 수음하게 한 것은 광고이며(이것은 개인의 반 대 의미에서 상업적 발상이 소유할 수 있는 그 퇴락한 형태의 현상이 다) 그 뒤에는 자기학대가—방법으로서—나머지 예술을 뒤덮었 다. 그 이유는 상품의 구원적 효율성이 하나님의 효율성과 똑같 은 결과를 내리라 믿을 수 없기 때문이다.

재능의 적절한 성장, 외성기에서 벗어난 재능의 점차적인 성숙, 주의 깊은 선별, 꼼꼼하고 세세하게 분별하는 안목이 닿는 한에서 일어난 자연선택―이것은 후손 없이 사라진 과거의 현상이다. 여전히 작동하는 마지막 자극은 강력한 포효지만, 점점 더 많은 사람이 점점 더 센 확성기를 사용하여 고함치기 때문에 영혼이 뭔가 알게 되기 전에 고막이 먼저 터진다. 옛 천재들의 이름은 점점 더 헛되이 불려 이제는 이미 텅 빈 소리가 되었고 그리하여 메네, 데켈, 우바르신은 아마도 요아힘 페르젠겔트가 권하는 방식으로 실행될 것이다.* 금본위제 16조 달러 기금에 연 4% 이자로 '인류 구원 재단'을 설립해야 한다. 이 기금에서 발명가, 학자, 기술자, 화가, 작가, 시인, 극작가, 철학자와 디자이너 등 모든 창작자에게 지원금을 지급해야 하며 그 방법은 다음과 같다. 아무것도 쓰지 않고 디자인하지 않고 그림 그리지 않고 특허를 신청하지도 않고 제안하지도 않는 사람은 평생 매년 최대 3만 6,000달러의 연금을 받는다. 이런 활동을 하는 사람은 그에 비례하여 더 적게 받는다.

『페리칼립스』에는 모든 종류의 창작을 위한 전체 차감액 표가 들어 있다. 1년간 발명을 한 가지 하거나 책 2권을 출간하면 한 푼도 받지 못한다. 연 3권을 출간하면 창작자 자신이 기금을 더

---

* "메네 메네 데켈 우바르신mene mene tekel upharsin"은 성경 「다니엘서」 5장에서 바빌론의 마지막 왕 벨사살이 성전에서 빼앗은 기물로 연회를 열었을 때 벽에 손가락이 나타나 기록한 글자다. '세었다 세었다 달아보았다 나누었다'라는 의미로, '왕이 지배할 날이 얼마 남지 않았다' '왕의 치세가 기울었다' '나라가 갈라질 것이다'라는 예언으로 해석되었다. 렘의 원문에는 메네mene가 아니라 mane, 우바르신upharsin이 아니라 fares로 적혀 있다.

내야 한다. 이렇게 하면 진정한 이타주의자, 영혼의 금욕자, 주변 사람을 사랑하지만 자신은 조금도 신경 쓰지 않는 사람만이 뭐가 됐든 창작할 것이다. 반면 상업용 쓰레기 생산은 중단될 텐데, 이에 대해 요아힘 페르젠겔트는 자신의 경험을 통해 알고 있다. 왜냐하면 자기 돈으로—손해 보며!—『페리칼립스』를 출간했기 때문이다. 그러므로 수익성이 전혀 없다고 해서 모든 종류의 창작이 완전히 멈춘다는 뜻은 아니라는 사실을 알 수 있다.

그러나 이기주의는 돈 욕심이 명예욕과 합쳐지는 형태로 나타난다. 명예욕을 막기 위해서 구원 프로그램은 창작의 완전한 익명성을 도입한다. 재능 없는 사람들의 연금수령 신청을 무력화하기 위해 재단은 적절한 기관을 통해 후보들의 자격을 검증할 것이다. 후보가 발상의 정량적 가치를 보고해도 아무 의미가 없다. 중요한 것은 그의 기획이 상업적 가치가 있는가, 즉 판매할 수 있는가이다. 만약 그렇다면 연금은 즉각 지급 판정된다. 비밀 창작 활동에 대해서는 긴급관리 기구에 의한 법적 기소 형태로 처벌과 진압 제도가 운영된다. 또한 새로운 형태의 경찰도 도입되는데, 바로 반순수(반창작 순찰수사대)다. 형법에 따라 비밀리에 글을 쓰거나 유포하거나 간직하거나 심지어 말없이 그저 공개적으로 창작물이 있음을 암시함으로써 이득이나 명성을 얻으려 시도하는 자는 고립과 강제노동의 처벌을 받으며 상습범의 경우 단단한 침대가 설치된 지하감옥에 갇혀 매년 범죄를 저지른 날에 채찍형을 받는다. 전염병처럼 만연한 자동차, 영화, 텔레비전에 버금가는 비극적 영향을 인생 전반에 미칠 수 있는 발상을 사회 영역 안으로 밀반입하는 자는 말뚝에 묶여 공공의 조롱거리가 되고 평생 자신이 고안한 발상을 강요당하는 극형을 받는다. 창작 시도나 사전 계획 또한 이마에 지워지지 않는 염료로 '인간의 적'이라는 불명예 낙인을 찍는 형태로 처벌받는다. 반면 이득을 기대하지 않은 낙서광은 '영혼의 방탕'이라 하며 처벌받지 않는다. 이러한 증상을 앓는 자는 공공질서에 위협이 되므로 특별한 폐쇄시설에 갇혀 사회에서 고립되며 인도적 차원에서 충분한 양의 필기구와 종이를 공급받는다.

당연히 세계 문화는 이러한 규제로 인해 전혀 손실되지 않고 오히려 꽃피기 시작할 것이다. 인류는 자신들의 역사에 남은 훌륭한 작품들에 눈을 돌릴 것이다. 조각품, 미술품, 극작품, 소설, 장비와 기계는 이미 엄청나게 많아서 앞으로 몇 세기나 사회를 만족시키기에 충분하다. 또한 이른바 시대의 발견을 수행하는 것도 전혀 금지되지 않는데, 단 한 가지 조건은 조용히 있어야 한다는 것이다.

이렇게 상황을 통제하고 즉 인류를 구원하고, 요아힘 페르젠겔트는 마지막 문제로 넘어간다. 이미 생겨난 이 괴물 같은 과잉생산은 어떻게 할 것인가? 보기 드문 시민적 용기를 가진 사람으로서 페르젠겔트는 이렇게 말한다. 20세기 들어 이제까지 생산된 것은 번쩍이는 발상을 담고 있다 해도 전체를 합산했을 때 아무 가치가 없는데 왜냐하면 쓰레기의 바다에서 그 번쩍이는 보석을 찾을 방법이 없기 때문이다. 또한 그는 영화, 일러스트가 수록된 잡지, 엽서, 악보, 책, 과학적 연구, 신문의 형태로 방금 생겨난 것을 무더기로 전부 파쇄하라고 요구하는데, 이 행위 자체가 글자 그대로 아우게이아스의 외양간 청소이기 때문이다*—인류 예산에서 역사적인 '가지고 있다'와 '해야만 한다'를 전부 정산하는 것이다(여기에 포함되는 것 중에는 원자력도 있는데, 이렇게 되면 실제로 세상에 대한 위협을 청산할 수 있다). 요아힘 페르젠겔트는 책 혹은 도서관 전체를 불태우는 일의 해로움을 잘 알고 있다고 지적한다. 그러나 역사에서—예를 들어 나치 제3제국에서 일어났던—화형식auto da fe은 퇴보적으로 해로웠다. 어느 위치에서 태우느냐에 따라 모든 것이 달라진다. 그러므로 요아힘 페르젠겔트는 구조를 위한, 진보적인, 해방하는 화형을 제안하는데, 그는 끝까지 진지한 예언자이므로 작품의 마지막에서 우선 바로 자신의 예언부터 찢어서 불태우라고 권한다!

---

* 아우게이아스 왕의 외양간 청소는 매우 더럽고 힘든 일을 뜻한다. 아우게이아스 왕의 외양간은 30년간 청소하지 않은 것으로 유명했는데 헤라클레스가 두 개의 강이 이 외양간을 통해 흐르게 하여 청소한다.

잔 카를로 스팔란차니, 『백치』

Gian Carlo Spallanzani „Idiota"

(몬다도리 출판사)

이탈리아에는 그러니까 우리가 그토록 바랐던 작가들 중에서도 목청 높여 할 말을 하는 젊은 작가가 있다. 그리고 나는 목청 큰 전문가들이 문학 전체가 이미 다 집필되었고 이제는 옛 거장들의 식탁에서 떨어지는 신화나 원형이라는 이름의 부스러기나 주워 모을 수 있을 뿐이라 주장하여 젊은이들이 비밀스러운 허무주의에 감염되는 것 같아 걱정스럽던 참이었다. 이 창조적 황무지(태양 아래 새로운 것은 없다)의 주창자들이 그런 말을 하는 것은 체념해서가 아니라, 여러 세기 동안 텅 빈 자리에 늘어서서 '예술'을 기다리는 광경이 그들에게 어떤 뒤틀린 만족감을 주기 때문이다. 그들은 오늘날의 세상과 기술적 발전을 나쁘게 여기며, 나이 든 숙모들이 사랑으로 이루어진 경박한 결혼이 파멸로 끝나리라 확신하는 것과 비슷한 사악한 재미로 나쁜 일을 기다린다. 그리고 또한 지금 우리에게는 보석을 다듬는 목수와(왜냐하면 이탈로 칼비노는 벤베누토 첼리니를 계승하며 미켈란젤로를 계승하지 않기 때문이다) 자연주의자이지만 자연주의를 부끄러워하여 자신이 할 수 있는 것이 아니라 뭔가 다른 것을 쓰고 있는 척하는 작가(알베르토 모라비아)들이 있는데, 뻔뻔하고 담대한 작가는 없다. 낯짝에 강도 같은 턱수염만 있으면 아무나 대담한 척할 수 있는 곳이니 진짜로 뻔뻔한 사람이 나오기는 어렵다.

젊은 산문작가 잔 카를로 스팔란차니는 너무 뻔뻔해서 오만할 정도다. 겉으로는 전문가들의 의견을 그대로 받아들이는 듯하다가 뒤에 가서 한 방 먹인다. 그의 『백치』는 제목만 도스토옙스키의 소설을 연상시키는 것이 아니라 몇 걸음 더 나아간다. 다른 사람들도 그런지 모르겠지만 나는 저자의 얼굴을 알면 서평을 쓰기가 더 쉽다. 스팔란차니는 사진으로 보면 호감이 가지 않는데, 이 풋내기는 이마가 낮고 부은 듯한 눈에 작고 검은 눈동자가 사악해 보이는데다 가녀린 턱이 불안감을 불러일으킨다. '악동Enfant terrible', 음험하고 교활하며 잔혹하고, 순진무구한 탈 아래 거침없이 쓴소리를 하는 사람인가? 적당한 정의를 찾을 수 없지만 『백치』를 처음 읽고 느낀 인상은 바뀌지 않는다―이런 편법은 이제 그 자체로 하나의 부류가 되고 있다. 혹시 가명으로 글을 쓴 것일까? 왜냐하면 위대한 역사적 인물 스팔란차니는 생체해부자였기 때문이다―그리고 이 서른 살짜리도 똑같이 그러하다. 그저 완전히 우연히 성이 같다고는 믿기 어렵다. 젊은 저자는 건방지다. 자신의 『백치』에 서문도 붙였는데, 여기에서 솔직한 척하며 어째서 원래 발상을 버렸는지를 설명한다. 그 원래의 발상이란 『죄와 벌』을 마르멜라도프의 딸 관점에서 1인칭으로 서술하는 이야기를 '소냐'라는 제목으로 다시 쓰는 것이었다.[*]

담대한데다, 원전을 해치고 싶지 않아 그만두었다고 설명할 때는 매력도 없지 않다. (서문에 따르면) 도스토옙스키가 그 빛나는 매춘부를 찬양하며 바친 형상을 자신도 모르게 손상할 것이 분명하기 때문이다. 『죄와 벌』의 소냐는 '3인칭'이므로 가끔만 나타나는데, 1인칭 서사로 바꾸면 그녀는 계속해서 등장해야 할 것이고 직업활동을 하는 시간도 그에 포함될 텐데, 그것은 다른 어떤 일보다도 영혼까지 갉아먹는 종류의 직업이다. 그녀의 영적인 처녀성, 타락한 몸의 경험이 더럽히지 못하는 순수성에 대한 확증이 온전히 살아남지 못할 것이다. 저자는 이렇게 비비 꼬인 방식으로 자신을 정당화하고 정작 중요한 문제인 『백치』에 대해서는 아무것도 예고하지 않는다. 이것도 교묘한 술수다. 대략적인 방향만 우리에게 가리켜 보이고는 자기 하고 싶은 대로 한 것이다. 이것이 오만한 점은 어째서 하필 이 주제를 선택해야 했는지, 무엇이 그에게 피할 수 없이—도스토옙스키의 뒤를 잇게 했는지 한마디도 언급하지 않기 때문이다!

---

[*] 마르멜라도프는 『죄와 벌』에서 주인공 라스콜니코프의 이웃에 사는 가난한 하급 공무원인데 교통사고로 사망한다. 이 때문에 그의 큰딸 소냐가 가족을 먹여 살리기 위해 매춘에 나선다.

이야기는, 실재하는 현실적인 이야기는 한눈에 보기에 상당히 현실적인 층위에 자리 잡은 것 같다. 아주 평범한 중산층 가족, 흔하고 정상적인 결혼생활, 점잖지만 열정은 없는 부부가 지적 발달에 장애가 있는 아이를 갖는다. 모든 아이가 그렇듯이 아기 때는 아주 귀여웠다. 처음 말을 했을 때, 말을 배우는 나이로 성장하면서 부차적인 작용으로 자기도 모르게 입 밖에 낸 신선한 표현들에 대한 기억은 부모의 기억이라는 보물상자에 곱게 간직되어 있다. 이 행복한 요람 속 순수함과 그것을 둘러싼 현재의 악몽이, 일어날 수 있었던 미래와 실제 일어난 현실 사이의 진폭을 결정한다.

아이는 백치다. 아이와 함께하는 삶, 아이를 돌보는 삶은 고통이며 사랑으로 키웠기 때문에 더욱 잔혹하다. 아버지는 어머니보다 거의 20세나 더 나이가 많다. 이와 유사한 상황에서 다시 한번 시도해보는 부부들도 있다. 여기서는 어째서 그런 시도가 실패했는지—신체적 이유인지 심리적 이유인지—알 수 없다. 그러나 아마도 사랑 때문일 것이다. '정상적인' 조건하에서 사랑은 절대로 이 정도까지 강해질 수 없었을 것이다. 아이는 바로 백치이기 때문에 부모를 천재로 만든다. 그에게 부족한 정상성만큼 부모를 완벽의 경지로 끌어올린다. 이것은 소설의 의미가 될 수도 있었고 줄거리를 이끄는 동인이 될 수도 있었지만, 전제일 뿐이다.

외부 환경, 친척, 의사, 법률가와 접촉하면서, 아버지와 어머니는 보통 사람들이며 아이를 무척 걱정하지만 이런 상태가 몇 년이나 이어진 터라 적당히 자제한다—감정을 억누를 시간이 충분했던 것이다! 절망의 시기, 희망의 시기, 여러 도시로 여행하는 시기, 의학 전문가를 처음 만나는 시기는 벌써 오래전에 지나갔다. 부모는 가능성이 없다는 사실을 받아들였다. 헛된 기대는 갖지 않는다. 의사를 찾아가고 변호사를 찾아가는 것은 자연적인 보호자가 더 이상 보살펴줄 수 없게 되었을 때 백치에게 어느 정도 적절하고 견딜 만한 삶의 방식modus vivendi을 보장해주기 위해서다. 유언 집행자를 찾아서 재산을 지켜야 한다. 이런 일들은 천천히 진행되는데, 왜냐하면 현실적으로, 의도를 가지고 찬찬히 숙고하기 때문이다. 지루하고 실제적이다—태양 아래 이보다 더 자연적인 것은 없다. 그러나 부모가 집에 돌아오면, 셋만 남게 되면 상황이 순식간에 변한다. 말하자면 배우들이 무대에 섰을 때와 같다고 하겠다. 좋다, 하지만 무대가 어디인지 알 수 없다. 그건 나중에 보여준다. 부모는 서로 한 번도 공모하지 않고, 한마디도 주고받지 않은 채—실제로는 심리학적으로 불가능할 것이다—시간이 지나면서 백치의 행동을 해석하는 체계를 만들어 매 분마다, 모든 공간에서 백치를 이해할 수 있다.

이런 행동의 씨앗을 스팔란차니는 현실에서 발견했다. 갓난아기 시기를 벗어나는 아이를 주변에서 아주 사랑하면 아이의 반응이나 말을 할 수 있는 한 높이 떠받든다는 것은 알려진 사실이다. 아무 생각 없는 옹알이에 의미를 부여하기도 하고, 알아듣기 힘든 종알거리는 말에서 지적인 능력이나, 하, 심지어 농담을 발견하기도 한다. 아이의 심리에 접근할 수 없기에 관찰자는, 특히 맹목적인 관찰자는 엄청난 자유를 얻는다. 백치의 행동에 대한 해석도 한때는 이와 다르지 않게 시작되었을 것이다. 아마도 아버지와 어머니는 아이가 말을 점점 더 잘하고, 더 분명하게 말하고, 선의와 감정을 밝게 내보이며 점점 나아지고 있다는 징조를 찾기 위해 경쟁하듯 애썼을 것이다. 이 글에서는 '아이'라고 했지만 줄거리가 시작될 때는 이미 열네 살 소년이다. 대체 어떤 오해와 속임수의 체계를 가동해야, 어떤 형태의—익살맞을 정도로 정신 나간—해석을 동원해야, 현실에 이토록 끊임없이 모순되는 이 허상을 유지할 수 있단 말인가? 그런데 바로 이 모든 것이 가능하다. 그리고 바로 이런 행동들이 모여 부모의 희생이 된다—백치를 위한.

그것은 완전한 고립일 것이다. 세상은 그에게 아무것도 주지 않고 전혀 도와주지 않고, 그러므로 불필요하다. 그렇다, 세상이 그에게 불필요하다, 그가 세상에 불필요한 것이 아니다. 아이의 행동은 오로지 그 해석자들, 즉 아버지와 어머니에 의해서 비밀로만 남아야 한다. 그래야만 모든 것이 가공될 수 있다. 백치가 병든 할머니를 살해했는지, 아니면 이미 죽어가는 상태에서 숨을 끊었는지 우리는 알 수 없다. 그러나 실마리들을 모아볼 수는 있다. 할머니는 그를 믿지 않았다(즉 부모가 설명하는 버전의 그를 믿지 않았다—그러나 저 '불신'을 백치가 얼마나 이해할 수 있었는지는 확인할 수 없다). 할머니는 천식을 앓고 있었다. 천식 발작이 일어날 때마다 할머니 방에서 나던 헐떡이거나 쌕쌕거리는 소리는 펠트 천을 씌운 문도 막지 못했다. 그는 할머니의 천식 발작이 심해질 때면 잠을 잘 수 없었고, 그럴 때면 분노에 휩싸였다. 그는 망인의 침실에서 평온하게 잠든 채로 발견되었는데, 망인의 이미 식어버린 시신이 놓인 침대 아래 누워 있었다.

우선 부모는 그를 아이 방으로 데려갔고 그 뒤에 아버지가 자기 어머니를 수습했다. 아버지는 뭔가 의심했을까? 알 수 없다. 부모는 이 주제를 절대로 건드리지 않으며, 어떤 일들을 입 밖에 내지 않고 그냥 해버린다. 마치 모든 임시변통에는 한계가 있다는 사실을 이해한 듯, 어쩔 수 없이 '그 일들'을 해야만 할 때면 그들은 노래를 부른다. 꼭 필요한 일을 하면서 동시에 그들은 아빠 엄마가 저녁에 자장가를 불러주듯, 혹은 낮 동안 꼭 필요한 일을 돌볼 때면 자신들의 어린 시절에 들은 옛 노래를 불러주듯 행동한다. 노래는 침묵보다 효과적으로 생각을 꺼버린다. 그 노래는 도입부 맨 처음에도 나오는데, 즉—가정부도 정원사도 그 노래를 들으며 "슬픈 노래"라고 말하고, 한참이나 뒤에야 우리는 얼마나 소름 끼치는 행위가 이 노래를 동반했을지 짐작하기 시작한다—바로 그 노래는 이른 아침에 시신을 발견했을 때 불렀던 것이다. 얼마나 지옥같이 고귀한 정서인가!

백치는 끔찍하게 행동한다. 심각한 지적장애지만 교활해질 수는 있어 특유의 독창성을 발휘한다. 그는 그런 방식으로 부모를 부추기는데, 왜냐하면 부모가 모든 일을 다 덮어주어야만 하기 때문이다. 가끔은 그들이 하는 말이 행동에 정확하게 어울리지만, 그런 일은 드물다. 가장 엄청난 효과가 일어나는 것은 그들이 한 가지 일을 하면서 다른 말을 할 때인데, 왜냐하면 여기서 한쪽의 정신박약한 천재성이, 완전히 다른, 거의 신성할 정도로 민감하고 사랑과 헌신으로 가득한 창의성에 대비되며, 단지 양쪽을 갈라놓은 거리 때문에 이 희생적인 행위는 무시무시한 것으로 바뀐다. 그러나 부모는 아마 이런 사실을 볼 수 없게 되었을 것이다. 이런 식으로 몇 년이나 지났기 때문이다! 온갖 종류의 새로운 놀라움에 맞닥뜨리며(완곡한 표현이다. 백치는 언제나 거침이 없었다) 처음 짧은 순간 우리는 그들과 함께 위협의 충격을 느낀다. 이 일이 지금 이 순간을 뒤흔들 뿐 아니라 아버지와 어머니가 몇 달 혹은 몇 년이나 걸려 정성스럽게 쌓아 올린 건물 전체를 단번에 무너뜨릴 수 있다는 급격한 공포에 휩싸인다.

오산이었다. 부모는 순수하게 반사적으로 서로 시선을 마주치고 자연스럽게 대화하는 어조로 짧게 몇 마디 주고받은 뒤에 이 새로운 짐을 움직여 이미 창작된 체계에 끼워 맞추기 시작하는데—이런 장면들은 믿을 수 없을 정도로 코믹하면서 매혹적으로 숭고하다—당연한 이야기지만 그들의 심리적인 유연성 덕분이다. 마침내 더 이상은 '웃옷'을 입지 않을 수 없게 되었을 때 그들이 사용하는 단어란! 면도날을 어떻게 해야 할지 알 수 없을 때, 혹은 어머니가 욕조에서 뛰쳐나와 욕실 안에서 문을 막고 있을 때 온 집 안의 전원이 차단되자 어둠 속에서 손으로 더듬어 욕실

문을 막았던 가구를 치우는데, 왜냐하면 어머니가 쌓아 올린 버전의 아이에게는 그 가구를 막아놓는 쪽이 전기설비가 고장 나는 것보다 더 해로울 것이기 때문이다. 어머니는 현관에서 물을 뚝뚝 흘리며 두꺼운 카펫으로 몸을 감싸고, 분명히 면도날이 필요해서, 아버지가 돌아오기를 기다린다—이렇게 요약하고 이렇게 문맥에서 잘라내니, 거칠고 어색하고 믿을 수 없게 들린다. 부모는 이런 사건들을—임의로 해석해서—일상생활 안에 받아들이는 것이 불가능하다는 사실을 알면서도 움직인다. 그들은 자신들도 이해하지 못하면서 쉽게 그 일상의 경계를 넘어서서, 사무실이나 부엌을 드나드는 평범한 사람들에게는 접근 불가능한 영역으로 들어선 것이다. 광기의 방향으로 들어선 것은 아니다, 절대 그렇지 않다. 누구나 미칠 수 있다는 말은 사실이 아니다. 그러나 누구나 믿을 수는 있다. 수치스러운 가족이 되지 않으려면 그들은 성스러워져야만 했다.

이 '성스럽다'는 말은 책에 등장하지 않는다. 엄밀히 말하는데 부모가 백치를 신이나 신성한 존재라고 믿는 것도 아니다. 그는 그저 다른 모든 존재와 다를 뿐이다. 그는 '스스로자신적'이고 다른 어떤 아이나 소년과도 다르며 그 다름 때문에 그들의 돌이킬 수 없이 사랑하는 유일한 자식이다. 절대 불가능하다고? 그러면 스스로 『백치』를 읽어보라. 믿음이란 형이상학적인 지적 능력만은 아님을 보게 될 것이다. 상황 전체의 핵심은 계속 그 극렬함에 뿌리를 내리고 있어 믿음의 부조리함만이 파멸을 막아줄 수 있는데, 여기서 파멸이란 정신병리학적 진단을 뜻한다. 신성한 이 부부를 정신과 의사들이 망상증 환자로 진단했다면 그 반대로 하지 못할 이유는 무엇인가? 백치? 이 단어는 줄거리에 나타나지만, 부모가 다른 사람들과 함께 있을 때만 나온다. 부부는 자식에 대해 그 다른 사람들, 의사, 변호사, 친척의 언어로 말하지만 그들 스스로는 진실을 알고 있다. 그러므로 그들은 다른 사람들에게 거짓말을 하는 셈인데, 왜냐하면 그들의 믿음에는 선교의 깃발이 없고, 그러므로 이교도에게 개종을 요구하는 공격성이 부재하기 때문이다. 그리고 어쨌든 아버지와 어머니는 제정신이므로 단 한 순간도 그런 개종의 가능성을 믿지 않는다. 개종에 신경 쓰지도 않고, 어쨌든 세상 전체가 구원받아야만 하는 것은 아니므로 그저 가족 세 명만 구원받으면 충분하다. 그들이 사는 동안 집은 공동의 교회다. 이것은 수치나 특권에 대한 이야기가 아니고 '감응성 정신병'이라 하는, 늙어가는 부부의 광기에 대한 이야기도 아니다. 이것은 그저 중앙난방이 설치된 집에서 일어난 세속적인, 일시적인 사랑의 승리이며 그 사랑을 표현하는 단어는 "크레도 퀴아 압수르둠 에스트credo quia absurdum est"*이다. 이것이 광기라면 모든 신앙이 마찬가지로 이 광기에 비교되어야 할 것이다.

스팔란차니는 내내 외줄타기를 하는데, 왜냐하면 소설이 마주하는 가장 큰 위험은 '성가족'의 희화화이기 때문이다. 아버지가

* 라틴어로 "나는 그것이 부조리하기 때문에 믿는다".

나이 들었나? 그렇다면 요셉이다. 어머니가 훨씬 어린가? 마리아. 그러면 그 아이는… 바로 이 지점에서 나는 도스토옙스키가 『백치』를 쓰지 않았다면 이런 방향의 종교적 비유는 전혀 나타나지 않았으리라 생각한다. 혹은 너무나 억눌려서 몇 안 되는 사람들만이 간신히 눈치챌 수 있었을지도 모른다. 이런 말을 해도 될지 모르지만 스팔란차니는 복음서에 절대로 아무런 불만도 없고 전혀 성가족을 건드리려 하지도 않는다. 그럼에도—완전히 피해 갈 수는 없다—이런 의미상의 불똥이 튄다면 그 '잘못'은 오로지 도스토옙스키가 그의 『백치』를 썼기 때문이다. 바로 그렇다. 이런 방법을 통해서만, 천재 작가를 겨냥해 공격하려는 이 작품의 화약통에 폭발물이 채워질 수 있었던 것이다! 미슈킨 공*, 성스러운 뇌전증 환자이며 도입부에 소개되는 금욕적인 젊은이, 대발작의 낙인이 찍힌 예수—그가 여기서 연결고리이며 중계지점이다. 스팔란차니의 백치는 반전된 징후를 통해 가끔 그를 연상시키지만 마치 광란하는 버전 같은데, 바로 이런 식으로 성장하는 창백한 십 대 청소년 미슈킨, 그의 뇌전증 발작, 질병의 신비적인 아우라, 천사 같은 소년을 처음으로 쓰러뜨리는 짐승 같은 경련을 상상할 수 있다. 스팔란차니의 소년은 지적장애라고? 물론 끊임없이 그렇지만, 그의 박약이 숭고함과 만나는 지점이 찾아오는데, 음악에 미쳐서 축음기 음반을 부수다가 다치자 자기 피와 함

---

* 도스토옙스키의 소설 『백치』의 주인공으로, 예수 그리스도를 형상화한 인물이다.

께 음반을 씹어먹으려 하는 장면을 예로 들 수 있다. 이것 역시 일종의―시도로서의―성변화이다. 바흐의 음악에서 무언가가 그의 흐려진 의식에 명백하게 와닿자 그는 그것을 먹음으로써 자신의 일부로 만들려 했던 것이다.

만약 부모가 전능하신 하느님의 제도화된 체계에 모든 일을 맡겼더라면, 혹은 그냥 세 사람만을 위한 종교 대체물, 발달장애 아를 하느님 대신으로 놓은 이단 종교를 만들었다면 패배는 자명했을 것이다. 그러나 그들은 한순간도 평범하고 현실적이며 고통받는 부모이기를 멈추지 않으며, 성스러움을 요구하는 길로 갈 생각은 해보지도 않았고 당장 임시변통으로 필요하지 않은 것은 전혀 하나도 허용하지 않았다. 그러므로 그들은 사실 그 어떤 체계도 구축하지 않았다. 그 체계는, 원하지 않았고 계획하지 않았고 심지어 상상조차 해보지 않았으나 상황을 통해 그들에게 생겨난 것이다. 그래도 그들은 전혀 아무런 계시도 경험하지 않았으며 시작부터 자신들뿐이었고 끝에도 자신들만 남아 있었다. 그러므로 현실의, 오로지 현실의 사랑인 것이다. 우리는 이런 사랑의 힘을 문학에서 볼 수 없게 된 것에 익숙해졌으며, 문학은 과학의 냉소주의를 받아들여 이전의 낭만주의적 뼈대를 심리분석 원칙의 주먹으로 부숴버리고 인간 운명의 진폭에 눈을 감아버렸지만, 사랑은 계속 살아남아 역사적인 고전을 길러내어 우리에게 주었다.

잔혹한 소설이다. 이 작품은 우선 보상을 위한, 그리고 그러므로 창조하기 위한 무한한 재능에 대한 것이며, 운명이 적절한 과업이라는 고통을 내려준다면 사람은 모두, 누구나, 아무나 이런 재능의 고향이 될 수 있다고 말한다. 그리고 다음으로 이 작품은 희망이 사라졌을 때, 절망의 밑바닥으로 끌려 내려갔을 때, 그러나 사랑하는 대상을 단념하지 않았을 때 사랑이 취할 수 있는 형태에 대한 이야기다. 이런 맥락에서 "크레도 퀴아 압수르둠"이라는 말은 "피니스 비타에 세드 논 아모리스finis vitae, sed non amoris"*라는 말을 세속적으로 재해석한 것과 같다. 이에 대한 소설(이것은 아버지와 어머니의 비극이 아니라 인류학적 보고서이다)은 미시적인 기제에서 세계 창조를 부르는 순수한 의도가 어떻게 생겨나는지를 다루며, 그러므로 단순한 초월이 아니다. 절대 아니다. 요점은 세상이 무작위하고 갑작스러운 수치와 추악함에도 망가지지 않은 채 왜곡될 수 있다는 것이다—다시 말해 변형, 변모라는 말이 무엇을 포착하느냐의 문제다. 우리는 괴물의 모습을 그와 상관관계에 있는 천사의 형상으로 변형할 능력이 없었다면 생존하지 못했을 것이고, 이 책은 바로 그에 대한 이야기다. 초월에 대한 믿음은 완전히 불필요할 수 있으며 그런 믿음 없이도 신의론은 은총을(혹은 고통을) 내릴 수 있는데, 왜냐하면 상황에 대한 인식이 아니라 변형 가능성 안에 인간의 자유가 살아 있기 때문이다. 이것이 진정한 자유가 아니라면(소설의 주제는 어쨌든 극단적인 구

---

* 라틴어로 "인생은 끝나도 사랑은 끝나지 않는다".

속이다—사랑에 의한!) 다른 어떤 종류의 자유도 있을 수 없다. 스팔란차니의『백치』는 그리스도교 신화의 자웅동체적 비유가 아니라 무신론적 이단이다.

스팔란차니는 쥐를 가지고 실험하는 심리학자처럼 자신의 주인공들에게 경험을 부여해 자신이 세운 인류학적 가설을 확인하고자 했다. 동시에 이 책은 도스토옙스키가 오늘날 살아서 글을 쓰고 있는 듯이 그를 추궁하는 작품이기도 하다. 스팔란차니는『백치』를 씀으로써 도스토옙스키의 형편없는 이단 교리를 증명하려 했다. 이런 음모가 성공했다고 말할 수는 없지만 의도는 이해한다. 그는 위대한 러시아 작가가 자신과 이후 시대를 가두어 버린 문제의식의 저주받은 고리에서 탈출하려 했던 것이다. 예술은 단지 뒤를 돌아보기만 하거나 평형 상태로 만족할 수만은 없으며, 새로운 눈, 새로운 관점, 그리고 무엇보다도 새로운 발상이 필요하다는 이야기를 하고 싶었던 것이다. 여기서 우리는 이것이 첫 책이라는 사실을 기억해야 한다. 나는 스팔란차니의 다음 소설을 기대할 것이며, 오랫동안 그 어떤 책도 이렇게 기다려본 적이 없다.

두 유어셀프 어 북

„Do Yourself a Book"

'두 유어셀프 어 북'의 상승과 몰락의 역사를 쓰는 작업은 교훈적일 것이다. 이 출판시장의 종양은 너무나 뜨거운 논란의 중심이 되는 바람에 논란이 현상 자체를 가려버렸다. 그리고 이 벤처사업이 망한 이유도 오늘날까지 불분명하다. 이와 관련해서는 아무도 여론조사를 진행하지 않았다. 아마 그편이 현명할 것이다. 아마 여론은 이 사건의 운명을 결정하면서도 뭘 하는지 스스로 몰랐을 것이다.

이 발견은 넉넉히 20년은 공중에 떠 있었는데 어째서 더 일찍 실현되지 않았는지 놀라울 뿐이다. 나는 이 '소설 짓기 세트'를 처음 보았을 때를 기억한다. 그것은 커다란 책 모양의 상자였는데 안에는 설명서와 구성품 목록 그리고 '소설 짓기의 기본요소' 일체가 들어 있었다. 그 요소들이란 서로 다른 넓이의 종이띠에 인쇄된 조각난 산문이었다. 종이띠 가장자리에는 제본할 때 편하도록 일렬로 구멍이 뚫려 있었고 몇 개의 숫자가 여러 가지 색깔로 도드라지게 찍혀 있었다. '기본' 색, 즉 검은색 숫자 순서에 따라 종이띠를 맞추어 늘어놓으면 '도입부'가 만들어졌는데 이것은 보통 최소한 두 편의 세계문학 작품 중에서 적당히 축약된 문장들로 이루어졌다. 이 세트가 그저 이런 재구성 용도로만 만들어졌다면 의미도 상업적 가치도 없었을 것이다. 진짜 용도는 이 기본요소들을 섞어서 재배열하는 데 있었다. 설명서에는 보통 몇 가지 재조합 예시가 나와 있었고 종이띠 가장자리에 있는 색색의 숫자는 그럴 때 쓰는 것이었다. 이 발상에 특허를 낸 기업은 '유니버설'이었으며 저작권 기한이 만료된 책들을 활용했다. 대부분 발자크, 톨스토이, 도스토옙스키 등의 고전 작품으로, 익명의 출판사 직원들이 적절히 축약했다. 예상대로 발명가들은 명작을(더 정확히는 작품의 원초적인 버전을) 일그러뜨리고 왜곡하는 데서 기쁨을 얻는 특정 종류의 사람들에게 광고했다. 소비자는 손에 『죄와 벌』, 『전쟁과 평화』를 들고 등장인물에게 원하는 대로 뭐든 할 수 있었다. 『전쟁과 평화』의 나타샤를 결혼식 전이나 후에 도망치게 만들 수도 있고, 『죄와 벌』의 악역 스비드리가일로프를 주인공 라스콜니코프의 여동생과 결혼시킬 수도 있으며, 라스콜니코프가 법의 심판을 피해 소냐와 함께 스위스로 떠나게 할 수도 있고, 안나 카레니나는 귀족 브론스키가 아니라 하인과 불륜하게 하는 등등이 가능했다. 비평가들은 한목소리로 이런 도

류을 공격했고, 출판사는 최대한으로, 심지어 꽤 현명하게 자신을 보호했다.

세트에 포함된 설명서에는 이 방법을 통해 문학 창작의 재료들을 구성하는 방식을 배울 수 있으며("초보 작가들에게 딱 좋습니다!") 또한 이 세트를 심리검사에 활용할 수도 있다고("『빨간머리 앤』을 어떻게 했는지 말해주면 당신이 어떤 사람인지 이야기해드립니다") 쓰여 있었다. 한마디로 예비 문장가들의 '트레이너'이며 문학 아마추어들에게는 재미있는 놀이라는 것이었다.

이 발행사의 고귀하지 않은 의도를 다른 출판사들에서도 눈치채었다는 점은 쉽게 짐작할 수 있다. '월드북스'는 설명서에 사용자가 "올바르지 않은" 조합을 사용하지 않도록 주의사항을 넣었다. 본문의 특정한 구절들만 뽑아 붙여 본래 눈처럼 희고 순진무구한 장면들에 변태적인 의미를 부여할까 염려한 것이다. 한 문장만 집어넣어도 두 여성의 순수한 대화가 동성애 분위기를 암시하기 시작했고, 디킨스의 점잖은 가족들이 근친상간을 저지른다는 결론도 이끌어낼 수 있었으며—정말로 사용자 마음대로였다. 말할 필요도 없이 '주의사항'은 행동을 부추기면서도, 출판사가 도덕규범을 어겼다는 비난은 할 수 없게 하는 표현이었다. 자, 설명서에 이런 짓을 하면 안 된다고 미리 공지했으니…

무기력감에 분노하여 (법적인 측면에서 공격할 방법이 없었고 출판사들도 이 부분은 확실히 해두었다) 저명한 비평가 랠프 서머스는 이렇게 썼다. "그러니까 현대의 포르노그래피로는 불충분한 것이다. 포르노와 비슷한 방식으로 이전에 생겨난 것을 전부, 그것도 지저분한 의도에서 토해낸 것뿐만 아니라 바로 그런 의도를 다스리는 작품들까지 더럽혀야만 하는 것이다. 이 악마숭배의 한심한 대체물을 누구든 4달러에 주고 사서, 살해당한 고전 작품들의 무방비한 시체를 자기 집에서 편안하게 썰어낼 수 있다니 진정 부끄러운 일이다."

이 불길한 예언을 담은 서머스의 비평은 얼마 지나지 않아 과장된 것으로 판명되었다. 출판사들이 기대했던 만큼 수익이 많이 발생하지 않았던 것이다. 곧이어 새로운 '구성법'을 갖춘 버전이 등장했는데 빈 페이지로 이루어진 책에 곧바로 문장이 적힌 종이띠를 배치할 수 있었으며, 이 종이띠는 단분자층 자석 박으로 덮여 있었다. 이 덕분에 '책 제본' 작업은 대단히 간편해졌다. 그러나 이런 혁신도 소용이 없었다. 과연 몇몇 (오늘날에는 아주 보기 드문) 이상주의자가 짐작한 대로 대중이 "명작을 괴롭히는 일"에 참가하기를 거부해서였을까? 유감스럽게도 이렇게 고귀한 근거는, 찾아보았으나 증명할 수 없었다. 그러나 출판사들은 많은 사람이 이 새로운 놀이에 취미를 붙일 것이라 조용히 추정하며 희망을 놓지 않았다. 이러한 생각은 예를 들어 '설명서'의 다음과 같은 구절에 나타나 있다. "'두 유어셀프 어 북'은 이제까지 세계 최고의 천재들만 가지는 특권이었던, 하느님처럼 인간의 운명을 휘두를 힘을 당신에게 드립니다!" 랠프 서머스가 어느 공격적인 기고문에서 설명했듯이 "모든 숭고함을 즉각 끌어내릴 수 있고 순수한 것을 전부 짓밟을 수 있으며, 그러면서 이제는 톨스토이나 발자크가 무슨 말을 했든 멋대로 망칠 수 있으니 들을 필요도 없다는 유쾌한 기분까지 느낄 수 있다!"

그런데 어쩐 일인지 이 "문학 오염가"를 하고자 하는 이는 아주 적었다. 서머스는 "문학의 영구적인 가치에 대한 공격성이라는 형태로 나타나는 새로운 가학 성향"이 꽃필 것을 예견했으나 실제로 '두 유어셀프 어 북'은 거의 팔리지 않았다. 대중이 "하위문화의 발작이 우리 눈앞에서 효율적으로 가려버리려 했던 그 한 줌의 자연스러운 합리와 정당성"(L. 에번스,《크리스천 사이언스 모니터》기고문 중)을 선택했다고 믿는다면 기분이 좋을 것이다. 이 서평을 쓰는 필자는—마음으로는 원하지만!—에번스의 의견에 동의하지 않는다.

그러면 대체 어찌 된 일인가? 사실은 추측보다 훨씬 더 간단하다. 서머스, 에번스, 필자, 대학에서 발행하는 학술지에 파묻힌 수백 명의 비평가, 그리고 또 전국에 흩어진 수천 명의 책상물림에게 스비드리가일로프, 브론스키, 소냐 마르멜라도바 혹은 보트랭, 빨간 머리 앤, 라스티냐크*—이 등장인물들은 아주 잘 알려지고 친근하며, 어쩌면 수많은 현실의 지인보다도 훨씬 더 생생하다. 일반 대중에게 이들은 텅 빈 소리이고 내용 없는 이름일 뿐이지만 말이다. 그러므로 서머스, 에번스나 필자에게 스비드리가

---

* 라스티냐크는 보트랭과 마찬가지로 오노레 드 발자크의 『고리오 영감』에 등장하는 인물.

일로프를 나타샤와 결혼시킨다는 것은 더없이 끔찍한 일이겠지만, 대중에게는 그저 모르는 남자 X 씨가 모르는 여자 Y 씨와 사귄다더라, 딱 그 정도 일인 것이다. 이런 등장인물들은 바로 일반 대중에게―감정적인 고귀함이든 타락한 사악함이든―영속적인 상징으로서의 가치를 갖지 못하므로 변태적이건 아니건 어떤 재미있는 놀이 대상이 되지 못했다. 그냥 완전히 중립적이다. 아무도 상관하지 않았다. 출판사들이 얼마나 음흉했든 간에 바로 이 점을 생각하지 못했으며, 문학시장 상황을 제대로 이해하지 못했다. 누군가 어떤 책에 거대한 가치를 부여한다면 그 책을 신발 닦는 데 사용하는 것은 책을 망가뜨리는 행위일 뿐 아니라 신성모독으로 보일 것이다―서머스가 바로 그렇게 생각했고, 그렇게 썼던 것이다.

그러나 우리 세상에서 이런 문화적 가치에 대한 무관심은 문학세트 창작자들이 예상했던 것보다 훨씬 더 멀리 퍼져 있었다. 아무도 '두 유어셀프 어 북'을 가지고 놀려 하지 않았던 이유는 소중한 문화유산을 타락시키지 않으려고 다들 고귀하게 손을 멈추었기 때문이 아니라 그저 삼류 글쟁이의 책과 톨스토이의 역작에서 아무런 차이점을 알아볼 수 없었기 때문이다. 톨스토이의 역작을 읽어도 삼류 소설을 읽었을 때만큼 심드렁한 것이다. 심지어 대중 사이에 "짓밟고 싶은 욕망"이 숨어 있었다 해도, 대중의 관점에서 보았을 때 "짓밟을 만한 재밋거리가 하나도 없었다."

출판업자들이 이런 독특한 교훈을 이해했을까? 어떤 의미에서는 그랬다. 상황을 앞서 말한 그대로 인식했다고는 생각하지 않지만 어쨌든—본능으로, 코로, 감각으로 받아들여—시장에 더 잘 팔리는 '구성법' 버전들을 내놓기 시작했는데, 이 새로운 제품이 잘 팔린 이유는 순수하게 선정적이고 음란한 내용만을 배치할 수 있도록 구성했기 때문이다. 얼마 남지 않은 순수한 문학 애호가들은 최소한 숭배받아 마땅한 명작의 시신이 마침내 평화롭게 쉴 수 있게 되었다며 안도의 한숨을 내쉬었다. 그리고 그들이 이 문제에 관심을 끊자 (책상물림) 연구자들과 비평가들이 그토록 한탄하고 눈물지었던 엘리트 학술지의 문학비평에서도 이 이야기는 사라졌다. 엘리트가 아닌 독자층에서 무슨 일이 일어나는지는 예술의 올림포스산과 제우스 신들에게는 아무래도, 정말 아무래도 좋았다.

이 예술의 올림포스산이 다시 한번 깨어난 것은 베르나르 드 라 타유가 프랑스어로 번역된 '더 빅 파티The Big Party' 세트로 만든 소설로 페미나상을 받았을 때였다. 이 창의적인 프랑스 작가가 심사위원들에게 자신의 소설이 완전히 독창적인 것이 아니라 구성요소들을 배치한 결과라고 알리지 않았기 때문에 이 사건은 큰 추문으로 발전했다. 드 라 타유의 소설(『어둠 속의 전쟁』)은 어쨌든 가치가 없지는 않으며 그 작품을 구성하는 데는 '두 유어셀프 어 북' 세트 소비자들이 일반적으로 보이는 수준 이상의 재능과 관심이 필요했다. 이 하나의 사건은 아무것도 바꾸지 않았는데, 이 '소설 짓기' 세트가 멍청한 광대극과 상업적 음란물 사이를 오간다는 사실은 처음부터 명백했다. '두 유어셀프 어 북'으로 돈을 번 사람은 아무도 없었다. 소수인 데 익숙해진 문학 애호가들은 오늘날 싸구려 연애소설 등장인물들이 톨스토이의 우아한 살롱 마룻바닥으로 넘어오지 않으며 라스콜니코프의 여동생 같은 고귀한 처녀가 더 이상 불량배나 무뢰한과 엮이지 않아도 된다며 기뻐한다.

영국에서는 아직도 '두 유어셀프 어 북'의 패러디 버전이 돌아다니는데, 듣자 하니 이것은 짧은 글을 "순전한 헛소리" 규칙에 따라 지을 수 있게 해주는 세트이며 집구석 문필가는 초단편 소설 속에서 등장인물들이 유리병에 주스 대신 파티 참석자들을 붓거나, 아서 왕의 기사 갤러해드 경이 타고 다니던 말과 연애를 그만두거나, 미사 도중에 사제가 제단 위에 장난감 기차가 달리게 하는 것 등등을 즐길 수 있다. 심지어 몇몇 일간지가 이런 괴작을 싣는 고정 지면도 운영하는 걸 보면 영국인들은 재미있어 하는 모양이다. 그러나 대륙에서 '두 유어셀프 어 북'은 실질적으로 모습을 감추었다. 이 제품의 실패에 대해 우리와는 다르게 추측한 어느 스위스 비평가의 추론을 인용해보겠다. "대중은 자기 손으로 누군가 겁탈하거나 발가벗기거나 괴롭히려 들기에는 이미 너무 게을러졌다. 이제 이 모든 일을 대중 대신 전문가가 하고 있다. '두 유어셀프 어 북'은 60년 전에 나타났다면 성공했을지도 모른다. 너무 늦게 태어나서 출생하자마자 사망한 것이다." 이러한 평가에 무거운 한숨밖에 또 뭘 덧붙일 수 있겠는가?

쿠노 믈랫제, 『이타카 출신 오디스』

Kuno Mlatje „Odys z Itaki"

저자는 미국인이며, 소설 주인공의 이름은 호머 마리아 오디스이고, 그를 세상에 내보낸 장소인 이타카는 매사추세츠주에 있는 인구 4,000명의 소도시다.* 여하간 이타카 출신 오디스의 모험은 깊은 의미가 없지 않고 이를 통해 존경받는 그의 원형과 연결된다. 도입부가 이런 점을 예고해주지 않는 것은 사실이다. 호머 M. 오디스는 록펠러 재단의 E. G. 허친슨 교수가 소유한 자동차를 불태운 혐의로 재판을 받는다. 차를 불태워야만 했던 이유는 교수가 직접 재판정에 나타나면 말하겠다고 오디스는 조건을 건다. 그의 조건대로 실행되자 오디스는 교수의 귓가에 뭔가 대

---

* 오디스Odys는 '오디세우스'의 폴란드식 발음이며, 호머는 『오디세우스』의 저자 호메로스의 영어식 이름. 이타카는 작품 속 오디세우스의 고향인 그리스의 섬이다.

단히 중요한 것을 속삭일 듯 굴다가 귀를 물어뜯는다. 소란이 벌어지고, 검찰이 피의자의 정신감정을 요구하고, 판사는 망설이고, 오디스는 피고인석에서 연설하기를, 머릿속으로 헤로스트라투스[*]를 생각했는데 왜냐하면 자동차는 우리 시대의 사원이기 때문이며 교수의 귀를 깨문 이유는 스타브로긴[**]이 그렇게 해서 유명해졌기 때문이라 설명한다. 오디스 자신도 유명해져야만 하는데 그까닭은 돈을 벌기 위해서이며, 그렇게 해서 인류의 이익을 목적으로 도모한 계획의 재원을 마련해야 한다는 것이다.

이 지점에서 판사가 그의 웅변을 중단시킨다. 오디스는 자동차를 파괴한 죄로 2개월 구금, 그리고 법정을 모독한 죄로 또 2개월 구금을 선고받는다. 또한 귓바퀴에 상해를 입은 허친슨 측에서 제기한 민사소송도 오디스를 기다리고 있다. 그러나 오디스는 자신의 소책자를 법원 출입 기자의 손에 쥐여주는 데 성공한다. 이렇게 해서 그는 목적을 달성한다—언론이 그에 대해 기사를 써줄 것이다.

호머 M. 오디스가 '영혼의 양털을 찾는 원정'이라는 제목의 소책자에서 주장하는 발상은 다분히 단순하다. 인류 발전은 천재들 덕분이다. 특히 사상의 발전이 그러한데, 왜냐하면 부싯돌을 쳐서 불을 피우는 법은 우연히 공동으로 발견할 수 있지만 0의 개

---

[*] 헤로스트라투스는 4세기 그리스의 방화범. 아테나 신전을 불태워 유명해지려 했다.
[**] 도스토옙스키 소설 『악령』의 주인공. 소설 1부에서 스타브로긴은 자신을 내쫓으려는 주지사에게 비밀을 말해줄 것처럼 하다가 주지사의 귀를 물어뜯는다.

넘을 집단이 발견할 수는 없기 때문이다. 그 개념을 고안해낸 한 사람은 역사상 최초의 천재다. "0의 개념을 네 명이 공동으로, 한 명이 4분의 1씩 고안해내는 것이 과연 가능한가?" 호머 오디스는 특유의 냉소를 담아 묻는다. 인류는 관습적으로 천재를 따뜻하게 대해주지 않는다. "천재로 산다는 건 과연 아주 밑지는 장사야To be a genius is a very bad business indeed!" 오디스는 그 끔찍한 영어로 말한다. 천재는 운이 아주 나쁘다. 모두 다 똑같이 운이 나쁜 건 아닌데, 천재라고 다 같지는 않기 때문이다. 오디스는 천재의 분류를 다음과 같이 설정한다. 첫 번째는 평범한 보통 천재, 즉 3급인데 이들은 사상적으로 자기 시대의 한계를 크게 넘어서지 못한다. 그만큼 이들은 위협을 가장 적게 받는 편이고, 자주 인정받고 심지어 돈과 명예를 얻기도 한다. 2급 천재부터는 이미 동시대 사람들에게 너무 어렵다. 그러므로 이들은 운이 더 나쁘다. 고대에는 대부분 투석형을 받았고 중세에는 화형, 더 나중에는 관습이 한시적으로 부드러워진 덕분에 자연적으로 굶어 죽는 것이 허용되었으며 때로는 사회가 비용을 대어 이들을 정신병원에서 살게 해주기도 했다. 그들 중 일부에게는 지역 당국이 독약을 처방했고 다수가 유배되었으며 종교지도부와 세속의 행정부는 오디스가 천재를 살해하는 풍요로운 방식이라고 부르는 '집단학살'에서 선두를 차지하려 열심히 경쟁했다. 여하간 결국 2급 천재들도 인정받는데, 이것은 무덤에 들어간 뒤의 승리다. 보상 차원에서 도서관과 공공장소에 그들의 이름이 붙고 그들을 위한 분수나 기념비가 서고 역사학자들이 과거의 과오에 대해 절제된 눈물을 쏟는다. 오디스는 그 위에 최고 등급의 천재가 존재하며 반드시 존재해야만 한다고 못 박는다. 저 중간급 천재들은 다음 세대나 아니면 더 나중에 어떤 사람이 발견하곤 하지만, 1급 천재들은 결단코 알려지지 않는다—아무도, 살아 있을 때도, 죽은 뒤에도. 왜냐하면 이들은 전례 없는 진실의 창조자이며 그만큼 타락한 제안의 제공자라서 아무도 절대로 이들을 알아볼 능력이 없다. 영원히 무명으로 남는 것이 '최상급 천재'들의 표준적인 운명이다. 그러다가 정신적 능력이 이들보다 약한 동료들이 순전한 우연의 결과로 이들을 발견하기도 한다. 시장에서 상인들이 청어를 싸는 데 쓰는 종이에 뭔가 가득 적혀 있어서 읽어보니 어떤 공리나 시 구절이고, 이 내용이 인쇄되어 알려지면 잠시 모든 사람이 열광하다가 곧 모든 일이 예전처럼 흘러간다. 이런 상황이 더 이상 지속되어서는 안 된다. 돌이킬 수 없는 문명의 손실인 것이다. 제1급 천재 보호협회를 만들고 그 안에서 결성된 탐험대가 계획적인 탐사에 힘써야 한다. 호머 M. 오디스는 이미 협회 정관도 전부 다 작성했고 '영혼의 양털을 찾는 원정' 기획도 짜놓았다. 그는 이 문헌을 수많은 학술단체와 자선기금에 보내 대출을 요구했다.

이러한 노력이 결실을 거두지 못하자 그는 자기 돈으로 소책자를 발간해 첫 인쇄물을 헌사와 함께 록펠러 재단 학술위원회에 벌린 G. 허친슨 교수에게 보냈다. 허친슨 교수는 답변을 하지 않았고 그래서 인류의 죄인이 되었다. 교수는 아둔하다는 사실을, 즉 자신이 가진 교수라는 신분에 걸맞은 능력이 없음을 드러냈으며 이런 터무니없는 잘못을 저질렀으니 벌을 받아야 했고 그래서 오디스는 벌을 주었다.

선고받은 형을 사는 도중에 오디스는 첫 후원금을 받는다. 그는 '영혼의 양털을 찾는 원정' 계좌를 열었고, 석방된 무렵에는 2만 6,528달러라는 썩 괜찮은 후원기금 덕분에 단체 활동을 시작할 수 있게 된다. 오디스는 신문에 광고를 내어 자원자를 모집하고, 아마추어인 열렬한 지지자들의 첫 모임에서 연설을 하고 자원자들에게 탐험에 대한 지시사항을 담은 소책자를 나눠준다. 어쨌든 그들은 어디서, 어떻게, 무엇을 찾아야 하는지 정확히 알아야 하기 때문이다. 원정은 사상적인 성격을 띠게 될 것이며 돈이 모자랄 것이고—오디스는 이 부분을 얼버무리지 않는다—엄청나게 힘들 것이었다.

'영혼은 원하는 곳으로 날아간다Spritus flat, ubi vult.' 그러므로 심지어 초특급에 속하는 천재라도 세상의 이국적인 변방에 사는 소수민족에서 태어날 수 있다. 천재는 개인적으로, 직접적으로 인류 앞에 모습을 드러내지 않으며 거리에 나가서 지나가는 사람들의 토가 혹은 단추를 붙잡지도 않는다. 천재는 적절한 전문가들을 통해 활동한다. 이 전문가들이 그를 알아보고 존중하고 그의 사상을 발전시키며, 그리하여 이 천재를 조금은 흔들어서 인류에게 새 시대의 시작을 알리는 종의 심장이 되도록 해야 한다.

언제나 그렇듯이 '해야 하는' 일은 절대로 일어나지 않는다. 전문가들은 대체로 자신들이 모든 이성을 다 집어삼켰다고 여기며, 언제나 타인을 가르칠 준비가 되어 있지만 절대로 아무에게서도 배우려고 하지 않는다. 전문가가 셀 수도 없이 많을 때만, 군중 속에서 흔히 그렇듯이 두세 명 정도 현명한 개인이 나타난다. 작은 나라에서 천재가 얻는 반응이란 할아버지가 그림에 대고 떠들 때와 비슷하다. 반면 큰 나라에서 천재가 명성을 얻을 확률은 커진다. 그러므로 원정은 소수민족과 지구상의 알려지지 않은 오지에 있는 도시를 찾아간다. 그곳에서 운 좋게 아직 알려지지 않은 2등급 천재들이라도 찾아낼지 아무도 모르는 것이다. 유고슬라비아 출신 보스코비치의 예는 의미심장하다. 그는 잘못된 명성을 얻었는데, 그가 몇 세기나 전에 글로 쓰고 생각했던 것과 비슷한 내용이 현재 사람들이 글로 쓰고 생각하기 시작하면서 알려졌기 때문이다. 오디스는 이런 유사발견을 허용할 수 없었다.

탐험대는 세상의 모든 도서관과 그 안에 있는 희귀한 인쇄물과 수기 원고 문헌들을 망라해 수색해야 하고, 특히 지하 서고를 잘 찾아봐야 하는데 온갖 종류의 문서가 지하실로 밀려나기 때문이다. 그러나 여기서 성공할 것이라고 과신해서는 안 된다. 오디스가 사무실에 걸어놓은 지도에 빨간 점으로 표시한 첫 순서는 정신과 병동이다. 또한 지난 세기 정신병원의 하수관이나 배수로를 찾아보는 것에도 오디스는 기대를 걸었다. 오래된 감옥들 근처 쓰레기장도 파보아야 했고 쓰레기 매립장이나 폐기물 처리

장도 털어봐야 했으며 폐지 더미도 뚫고 들어가야 했고 또한 배설물 구덩이—주로 그 화석들을 주의 깊게 들여다보아야 했는데 왜냐하면 바로 그곳에 인류가 경멸하고 존재의 경계선 안쪽에서 토해낸 모든 것이 모여들었기 때문이다. 그래서 오디스의 용감한 히어로들은 굳은 각오를 다진 뒤 곡괭이, 망치, 노루발못뽑이, 손전등과 등산용 밧줄을 챙기고 또한 지질조사용 망치, 방독면, 체, 돋보기도 바로 사용할 수 있도록 준비해서 '영혼의 양털'을 찾아 떠나야 했다. 금이나 다이아몬드보다 훨씬 더 값진 보물을 찾는 작업은 돌처럼 굳은 배설물 속, 무너진 우물가, 온갖 종교심문이 이루어진 옛 지하감옥, 텅 빈 동굴 속에서 진행될 터였고 이 세계적인 작업의 책임자는 본부에 있는 호머 M. 오디스가 될 터였다. 탐색의 실마리, 나침반의 떨리는 바늘 역할을 하는 것은 온갖 종류의 뜬소문과 뒷말의 메아리에 언급되는 완전히 보기 드문 백치와 미치광이, 광기에 찬 끈덕진 창녀, 고집스러운 얼간이와 바보였는데, 왜냐하면 천재성을 이런 이름으로 규정하는 것이 인류가 타고난 가능성에 의거하여 천재들에게 보이는 반응이기 때문이다.

오디스는 이후 몇 가지 소란을 더 일으키고 그 덕에 새로운 유죄 판결 다섯 개와 추가 후원금 1만 6,741달러를 얻은 뒤 감옥에서 2년을 보내고 나서 남쪽으로 간다. 그는 마요르카로 항해해 가서 본부를 차리기로 했는데 왜냐하면 그곳은 기후가 온화하고, 감옥에서 지내는 동안 그의 건강이 상당히 약해졌기 때문이다. 그는 공공의 이익과 사적인 이해관계를 결합할 수 있어 기쁘다는 사실을 조금도 감추지 않는다. 어쨌든 그의 이론에 따르면 1급 천재들은 어디서나 나타날 수 있으니 마요르카에 1급 천재가 없다고 어떻게 확신하겠는가?

오디스가 파견한 히어로들의 삶은 특별한 모험으로 채워지고 이 이야기가 소설의 큰 부분을 차지한다. 오디스는 몇 번이나 쓰디쓴 실망을 겪는데, 예를 들어 그가 가장 아끼는, 지중해 지역에서 활동하던 탐험가 세 명이 사실은 CIA 요원이며 '영혼의 양털' 원정을 자신들의 목적을 위해 이용하고 있다는 사실을 알았을 때 그랬다. 또 다른 탐험가는 전례 없이 귀중한 17세기 문헌을 마요르카에 가져오는데, 카르디오크라는 이름의 백인 노예가 존재의 유사기하학적 구조를 연구한 이 문헌은 알고 보니 조작된 것이었다. 이 탐험가가 직접 쓴 저술을 아무 데도 발표할 수 없자 탐험대에 숨어들어 오디스의 기금을 이용해서 자기 개념을 알리고 유명해지려 한 것이다. 분노한 오디스는 원고를 불에 던지고 날조한 자를 내쫓고 나서, 감정을 가라앉힌 뒤에야 생각하기 시작한다―어쩌면 자기 손으로 특급 천재의 작품을 파괴한 것은 아닐까?! 그는 양심의 가책에 괴로워하며 다시 신문 광고를 내어 위작 저자를 부르지만 유감스럽게도 소용이 없다. 한스 초커라는 이름의 다른 탐험가는 오디스가 모르는 사이 몬테네그로의 오래된 도서관에서 발견한 보기 드물게 값진 문서를 경매에 팔아버리고 현금을 가지고 칠레로 달아나 그곳에서 도박에 빠진다. 그러나 오디스의 손에도 수많은 귀중한 작품, 하얀 까마귀만큼 희귀한 원고, 일반적으로 소실되었다고 알려진 문헌이나 세상의 학계에 전혀 알려지지 않은 문서들이 상당히 많이 들어왔다. 오래된 행정문서를 보관한 마드리드의 옛 문서고를 예로 들면 양피지에 기록된 원고의 첫 18쪽을 찾아냈는데, 이 원고는 16세기에 집필되었으며 "삼성三性 산수" 체제에 의거해 저명한 과학자 80명의 생일을 예견했다고 하는데, 이 문서에 포함된 날짜에는 실제로 아이작 뉴턴, 하비*, 다윈, 월러스** 같은 인물들의 생일이 한 달 이내의 오차로 적혀 있었던 것이다! 전문가들이 화학적으로 검증해 이 문헌의 진위를 확인했지만, 익명의 저자가 사용한 수학적 기제 전부가 사라졌으니 어쩌겠는가. 알려진 사실은 단지 저자가 추정하는 전제로 삼은 개념이 건강한 상식에 완전히 어긋나는 인간이라는 종의 "세 가지 성별"에 근거한다는 것이다. 오디스는 뉴욕의 경매장에 이 원고를 팔면 원정대 예산에 대단히 도움이 될 것이라는 사실에서 조그만 위안을 얻을 뿐이다.

7년간 열심히 일한 끝에 마요르카의 본부 사무실 문서고는 정말로 이상한 원고들로 가득 찬다. 그중 어떤 두꺼운 책은 보이오티아 출신 미랄 에소스라는 사람이 썼는데 그는 레오나르도 다 빈치의 천재성을 훨씬 넘어서는 인물이었다. 그는 개구리의

---

* 윌리엄 하비(1578~1657)는 영국의 의사. 혈액순환을 발견했다.
** 앨프리드 월러스(1823~1913)는 영국의 과학자. 찰스 다윈과 독립적으로 자연선택을 발견했고 진화론 발전에 공헌했다.

척수를 이용해 논리회로를 만드는 방법을 도면으로 남겼고, 라이프니츠보다 훨씬 전에 모나드와 예정조화 개념에 도달했으며,* 특정한 물리 현상에 3가 논리학**을 적용했고, 살아 있는 생물들은 서로 비슷하게 태어나는데 정액에 미시적인 글자로 기록된 목록이 있고 이런 '목록'이 조합된 결과 성숙한 개체의 형태가 나타나기 때문이라고 주장했으며, 이 모든 것을 15세기에 기록했다. 또한 그 문서고에는 신의론의 불가능성에 대한 형식적이고 논리적인 증명이 있었는데, 이성의 주장에 근거하면 신의론의 모든 명제는 논리적 모순이기 때문이라는 내용이었다. 이 원고의 저자 바우버는 카탈루냐 출신으로 알려졌는데 먼저 사지가 잘린 뒤 혀를 뽑히고 내장이 녹인 납으로 가득 채워진 뒤에 산 채로 불태워졌다. "반론이 강력하긴 하지만, 논리학을 넘어서기 때문에 다른 차원에 있다"고 이 원고를 발견한 젊은 철학박사가 논평했다. 소푸스 브리셍나드는 "0 두 자리 산수"라는 공리에 근거하여 순수하게 초超궁극적인 집합 이론의 모순 없는 구축 가능성을 증명했으며 학계의 인정을 받았는데 이 연구도 결국은 부분적으

---

* 고트프리트 빌헬름 라이프니츠(1646~1716)는 독일의 수학자, 철학자, 과학자. 모나드monad는 그가 생각한 더 이상 분할할 수 없는 공간적 실체. '단자'라고 번역하기도 한다. 라이프니츠는 수학과 물리학 등 자연과학 분야는 물론 형이상학과 윤리학 등 세상의 모든 분야에 미리 예정된 조화가 존재한다고 믿었는데, 저마다 독립적이고 상호 간에 아무런 인과관계도 없는 무수한 모나드로 이루어진 우주에 질서가 있는 것은 신이 미리 모든 모나드의 본성이 서로 조화할 수 있도록 창조했기 때문이라고 보았다.
** 명제가 참과 거짓의 두 상태를 갖는 보통 논리학을 확장하여 그 중간에 부정이라는 상태를 갖는 논리학.

로 현재 수학자들의 연구와 일치한다.

이렇게 해서 오디스는 이제까지 그래왔듯이, 인정받을 자격이 있는 것은 선구자들이지만, 그들의 발상을 나중에 다른 사람들, 즉 달리 말하면 2급 천재들이 재발견할 뿐이라는 사실을 확인한다. 그러나 1급 천재들이 노력한 흔적은 어디에 있단 말인가? 의심은 한 번도 오디스의 마음에 깃들지 않는다. 그저 죽음이 가까울지도 모른다는 두려움이 있을 뿐인데, 왜냐하면 그도 벌써 노년의 문턱에 있어 계속해서 탐색을 이어나갈 수 없기 때문이다. 마침내 피렌체 원고 사건이 일어난다. 이 원고는 피렌체의 대도서관 안에서 발견된 18세기 중반의 양피지 두루마리인데 언뜻 보기에―비밀스러운 글자로 가득하여―연금술사가 복제한, 아무 가치도 없는 문헌 같았다. 그러나 어떤 표현을 보고 발견자는―젊은 수학과 대학생이다―여러 가지 함수를 연상하는데, 이 시대에는 그런 함수에 대해 아무도 몰랐던 것이 확실했다. 전문가들에게 제출된 이 원고는 상충하는 의견들을 불러일으켰다. 원고 전체를 이해하는 사람은 아무도 없었다. 어떤 사람들은 이 원고가 어떤 망상이며 논리적으로 분명한 부분은 거의 찾을 수 없다고 하고, 다른 사람들은 질병의 산물이라 여겼으며, 오디스가 보낸 원고 복사본을 받아본 아주 저명한 수학자 두 명도 서로 의견의 일치를 볼 수 없었다. 그중 한 명만이 상당히 애쓴 끝에, 알 수 없는 부분은 상상으로 채워가며 그 낙서 같은 표식들의 3분의 1 정도 분량을 해석해서 오디스에게 답변해주었는데, 첫눈에 보기에 그랬듯이 실제로 탁월한 개념에 대해 쓰여 있지만 어쨌든 무가치하다는 것이었다. "왜냐하면 이 개념을 있는 그대로 받아들이려면 현존하는 수학의 4분의 3을 무효화했다가 다시 일으켜 세워야 하기 때문입니다. 이것은 그냥 우리가 여태까지 이룩한 것과 전혀 다른 수학에 대한 제안입니다. 여기서 제안한 수학이 더 나은지를 두고는 아무것도 말할 수 없습니다. 어쩌면 그럴 수도 있지만 그걸 증명하려면 보여이, 리만, 로바쳅스키가 유클리드를 위해 했던 일을 이 익명의 피렌체 수학자에게 해줄 최고의 학자 백 명의 삶을 바쳐야 합니다."*

이 지점에서 호머 오디스의 손에서 편지가 떨어지고 오디스는 "유레카!"라는 외침과 함께 푸른 해변을 넋 나간 눈으로 바라보며 방안을 뛰어다니기 시작한다. 바로 이 순간 오디스는 인류가 1급 천재들을 영원히 잃은 것이 아니라 천재들이 인류를 잃었으며, 그들이 인류를 떠났기 때문이라는 사실을 깨닫는다. 그냥 그 천재들이 존재하지 않는 것이 아니라, 해가 지날수록 점점 더 존재하지 않는 것이다. 2급 천재들에게 발견된 사상가들의 저작은 언제든지 구원할 수 있다. 꺼내서 먼지를 털어내고 인쇄소와 대학교에 전달하면 그만이다. 반면 1급 천재들의 저작은 어떻게 해

---

* 야노시 보여이(1802~1860)는 헝가리의 수학자, 유클리드 기하학과 쌍곡 기하학을 합친 '절대 기하학'을 창시했다. 베른하르트 리만(1826~1866)은 독일 수학자. 니콜라이 로바쳅스키(1792~1856)는 러시아의 수학자. 유클리드는 고대 그리스의 수학자로 '기하학의 아버지'로 알려져 있다. 보여이, 리만, 로바쳅스키도 모두 기하학을 연구했다.

도 구원할 수 없는데, 왜냐하면 홀로 서 있기 때문이다―역사의 흐름 바깥에 말이다.

인간의 집합적인 노력이 역사적 시간의 강바닥을 파낸다. 천재란 그 시간의 강바닥에서 가장 먼 수면에서 혹은 물가에서 노력하고 활동하며 자기 세대 혹은 다음 세대에 움직임을 변화시키자고, 강물이 흐르는 방향을 바꾸고자 경사면을 더 기울이거나 바닥을 더 깊이 파자고 제안하는 사람이다. 1급 천재는 그런 정신노동에 참여하지 않는다. 1급 천재는 첫 줄에 서지도 않고 앞으로 한 걸음 나아가지도 않는다. 그는 그저 어딘가 다른 곳에 있다―머릿속에서 말이다. 1급 천재가 다른 형태의 수학이나 다른 형태의 철학 체계나 자연과학 체계를 설정한다면 그의 입장 자체가 기존과는 전혀 같지 않은 것이다―원자 수준에서 말이다! 그런 1급 천재를 눈여겨보거나 그의 말에 귀 기울이는 사람 없이 한두 세대가 지나면―그 뒤에는 알아보기가 완전히 불가능해진다. 그동안 인간 노력과 사상의 강이 강바닥을 파내고 나름대로 흘러간다면, 강의 방향과 천재의 외로운 발명 사이에는 세기가 흐를 때마다 점점 커지는 틈바구니가 입을 벌린다. 알려지지 않고 이해받지 못한 제안들은 실제로 예술, 과학, 세상의 역사 전체가 흘러가는 방향을 바꿀 수도 있었지만 그렇게 되지 않았으므로, 인류는 그저 정신적인 짐을 짊어진 어떤 특이한 개인을 모르고 지나친 것이 아니다. 어떤 다른 역사를 모르고 지나친 것이며, 이제는 절대로 되돌릴 방법이 없다. 1급 천재는 그렇게 지나쳐버

려 이제는 완전히 끊겨 잡초로 뒤덮인 길이고, 굉장한 상금이 걸
린 당첨 복권이지만 주인이 나타나지 않고 상금도 찾아가지 않
는 동안 자금이 사라지고 아무것도 남지 않게 된―낭비된 기회
이다. 더 낮은 등급의 천재들은 공동의 흐름에서 나가지 않고 그
강물 안에 남아 움직임의 법칙을 변화시키고, 공동체의 경계선
밖에 발을 디디지 않으며―경계선 바깥으로 전혀 나가지 않는다,
끝까지. 그래서 추앙받는다. 1급 천재들은 너무 위대하므로 영원
히 알려지지 않는다.

오디스는 이런 깨달음에 깊이 충격을 받고 즉시 새로운 소책
자를 작성하기 시작하는데, 앞서 설명한 그 요점은 '원정'이라는
발상만큼이나 선명하다. 원정은 13년하고도 8일이 지나 이제 끝
을 향해 가고 있다. 헛수고만은 아니었던 것이, 이타카(매사추세
츠)의 평범한 주민이 수많은 열렬한 지지자와 함께 과거 안으로
깊이 들어간 결과, 살아 있는 1급 천재는 호머 M. 오디스뿐이라
는 결론에 도달한 것이다. 왜냐하면 역사상 가장 위대한 천재는
똑같이 위대한 천재만이 알아볼 수 있기 때문이다.

쿠노 플랫제의 책을 인간에게 성별 구분이 없다면 문학이 존
재할 수 없다고 여기는 사람들에게 권한다. 그러면 주제가 무엇
인지, 저자가 비웃는 것인지 길을 묻는 것인지, 이 질문에는 독자
가 각자 스스로 대답해야만 한다.

레이몽 쇠라, 『너』

Raymond Seurat „Toi"

(드노엘 출판사)

소설은 저자 안으로 소급한다. 다시 말해 유일한 허구적 현실이라는 위치에서 그 허구가 생겨난 위치로 내려간다. 최소한 유럽 산문의 최전선에서는 그렇게 되고 있다. 작가들은 허구의 필요성에 대한 믿음을 잃었기 때문에 넌더리가 났고 지겨워졌고 자신의 전능함에 대해 무신론자가 되었다. 그들은 "빛이 있으라"라고 말하면 진정 밝은 빛이 독자의 눈을 부시게 할 것이라고 더 이상 믿지 않는다. 그러나 그렇게 말할 수 있다고 작가들이 정말로 말하는 것은 확실히 이미 허구가 아니다. 작품 자체의 탄생을 묘사하는 소설은 소급의 첫걸음일 뿐이다. 이제는 작품이 어떻게 생겨나는지 보여주는 작품을 사람들이 쓰지 않으며, 구체적인 창작 방식도 의례처럼 제한적이다. 사람들은 무엇을 쓸 수도 있었을지에 대해서 글을 쓰는데… 머릿속에서 휘몰아치는 우주 전체의 가능성 중에서 하나의 윤곽을 집어내고, 평범한 글이 절대로 되지 못할 그 조각들 사이를 방황하는 것이 현재의 방어선이다. 마지막 방어선은 아닐 것이라 우려할 수밖에 없는데, 왜냐하면 문필가들 사이에 이 연이은 소급에도 끝이 있으며 이렇게 계속 되돌아가고 되돌아가는 길이 이어진 끝에 비밀스럽게 숨겨진 모든 창작의 '절대 배아', 앞으로 집필되지 않을 수없이 많은 작품을 품은 수정란이 묻혀 있다는 믿음이 생겨나고 있기 때문이다. 그러나 이러한 배아에 대한 상상은 헛된 것인데, 창조된 세계 없이는 태초란 있을 수 없으며 이미 창조된 작품들 없이는 문학 창작도 있을 수 없기 때문이다. '첫 번째 원천'은 너무나 접근 불가능하여 아예 존재하지 않고, 그 원천을 향해 되돌아가겠다는 시도는 무한퇴보의 오류에 빠지는 길이다. 쓰고자 열망했던 것 등에 대한 책을 쓰려고 시도했다는 것에 대한 책을 쓰는 것이나 가능하다.

레이몽 쇠라의 『너』는 교착 상태에서 다른 방향으로 탈출하려는 시도이며, 또다시 연이어 되돌아가려는 행동이 아니라 앞으로 나아가는 움직임이다. 저자는 내내 독자에게 직접 말을 걸지만, 그에 대해 이야기하기 위해서가 아니다. 쇠라가 바로 그렇게 계획한 것이다. 독자에 대한 소설이라고? 그렇다, 독자에 대한 것이지만 소설은 아니다. 수신자에게 말을 건다는 것은 뭔가 이야기하고, 뭐든지 말한다는 뜻이며―뭔가에 대해서가 아니라면(반

反소설!) 어쨌든, 언제나, 뭔가를 위해서이다. 그러므로, 바로 그런 방식으로 목적을 위해 봉사하는 것이다. 쇠라는 이런 봉사는 이제 됐다고 느끼고 반란을 결심했다.

야심 찬 발상이며 할 말이 없다. '가수-청자', '화자-독자' 관계에 대항하는 반란이자 작품이라? 반역? 도전? 하지만 무엇의 이름으로? 한눈에 보기에도 말이 안 된다. 작가여, 이야기함으로써 어떤 목적에 봉사하고 싶지 않다면 침묵을 지켜야만 하고 그렇게 함으로써 작가가 아니게 된다. 이런 선택지 외에는 대안이 없는데, 원을 사각형으로 만드는 불가능한 문제의 해법이 레이몽 쇠라의 창조물이라고?

내가 보기에 자기 발상을 계속 구체화하기 위해서 쇠라는 드 사드 후작을 들여다보았던 것 같다. 드 사드는 우선 폐쇄된 세계, 즉 성, 궁전, 수도원 등을 만들고 그다음에는 그 안에 갇힌 군중을 형리와 희생자로 나누었다. 고문 행위 속에 희생자들이 파멸하고 그러면서 고문자들은 희열을 느끼지만 곧 그들만 남아서 어쩔 수 없이 이제는 스스로 물어뜯기 시작하고, 그리하여 에필로그에는 형리 중에서 가장 높은 자만이 완전한 고독 속에 남는다. 그리고 그때 드러나는바, 씹어먹은 자, 모두를 집어삼켰던 자는 저자의 대변인이 아니라 저자 자신, 바스티유 감옥에 갇힌 알퐁스 도나 드 사드 후작이다. 그는 혼자 남았는데, 그 혼자만이 어쨌든 허구의 산물이 아니기 때문이다. 쇠라는 바로 이런 관계를 뒤집는다. 저자 외에 확실히, 언제나 분명하게, 작품에 대해 누군가 허구가 아닌 사람이 있어야만 한다—바로 독자다. 그래서 그는 바로 이 독자를 자신의 주인공으로 만들었다. 그러나 독자가 직접 말할 리는 없고, 그러한 모든 발화는 그저 날조이며 속임수이다. 사실은 작가가 독자에 대해 말하고 있으며—그렇게 해서 봉사하고 있음을 표현하는 것이다.

그러니까 정신적인 매춘으로서의 문학에 관한 이야기인데, 작품을 쓴다는 것은 이야기한다는 목적에 봉사하는 것이기 때문이다. 그러니까 마음에 들기 위해 애쓰고, 구애하고, 자신을 보여주고, 스타일을 자랑하고, 고백하고, 독자에게 비밀을 속삭이고, 자신이 가진 최고의 것을 독자에게 내주고, 독자의 흥미를 끌기 위해 쫓아다니고, 주목받기 위해 유혹하고—한마디로 억지웃음을 지으며 다정함을 구걸하고 다른 데 신경 쓰지 못하게 붙잡으며 자신을 팔아야 한다—추악한 짓이다! 출판사는 포주이고 작가는 매춘부이며 독자는 문화적 홍등가의 고객이며, 이러한 상태를 깨달으면 도덕적인 구역질이 치민다. 작가는 서비스의 내용을 감히 곧이곧대로 말하지 못하고 변죽을 울리기 시작한다. 서비스를 제공하지만 가식적으로 행동하며 광대처럼 분위기를 돋우지 않고 이해할 수 없이 지루하게 굴고, 아름다운 것을 보여주는 대신 독자를 괴롭히려 끔찍한 것을 쏟아낸다. 마치 반항적인 요리사가 일부러 주인의 식탁에 올릴 음식을 망치는 것과 같다. 주인님 마음에 들지 않으면 안 먹으면 되잖아! 마치 거리의 여자가 그 생활에 질렸지만 청산할 형편은 안 돼서, 손님들에게 달라붙거나 화장하거나 옷을 차려입거나 다정하게 웃음 짓지 않는 것과 같다. 그래도 어쨌든 계속 거리 모퉁이에서 서성거리며 손님에게 다가갈 준비가 되어 있는데, 심술궂고 음울하고 사납다고 해서 무슨 차이가 있겠는가? 이것은 진정한 반란이 아니라 거짓과 자기기만으로 가득한 가짜의 반쪽짜리 저항이며, 어쩌면 보통의 명백한 매춘보다 더 나쁜데, 왜냐하면 보통의 매춘이라면 최소한 꾸며낸 행동은 없고, 고귀한 삶이나 건드릴 수 없는 고상함이나 완벽한 도덕을 내보이려 하지는 않기 때문이다!

그렇다면? 봉사를 거절해야 한다. 잠재적인 고객이 매음굴 문을 열듯 책을 펼치고 무례하게 안으로 밀고 들어와 여기서라면 비굴하게 그의 발밑에서 시중들어줄 거라 확신하더라도, 그 무뢰한, 그 불한당의 얼굴에 한 방 먹이고 욕설을 퍼부은 뒤—계단에서 밀어버릴까? 안 된다, 너무 후한 대접이고, 너무 쉽고 너무 단순하다, 그는 일어나서 얼굴에서 침을 닦아내고 모자에서 먼지를 털고 경쟁하는 다른 집으로 가버릴 것이다. 그러니까 그를 안으로 잡아들여 적절하게 문질러주어야만 한다. 그래야만 문학과 함께 놀아났던 시간들, 이 책에서 저 책으로 돌아다닌 쉴 새 없는 '외도'를 제대로 기억할 것이다. 그러니까 레이몽 쇠라가 『너』의 도입부에서 말하듯이, "크레브 카나유crève, canaille!", 즉 뒈져라, 불한당아! 하지만 너무 빨리 뒈지지 말고 기운을 잘 모아둬야 한다, 왜냐하면 아직도 오래 버텨야만 하니까. 여기서 너는 고상한 척하는 그 수준 높은 음란함에 대한 값을 치를 것이다.

169

발상은 재미있으며 어쩌면 특이한 책이 탄생할 기회가 되었을지도 모른다—그러나 레이몽 쇠라는 그런 책을 쓰지 않았다. 저항적인 발상과 예술적으로 개연성 있는 창조물 사이의 거리를 그는 넘지 못했다. 그의 책에는 구조가 없다. 그렇지만, 유감스럽게도, 무엇보다도 오늘날의 놀랄 만큼 자유분방한 언어의 시대에도 대단한 책이다. 확실히 작가의 언어적 창의성은 부정하지 말도록 하자. 그의 복잡한 문장은 군데군데 재치 있기도 하다("그래, 매끈두뇌야, 그래, 이빨투성이 시체가루야, 그래, 단단한 부패 후보야, 머리가 빙빙 돌 거다, 왜냐하면 빙돌 취급을 받을 테니까, 그리고 이게 널 꼬이려는 말과 행동이라고 생각한다면 두고 봐라, 내가 널 끝장낼 테니까. 기분 나빠? 당연하지. 하지만 그렇게 해야만 한다"). 이렇게 여기서 우리는 고문의 예고를—그림으로 보게 되며, 이것은 불안한 분위기를 형성한다.

『투우 경기로서의 문학』에서 미셸 레리는 문학 창작물이 행위로서의 무게를 얻으려면 뛰어넘어야만 하는 저항의 중요성을 정확하게 강조했다.* 또한 레리는 자서전에서 자기 평판을 스스로 깎아내릴 위험을 감수했다. 그러나 쇠라가 책에서 독자에게 하는 욕은 현실적인 위험이 전혀 없는데, 왜냐하면 전통적으로 악담이나 욕설은 아주 매력적이기 때문이다. 독자의 비위를 맞추지 않고 앞으로도 그러지 않을 것이라 외치면서 쇠라는 반대로 우리

---

* 미셸 레리(1901~1990)는 프랑스의 초현실주의 작가. 그가 1938년에 발표한 저작은 『투우 경기로서의 문학』이 아니라 『투우 경기의 거울』이다.

를 즐겁게 해주고 있기 때문이다—그러므로 접대 거부가 접대이
다… 그는 첫걸음을 떼었지만 즉시 방향을 잃었다. 혹시 그의 구
상은 실현 불가능했던 것일까? 여기서 어떻게 다르게 해결할 수
있었을까? 무작정 곁길로 빠지는 서사를 이용해 독자를 속여야
했을까? 그런 시도는 이미 수백만 번이나 있었다. 게다가 제일
쉬운 방법은 이 비틀리고 정신 나간 소설이 의도적인 시도가 아
니었다고, 이 책이 불성실이 아니라 무능력의 결과라고 인정하는
것이다. 욕설하는 책이 효율적이고 진정한 모욕이 되려면, 악담
이라는 행위 자체에 내재하는 위험을 무릅쓴 공격이 되려면, 반
드시 구체적이고 개별적인 상대가 있어야만 하며 그래야만 확실
한 상대를 향한 편지가 된다. 독자로서 우리 전체를 모욕하고 문
학의 수신자라는 역할 자체를 망가뜨리려 시도하면서 쇠라는 아
무도 건드리지 못했고 그저 여러 가지 언어적 곡예를 수행했을
뿐이며 이런 곡예는 조금 지나면 전혀 즐겁지도 않게 된다. 모든
사람에 대해서 쓴 글이든 모두에게 한꺼번에 보낸 글이든, 이렇
게 쓰면(이렇게 하면) 그 누구에 대해서 쓴 글도 아니고 그 누구
에게 보내는 글도 아니게 된다. 쇠라가 패배한 이유는 서비스에
대항하여, 문학 자체에 대항하여 작가가 할 수 있는 유일하게 진
정하고 의미 있는 형태의 저항이 침묵이기 때문이다. 다른 모든
형태의 반란은 원숭이 흉내일 뿐이다. 레이몽 쇠라 씨는 분명 다
음 책을 쓸 것이고 다음 작품이 이 첫 작품을 완전히 짓밟을 것
이다—어쩌면 그는 서점 앞에서 자기 독자들의 뺨을 때릴지도

모른다. 거기까지 간다면 인간적인 행동의 의미는 존중하겠지만,
『너』라는 맹탕은 어떻게 해도 구원할 수 없다.

앨리스타 웨인라이트, 『존재주식회사』

Alistar Waynewright „Being Inc."

(아메리칸 라이브러리)

종업원을 고용할 때 그의 월급에 포함되는 것은—일 외에도—피고용인이 고용주에게 당연히 가져야 할 존경심이다. 변호사를 선임한다면 전문가적인 조언 외에 안전하다는 감각도 함께 구입하게 된다. 사랑을 구입하는(그저 추구하는 것이 아니라) 사람은 다정함과 애착도 마찬가지로 기대한다. 비행기표 가격에는 오래전부터 아름다운 승무원들의 미소와 정중한 친절이 포함되어 있다. 사람들은 프라이빗 터치, 이른바 친밀하게 돌봐주는 감각과 호의적인 관계에 비용을 지불하는 경향이 있으며 이것은 삶의 모든 분야에서 경험하는 서비스의 구성 품목 중에서 중요한 부분이 된다.

그러나 그 삶 자체는 어쨌든 종업원과 변호사와 호텔, 사무실,

항공사, 가게 직원들과의 접촉으로만 흘러가지는 않을 것이다. 그 반대로 우리가 가장 중요하게 생각하는 접촉과 관계는 돈을 내고 구입하는 서비스의 영역을 넘어선 곳에 있다. 컴퓨터로 결혼 중매 서비스를 주문하는 것은 가능하지만 결혼식이 끝난 뒤에 아내 혹은 남편이 꿈꾸던 대로 행동해주기를 주문하는 것은 불가능하다. 돈 많은 사람이 요트나 궁전이나 섬을 살 수 있지만 예를 들어 영웅이 되거나 첩보기관에서 활동하거나 멋진 사람을 죽음의 위협에서 구조하거나 추격전에서 적을 따돌리고 이기거나 최상위급 훈장을 받는 종류의 사건들이 자기가 바라는 대로 이루어지도록 돈을 내고 구입하는 것은 불가능하다. 마찬가지로 타인의 자발적인 호의나 호감, 충직함을 구입하는 것도 불가능하다. 바로 이러한 이해관계와 상관없는 감정들에 대한 그리움으로 강력한 권력자와 부자들이 괴로워한다는 것은 수없이 많은 이야기에 잘 나와 있다. 그런 동화에서는 모든 것을 강요하거나 구입할 수 있는 재력을 가진 사람이, 그가 가진 특권이 넘을 수 없는 벽이 되어 타인과 자신을 갈라놓자 자신의 특출한 지위를 버리고, 마치 거지로 분장한 하룬 알 라시드*처럼 정체를 숨긴 채 인간의 진정성을 찾아 나선다.

---

* 하룬 알 라시드(766~809)는 아바스 왕조의 제5대 칼리프. 바그다드는 그의 치세에 번영의 절정을 이루었다. 『천일야화』에 등장하는 왕이 바로 하룬 알 라시드인데, 시정을 살피고 견문을 넓히기 위해 재상 자파르, 흑인 환관 마스루르와 함께 밤에 변장하여 궁전을 빠져나왔다고 묘사된다.

그리고 이 때문에 아직도 상품화하지 않은 분야는 친밀하거나 공식적이거나, 사적이거나 공적인 일상생활의 본질적인 부분이며, 그 결과 모든 사람이 저 자질구레한 패배, 비웃음, 근심, 반목, 경멸에 시달리는데, 이런 것은 돈을 주고 피할 수 없거니와 우연, 다시 말해 개인의 운명에 달려 있다. 이것은 견딜 수 없는 노릇이고 한시라도 빨리 어떻게든 변화시켜야 할 1순위이며, 더 좋은 방향으로의 그 변화는 거대한 생활 서비스라는 산업이 되었다. 광고회사 덕분에 무엇이든지 골라 살 수 있는 사회인 것이다, 그것이 대통령의 지위든, 꽃무늬를 그린 하얀 코끼리 떼든, 한 무리의 아가씨들이든, 호르몬으로 되살린 젊음이든, 인간 존재의 조건 자체를 조정하는 일이든. 여기서 즉각 반박이 제기된다. 그렇게 구입된 형태의 삶은 진실하지 않으므로 주위의 진실한 사건들과 나란히 놓였을 때 금방 그 거짓된 속성이 드러난다는 것인데, 이런 반박은 약간 상상력이 결여된 순진함을 전제로 한다. 모든 아이들이 시험관에서 배태된다면, 그래서 그 어떤 성행위도 이전과 같은 자연스러운 수태로 이어지지 않는다면, 그 어떤 신체적인 친밀함도 쾌락 이외의 목적은 전혀 갖지 않게 되므로 섹스에서 정상과 비정상의 차이는 사라진다. 이렇게 되면 모든 삶은 강력한 서비스 산업의 주의 깊은 통제하에 놓이게 되며 진정으로 우연한 사건들과 비밀리에 미리 준비된 사건들의 차이도 사라진다. 어떤 일이 순수하게 우연히 일어난 것이며 어떤 일이 미리 비용을 치르고 마련한 경우인지 알아낼 수 없게 된다면 자연스러운 모험, 성공, 패배와 인공적인 것들 사이의 구별이 더 이상 존재하지 않게 된다.

앨리스타 웨인라이트의 소설 속 'Being Inc.', 즉 '존재주식회사'의 기본 발상을 대략적으로 요약하자면 이러하다. 이 주식회사의 운영 원칙은 원거리에서 활동하는 것이다. 본사의 위치는 아무에게도 알려져서는 안 되며 고객들은 '존재주식회사'와 오로지 우편 교신만으로, 어쩔 수 없는 경우에만 전화 통화로 접촉한다. 고객들의 주문은 거대한 컴퓨터가 접수하는데 그 수행은 계좌의 상태, 그러니까 입금한 비용의 금액에 따라서 결정된다. 배신, 우정, 사랑, 복수, 자신의 행복과 타인의 불운도 마찬가지로 편리한 신용 체계에 따라 할부로 구입할 수 있다. 아이들의 운명은 부모가 구성하지만, 아이가 성인이 되는 날 각자 우편으로 회사의 가격표와 카탈로그와 팸플릿 겸 이용 안내서를 받게 된다. 팸플릿은 사회공학과 세상을 보는 철학을 사무적이고 이해하기 쉽게 쓴 논설이며 평범한 광고지가 아니다. 그것은 명징하고 고상한 언어로, 고상하게 말할 수 없는 내용을 다음과 같은 공식에 따라 요약해서 제시한다.

모든 인간은 행복을 향해 움직이지만 그 방법은 다양하다. 어떤 사람들에게 행복이란 다른 사람들 위에 서는 것이며 어떤 사람들에게는 독립성이기도 하고 또 어떤 사람들에게는 끊임없는 도전과 모험과 커다란 도박의 상태이기도 하다. 또 다른 사람들에게 행복은 순응하는 것, 권위에 대한 신념, 그 어떤 위협도 없는 상태, 평온, 심지어 게으름이다. 도전과 모험파의 경우 공격성을 드러내는 것을 좋아하며 안전과 평온파는 바로 그런 공격성을 경험할 때 좀 더 순해진다. 또한 많은 사람들이 불안해하고 근심 걱정하는 상태에서 만족감을 얻으며, 진실로 걱정할 일이 없으면 허구의 걱정거리라도 만들어낸다. 주체적인 사람과 수동적인 사람의 수는 사회에서 대체로 비슷하다고 연구 결과는 보여준다. 이전 사회의 불행은, 팸플릿에 따르면, 그럼에도 불구하고 시민들의 타고난 성정과 실제 삶의 길을 조화시킬 방법을 찾아내지 못했다는 데 있었다. 누가 승리하고 누가 패배하는지, 누구에게 페트로니우스* 역할이 주어지고 누구에게 프로메테우스 역할이 주어지는지를 무작위적인 운이 결정하는 일이 얼마나 자주 일어났던가. 프로메테우스가 대체 어떻게 해서 자기 간을 독수리가 쪼아 먹으리라는 사실을 예상하지 못했는지 진지하게 의심해 보아야 한다. 최신 심리학에 의하면 프로메테우스가 나중에 간을 쪼아 먹히기 위해서 하늘에서 불을 훔쳤다는 쪽이 가장 개연성 있다고 한다. 그는 마조히스트였고, 마조히즘은 눈의 색깔과 마찬가지로 타고난 성정이다. 부끄러워할 필요는 없으며 현실적으로 그것을 이용해서 사회적인 이익을 얻어내야 한다. 학자들이 강의하는 교재에 의하면 이전에는 누구의 앞에 쾌락이 기다리고 누구의 앞길에 절제와 금욕이 놓여 있는지 무작위적인 운명

---

* 가이우스 페트로니우스(27?~66)는 로마 제국 네로 시대의 귀족. 풍자소설 『사티리콘』의 저자로 알려져 있다. 고위 관직과 재능을 시기한 무리에게 반역자로 몰려 자살했다.

이 결정했고 사람들은 처절한 불행 속에 살았는데, 때리는 걸 좋아하는 사람이 맞고, 매질당하기를 갈망하는 사람이 상황에 따라 다른 사람에게 매질을 해야 했기 때문에 둘 다 똑같이 불쾌했던 것이다.

'존재주식회사'의 운영 원칙은 허공에서 튀어나온 것이 아니다. 결혼 정보 프로그램은 이미 오래전부터 배우자를 중매하면서 비슷한 원칙을 적용해왔다. '존재주식회사'는 모든 고객에게 성년이 되는 순간부터 죽을 때까지 첨부된 양식에 표시된 고객의 소망에 따라 삶을 미리 준비해주는 것을 보장한다. 회사는 최신 사이버 기술, 사회공학과 정보 기술을 바탕으로 운영된다. '존재주식회사'는 고객들의 소망을 즉각 충족해주지는 않는데, 왜냐하면 사람들은 자주 자신의 천성을 알지 못하고 무엇이 자신에게 좋은지 무엇이 나쁜지 모르기 때문이다. 모든 신규 고객은 회사에 원격으로 심리 기술적 테스트 결과를 제출해야 한다. 일단의 초고속 컴퓨터들이 고객의 개인 프로필을 작성하고 모든 천성적인 경향들을 정리한다. 그런 진단을 거친 뒤에야 회사는 주문을 받아들인다.

주문 내용과 관련해서는 부끄러워할 필요가 없다. 그것은 영원히 회사 기밀로 남기 때문이다. 또한 고객의 주문이 실행되는 과정에서 누군가에게 해를 가하지 않을까 두려워할 필요도 없다. 이에 대해서는 그런 일이 일어나지 않도록 회사의 전산부 부장이 관리하고 있다. 여기 스미스 씨가 예를 들어 엄격한 판사가 되어 사형을 언도하고 싶어 한다고 치자. 그 소원에 따라 그의 앞에는 사형으로만 다스릴 수 있는 범죄자들이 기소되어 늘어서게 된다. 존스 씨가 자기 아이들을 매질하고 아이들에게서 모든 종류의 즐거움을 빼앗기를 원하면서 여기에 더하여 스스로 공정한 아버지라는 확신을 계속 가지고 싶어 한다면? 그는 소원에 따라 잔혹하고 악랄한 아이들을 가질 것이며 그 아이들을 처벌하고 훈육하는 데 반평생을 보내게 될 것이다. 회사는 모든 종류의 소원을 들어준다. 때로는 그저 줄을 서서 기다려야만 할 때도 있는데, 예를 들면 누군가를 자기 손으로 죽이고 싶을 때로, 이런 것을 원하는 아마추어들은 이상할 정도로 많다. 여러 주에서 사형 선고를 받은 사람들을 다양한 방식으로 살해하고 있다. 어떤 주에서는 목을 매달고 다른 주에서는 청산 용액으로 독살하며 또 다른 주에서는 전기를 사용한다. 목을 매다는 것을 갈망하는 사람은 합법적인 처형 방식으로 교수형을 이용하는 주로 이동해 눈 깜짝할 사이에 임시 사형집행인이 된다. 외딴 벌판이나 풀밭이나 조용한 집 안에서 제삼자를 살해하고도 처벌을 피하고 싶어 하는 고객들의 소망을 들어줄 만한 기획은 아직 회사 규정상 확정되지 않았으나 회사는 이런 혁신적 방안 또한 실현하려고 끈기 있게 노력하고 있다. 우연한 사건들을 마련해주는 회사의 전문성은 수백만의 인위적인 커리어가 증명해주며 주문받은 살인을 수행하는 과정에 쌓여 있는 어려움도 극복하게 할 것이다. 예를 들어 죄수는 사형수 감방의 문이 열려 있는 것을 눈치채고 도망치며 회사 직원들은 그가 탈출 과정에서 고객과 마주치도록, 그것도 죄수와 고객 양쪽에게 가장 적합한 순간에 조우가 일어나도록 신경 써서 준비한다. 이를테면 고객이 마침 사냥용 엽총에 총알을 장전하는 일에 몰두하고 있는 순간 탈출한 죄수가 고객의 집에 숨으려고 할 것이다. 어쨌든 이런 식으로 회사가 설정한 가능성의 카탈로그는 끝이 없다.

'존재주식회사'는 역사상 알려진 바 없는 조직이다. 그것은 역사를 위해 필수 불가결하다. 결혼 정보 프로그램은 단순히 **두** 사람을 연결해줄 뿐이며 이 두 사람이 혼인 관계를 맺은 뒤에는 무슨 일이 일어나는지 근심하지 않는다. 반면에 '존재주식회사'는 수천 명이 연관되는 거대한 우연의 덩어리를 조직해야만 한다. 회사는 활동의 방법이 팸플릿에 거론되지 **않도록** 매우 조심한다. 예시는 그저 순전한 허구일 뿐이다! 조작의 전략은 완전한 비밀이어야 하며 그 비밀이 드러날 경우 고객은 자신에게 자연적으로 일어나는 일과 회사의 컴퓨터들이 눈에 보이지 않게 그의 운명을 돌보면서 활동한 덕분에 일어나는 일을 절대로 구별하지 못할 것이다.

'존재' 회사는 평범한 시민들, 운전기사, 정육점 주인, 의사, 기술자, 가정주부, 아기 및 개와 카나리아 등으로 가장한 엄청난 수의 직원들을 보유하고 있다. 직원들은 무명이어야 한다. 일단 자기의 정체를 드러낸 직원은, 예를 들어 자신이 '존재주식회사' 팀에 소속된 구성원임을 나타낸 경우, 해고당할 뿐만 아니라 무덤에 갈 때까지 회사에 쫓기게 된다. 해당 직원의 취향을 알고 있기 때문에 회사는 그가 평생 수치스러운 배덕 행위를 했던 순간을 저주하면서 살아가도록 그의 일생을 준비해준다. 직원은 비밀을 드러낸 데 대한 벌에 항의할 수도 없는데, 왜냐하면 회사는 앞에서 말한 위협이 어떤 식으로 이루어질지를 절대로 명확하게 선언하지 않기 때문이다. 회사의 산업기밀에는 나쁜 행동을 한 직원에 대한 **진짜** 대응책이 포함되어 있다.

소설에 제시된 현실은 '존재주식회사'의 광고 팸플릿에 묘사된 것과 다르다. 광고는 가장 중요한 점을 이야기하지 않는다. 담합 금지법에 따라 미합중국에서 시장 독과점은 금지되어 있으며 그러므로 '존재주식회사'는 삶을 미리 마련해주는 유일한 업체가 아니라는 것이다. 예를 들어 '헤도니스틱스*'나 '참삶사' 같은 거대 경쟁사들이 존재한다. 그리고 바로 이러한 정황 때문에 역사상 한 번도 없었던 현상이 일어난다. 여러 다른 회사의 고객인 개인들이 서로 부닥치면서 개별 주문의 실행이 예상하지 못했던 어려움을 맞닥뜨릴 수 있기 때문이다. 이러한 어려움은 이른바 비밀스러운 기생寄生이라는 형태로 나타나며 위장된 채로 점점 격심해질 수 있다.

이를테면 스미스 씨가 지인의 아내이자 자신이 좋아하는 브라운 부인 앞에서 빛나 보이고 싶어서 가격표에서 '396b' 프로그

---

* 쾌락주의 학문이라는 뜻.

램, 즉 철도 참사 와중에 생명을 구해주는 옵션을 선택했다고 하자. 참사에서 두 명 모두 상처 하나 없이 빠져나와야 하지만, 브라운 부인이 생명을 건지는 것은 오로지 스미스 씨의 영웅심 덕분이어야만 한다. 회사는 이런 경우 정밀하게 기차 사고를 예정하고 동시에 지정된 인물들이 겉보기에 우연한 여러 가지 정황이 이어진 결과로 같은 객차를 타고 여행하도록 상황 전체를 마련해야만 한다. 기차의 객실 내벽과 바닥과 좌석 손잡이에 내장된 센서들이 화장실에 숨겨져 사건을 프로그래밍하는 컴퓨터에 데이터를 전송해서 사건이 정확히 계획에 따라 진행되도록 맞추어준다. 사고는 반드시 스미스 씨가 브라운 부인의 목숨을 **구하지 않을 수 없도록** 전개되어야 한다. 그가 무엇을 하면 좋을지 알 수 없도록 뒤집힌 객차의 옆 부분이 정확하게 브라운 부인이 앉아 있는 자리 쪽으로 터져야 하며, 객실은 숨 막히는 연기로 가득 차고, 밖으로 나오기 위해서 스미스는 터진 공간에 생긴 틈새로 여성을 먼저 밀어 내보내야만 한다. 이렇게 해서 그는 동시에 브라운 부인을 질식사의 위험에서도 구출한다. 이런 작전은 그렇게까지 어렵지 않다. 수십 년 전에는 달 탐사선을 목적지에서 몇 미터 거리까지 보내기 위해서 어마어마한 수의 컴퓨터와 함께 이와 맞먹는 수의 전문가들이 필요했다. 현재는 컴퓨터 한 대가 서로 조화롭게 작동하는 센서들 덕분에 상황을 감시하며 아무 문제 없이 계획된 과업을 수행한다.

그러나 만약에 '헤도니스틱스'나 '참삶사'에서 브라운 부인의 남편으로부터 스미스가 불한당이며 겁쟁이로 판명되게 해달라는 주문을 받는다면 예상하지 못했던 복잡한 문제가 일어난다. 산업스파이들 덕분에 '참삶'에서는 '존재' 회사에서 계획한 철도 작전에 대해 알게 된다. 가장 저렴한 해결책은 타 회사에서 기획한 작전에 합승하는 것이다. 바로 이렇기 때문에 '비밀스러운 기생'이라고 한다. '참삶'에서는 참사의 순간에 조그만 편향 유도기를 작동시키고, 이것만으로도 스미스 씨가 객차에 난 틈새를 통해 브라운 부인을 밀어내면서 그녀에게 멍이 드는 상처를 입히고 치마를 찢고 또한 일을 확실히 하기 위해서 브라운 부인의 양다리를 부러뜨리게 하기에 충분하다.

만약에 '존재' 회사에서 자신들이 심어놓은 산업스파이들의 활동 덕에 이 기생적인 계획에 대해 알게 된다면 대비책을 발동시킬 것이며, 이렇게 해서 작전은 점점 격화된다. 뒤집히는 객차 안에서 두 개의 컴퓨터가 결투에 돌입한다―하나는 화장실에 있는 '존재' 회사의 것이고 다른 하나는 어쩌면 객실 바닥에 숨겨져 있을 '참삶'의 컴퓨터다. 여성의 잠재적인 구원자와 잠재적인 희생자로서의 여성 뒤에서 두 대의 엄청난 전자두뇌와 두 개의 조직이 맞선다. 사고의 순간에―몇 분의 1초 사이에―컴퓨터들의 무시무시한 전투가 펼쳐지고, 스미스가 한편으로는 영웅적으로 바람직하게 행동하고 다른 한편으로는 비겁하게 짓밟는 행동을 하도록 만들기 위해 거대한 두 세력이 어떻게 개입할지는 상상하기 어렵다. 계속해서 새로운 요소들이 더해진 결과 여성에게 용기를 보여주기 위한 조그만 쇼가 대재앙으로 변할 수도 있다. 회사들의 기록에 따르면 9년의 기간 동안 '조격'(조작의 격렬화)이라고 하는 이런 대재난이 두 번 일어났다. 그 두 번째 사건에서 관련자들은 37초 동안 전기에너지와 증기 에너지와 수력 에너지의 비용으로 1,900만 달러를 치러야 했으며, 그 후 서로 간에 합의를 이루어 조작의 최고 한계선이 설정되었다. 최고 한계선은 고객의 1분당 1012줄joule을 초과하여 에너지를 소모할 수 없게 하며 또한 제공되는 서비스에서 모든 종류의 원자력 에너지 사용도 금지되었다.

이러한 배경에서 소설의 본격적인 줄거리가 전개된다. '존재주식회사'의 새 회장인 젊은 에드 해머 3세는 괴짜 백만장자 제사민 체스트 부인이 접수한 주문 건을 직접 검토하게 되는데, 그녀의 요청은 가격표를 벗어나는 특수한 것으로서 회사 전체의 운영 역량을 뛰어넘는 일이었다. 제사민 체스트는 모든 조작의 개입에서 완전히 벗어난 순수하게 진정한 삶을 갈망했으며 이러한 소망을 이루기 위해서 자신이 가진 마지막 한 푼까지 지불할 준비가 되어 있었다. 에드 해머는 자문들의 제안에도 불구하고 이 요청을 수락하는데, 자신의 직원들 앞에 놓인 과업, 즉 완전한 조작의 부재를 조작하는 것은 이제까지 수행했던 모든 요청보다도 어려운 것으로 판명된다. 연구 결과에 따르면 삶의 자연적인 자발성이란 없으며 이미 오래전부터 존재하지 않았다. 어느 특정한 조작을 위한 준비를 제거하는 과정에서, 한 발 더 깊이 나아간 여타 더욱 진행된 조작들이 드러난다. 미리 연출되지 않은 채로 진행되는 사건은 심지어 '존재주식회사'의 가장 깊은 핵심 기록에도 부재했던 것이다. 세 개의 경쟁 회사가 끝까지 서로서로 조작했던 것이 드러났는데, 다시 말해 경쟁사의 운영진과 이사진의 핵심 지위에 자기 회사의 신뢰할 수 있는 직원을 꽂아두었던 것이다. 이러한 발견으로 인해 위협을 느낀 해머는 나머지 두 경쟁사의 최고경영자에게 연락하여 비밀 회담을 시작하는데, 그 회담에 주 컴퓨터에 접근할 권한을 가진 전문가들이 자문위원으로서 출두하게 된다. 이들과 직면하면서 마침내 상황이 정리된다.

2041년도 미합중국 영토 전체에서 미리 정해진 전산적인 계획 없이는 아무도 닭고기를 먹거나 사랑에 빠지거나 한숨을 쉬거나 위스키를 마시거나 맥주를 마시지 않거나 고개를 끄덕이거나 눈을 깜빡이거나 침을 뱉지 못할 뿐만 아니라, 그러한 계획은 실행되기 몇 년이나 전부터 이미 현실과의 부조화를 불러일으키고 있었다. 그 사실을 깨닫지 못한 채로 경쟁 과정에서 세 개의 거대 기업은 세 명의 인물로 이루어진 한 사람, 모든 힘을 가진 운명의 조종자를 만들어낸다. 컴퓨터 프로그램들은 운명의 서書다. 정당들이 미리 조정되고, 기상 상태가 조정되고, 심지어 에드 해머가 세상에 태어난 것 자체도 규정된 주문의 결과였으며, 그 주문은 또한 연결되는 다른 주문들의 결과였다. 더 이상 아무도 자연적으로 태어나지도 사망하지도 못한다. 그리고 마찬가지로 이제 아무도 아무것도 직접, 자기 혼자서, 끝까지 경험하지 못하는데,

왜냐하면 모든 사람의 생각 하나하나, 모든 두려움, 어려움, 고통 또한 컴퓨터의 대수학적 계산들을 연결하는 고리이기 때문이다. 죄와 벌과 도덕적 책임과 선과 악의 개념은 이미 공허해졌는데, 삶의 완전한 조정은 시장 바깥의 가치들을 배제하기 때문이다. 인간의 모든 특성을 100퍼센트 활용하고, 그것들을 결코 실망시키는 법 없는 시스템에 입력한 덕분에 컴퓨터가 조정한 천국에 모자란 것은 단 한 가지다—바로 그곳의 거주자들이 그곳이 그러하다는 사실을 아는 것. 마찬가지로 세 개 기업 회장들의 회담 또한 주 컴퓨터에 의해 기획되었으며, 주 컴퓨터는 이들에게 그러한 지식을 제공해주면서 전자화된 지식의 나무*로서의 위상을 차지하게 되었다. 이제 무슨 일이 일어날 것인가? 완벽하게 미리 마련된 삶을 버리고 천국에서 새로운 또 한 번의 탈출을 시도하여 '모든 것을 처음부터 다시 한번 시작'해야 할 것인가? 아니면 책임감이라는 짐을 영원히 벗어던지고 그 삶을 받아들일 것인가? 책은 이러한 질문에 대답해주지 않는다. 그러므로 이 작품은 형이상학적인 그로테스크이며, 그 환상성은 현실 세계와 어느 정도 관련을 맺고 있다. 작가적 상상력이 만들어낸 익살맞은 사기와 과장을 차치하면 남는 것은 논리적 조작의 문제이고, 게다가 그것은 완전한 주체적 자발성과 자유라는 감각과도 충돌하지 않는 조작이다. 이런 주제는 분명 앞서 『존재주식회사』에서 보여준

---

* 구약성경 「창세기」의 선악과나무를 가리킨다. 아담과 하와는 금지된 지식을 주는 선악과를 따 먹고 지상낙원인 에덴동산에서 추방된다.

것과 같은 형태로 실현될 수 없지만, 이러한 현상이 다른 형태로 나타나지 않도록 운명이 우리의 후손들을 구해줄지는 알 수 없다—그런 일이 일어난다면 아마도 묘사는 덜 재미있겠지만, 누가 알겠는가, 동시에 삶은 덜 괴로워질지도 모른다.

빌헬름 클로퍼, 『오류로서의 문화』

Wilhelm Klopper „Die Kultur als Fehler"

(우니베르시타스 출판사)

　　대학 강사 W. 클로퍼의 『오류로서의 문화』는 의심할 여지 없이 주목할 만한 작품이다—독창적인 인류학 가설로서 말이다. 그러나—줄거리를 요약하기 전에—강의 형식의 문제에 대한 논평을 꼭 할 수밖에 없다. 이 책은 독일인만이 쓸 수 있었다! 분류에 대한 사랑, 수없이 많은 '핸드북'을 탄생시킨 그 꼼꼼한 질서가 독일인의 영혼을 유형분류 전문가로 만들었다. 책 속에 빛나는 여러 가지 목록의 비할 데 없는 질서를 보면, 신이 독일인이었다면 우리 세계가 현실적으로 훨씬 나은 곳이 되었을지는 모르겠지만, 분명히 연습과 질서를 더 높은 수준으로 구현했으리라는 생각을 하지 않을 수 없다. 이 질서의 완벽함은 그저 압도적인데, 그러나 그 어떤 물질적인 제약도 초래하지 않는다. 이런 줄 세우기, 대칭, 규칙에 맞추는 것에 대한 저 순수하게 형식적인 집착이 독일 철학의 전형적인 어떤 내용에, 특히 그 본체론에 근본적인 영향을 초래했는지 여기서 논의할 수는 없다. 헤겔은 우주를 프로이센이라 여기고 사랑했는데, 왜냐하면 프로이센에는 질서가 있었기 때문이다! 이런 미학에 찌든 사상가였던 쇼펜하우어조차 이런 설명 훈련이 어떤 모습인지를 논문 「충족이유율의 네 겹의 뿌리에 관하여 Über die vierfache Wurzel des Satzes vom zureichenden Grunde」*에서 보여주었다. 게다가 피히테**는? 그러나 이런 추측의 즐거움은 그만두어야만 하겠다. 게다가 필자가 독일인이 아니라서 더욱 어려우니 말이다. 본론으로, 본론으로!

클로퍼는 자신의 두 권짜리 저서에 '여는 말', '들어가는 말', '서문'을 붙였다(3단 구조라니 이상적인 형식이다!). 본론에 접어들어 그는 우선 오류로서의 문화라는 관념을 설명하는데, 이 관념이 잘못되었다고 여긴다. 이 온당치 않은(저자의 의견이다) 버전은 특히 휘슬과 새드보텀이 대표하는 앵글로색슨 학파에 전형적으로 나타나는데,*** 이에 따르면 생물의 생존을 방해하지도 돕지도 않는 행위 형태는 전부 오류다. 왜냐하면 진화에 있어 행위가 의미 있는지 결정하는 단 하나의 기준은 생존이기 때문이다. 다

---

* 초판 1813년, 수정판 1847년 발간. 세상 만물에는 반드시 이유와 원인이 있어야 한다는 원칙을 설명한다.
** 요한 고틀리프 피히테(1762~1814)는 독일 관념론 철학자.
*** 휘슬과 새드보텀은 렘이 지어낸 가상의 철학자들이다. '새드보텀'이라는 이름을 영어로 풀면 '슬픈 엉덩이'라는 뜻.

른 동물보다 생존에 더 유리하게 행동하는 동물은—이 기준에 비추어보면—멸종하는 동물보다 더 의미 있게 행동하는 것이다. 이빨이 없는 초식동물은 태어나자마자 굶어 죽을 것이므로 진화적으로 무의미하다. 이와 유사하게, 이빨이 있지만 풀이 아니라 돌을 먹는 초식동물도 진화학적으로 무의미한데, 왜냐하면 이들도 사라질 것이기 때문이다. 클로퍼는 이어서 휘슬의 유명한 예시를 인용한다. 휘슬은 어느 개코원숭이 무리가 있는데 그중 지도자 격인 나이 든 개코원숭이가 순전한 우연의 결과로 새를 왼쪽 옆구리부터 먹기 시작한다고 가정한다. 이 개코원숭이가 오른쪽 손가락을 다쳤다고 치고, 그래서 새를 주둥이에 넣을 때 이 전리품의 왼쪽 옆구리를 위로 향하게 하는 쪽이 편하다고 해보자는 것이다. 어린 개코원숭이들은 지도자의 행동을 지켜보고 본보기로 삼아 따르며, 얼마 후에 한 세대가 지나면 이 무리의 모든 개코원숭이가 새를 붙잡아 왼쪽 옆구리부터 먹기 시작한다. 적응의 관점에서 보았을 때 이 행위는 무의미한데, 왜냐하면 개코원숭이는 자신에게 유리한 대로 어느 쪽이든 먼저 먹을 수 있기 때문이다. 그럼에도 이 집단에서는 바로 이러한 본보기 행위가 영속되었다. 이것은 무엇인가? 이것이 적응의 관점에서 무의미한 행위로서 문화의 시작(원초문화)이다. 알려진 대로 휘슬의 이러한 관념을 인류학자가 아닌 영국 논리분석학파 철학자 J. 새드보텀이 발전시켰는데, 그의 관점을—그에 대해 질문하기 전에—우리의 저자가 다음 장에서 요약한다(「조슈아 새드보텀의 문화오류

이론의 결함Das Fehlerhafte der Kulturfehlertheorie von Joshua Sadbottham」). 새드보
텀은 대표 저서에서 인간의 집단생활이 오류와 잘못된 시도, 실
패, 걸림돌, 실수와 오해의 결과인 문화를 창조한다고 진술한다.
인간은 어떤 일을 하겠다고 생각하면서 실제로는 다른 일을 한
다. 주변 현상의 기제를 현실적으로 이해하고자 하면서 그 현상
을 잘못 설명한다. 진실을 찾으면서 거짓에 도달하고 그렇게 해
서 관습, 도덕, 신앙, 성스러움, 비밀, 초자연적 존재들이 생겨나
고 그렇게 해서 명령과 금지, 토템과 터부가 생겨난다. 인간은 주
위를 둘러싼 세상의 잘못된 분류를 만들어내고 그렇게 해서 토
템 숭배가 탄생한다. 잘못된 일반화를 만들어내고 그렇게 우선
초자연적 존재라는 관념을, 그다음에는 절대자라는 관념을 창조
한다. 자기 신체 구조에 대해 잘못된 상상을 하고 그렇게 해서 도
덕과 죄 관념이 생겨난다. 만약 성기가 나비와 비슷했다면 노래
를 불러 배태할 수 있을 것이고(공기가 특정한 방식으로 진동하는
것이 유전정보의 전달자가 될 것이다) 죄와 도덕의 관념은 완전히
다른 방식으로 형성되었을 것이다. 인간이, 삼위일체의 최고신에
대한 관념을 창조해내고 이렇게 해서 신격이 생겨나며, 인간이
표절을 해서 신화들이 독특한 방식으로 서로 엮이게 되며―교리
적인 종교가 생겨난다. 한마디로 적응의 관점에서 아무렇게나,
틀리게, 불완전하게 행동하고 다른 인간과 자기 몸과 자연적 요
소들을 잘못 해석하여, 우연히 일어난 일을 결정된 것으로 여기
고 결정된 것은 거꾸로 우연하다고 믿으며, 다시 말해 허구의 존

재를 점점 더 많이 고안해내면서 인간은 문화를 구축하고 그 구조에 따라 세상의 형태를 실제와 다르게 상상하며, 그런 뒤에 수천 년이나 지나서 이런 감옥에 있는 것이 전혀 편안하지 않다며 놀란다. 시작은 언제나 순진무구하고 심지어 중요하지도 않아 보인다. 바로 저 새의 가슴살을 언제나 왼쪽부터 먹는 개코원숭이들처럼 말이다. 그러나 이런 부스러기에서 의미와 가치의 조직이 생겨나고 오류, 실수, 오해가 충분히 쌓여 덩어리로, 전체로 꼭꼭 굳어지면—수학적으로 말해서—인간은 완전히 우발적으로 뒤섞인 것을 최고의 필연이라 믿고 그 안에 자신을 스스로 가두어버린다.

박식한 사람답게 새드보텀은 민족지에서 가져온 수많은 예시로 자신의 주장을 뒷받침하는데, 그런 예시들이 필자가 기억하기로 당시에 상당한 소란을 불러일으켰다(특히 문화적으로 잘못 설명된 모든 현상을 열거한 그 "우연 대 결정론" 표가 유명했는데, 실제로 많은 문화에서 인간의 죽음을 특정한 사건의 결과로 여긴다. 그런 문화들에 따르면 인간은 본래 불사하는 존재였는데 타락하는 바람에 스스로 죽지 않는 특성을 버렸거나 어떤 악한 힘과 접촉하면서 불사의 특성을 잃게 된다. 반대로 우연한 사건, 예를 들어 진화를 통해 형성된 인간의 외적 형태를 두고는 모든 문화에서 결정된 필연이라 말하며 이를 통해 오늘날 주요 종교들이 인간은 신의 형태를 닮게 만들어졌으므로 신체의 형상이 우연적이지 않다고 설명한다).

이 영국인 동료의 가설에 대해 클로퍼 선생이 내놓은 비판은 첫 번째도 아니고 독창적이지도 않다. 독일인답게 클로퍼는 이 비판을 내재와 실증의 두 부분으로 나누었다. 내재 부분에서 그는 새드보텀의 주장만 부정한다. 저서에서 이 부분은 덜 중요하므로 넘어가도록 하는데, 왜냐하면 관련 전공의 학술문헌에서 이미 잘 알려진 비판을 되풀이하기 때문이다. 비판의 두 번째 부분인 실증에서 빌헬름 클로퍼는 마침내 스스로 구성한 '오류로서의 문화'의 반론으로 넘어간다.

논의는 앞서 언급한 것과 같은 설명적 예시를 제공하면서 시작하는데, 필자의 의견으로는 효과적이며 설득력 있다. 다양한 종의 새들이 다양한 재료로 둥지를 짓는다. 게다가 같은 종의 새라도 여러 다른 지역에서 정확히 똑같은 재료로 둥지를 짓지 않는데, 왜냐하면 주변에서 뭘 찾아내는지에 따라 달라지기 때문이다. 둥지 재료는 풀잎, 나무껍질 조각, 나뭇잎, 조개껍데기, 조약돌 등의 형태이며 새가 어느 것을 가장 쉽게 찾아내는지는 우연에 달렸다. 그래서 한쪽 둥지에는 조개껍데기가 더 많고 다른 쪽 둥지에는 조약돌이 더 많을 것이다. 어떤 둥지는 나무껍질 조각을 주로 사용해서 지어지고 다른 둥지는 깃털과 이끼를 주재료로 할 수도 있다. 그러나 아무리 건축재료가 둥지 형태를 형성하는 데 의심할 바 없는 역할을 한다 해도 둥지 자체가 완전한 우연의 산물이라고 하는 것은 말이 되지 않는다. 둥지는 우연히 찾아낸 부분들로 어떻게 지어졌든 간에 적응의 도구이며, 문화 또한 적응의 도구이다. 그러나―여기부터는 저자의 새로운 생각이다—식물과 동물의 세계에서 전형적인 형태와는 원칙적으로 다른 적응이다.

"바스 이스트 데어 팔Was ist der Fall?"클로퍼는 묻는다. "상태란 무엇인가?"상태는 이러하다. 물리적 신체를 가진 존재인 인간 안에 필연적인 것은 없다. 현대 생물학 지식에 따르면 인간은 지금과 다른 신체구조를 가질 수 있었고 평균 60세가 아니라 600살까지 살 수도 있었으며 지금과는 다르게 생긴 몸통과 팔다리나 다른 생식기관이나 다른 형태의 소화기 구조를 가질 수도 있었으며, 예를 들어 전적으로 초식동물이 될 수도 있었고 알에서 태어날 수도 있었고 폐를 가진 물고기가 될 수도 있었고 일 년에 한 번 발정기에만 생식이 가능할 수도 있었으며 그 밖에 여러모로 전혀 다를 수 있었다. 인간이 유일하게 필수적인, 그것이 없으면 인간일 수 없는 특성을 하나 가진 것은 사실이다. 그것은 언어와 반성을 가능하게 하는 뇌이다. 그런데 인간은 자신의 몸과 그 몸이 규정한 운명을 되돌아보며 대단히 불만족한 채 그런 반성의 영역을 떠났다. 인간의 삶은 짧다. 게다가 자신의 의지로 살아갈 수 없는 어린 시절이 오래 지속된다. 인간이 가장 능력 있고 성숙한 시기는 인생 전체에서 아주 조그만 일부분에 지나지 않는다. 완전한 성숙에 도달하자마자 인간은 늙기 시작하고, 그런데 다른 모든 동물과는 달리 그 노년의 끝에 무엇이 있는지 안다. 진화의 자연적 정황은 끊임없는 생명의 위협이 지배한다. 그러므로 생존하기 위해서는 언제나 신경을 곤두세우고 조심해야 한다. 그렇기 때문에 진화의 과정은 살아 있는 모든 생물에 자기보호 작업을 시작하라고 신호하는 용도로 통증 감지기관, 고통 감각기관을 매우 강하게 발달시켰다. 반면 그 어떤 진화적 이유도, 생체조직을 형성하는 그 어떤 힘도, 인체가 통증만큼이나 쾌락과 만족을 느끼는 기관을 가진 현재 상태를 "공정하게" 설명할 수 없다.

누구나 다 인정하는바―클로퍼는 이렇게 설명한다―굶주림의 고통, 목마름이 가져오는 괴로움, 숨을 쉴 수 없는 고문 같은 상태는 정상적으로 숨을 쉬거나 물을 마시거나 음식을 먹을 때 사람이 느끼는 만족감과는 비교할 수 없이 압도적이고 잔혹하다. 고통과 쾌락의 비대칭이라는 이 일반 원칙에서 예외는 오로지 성관계뿐이다. 그러나 이것은 이해할 수 있다. 우리가 두 개의 성별을 가진 존재가 아니었다면, 예를 들어 꽃과 비슷하게 형성된 생식기관을 가지고 있었다면 그런 생식기관은 어떤 긍정적 감각도 느끼지 않고 기능했을 텐데, 왜냐하면 그 활동을 위한 자극이 완전히 불필요할 것이기 때문이다. 성적 쾌락이 존재하고 그 위에 사랑의 왕국이라는 눈에 보이지 않는 거대한 건물이 들어섰다는 것은(클로퍼는 건조하게 현실적이지 않을 때는 즉시 감상적이고 시적으로 변한다!) 오로지 두 성별로 구분되었다는 사실에서 비롯된 결과다. '양성구유인간Homo hermaphroditus'이 (그런 종이 만약 존재했다면) 자기 자신을 관능적으로 사랑할 것이라는 생각은 오류이다. 실제로는 그럴 리 없고, 오로지 자기보호 본능의 범위 안에서만 자신을 돌볼 것이다. 우리가 자기애 성향이라고 하는 것이나 매력이라 느끼는 것을 양성인간이 자신에 대해 느낄 수도 있지만, 이것은 이차 투영이며 파생의 결과다. 이러한 개인은 머릿속으로 자기 몸에 외부의 이상적인 파트너를 위치시키는 것이다(여기서 성별이 하나, 둘, 여럿인 경우의 문제를 인간의 성적 본능 형성의 선택적인 기회로서 논의하는 약 70쪽 분량의 깊이 있는 설명이 이어지는데, 이 장대한 분량은 넘어가기로 한다).

문화가 이 모든 일과 무슨 상관인가? 클로퍼는 이렇게 묻는다. 문화는 새로운 종류의 적응 도구이다. 왜냐하면 문화가 스스로 우연히 생겨나지 않았기 때문이다. 그보다 문화는 우리의 존재 조건에서 실질적으로 우연한 모든 것이 더 높고 완벽한 필연성의 광채 속에 서도록 기능한다. 그러므로 문화는 종교에 의해 창조되고, 관습에 의해, 법에 의해, 금지와 명령에 의해 만들어져 불만족을 이상으로, 마이너스를 플러스로, 결점을 완벽함으로, 불완전을 완전으로 바꾼다. 고통이 기운을 뺀다고? 그렇다, 그러나 고통은 또한 사람을 고귀하게 만들고 심지어 구원하기도 한다. 삶이 짧다고? 그렇다, 하지만 피안의 삶은 영원히 이어진다. 어린 시절이 지루하고 멍청하다고? 그렇다, 그러나 어린 시절은 목가적이고 천사 같으며 완전히 성스럽다. 노년이 끔찍하다고? 그렇다, 그러나 이는 영원을 준비하는 기간이며 게다가 노인의 늙음은 존경받아 마땅하다. 인간은 괴물이라고? 그렇다, 그러나 그의 탓이 아닌데, 잘못을 저지른 것은 최초의 조상이거나 악마가 신의 행위에 끼어들었기 때문이다. 인간은 무엇을 원해야 하는지 알지 못하고 삶의 의미를 찾으려 애쓰며, 불행하다? 그렇다, 그러나 이것은 자유의 결과다. 자유는 가장 고귀한 가치이므로 자유를 갖기 위해 비싼 값을 치러야 한다는 사실은 결정적인 영향을 미치지 않으며 자유를 빼앗긴 인간은 현재보다 훨씬 더 불행했을 것이다! 클로퍼는 동물에 주의를 돌리는데, 동물은 배설물과 사체를 구분하지 않고 양쪽 모두 생명이 빠져나간 것으로 여겨 피한다. 일관된 물질주의자에게 사체와 배설물을 비교하는 작업은 똑같이 중요하겠지만, 배설물은 비밀스럽게 내보내는 데 비해 시신은 화려하고 숭고하게, 많은 값진 것으로 둘러싸고 복잡하게 포장해서 보낸다. 그러기 위해서 받아들일 가치가 없는 사실들을 우리가 받아들이기 쉽게 해주는 허상들의 체계로서 문화가 요구된다. 장례의 엄숙한 의식은 언젠가 죽는 운명이라는 치욕이 불러오는 우리의 자연스러운 저항과 반감을 가라앉히기 위한 수단이다. 죽음이 치욕인 이유는 점점 넓어지는 지식을 평생 쌓아온 이성이 결국 끝에 이르면 썩은 물웅덩이 속에 섞이게 되기 때문이다.

그러므로 문화는 자연적 진화에 조언도 동의도 요청받은 적 없는 인간이 수십억 년 동안 임시변통으로 적응하는 과정에서 물려받은, 우연히 생겨나 우연히 필멸로 만들어진 신체의 특성으로 인해 겪는 모든 제약, 분노, 허세를 위로하는 기제이다. 이 형편없는 유산 전체, 뼈에 의해 비틀어지고 힘줄과 근육을 통해 엮인, 세포 속에 들어박힌 너저분한 갖가지 질병과 얼룩까지 전부

끌어안은 채, 문화는 관공서에서 보낸 직업적 변호인의 그림 같은 복장을 차려입고, 내적 모순으로 가득한 주장들을 흘려가며, 때로는 감정에, 때로는 이성에 호소하는 수많은 속임수를 부려 우리를 설득한다. 왜냐하면 어떤 방법을 써서 설득하든 목적을 달성하기만 하면 문화에게는 좋은 일이기 때문이며, 그 목적이란 부정의 징조를 긍정으로, 우리의 고통과 상처와 장애를 미덕과 완벽함과 명백한 필연으로 바꿔놓는 것이다.

어느 정도는 고상하고 어느 정도는 대학 강의 같은 문체를 기념비적으로 조화시키며 클로퍼 선생은 필자가 여기서 간명하게 요약한 논의의 제1부를 마무리한다. 제2부는 인간이 과학기술 문명을 구축함으로써 스스로 창조한 미래의 징조를 제대로 받아들이기 위해 문화의 진짜 기능을 이해하는 것이 얼마나 중요한지를 설명한다.

"문화는 오류다!" 클로퍼는 선언하는데, 이 명제의 간결성이 우리에게 쇼펜하우어의 "세계는 의지다Die Welt ist Wille!"를 연상시킨다. 문화는 오류인데, 그것은 우연히 생겨났기 때문이 아니며, 반대로 문화는 필연적으로 생겨났고, 필연적인 이유는—1부에서 결론 내린 대로—적응에 필요하기 때문이다. 그러나 문화는 순전히 정신적으로만 적응에 활용된다. 문화는 어쨌든 신앙의 교리나 계명을 통해 인간을 진실로 불멸하는 존재로 바꾸지도 못하고, 우연한 존재인 인류, 즉 호미니 아치덴탈리homini accidentali에게 모자라는 조각인 현실의 창조주로서 신을 내려주지도 못한다. 문화는 개인의 고통, 통증, 괴로움의 가장 작은 원자 하나도 실제로 없애주지 않고(클로퍼는 여기서도 쇼펜하우어에게 충실하다!) 이 모든 일은 오로지 정신, 설명, 해석의 영역에서만 일어나며, 문화는 내재적으로 아무런 의미도 없는 일에 의미를 부여하고 죄와 미덕, 은총과 타락, 치욕과 칭송을 구분한다.

그러나 바로 이 기술문명이, 처음에는 조그만 걸음으로, 처음에는 원시적인 기계의 쇳덩어리를 끌고 문화 아래로 기어 들어왔다. 그리고 건물이 흔들리고 크리스털 정류기의 벽에 금이 갔다. 기술문명은 인간에게 몸과 두뇌를 고쳐주겠다고, 영혼을 실제로 최적화해주겠다고 약속하기 때문이다. 이 기술문명은 예상치 못하게 거대한 힘을 축적하여(몇 세기 동안 수합된 정보가 20세기에 폭발해서) 더 긴 삶, 어쩌면 불멸의 가장자리에 닿는 생명의 기회를, 더 빠른 성장과 더 늦은 노년의 기회를, 다양한 육체적 쾌락과 '자연적'(노쇠)이거나 '우연적'(질병)인 양쪽 고통을 거의 0에 수렴하도록 줄이는 기회를 선언하고, 이제까지 운이 필연성과 결합해 있던 모든 곳에서 자유의 기회를(인간 본성에 동반하는 특질로서 자유를, 재능과 능력과 지성을 강화할 기회를, 인간 신체 부위 즉 얼굴, 몸, 감각에 원하는 형태와 기능을 주고 심지어 영구적으로 지속되게 할 수도 있는 기회를, 그리고 기타 등등을) 선언했다.

기술문명의 이러한 약속은 이미 현실에 구현되어 나타났는데, 이러한 상황에서 인간은 어떻게 행동해야 할 것인가? 승리의 춤을 추어야 한다. 문화, 이 절름발이의 지팡이, 다친 다리의 교정기,

사지마비 환자의 안락의자, 우리의 수치스러운 신체, 형편없는 존재 조건의 장애에 강제로 주어진 이 짜깁기 체계, 오랫동안 봉사했던 조력자의 존재를 이제 그저 시대에 뒤떨어진 것으로 치부해야 할 것이다. 새로운 신체부위가 자라게 할 수 있는 사람에게 인공 보철물이 왜 필요하겠는가? 시력이 회복될 수 있는데 시각장애인이 하얀 지팡이를 가슴에 꼭 쥐고 있어야만 하는가? 눈에서 백내장을 들어낸 자에게 다시 시력감퇴를 요구해야 하는가?

그보다는 이 쓸모없는 쓰레기는 과거의 박물관에 넣어버리고, 우리를 기다리는 힘들지만 훌륭한 과업과 목표를 향해 활기찬 걸음으로 움직이는 편이 낫지 않은가? 느리게 성장하고 쉽게 망가진다는 우리 몸의 본성이 깰 수 없는 벽이고 무자비한 장애물이자 존재의 경계선인 한, 문화는 수천 세대 동안 이 치명적인 상태에 적응하도록 도와주었다. 적응을 도운 데서 더 나아가 저자가 증명하듯이 문화는 결함을 가치로, 단점을 장점으로 바꾸었다. 마치 망가져가는, 추하고 형편없는 자동차를 떠맡은 사람이 천천히 그 추함을 사랑하게 되고 불편함 안에서 고상한 이상의 징조를 찾고 결함 속에서 끊임없이 자연과 창조의 법칙을 발견하며 쿨룩거리는 기화기와 삐걱거리는 기어에서 주 하느님이 직접 만든 작품을 보는 것과 같다. 눈앞에 다른 자동차가 보이지 않는 한 그것은 아주 현명하고 아주 적절하며 유일하게 올바르고 심지어 합리적인 대책이다. 당연히 그렇다! 그러나 새로운 차량이 지평선에 모습을 드러낸 지금은? 부러진 휠을 붙들고 곧 폐

차할 자동차의 추함에 절망하고, 새로운 차종의 유능한 아름다움에 도움을 청한다고? 이것은 심리학적으로 이해할 수 있다, 충분히 그렇다. 왜냐하면 인간이 자신의 진화적으로 누덕누덕한 본성에 기대는 과정이, 주어진 조건을, 고통과 추함과 괴로움과 신체 생리학적 구석구석까지 아울러 사랑하려는 저 거대한 속세적 노력이 너무 오랫동안―수천 년이나!―이어졌기 때문이다.

이렇게 계속해서 문화를 형성하면서 인간은 아주 열심히 일했고, 스스로 암시를 걸었고, 스스로 운명의 목적성, 유일성, 특이성과 특히 대안 없음을 확신해서 이제는 해방을 눈앞에서 보면서 뒷걸음질 치고 몸을 떨고 눈을 가리고 불안한 비명을 지르며 기술적 구세주 앞에서 몸을 돌리고 기어서 숲으로 들어가도 좋으니 어디든 도망치려 하고 이 과학의 꽃, 지식의 기적을 자기 손으로 꺾고 없애고 짓밟아서라도, 자기 피로 길러내고 낮이나 밤이나 돌보아온 오래 묵은 가치들을 쓰레기장으로 보내지 않으려 하며 결국―그에 대한 사랑을 자신에게 강제하기까지 했다! 그러나 이런 부조리한 대응, 이런 충격, 이런 공포는 무엇보다도 어떤 합리적인 관점에서 보든 바보짓이다.

그렇다, 문화는 오류다! 그러나 빛 앞에서 눈을 감거나 병에 걸렸는데 약을 거부하거나 현명한 의사가 환자의 침대맡에 서 있는데 마법의 향과 주문을 요구하는 것이 오류라는 의미에서만 그러하다. 이 오류는 적절한 지식이 생겨나 높이 솟아나기 전까지는 전혀 존재하지 않았고 결코 없었다. 이 오류는 거부, 괜한 고집, 발을 떼지 못하는 망설임, 현대의 '사상가'들이 세상의 변화에 대한 지적 진단이라고 이름 붙인 공포의 떨림이다. 문화를, 저 임시로 끼워 넣은 틀니를 버려야만 지식의 돌봄에 몸을 맡길 수 있으며 지식은 우리를 바꾸고 완벽함을 선사해줄 것이다. 그리고 이것은 비틀어지고 내적 모순으로 가득한 명제와 신조들의 궤변이 상상해내지 않은, 설득하지 않은, 추론해내지 않은 완벽함이며, 반대로 순수하게 현실적이고 물질적이며 전적으로 객관적인 완벽함이다. 존재에 대한 설명과 해석만 완벽해지는 게 아니라 존재 그 자체가 완벽해질 것이다! 문화, 이 진화 과정에서 초래된 어리석음의 수호자, 패배한 소송의 무능력한 변호사, 원시주의와 신체적 평범함의 옹호자는 이제 사라져야 한다, 왜냐하면 인간의 문제가 다른, 더 높은 배심원에게 넘어가고 이제까지는 건드릴 수 없는 필연성이었던 벽이 무너지고 있기 때문이다. 기술 발달이 문화를 파괴한다? 이제까지 생물학적 강제가 지배하던 곳에 자유가 전파된다? 당연히 그렇다! 그리고 잃어버린 구속을 위해 눈물을 쏟는 대신 그 어두운 집에서 나가기 위해 걸음을 재촉해야 한다. 그러므로 (피날레가—차근차근 결론을 지으며—펼쳐진다) 전통적인 문화가 새로운 기술에 위협받는다는 이야기는 전부 사실이다. 그러나 그 위협을 걱정할 필요는 없다. 솔기부터 뜯어지는 문화를 기울 필요도 없고 신조와 교리로 문을 잠글 필요도 없으며 우리 몸과 삶에 더 나은 지식이 침범하는 것을 막을 필요도 없다. 문화는 지금도 계속해서 가치지만 다른 가치가 되어가는데, 그것은 바로 시대착오적인 가치다. 왜냐하면 바로 문화가 발명들이 번식하고 고통 속에 과학이 탄생한 그 위대한 서식처이며 자궁이고 인큐베이터이기 때문이다. 물론 발달하는 배아가 달걀 안의 무기력하고 수동적인 물질인 흰자를 집어삼키듯, 발달하는 기술은 문화를 집어삼켜 소화해서 그 자체의 문화로 바꾸는데, 바로 그것이 배아와 달걀의 운명이다.

우리는 전환의 시기에 살고 있다고 클로퍼는 말한다. 그리고 이런 전환의 시기만큼 지나온 길과 미래를 향해 펼쳐질 길을 이해하는 일이 어려운 때가 없는데, 왜냐하면 관념적으로 혼란스러운 때지만 전환의 과정은 멈출 수 없이 진행되고 있기 때문이다. 어찌 됐든 생물학적 구속의 왕국에서 스스로 창조해낸 자유의 왕국으로 넘어가는 일이 한 번으로 끝난다고 생각해서는 안 된다. 인간은 단번에 영구적으로 자신을 완벽하게 만드는 일을 해낼 능력이 없으며 자기변모의 과정은 몇 세기나 이어질 것이다.

클로퍼는 말한다.

과학혁명에 놀란 전통적인 인문주의자가 두려워하는 딜레마는 개가 자신을 묶었던 사슬을 그리워하는 것에 불과하다고 나는 감히 독자에게 장담한다. 이 딜레마는 인간이 기술적으로 가능해지더라도 버릴 수 없는 모순들이 뒤엉킨 덩어리이며, 다시 말하면 우리는 몸의 형태를 바꾸거나 공격적인 욕정을 가라앉히거나 지성을 강화하거나 감정의 균형을 잡거나 성관계를 개선하거나 인간을 노화로부터, 생식활동으로부터 해방해서는 안 되고, 그렇게 해서는 안 되는 이유는 이제까지 그렇게 했던 적이 없기 때문이고 그러므로 이제까지 했던 적이 없는 일은 바로 그 때문에 아주 나쁜 일이 분명하다는 믿음으로 연결된다. 인문주의자는 인간 정신과 신체가 현재 상태에 놓인 원인을 과학의 관점에서 설명해서는 안 된다고 본다. 산맥이 형성되며 사방에 미친 충격, 대빙하기, 별들의 폭발, 자극磁極의 변화, 그리고 여타 수많은 사건이 만들어낸 우연한 무작위적 제비뽑기의 기나긴 연속, 10억 년이나 이어진 진화 과정의 경련이라는 식으로는 말이다. 진화가 처음에는 동물을, 그다음에는 영장류를 복권추첨 방식으로 빚어낸 결과물, 자연선택을 한 덩어리로 뭉치고 놀이하듯 주사위를 굴리는 식으로 매일매일 유전자 속에 영속되게 만든 것을 우리는 너무나 성스러워 절대로 건드릴 수 없는 것, 영원히 훼손되어서는 안 되는 것으로 인정해야만 하며—어째서 바로 이러해야만 하는지 알아서는 안 된다는 것이다. 인간이 어두운 동굴 속에서 밀려 나와 유전적 모략이 판치고 진화과정이 염색체 속에서 그 속임수를 영속시키는 이성적 존재의 광활한 공간 속으로 떨어진 뒤에 내린 진단이 문화에 대한—문화가 해낸, 의도만은 고상했던 일들, 호모 사피엔스가 꾸며낸 것 중 가장 위대하고 가장 어렵고 가장 환상적이며 가장 그릇된 거짓말에 대한—모욕인 듯 말이다. 이 제비뽑기가 그 어떤 가치나 목적도 한 번도 빛을 비춘 적이 없는 저열한 사기라는 점은 이 동굴 속에서 가장 중요한 일이 오늘—악마든 신이든 아랑곳없이 한없이 굴종하며 한없이 기회주의적으로, 그러므로 수치스럽게―살아남아 내일을 맞이하는 것이라는 사실이 증명한다. 그러나 근거 없이 자신이 합리주의자라고 내세운 아둔하고 무지한 인문주의자가 혼자서 꿈꾼 것과 달리 모든 일이 정확히 반대로 흘러가므로, 문화는 인간이 겪는 변화에 따라 흐릿해지고 구획이 나뉘고 해체되어 잘게 부서진다. 유전자의 계략과 살기 위한 적응의 기회주의가 결정하는 곳에 신비란 없으며, 그곳에 있는 것이라고는 속아버린 자의 숙취, 원숭이 조상이 남긴 구역질뿐이며, 새 깃털과 후광과 무염시태로 자신을 장식하든 힘들게 얻어낸 영웅주의를 스스로 확신하든, 상상의 사다리를 타고 하늘에 올라가면 결국은 생물학에 발목 잡혀 언제나 바닥으로 떨어지는 것이다. 그러므로 필연적인 것은 절대로 파괴되지 않지만 조금씩 죽어가면서 사라진다―층층이 쌓은 미신도 설명도 기만도 눈가림도, 한마디로 불행한 인류가 끔찍한 존재 조건을 양념하기 위해 태곳적부터 붙잡고 있었던 궤변 전체가 말이다. 정보 폭발의 구름에서 다음 세기 속으로 호모 옵티미산스 세 입세Homo Optimisans Se Ipse[*], 자기창조자, 스스로조물주가 내려와 파멸을 예견하는 우리의 예언자들을 비웃을 것이다(비웃을 만한 것이 그때도 남아 있다면 말이다). 이 기회가 우주행성적 우연이 말할 수 없이 유리하게 들어맞은 결과임을 알고 찬양해야 하며, 신체

---

[*] 라틴어로 '스스로 최적화하는 자'를 뜻한다.

적인 잠재력을 마침내 다 끌어 쓰고 무한한 고통 속에 스스로 목조르는 그날을 기다리던 우리 종種을 교수대에서 데리고 내려와 우리 모두가 끌고 다니던 족쇄를 끊어주는 힘 앞에서 두려워해서는 안 된다. 우리가 최악의 범죄자에게 찍은 낙인보다도 더 가혹하게 진화가 우리에게 낙인찍은 이런 상태에 세상 전체가 계속해서 동의를 표한다 해도 나는 절대로 동의하지 않으며 죽음을 눈앞에 두고도 끝까지 '진화는 물러가라, 자기창조 만세!'를 목쉰 소리로 외칠 것이다.

이전의 요약을 마무리하는 이 긴 인용문의 논지는 교육적이다. 무엇보다도 교육적인 점은 어떤 사람들에게는 그 자체로 악이고 불운인데 다른 사람들에게 똑같은 순간에 가장 높은 완벽함에 이르는 완전한 구원의 길로 여겨질 수 있다는 사실을 드러낸다는 것이다. 필자는 최적화의 기준이 상당히 복잡미묘하게 상대적이라 보편적인(즉 의심의 여지 없이 구원받은 자의 행동규범으로서 경험적 언어로 공식화된) 지침으로 볼 수 없다는 사실만 생각하더라도 기술진화를 인류 존재의 만병통치약이라 믿을 수는 없다는 입장이다. 어찌 됐든 『오류로서의 문화』는 미래를 알기 위한 이 시대의 전형적인 시도의 또 하나로서 추천하는 바다. 미래학자들과 클로퍼 같은 사상가들의 단합된 노력에도 불구하고 앞날은 언제나 알 수 없으니 말이다.

체자르 코우스카, 『생명의 불가능성에 관하여』 ; 『예언의 불가능성에 관하여』

Cezar Kouska „De impossibilitate vitae"; „De impossibilltate prognoscendi"
(전 2권)(프라하, 국립 문학출판사)

저자는 표지에 자신의 이름을 체자르 코우스카라고 했으나 책의 서문에는 베네딕트 코우스카라고 서명한다. 조판 오류인가, 교정에서 놓친 것인가 아니면 이해할 수 없는 기만적인 의도인가? 개인적으로 필자는 베네딕트라는 이름을 좋아하므로 이 이름으로 저자에 대해 이야기하겠다. 자 그래서―베네딕트 코우스카 교수에게 필자 인생의 가장 즐거운 몇 시간을 바쳐 그의 작품을 읽었다. 이 저서는 확실히 정통 과학과는 맞지 않을 관점들을 설명하지만 그렇다고 해서 순수한 광기의 산물은 아니다. 저서는 이 양쪽의 중간쯤, 낮도 밤도 아니고 이성이 논리의 구속에서 풀려났지만 헛소리가 되어버릴 정도로 그렇게 심하게 벗어나지는 않은 그 전환구역에 위치한다.

코우스카 교수의 저서는 자연과학의 근거가 되는 확률 이론이 근본적으로 틀렸거나, 그렇지 않다면 인간을 선두에 세운 생명의 세계가 존재하지 않는다고, 이들이 상호 배타적이라는 사실을 증명한다. 이어서 제2권에서 교수는 예견학 혹은 미래학이 의식적이건 무의식적이건 눈속임과 망상숭배로 끝나지 않고 현실이 되려면 이 분야가 확률 계산을 사용해서는 안 되고 완전히 다른 연산법을 활용해야 하는데 그것은 이른바—코우스카를 직접 인용하자면 "실질적으로 시공간 연속선에서 전례 없는 상위질서 발생에 있어 대립하는 공리들에 바탕을 둔 집합분포이론"이다(이 인용문은 동시에 이 저작을 읽는 것이—이론 부분에서—상당히 어려운 일이라는 사실도 입증한다).

베네딕트 코우스카는 경험적 확률 이론이 중간에서 붕괴되었다는 진술로 시작한다. 확률 개념을 우리는 뭔가 확실히 알지 못할 때 사용한다. 그러나 이 불확실성은 순수하게 주관적이거나(나는 무슨 일이 일어날지 모르겠지만 다른 누군가는 알 것이다) 객관적이다(아무도 모르고 아무도 알 수 없다). 주관적 확률은 정보가 부재할 때 나침반이 된다. 예를 들어 어떤 경주마가 먼저 결승점에 들어올지 모르는 상황에서, 말의 수에 따라 추측하면서(말이 네 마리면 경주에 이길 확률은 한 마리당 4분의 1이다) 가구가 가득한 방에서 헤매는 시각장애인처럼 행동한다. 확률은 시각장애인의 지팡이처럼 더듬어서 길을 찾는다. 눈이 보였다면 이 지팡이가 필요하지 않았을 것이고, 어느 말이 가장 빠른지 알았다면 확률이 필요하지 않았을 것이다. 알려진 대로 확률의 객관성이나 주관성에 대한 논쟁은 과학의 세계를 두 파로 나눈다. 한쪽은 앞서 말한 대로 정확히 두 가지 유형의 확률이 존재한다고 확언하고, 다른 쪽은 주관적 확률만 존재하는데 왜냐하면 무슨 일이 일어나든 우리는 그에 대해서 정확하게 알아낼 수가 없기 때문이라고 주장한다. 그러므로 한쪽은 미래 사건의 불확실성을 그 사건에 대한 우리 지식의 편에 놓고, 다른 쪽은 그 사건 자체의 영역 안에 놓는다.

일어나는 일은, 실제로 일어난다면, 일어나는 일이다. 이것이 코우스카 교수의 대표적인 공리이다. 확률은 아직 그 일이 일어나지 않은 곳에만 나선다. 과학이 그렇게 말한다. 그러나 모두 다 알듯이 결투하는 두 사람이 쏜 두 개의 총알이 날아가다가 서로 부딪쳐 납작해지는 사건, 혹은 누군가 바다에 반지를 빠뜨려 잃어버리고 6년이 지난 후 생선을 먹다가 물고기 뱃속에 든 바로 그 반지를 씹어 이가 부러지는 사건, 혹은 포위당한 상태에서 폭탄 파편이 주방기구에 날아들어 크고 작은 솥과 냄비를 정확히 두드려 4분의 3박자로 차이콥스키 소나타 B단조를 연주하는 사건은 모두, 이런 일이 실제로 일어난다면 대단히 가능성이 희박한 사건이다. 이런 관점에서 이런 일은 이런 사실들이 속한, 즉 모든 결투의 집합, 생선을 먹다가 그 안에서 잃어버린 물건을 발견하는 일의 집합, 포병대가 주방기구 가게를 폭격하는 사건의 집합에서 매우 낮은 빈도로 일어난다고 과학은 말한다.

그러나 코우스카 박사에 따르면 과학은 우리의 머리를 어지럽게 만드는데, 왜냐하면 이런 집합 이야기는 전부 완전한 허구이기 때문이다. 확률 이론은 보통 우리가 어떤 사건을 얼마나 오래 기대해야 하는지를 현저히 작은 확률이라도 특정해서 이야기해줄 수 있다. 다시 말해 결투나 반지를 잃어버리는 일이나 냄비를 향해 폭격하는 일을 몇 번이나 되풀이해야 앞서 말한 이상한 일들이 일어날 수 있는지 말해줄 수 있다. 이것은 헛소리인데, 왜냐하면 아주 가능성이 작은 일이 일어나려면 이 일이 속한 사건들의 집합이 끊임없이 연속적으로 일어날 필요는 없기 때문이다. 필자가 만약 열 개의 동전을 한꺼번에 던지면서 앞면만 열 개 혹은 뒷면만 열 개가 동시에 떨어질 확률이 겨우 796분의 1이라는 사실을 알고 있다고 해도, 앞면 혹은 뒷면 열 개가 한꺼번에 떨어질 확률을 1로 만들기 위해서 최소한 동전을 796번 던져야 하는 것은 아니다. 왜냐하면 필자가 동전을 던지는 행위가 이제까지 수행된 모든 동전 열 개 한꺼번에 던지기 실험의 연장선에 있다고 언제든 주장할 수 있기 때문이다. 이러한 동전던지기는 5,000년의 인류 역사에서 수없이 많이 일어났을 것이므로 필자는 단번에 동전들이 모두 앞면 혹은 뒷면으로 떨어질 것을 기대해도 적절하다는 것이다. 코우스카 교수는 이러한 논리를 바탕으로 기대해보라고 말한다! 과학의 관점에서 이것은 완전히 올바른데, 동전들을 한 번에 이어서 던지든, 체코식 만두를 먹거나 맥줏집에 가서 한잔하려고 중간에 잠깐 쉬든, 혹은 같은 사람이 계속 던지는 게 아니라 매번 다른 사람이, 그것도 하루가 아니라 일주일에 한 번이나 일 년에 한 번 던지든, 확률분포에는 전혀 아무런 영향도 의미도 없으며, 그러므로 이미 페니키아인들도 양가죽 위에 앉아 동전을 던졌고, 그리스인들도 트로이를 태우고 나서 동전을 던졌고, 로마 제국 시대 포주들도 동전을 던졌고, 골족도, 게르만족도, 동고트족도, 타타르족도 동전을 던졌으며, 이스탄불로 노예를 몰고 가던 튀르크인들과 갈라타* 지역 융단 상인들이며 어린이십자군의 아이들을 거래하던 상인들도, 사자왕 리처드와 로베스피에르 그리고 수십만 명의 도박꾼도 동전을 던졌다는 사실도 연관이 없으므로, 동전을 던지면서 우리는 이 집합이 엄청난 숫자를 포함하며 그러므로 열 개의 앞면 혹은 열 개의 뒷면이 동시에 떨어질 확률은 엄청나게 크다고 여길 수 있는 것이다! 코우스카 교수는 어떤 박식한 물리학자나 아니면 다른 확률 전문가의 팔꿈치를 붙잡아 도망가지 못하게 하고 동전을 던져보라고 말하는데, 왜냐하면 이들은 자기 방법론의 오류를 지적받는 것을 싫어하기 때문이다. 시도해보면 동시에 같은 면이 나오는 일은 없음을 보게 될 것이다, 라고 코우스카는 말한다.

다음으로 코우스카 교수는 광범위한 사고 실험을 진행하는데, 어떤 가상의 현상이 아니라 바로 자기 삶의 일부와 관련된 실험이다. 이 분석에서 흥미로운 부분을 짧게 요약해보겠다. 1차 세

* 튀르키예 이스탄불의 상업지대.

계대전 시기 어떤 군의관이 수술실 문밖으로 간호사를 쫓아냈는데 그 이유는 간호사가 실수로 그 수술실에 들어온 순간에 외과 수술을 집도하는 중이었기 때문이다. 만약 간호사가 병원 내부구조에 좀 더 익숙했다면 수술실과 처치실 문을 혼동하지 않았을 것이고 수술실에 들어오지 않았다면 외과의사가 쫓아내지도 않았을 것이다. 의사가 그녀를 쫓아내지 않았다면 그의 상사인 연대 군의관이 귀족 영애에게 한 적절하지 못한 행동에 주의를 기울이지 않았을 것이고(간호사는 신분 높은 사회의 아가씨였고 간호사로서는 경험이 없고 미숙했다) 상사가 주의를 기울이지 않았다면 젊은 외과의는 간호사에게 사과하는 쪽이 좋겠다고 생각하지 않았을 것이며 간호사를 케이크 가게에 데려가지 않았을 것이고 사랑에 빠지지도 않았을 것이며 결혼하지 않았을 것이고 그리하여 베네딕트 코우스카 교수는 바로 이 부부의 아들로서 세상에 태어나지 못했을 것이다.

이 예시에 따르면 베네딕트 코우스카 교수의 탄생(분석철학과 학과장으로서가 아니라 신생아로서) 확률은 주어진 연도, 월, 일, 시간에 간호사가 문을 혼동하거나 혼동하지 않을 확률에 의해 정해진다는 결론이 나온다. 그러나 사실 전혀 그렇지 않다. 젊은 외과의사 코우스카는 그날 예정된 수술이 없었다. 그러나 그의 동료 포피할 선생이 세탁소에서 받은 세탁물을 숙모에게 전해주려고 집에 갔는데 집의 계단 천장 전구 퓨즈가 타버린 결과 계단에 불이 켜지지 않았으며 이 때문에 포피할 선생은 세 번째 계단에서 굴러떨어져 다리를 삐었고 이로 인해 코우스카가 수술에 대신 참여해야 했던 것이다. 만약 전구의 퓨즈가 타버리지 않았다면 포피할은 다리를 삐지 않았을 것이고 수술실에는 코우스카가 아니라 포피할이 있었을 것이며 기사도 정신이 투철하다고 알려진 사람으로서 포피할은 실수로 들어온 간호사를 험한 말로 수술실에서 쫓아내지 않았을 것이고 모욕하지도 않았을 테니 사과하기 위해서 그녀와 약속을 잡을 필요도 느끼지 못했을 것이다. 그리고 약속이건 데이트건 어찌 됐든 포피할과 간호사의 가상의 관계에서 베네딕트 코우스카가 태어나지 않았을 것은 완전히 확실하며 태어난 것은 결과적으로 누군가 전혀 다른 사람이었을 텐데 이 사람이 태어났을 확률은 이 책이 검토하지 않는다.

직업적 통계학자들은 세상일이 복잡하다는 사실을 알기 때문에 보통 누군가의 탄생 같은 사건의 확률을 설명하는 것은 피하는 편이다. 여기서 중요한 것은 원인을 제공하는 다양한 요인의 수많은 고리가 우연히 일치했다는 사실이며 주어진 난자가 주어진 정자와 결합하는 시공간의 지점은 추상적으로는 원칙적으로 사실상 결정되었다고 할 수 있으나, 구체적으로 현실적인 예측이 (어떤 확률로 개인 X가 Y라는 특성을 가지고 태어나는지, 다시 말해 Y라는 특성을 가진 어떤 개인이 모든 면에서 확실하게 틀림없이 세상에 태어나려면 사람들이 얼마나 오랫동안 생식활동을 해야 하는지) 가능해질 정도로 충분히 강력하고 포괄적인 지식을 취합하는 것은 절대로 성공할 수 없다고 그들은 느슨하게 이야기할 것이다. 그러나 이 불가능성은 기술적인 문제일 뿐 근본적인 것이 아니며, 불가능한 이유는 정보 취합이 어렵기 때문이지 그런 정보가 세상에 전혀 없기 때문이 아니다. 과학의 이런 통계적 거짓을 베네딕트 코우스카 교수는 지적하고 폭로하려 한다.

우리가 이미 알듯이, 코우스카 교수의 탄생이 '올바른 문—올바르지 않은 문'의 선택지로만 결정되는 것은 아니다. 탄생 확률을 하나의 우연에 의해서만 계산해서는 안 되고, 여러 우연을 계산에 넣어야 한다. 예를 들어 간호사가 다른 병원이 아닌 이 병원에 배정받을 가능성, 군의관에게 쫓겨나며 그녀가 그늘에서 지은 미소가 멀리서 보면 모나리자의 미소를 연상시켰다는 점, 또한 사라예보에서 페르디난트 대공이 사살되었다는 사실도 계산에 넣어야 하는데, 왜냐하면 페르디난트 대공이 총에 맞지 않았다면 1차 세계대전이 일어나지 않았을 것이고, 전쟁이 나지 않았다면 그 귀족 아가씨가 간호사가 되지 않았을 것이며, 왜냐하면 간호사는 체코의 올로모우츠 출신인 반면 외과 의사는 모라비아의 오스트라바 출신이라 병원이든 다른 어떤 곳에서든 전혀 만나지 않았을 것이기 때문이다.* 그러므로 대공을 향해 발사한 총알과 관련한 전반적인 탄도학 이론도 계산에 넣어야 하는데, 대공에게 명중할지는 그가 탄 자동차 움직임이라는 조건에 달려 있으므로

---

* 1914년 사라예보를 방문한 오스트리아-헝가리 제국의 프란츠 페르디난트 대공이 암살당하면서 세르비아와 보스니아의 폭력사태가 확산하여 1차 세계대전으로 이어졌다. 올로모우츠와 오스트라바는 모두 현재 체코공화국 동쪽의 도시들이며 92킬로미터 정도 떨어져 있다.

1914년형 자동차의 운동역학 이론도 계산에 넣어야 하며, 또한 암살범의 심리학도 고려해야 하는데 왜냐하면 이 세르비아인과 같은 입장이 됐을 때 누구나 대공을 향해 총을 쏠 수 있는 것은 아니고, 설령 발사한다 해도 불안해서 손이 떨렸다면 명중하지 않았을 테니 이 세르비아인이 손도 눈도 확고하게 움직였고 전혀 떨지 않았다는 사실도 코우스카 교수의 탄생 확률분포에 그 나름의 기여를 했기 때문이다. 또한 1914년 여름 유럽의 정치상황 전반도 그냥 지나쳐서는 안 된다.

그런데 두 사람은 그해에도, 서로를 더욱 잘 알게 된 해인 1915년에도 결혼을 하지 못했는데, 이해에 외과의사가 폴란드 동부 프셰미실에 있는 요새로 발령받았기 때문이다. 그곳에서 의사는 르부프*로 가게 되어 있었는데, 그곳에 외과의사의 부모가 이해관계에 따라 그의 아내로 점찍어둔 처녀 마리카가 살고 있었다. 하지만 삼소노프 장군의 공격과 러시아군 남부 이동의 결과 프셰미실은 포위되었고 곧이어 요새가 함락되면서 의사는 르부프의 약혼녀에게 가는 대신 러시아군에 포로로 잡혔다. 외과의사는 간호사를 약혼녀보다 잘 기억하게 되었는데, 왜냐하면 간호사는 아름다울 뿐만 아니라 〈내 사랑, 꽃침대에서 잠들어요〉라는 노래를 마리카보다 훨씬 더 잘 불렀기 때문인데, 마리카는 성대 결절을 제거하지 않아서 언제나 목이 쉬어 있었다. 사실 마리카

* 르부프는 1차 세계대전 당시 폴란드 동북부 지역의 도시였으며, 현재는 우크라이나 서부에 속한다. 르부프는 폴란드어 이름이며 현재 우크라이나어 이름은 리비우이다.

는 1914년에 결절 제거 수술을 받기로 되어 있었으나 결절 제거 수술을 맡았던 이비인후과 의사가 르부프 카지노에서 큰돈을 잃고 빚도 못 갚고 명예도 잃을 처지에 놓이자(그는 장교였다) 자기 얼굴을 쏴버리는 대신 부대 자금을 훔쳐 이탈리아로 달아났던 것이다. 이 사건 때문에 마리카는 이비인후과 의사를 특별히 기피하게 되었으나 다른 의사를 찾기 전에 약혼했으며 약혼녀로서 의무적으로 〈내 사랑, 꽃침대에서 잠들어요〉를 노래해야만 했고 그녀의 노래, 라기보다는 저 목쉬고 쌕쌕거리는 소리에 대한 기억이 간호사의 순수한 프라하 탬버린 같은 목소리에 비해 불리하게 작용했으며 이로 인해 전쟁포로가 된 의사 코우스카의 기억 속에서 약혼녀의 모습보다 간호사가 더 우위에 서게 되었다. 그리하여 외과의사는 1919년 프라하로 돌아가서 전 약혼녀를 찾겠다는 생각조차 하지 않고 곧바로 간호사가 독신으로 살던 집으로 향했다.

그런데 이 간호사에게는 네 명의 구혼자가 있었으며 모두 다 그녀와 결혼하고 싶어 했고 그러므로 간호사는 코우스카에 대해 그가 포로생활을 하면서 보낸 엽서들 외에는 별다른 생각을 갖지 않았으며 군사검열 도장이 지저분하게 찍힌 이 엽서들도 그 자체로 그녀의 마음에 특별히 지속적인 감정을 불러일으킬 수는 없었다. 그러나 그녀의 첫 번째 진지한 구혼자는 하무라스라는 비행기 조종사로, 그는 발로 조종장치를 움직일 때마다 탈장이 일어나 비행을 하지 못했는데 당시는 비행 기술이 대단히 원시적인 시대였으므로 조종장치는 무거워서 움직이기 힘들었던 것이다. 그래서 하무라스는 한 번 수술을 받았지만 효과가 없었고 탈장은 반복되었는데 왜냐하면 집도의가 장선腸線으로 봉합하면서 실수를 한 탓이었다. 간호사는 비행하는 대신 언제나 병원 접수처에 앉아 있거나 아니면 신문 광고를 보며 전쟁 전에 만들어진 진짜 탈장 보호대를 어디 가면 손에 넣을 수 있는지 찾고 있는 비행기 조종사와 같이 밖에 다니는 것을 부끄럽게 여겼고, 한편 하무라스는 이런 보호대를 사용하면 다시 비행을 할 수 있으리라 기대했지만 어쨌든 전쟁 때문에 제대로 된 보호대는 구할수 없었다.

주목할 점은 코우스카 교수가 '존재할 것이냐 말 것이냐' 하는 지점이 전반적인 항공술의 역사와 특히 오스트리아-헝가리 제국 군대가 사용했던 비행기 종류와 연결된다는 사실이다. 정확히 말하자면 오스트리아-헝가리 제국 정부가 1911년 '단엽기' 비행기 생산 권리를 취득했으며 이 비행기의 조종장치는 지극히 무거웠고 그 조종장치를 비너 노이슈타트에 있는 공장에서 생산하기로 되어 있었으며 실제로 그렇게 되었다는 사실이 코우스카 교수의 탄생에 긍정적인 영향을 미쳤다는 것이다. 입찰 과정에서 이 공장과 특허권을 두고 (미국에 거점을 둔 파먼 사와) 프랑스 회사 앙투아네트가 경쟁했는데 이 회사가 이길 가능성이 컸던 것이, 병참부대 지휘관 프르흘 소장이 프랑스 회사에 유리한 쪽으로 기울고 있었기 때문인데 왜냐하면 소장은 자녀들 가정교사인 프랑스인 애인 때문에 프랑스와 관련된 모든 것을 비밀리에 좋아했고 그리하여 확률분포가 바뀔 수도 있었던 것이다. 프랑스 기계는 접을 수 있는 보조날개가 달린 복엽기로 방향타가 있는데다 조종장치를 움직이기가 쉬웠으므로 하무라스의 잘 알려진 문제를 일으키지 않았을 것이며 그러면 간호사가 그와 결혼했을 수도 있었기 때문이다. 사실 이 복엽기는 기어가 매우 뻑뻑했고 하무라스는 어깨가 상당히 연약했으며 심지어 이른바 '서경書痙'이라 하여 손가락 근육이 떨리는 증상도 앓고 있었고 그 때문에 서명을 힘들어했는데 왜냐하면 그의 완전한 이름은 하무라스 남작 아돌프 알프레트 폰 메센 베이데네크 주 오리올라 운트 뮈네삭스였기 때문이다. 그러므로 설령 탈장이 아니었더라도 하무라스는 허약한 손 때문에 간호사가 보기에 매력이 없었을 수도 있는 것이다.

그러나 프랑스인 가정교사는 어느 삼류 오페라의 테너 가수를 만났고 그는 보기 드물게 빠른 속도로 그녀가 아이를 갖게 했으며 프르홀 소장은 그녀를 자기 집에서 내보냈고 프랑스와 관련된 것에 대한 사랑을 잃었으며 군대는 파먼 사와 계약 관계를 지속했고 파먼 사는 비너 노이슈타트 사가 소유하고 있었다. 앞의 테너 가수를 가정교사는 프르홀 소장의 첫째와 둘째 딸들을 데리고 바그너의 〈니벨룽의 반지〉 공연을 보러 갔다가 만났는데 왜냐하면 막내가 백일해를 앓고 있어 건강한 아이들을 아픈 막내와 분리하려 애썼기 때문이며 그러므로 프르홀의 요리사의 어떤 지인이 커피 배달 일을 하면서 매일 오후 프르흘의 집을, 그러니까 요리사를 찾아오지 않았다면 백일해를 막내에게 옮기지도 않았을 것이고 이 병이 아니었다면 가정교사가 아이들을 〈반지〉 공연에 데려가지도 않았을 것이며 가수를 만나지도 않았을 것이고 프르흘을 배신하지도 않았을 것인데 그러면 입찰에서 결국 앙투아네트가 이겼을 것이다. 그러나 하무라스는 차였고 궁정에 물품을 조달하는 상인의 딸과 결혼해서 아이 셋을 낳았는데 아이들은 아무도 탈장을 앓지 않았다.

간호사의 두 번째 구혼자인 미시니 대위는 부족한 점이 하나도 없었는데 이탈리아 전선에 참전해 관절염을 얻었다(겨울이고 알프스산이었다). 그가 사망한 이유에 대해서는 의견이 분분하다. 대위는 증기기관차를 탔는데 22구경 수류탄이 보일러에 명중하자 벌거벗은 채 기차에서 눈 위로 곧바로 뛰어내렸고 관절염은 나았지만 폐렴에 걸렸다고 한다. 그러나 만약 플레밍 교수가 1940년이 아니라 예를 들어 1910년에 페니실린을 발견했다면 미시니 대위는 폐렴에서 회복했을 것이며 회복기 환자로서 권리가 있었을 테니 프라하로 돌아왔을 것이고 코우스카 교수가 세상에 태어났을 확률은 이로 인해 대단히 낮아졌을 것이다. 그러므로 약학 분야에서 항생제 발견 시점이 베네딕트 코우스카 교수의 탄생에 지대한 역할을 한 것이다.

세 번째 구혼자는 견실한 도매상인이었으나 귀족 아가씨의 마음에 들지 않았다. 네 번째는 확실히 그녀와 결혼할 예정이었으나 맥주 때문에 이루어지지 못했다. 이 마지막 구혼자는 엄청난 빚을 지고 있었고 신부의 지참금으로 그 빚을 갚을 생각이었으며 또한 보기 드물게 복잡한 과거를 가지고 있었다. 간호사의 가족이 구혼자와 함께 적십자 추첨행사에 갔을 때 식사로 헝가리식 돼지고기 요리가 나왔는데 간호사의 아버지는 목이 너무 말라서 추첨행사 참가자들이 식사하며 군악대의 교향악을 듣고 있던 천막을 나와 맥주통에서 맥주를 퍼 마셨는데 그러다가 학창시절 동창을 마주쳤고 그 동창은 그때 막 추첨장을 나가려던 참이었기에 맥주를 한잔하고 싶은 생각이 없었다면 간호사의 아버지는 그와 마주치지 않았을 것이다. 이 동창은 형수를 통해 간호사의 구혼자의 과거사를 전부 알고 있었고 서슴없이 간호사의 아버지에게 모든 일을 자세히 말해주었다. 아마도 자기 생각을 여기저기 덧붙였던 것 같기도 한데 어찌 됐든 아버지는 대단히 흥분해서 천막으로 돌아왔고 거의 합의되었던 약혼은 돌이킬 수 없이 깨져버렸다. 그러나 아버지가 헝가리식 돼지고기 요리를 먹지 않았다면 목이 마르지 않았을 것이고 맥주를 마시러 나가지 않았을 것이며 학창 시절 동창을 만나지도 않았을 것이고 딸의 구혼자의 빚에 대해 알게 되지 않았을 것이며 약혼은 성사되었을 것이고 전쟁 중의 약혼이었으므로 결혼식도 빠르게 진행되었을 것이다. 1916년 5월 19일 돼지고기 요리에 지나치게 많이 들어간 양념이 베네딕트 코우스카 교수의 생명을 구한 것이다.

외과의사 코우스카는 어떻게 되었느냐면, 그는 포로 상태에서 풀려나 대대 군의관 자격으로 구혼자들과 경쟁에 나섰다. 사악한 소문으로 그는 구혼자들에 대해 알게 되었고 특히 고인이 된 미시니 대위는 코우스카가 전쟁포로로서 편지에 답장하던 시기에 간호사와 진지한 연애를 하고 있었다고 들었다. 본래 성격이 상당히 급한 의사 코우스카는 이미 성사된 간호사와의 약혼을 파기할 준비를 했으며, 이는 특히 간호사가 미시니 대위에게 썼던 편지를 몇 장 손에 넣었기 때문이었고(그 편지들이 어떻게 해서 프라하에 있는 악한 사람 손에 들어갔는지는 하느님만 아실 것이다) 익명의 제보자는 자신이 자동차의 다섯 번째 바퀴로 즉 비상용 대책으로 귀족 아가씨를 위해 일하고 있다고 설명했다. 약혼 파기는 외과의사가 할아버지와 나눈 대화로 인해 이루어지지 않았는데, 할아버지는 외과의사에게 어릴 때부터 실질적으로 아버지였고, 왜냐하면 그의 생물학적 아버지는 부랑자에 사기꾼으로 아들을 전혀 돌보지 않았기 때문이었다. 할아버지는 보기 드물게 진보적인 신념을 가진 노인이었고, 젊은 여성들은 쉽게 마음이 끌릴 수 있으며 특히 마음을 끄는 사람이 제복을 입고 언제나 죽음의 위협과 싸우고 있다고 주장하는 군인이라면 더더욱 그러하다고 설명했다.

그래서 코우스카는 간호사와 결혼했다. 그러나 만약 그의 할아버지가 다른 신념을 가진 사람이었거나 이 진보주의자가 여든 살에 이르기 전에 사망했다면 확실히 결혼까지 이르지 못했을 것이다. 할아버지는 어쨌든 대단히 건강한 생활방식을 유지했고 제바스티안 크나이프 신부의 이론에 따라 체계적으로 물 치료를 하고 있었다. 그러나 아침마다 얼음 같은 물을 뒤집어쓰는 요법이 어느 정도로 할아버지의 생명을 연장해주었으며 베네딕트 코우스카 교수의 탄생 확률을 어느 정도로 높여주었는지 계산하는 것은 불가능하다. 외과의사 코우스카의 아버지는 여성혐오의 신봉자였으므로 분명히 체면을 잃은 처녀와 결혼하도록 놓아두지 않았겠지만 아들에게 전혀 영향력을 갖지 못했는데, 왜냐하면 세르주 므디바니* 씨를 알게 되어 그의 비서가 되었으며 함께 몬테카를로로 떠났다가 어느 과부가 된 백작부인이 전수해준 룰렛 게임에서 이기는 비법을 믿는 채로 돌아와서 그 비법 덕분에 재산을 전부 탕진하고 한정치산자가 되어 자기 아버지에게 아들을 키워달라고 맡겨야만 해서였다. 그러나 만약 외과의사의 아버지가 도박의 악마에게 홀리지 않았다면 아들을 포기하지 않았을 것이며 그러면 또 코우스카 교수의 탄생으로 이어지지 않았을 것이다.

코우스카 교수의 출생 쪽으로 확률을 기울게 한 요인은 바로 세르주, 본명 세르게이 므디바니 씨였다.** 그는 보스니아에 자기 재산과 아내와 처가 재산도 충분히 가지고 있어 코우스카(외과의

---

* 세르주 므디바니(1903~1936)는 러시아 제국(현재 조지아) 출신으로 미국으로 이민해 무성영화 스타 폴라 네그리와 결혼했다 이혼하고 오페라 가수 매리 매코믹과 결혼했다가 다시 이혼했다. 므디바니의 형제자매 다섯 명 모두 유명인사와 결혼하여 '결혼하는 므디바니 가'로 유명하다. 그러나 뒤에 묘사된 므디바니의 행적은 모두 저자가 지어낸 허구이다.

** 세르주Serge는 프랑스식, 세르게이Sergei는 러시아식 이름이다.

사의 아버지)를 비서 삼아 데리고 세상을 여행했는데 왜냐하면 아버지 코우스카는 외국어를 알고 세상 물정에 밝았던 반면 므디바니는 이국적으로 들리는 이름에도 불구하고 크로아티아어 말고 다른 나라 말을 전혀 못 했기 때문이다. 그러나 만약 므디바니 씨가 어린 시절에 자기 아버지에게 좀더 제대로 보살핌을 받았다면 하녀들의 뒤를 쫓아다니는 대신 외국어를 배웠을 것이며 통역이 필요 없었을 것이고 아버지 코우스카를 외국으로 데리고 나가지 않았을 것이며 아버지 코우스카는 몬테카를로에서 사기꾼이 되어 돌아오지 않았을 것이고 그랬다면 한정치산 처분을 받고 자기 아버지에 의해 집에서 쫓겨나지 않았을 것이며 할아버지는 어린 외과의사 코우스카를 직접 키우지 않았을 것이고 진보적인 신념을 주입하지 않았을 것이며 외과의사는 간호사와 약혼을 파기했을 것이고 또다시 세상에는 베네딕트 코우스카 교수가 태어나지 않았을 것이다. 한편 므디바니 씨의 아버지가 아들의 교육을 좀더 잘 살펴서 외국어를 배우게 할 생각을 못한 이유는 아들의 외모를 볼 때마다 교회의 어떤 고위 성직자가 연상되었기 때문인데 그래서 아버지 므디바니 씨는 그 성직자가 어린 세르게이의 진짜 아버지가 아닐까 하는 의심을 계속 품고 있었다. 그러므로 세르게이에 대한 무의식적인 적대감을 느껴서 제대로 돌봐주지 않았으며 그 결과 세르게이는 배워야 할 외국어를 배우지 않은 것이다.

세르게이의 아버지 문제는 실제로 복잡한데, 심지어 세르게이의 어머니조차 그가 남편의 아들인지 사제의 아들인지 확신하지 못했고, 누구 아들인지 확실히 알지 못한 이유는 어머니가 마술적 임신의 힘을 믿었기 때문이다. 마술처럼 임신할 수 있다고 믿은 이유는 어머니에게 평생 엄청난 영향력을 미친 사람이 집시 출신 할머니였기 때문인데 이렇게 되면 세르게이 므디바니의 할머니와 베네딕트 코우스카 교수가 탄생할 확률의 관계에 대해서 언급해야 한다. 므디바니는 1861년에 태어났고 그의 어머니는 1832년생이며 집시인 그 할머니는 1798년에 출생했다. 그러므로 18세기 말 보스니아와 헤르체고비나 상황, 즉 코우스카 교수가 출생하기 130년 전의 상황이 그가 세상에 나올 확률분포에 현실적인 영향을 미쳤다는 뜻이다. 그러나 집시 할머니도 텅 빈 공간에서 혼자 튀어나온 것은 아니다. 할머니는 그리스 정교를 믿는 크로아티아 남자에게 시집가기를 원하지 않았는데, 게다가 당시에는 유고슬라비아 전체가 오스만튀르크의 지배를 받고 있었기 때문에 그리스도교 신자와 결혼하는 것은 전혀 좋을 일이 없어 보였다. 그러나 이 집시 여성에게는 삼촌이 있었는데 그녀보다 훨씬 나이가 많았고 나폴레옹 휘하에서 전투를 치렀으며 아마도 나폴레옹의 군대가 모스크바로 진격할 때 참여했을 것이다. 어찌 됐든 이 삼촌은 여러 종교의 차이가 사라질 것이라는 신념을 가지고 프랑스 황제의 군대를 떠나 집에 돌아왔는데, 왜냐하면 전쟁의 참상을 너무 많이 보았기 때문이었고, 그래서 조카에게 크로아티아인과 결혼하라고 설득했는데, 왜냐하면 그는 그리스도교도지만 그래도 착하고 다정한 청년이기 때문이었다. 크로아티아인과 결혼함으로써 므디바니 씨의 외할머니는 코우스카 교수가 태어날 확률을 높였다. 그녀의 삼촌에 대해 말하자면 나폴레옹이 이탈리아의 아펜니노 지역에서 군사작전을 하지 않았다면 나폴레옹 휘하에서 전쟁에 참여하지 않았을 텐데, 그 당시 고용주였던 양 목장 주인이 양가죽 외투 한 묶음과 함께 삼촌을 그 지역으로 보냈던 것이다. 삼촌은 순찰하던 황제의 기병대에 포위되었고 징집에 응하거나 부대를 따라다니는 비전투원이 되거나 둘 중 하나를 선택해야 했으며 그래서 무기를 드는 쪽을 택했다. 여기서 집시 삼촌의 고용주가 양을 치지 않았거나 아니면 양을 치더라도 당시 이탈리아에서 수요가 있었던 양가죽 외투를 만들지 않았다면, 그래서 이 삼촌에게 양가죽 외투를 맡겨 이탈리아로 보내지 않았다면 기병대가 집시 삼촌을 붙잡지 않았을 것이고 그러면 삼촌은 유럽에서 전쟁에 시달리지 않고 보수적인 신념을 그대로 가지고 있었을 것이며 조카에게 크로아티아인과 결혼하라고 설득하지 않았을 것이다. 그랬으면 세르게이의 어머니는 집시 할머니의 영향을 받지 않고 그로 인해 마술적 임신을 믿지 않았을 것이므로 사제가 제단 위에서 낮은 목소리로 노래하며 팔을 벌리는 모습을 보자마자 저 사제와 꼭 닮은 아들을 가질 수 있겠다고 생각하지 않았을 것이며 그러면 양심이 깨끗하므로 남편을 두려워하지 않고 배우자를 배신하고 외도했다는 비난 앞에서 자신을 당당히 변호했을 것이며 남편은 세르게이의 외모에서 아무것도 나쁜 점을 발견하지 못하여 아들의 공부를 돌봐주었을 것이고 세르게이는 외국어를 배웠을 것이며 통역해줄 사람이 필요하지 않았을 것이고 그러므로 외과의사 코우스카의 아버지는 므디바니와 함께 외국으로 나가지 않았을 것이며 도박꾼이자 부랑자가 되지 않았을 것이라서 여성혐오자 입장에서 외과의사인 아들을 설득하여 고인이 된 미시니 대위와 사귀었던 아가씨를 떠나게 했을 것이고 그리하여 또다시 세상에 베네딕트 코우스카 교수가 태어나지 않았을 것이다.

그러나 이제, 지금까지 베네딕트 코우스카 교수의 생물학적 부모 양쪽이 존재하며 그의 출생 확률이 줄어드는 경우는 오로지 아버지 혹은 어머니의 행위에 제삼자(삼소노프 장군, 집시 할머니, 므디바니의 어머니, 하무라스 남작, 프르흘 소장의 프랑스인 가정교사, 프란츠 요제프 황제, 페르디난트 공, 라이트 형제, 남작의 탈장을 치료하는 외과의사, 마리카의 이비인후과 의사 등등)의 행동으로 인해 야기된 아주 하찮고 완전히 그럴 듯한 변화가 일어났을 때뿐이라는 전제하에 그의 출생을 확률의 범위 안에서 살펴보았다는 사실을 고려해보자. 그러나 이렇게 되면 간호사가 되어 외과의사 코우스카와 결혼한 귀족 아가씨 혹은 외과의사가 세상에 나올 확률에도 완전히 똑같은 종류의 논의를 적용할 수 있다. 수십억, 수백억 개의 정황이 일어나야만 이 귀족 아가씨가 세상에 태어날 수 있고 미래의 외과의사 코우스카가 탄생할 수 있다. 그리고 같은 방식으로 수없이 많은 현상이 무리지어 일어나는 것이 그들의 부모, 조부모, 증조부모 등등이 태어나는 조건이 된다. 예를 들어 1673년생 블라스티밀 코우스카가 세상에 태어나지 않았더라면 따라서 그의 아들도, 손자도, 증손자도 없었을 것이고 그러므로 외과의사 코우스카의 증조부도 없었을 것이며 그러므로 할아버지도, 외과의사와 베네딕트 교수도 없었을 것이라는 데는 논란의 여지가 없을 것이다.

그러나 유사한 논리가 코우스카 집안과 간호사 집안에서 아직은 전혀 인간이 아니었던 조상에게도 적용되는데 왜냐하면 초기 원시 석기시대에 그들은 네 발로 뛰어다니는 나무 위의 동물이었기 때문이고, 어느 원시 영장류가 이들 중 하나를 마주쳐 네발짐승이라는 사실을 알아보고 그곳에서 자라나는 유칼립투스 나무 아래에서 관계를 가졌는데 그곳이 지금 프라하의 말라 스트라나 지역인 것이다. 이 욕정적인 원시 영장류와 이 네 발로 다니는 원시 인류의 유전자가 섞인 결과 특정 종류의 감수분열이 생겨났고 이 유전자 위치의 결합이 이후 3만 세대에 전달되어 간호사 여성의 얼굴에 레오나르도 다 빈치의 화폭에서 웃는 모나리자와 조금 비슷한 바로 그 미소를 만들어냈으며 여기에 외과의사 코우스카는 매료되었던 것이다. 그러나 이 유칼립투스 나무는 그곳에서 4미터 떨어진 곳에서 자라날 수도 있었고 그랬다면 네발짐승은 쫓아오는 원시 영장류에게서 도망치다가 몸을 돌리지 않았을 것이며 나무의 굵은 뿌리에 걸려 넘어지지도 않았을 것이고 그리하여 나무 위에 올라가는 데 성공해서 수태하지 않았을 것이고 만약 수태하지 않았다면 한니발의 알프스 원정, 십자군 전쟁, 백년 전쟁, 오스만튀르크의 보스니아와 헤르체고비나 지배, 나폴레옹의 모스크바 침공과 수조 개의 이와 비슷한 사건들이 최소한의 변화를 겪고 조금은 다르게 진행되었을 것이며 그 결과 어떻게 해도 절대로 베네딕트 코우스카 교수가 태어날 수 없는 상태를 초래했을 것이고 이를 통해 알 수 있는 사실은 그의 존재의 확률분포 아래 하위 확률분포로서 현재 프라하 지역에 대략 34만 9,000년 전에 자라났던 모든 유칼립투스 나무의 분포를 포함하는 개연론을 깔고 있다는 것이다. 그런데 이 유칼립투스 나무가 그곳에서 자라난 이유는 검치호를 피해 도망치던 쇠약해진 매머드 무리가 유칼립투스꽃을 잔뜩 먹곤 해서 위산과다가 일어나(이 꽃은 입천장을 심하게 자극한다) 블타바강에서 물을 많이 마셨고 이 물에는 당시 설사를 일으키는 성분이 있었던 덕분에 유칼립투스 씨앗이 이전에 전혀 없었던 곳에 심어질 수 있었던 것이다. 그러나 만약에 이 물에 당시 블타바강 위쪽 지류에서 유황 성분이 섞여들지 않았다면 매머드들은 그 성분으로 장을 청소하지 못했을 것이며 현재 프라하 벌판에 유칼립투스 숲이 자라나는 원인이 되지 못했을 것이고 네발짐승은 원시 영장류에게서 도망치다가 넘어지지 않았을 것이며 귀족 아가씨의 얼굴에 모나리자의 미소를 띄워준 그 유전자 위치가 생겨나지 않았을 것이고 젊은 외과의는 매혹되지 않았을 것이며 그러므로 매머드들이 설사를 하지 않았다면 베네딕트 코우스카 교수는 또한 세상에 나오지 못했을 것이다. 그러나 여기서 고려할 점은 블타바 강물이 우리 시대보다 약 250만 년 전에 유황 성분을 얻게 되었으며 그 이유는 타트라산맥의 중심을 이루는 암석덩어리의 주요 지향사* 위치가 바뀌는 바람에 쥐라기 전기 이회토 깊은 곳의 유황 가스가 새어 나오게 되었기 때문이고 이는 남부 알프스 근방에서 지진이 일어났기 때문인데 이 지진은 대략 100만 톤의 질량을 가진 유성 때문에 일어났으며 이 유성은 레오니드 유성우에서 떨어졌으며 그러므로 남부 알프스가 아니라 좀더 멀리 이 유성이 떨어졌다면 지향사가 기울어지지 않았을 것이고 유황 성분이 표면으로 누출되지 않았을 것이며 블타바 강물에 유황이 섞이지 않았을 것이고 그러므로 강물이 매머드의 설사를 일으키지 않았을 것인데, 여기서 알 수 있는 사실은 250만 년 전 알프스 남부에 유성이 떨어지지 않았더라면 코우스카 교수는 또한 태어날 수 없었으리라는 것이다.

코우스카 교수는 일부 사람들이 그의 증명에서 잘못된 결론을 이끌어내는 경향이 있다는 점에 주의를 돌린다. 이런 사람들이 추론한 결론은 마치 우주 전체를 코우스카 교수가 태어날 수 있도록 설정되어 작동하는 기계인 양 여긴다. 당연히 이런 생각은 전혀 말도 안 된다. 예를 들어 누군가 지구가 실제 탄생한 것보다 100만 년 전에 생겨날 확률을 계산하고 싶어 한다 치자. 이 사람

---

* 장기간에 걸쳐 많은 퇴적물이 쌓이는 침강지대.

은 어떤 형태의 행성생성적 소용돌이가 미래 지구의 핵을 창조할지 정확히 예측할 수 없을 것이며 지구의 미래 질량도 화학적 성분도 충분히 정확하게 계산할 수 없을 것이다. 그럼에도 이 사람은 천체물리학 지식과 중력 이론과 별의 구조 이론에 대해 자신이 아는 바에 근거하여 태양이 가족 행성을 가지게 될 것이며 이로 인해 다른 행성들 중 안쪽부터 세 번째 행성이 태양 주위를 돌게 될 것이라는 사실을 예견할 것이다. 그리고 바로 이 행성이 예측된 모습과는 다른 형태를 띠더라도 지구로 알려질 것인데, 왜냐하면 지구보다 100억 톤 더 무겁거나 혹은 조그만 달 하나 대신 큰 달을 두 개 가지고 있거나 표면을 덮은 바다의 면적이 더 넓다고 해도 어쨌든 계속해서 지구일 것이기 때문이다.

반면 우리 시대보다 50만 년 전에 누군가에 의해 예견된 코우스카 교수는 만약 다리 두 개 달린 유대목 동물이나 황인종 여성이나 불교 승려로 태어났다면 그래도 여전히 인간이지만, 당연히 코우스카 교수는 아닐 것이다. 왜냐하면 태양, 행성, 구름, 돌 같은 물체는 전혀 고유하지 않은 반면 살아 있는 유기체는 모두 고유하기 때문이다. 인간 개인은 소수점 이하에 0이 수십 개 붙는 확률의 복권 추첨에서 당첨된 것과 같다. 그러나 어째서 우리는 이렇게 천문학적으로 말도 안 되게 낮은 확률로 자신과 타인이 세상에 나왔다는 사실을 매일같이 느끼지 않는 것일까? 코우스카 교수는 대답한다. "왜냐하면 가장 확률적으로 불가능한 일이 일어나더라도, 한 번 일어나면 그 일은 일어나는 것이다!" 그리고 또한 일반적인 복권 추첨에서 우리는 당첨되지 않은 수많은 복권과 당첨된 단 하나를 볼 수 있는데, 반면 이 존재론적인 복권 추첨에서 당첨되지 않은 쪽은 보이지 않기 때문이다. "존재의 복권에서 낙첨된 쪽은 눈에 보일 수 없다!" 코우스카 교수는 설명한다. 이 추첨에서 떨어진 쪽은 즉 태어나지 않았다는 것이며 태어나지 않은 자는 조금도 존재하지 않는다. 이제 제1권 『생명의 불가능성에 관하여』 619쪽에서 저자의 설명을 인용하도록 한다 (위에서 23번째 줄):

어떤 사람들은 친가와 외가 양쪽에서 오래전부터 미리 계획해서 미래의 아버지와 미래의 어머니가 어린 시절부터 서로 약혼하여 성장해서 결혼한 부부에게서 태어난다. 이런 부부의 아이로서 매일 세상을 바라본 사람은 예를 들어 아버지가 전쟁 중 대규모 이주 도중에 어머니를 만났거나 아니면 나폴레옹 군대의 어떤 기병이 베레지나강에서 후퇴하면서 마을 변두리에서 마주친 여자에게서 물통뿐 아니라 처녀성까지 빼앗았기 때문에 수태되었다는 사실을 알게 된 사람과 달리 자기 존재의 확률이 상당히 크다고 생각할 수 있다. 후자에 속하는 사람은 그 기병이 뒤에서 러시아군 수백 명이 쫓아오는 것을 느끼며 좀 더 서둘렀거나 그의 어머니가 마을 변두리에서 뭔지 모를 것을 찾아다니지 않고 하느님이 시킨 대로 집에서 화덕 옆에 앉아 있었다면 자신은 세상에 태어나지 않았을 것이라고, 다시 말해 그의 존재 확률이 부모가 미리 정해져 있었던 사람의 확률에 비하면 너무 아슬아슬하다고 여길 수도 있다. 이런 생각은 오류인데, 왜냐하면 누군가 태어날 확률분포가 확률 척도의 0 지점에서, 그 사람의 미래 아버지와 미래 어머니가 세상에 태어난 시점에서 시작해야 한다고 여기는 것은 전혀 말이 안 되기 때문이다. 만약 우리 앞에 1,000개의 문으로 연결된 1,000개의 방으로 이루어진 미로가 있다면 미로의 처음부터 끝까지 통과할 확률은 길을 찾는 사람이 지나가는 모든 방에서 일어나는 선택의 총합이 결정하며 어느 한 방에서 올바른 문을 찾아내는 한 번의 확률이 결정하지는 않을 것이다. 만약 이 사람이 100번째 방에서 길을 잃는다면 늘어선 모든 방 중에서 첫 번째 방이나 1,000번째 방에서 길을 잃었을 때와 똑같이 헤매며 바깥으로 나오지 못할 것이다. 그와 마찬가지로, 오로지 나의 탄생만이 확률의 법칙에 따르며 내 부모의 탄생, 그들의 부모, 조부모, 증조부모 등등의 탄생을 거슬러 올라가 지구상에 생명이 탄생하기까지 각각이 확률의 법칙에 따르지 않는다고 생각할 이유는 없다. 각각의 구체적인 개인에게 인간 개체가 존재한다는 실존적 사실이 확률적으로 별로 가능하지 않은 현상이라 말하는 것은 무의미하다. 별로라니, 무엇에 비해서? 어디서부터 계산을 시작해야 하는가? 0의 지점, 즉 계산 척도 혹은 측정의 시작, 그러니까 확률 산정의 시작을 설정하지 않으면 전부 텅 빈 소리일 뿐이다.

나의 논의에서 내 탄생이 지구가 형성되기도 전에 미리 확실하게 결정되었다는 결론을 내릴 수는 없다. 그와 반대로 논의의 결론은 내가 전혀 존재하지 않을 수도 있었으며 그렇다 해도 아무도 그 사실을 몰랐으리라는 것이다. 개인의 탄생을 예견하는 문제에 대해 통계학이 말해줄 수 있는 것은 모두, 무엇이든, 무의미하다. 왜냐하면 통계학은 모든 사람이 개별적으로, 아무리 확률이 낮더라도 어쨌든 특정한 기회의 실현으로서 가능하다고 여기기 때문이다. 그런데 내가 증명한 것은 눈앞에 아무나 임의의 개인, 예를 들어 제빵사 무체크를 놓고 다음과 같이 이야기할 수 있다는 것이다. 그의 탄생 전으로 거슬러 올라가면, 제빵사 무체크가 태어나야 한다고 그 시간적 지점에서 내놓은 예견이 0에서 별로 차이가 나지 않는 확률이 되는 시간적 지점을 임의로 찾을 수 있다. 만약 내 부모가 신혼 침대에 누워 있다면 내가 세상에 태어날 확률은 예를 들어 10만 분의 1이라고 하자(전쟁 직후 시기 영아 사망률이 상당히 높았던 사실 등을 고려했다). 프셰미실 요새 포위 시기에 내 탄생 확률은 10억분의 1밖에 되지 않았다. 1900년에는 1조분의 1이었고 1800년에는 1,000조분의 1이었으며 그런 식으로 이어진다. 간빙기에 말라 스트라나에서 유칼립투스 나무 아래 맘모스의 이주와 소화기 질병 이후 내 탄생 확률을 계산하는 관찰자가 있다면 내가 세상의 빛을 볼 확률을 1경분의 1로 설정할 것이다. 산정 시기를 100만 년 뒤로 되돌리면 확률이 10의 100제곱분의 1쯤으로 나타나고 300만 년 되돌리면 10의 600제곱분의 1 정도로 나타나고 기타 등등 그렇게 이어진다.

바꾸어 말하면 누군가의 탄생 확률이 계산하는 사람 마음대로 대단히 작다고 나타나는, 그러니까 불가능하다고 산정되는 지점을 언제나 시간축에서 찾아낼 수 있는데, 왜냐하면 임의로 0과 별 차이가 나지 않는 가능성은 임의의 큰 불가능성과 같기 때문이다. 이렇게 말한다 해서 우리도, 다른 누구도 세상에 없다고 선언하려는 것이 아니다. 그 반대로 우리는 타인의 존재도 자신의 존재도 의심하지 않는다. 앞의 논지를 전개하며 우리는 물리학이 선언하는 것을 그저 되풀이할 뿐인데, 왜냐하면 건강한 상식의 관점이 아니라 물리학의 관점에서는 세상에 사람이 한 명도 없고 이전에도 어떤 사람도 없었기 때문이다. 그리고 그 증거는 이것이다. 물리학에 따르면 10의 600제곱분의 1 확률이란 불가능하다. 왜냐하면 10의 600제곱분의 1 확률인 것은, 기대하는 사건이 1초에 한 번씩 일어나는 사건들의 집합에 속한다고 가정할 때, 우주에서 전혀 기대할 수 없기 때문이다.

오늘과 우주의 끝 사이에 몇 초가 흘러가든 10의 600제곱보다는 작다. 별들이 자기 에너지를 그보다 빨리 발산한다. 그러므로 우주가 지금의 형태로 지속되는 기간이 10의 600제곱초에 한 번 일어나는 사건을 기다리는 데 꼭 필요한 시간보다 짧다. 물리학의 관점에서 그토록 확률이 낮은 사건을 기다리는 것은 확실히 일어나지 않을 사건을 기다리는 것과 같다. 이런 현상을 물리학에서는 열역학의 기적이라 칭한다. 여기에 속하는 사건은 예를 들면 불 위에 놓인 냄비 속의 물이 어는 사건, 깨진 유리조각들이 바닥에서 저절로 떠올라 완전한 유리컵으로 도로 맞춰지는 사건 등이다. 계산에 따르면 이러한 '기적'은 어쨌든 10의 600제곱분의 1 확률을 가지는 사건보다는 일어날 가능성이 더 크다. 그러면 이제 우리 계산은 거시적 데이터로서 이제까지 산정의 절반만 고려했을 뿐이라고 덧붙이도록 하자. 그 외에도 미시적인 정황, 즉 주어진 두 사람 사이에 어떤 정자가 어떤 난자와 결합하는지가 구체적인 개인의 탄생을 결정한다. 만약 내 어머니가 나를 실제 수태한 것과 다른 날 다른 시간에 수태했다면 나는 내가 아니라 다른 누군가로 태어났을 것인데, 이 점을 알 수 있는 근거는 내 어머니가 실제로 다른 날과 시간에 수태했다는 사실이며, 그리하여 나의 출생 1년 전에 여자아이, 즉 내 누나가 태어났는데 여기서 누나는 내가 아니라는 사실을 증명할 필요는 없을 것이다. 이 미시통계도 내 탄생 확률 산정에 반드시 고려되어야 할 것인데, 이 점을 계산에 넣으면 10의 600제곱분의 1 불확실성이 무한히 더 커진다.

그러므로 열역학적 물리학의 관점에서 모든 인간 존재는 천문학적인 확률로 불가능한 현상이며 그토록 불가능하므로 예측할 수 없다. 물리학은 어떤 사람들이 존재한다고 가정했을 때부터 그 사람들에게서 다른 사람들이 태어나리라 예측할 수 있지만, 구체적으로 어떤 개체가 태어날지에 대해서는 아무 말도 하지 않거나 아니면 완전한 헛소리에 빠져든다. 그러므로 물리학이 확률이론의 보편적 적용을 선언한 것이 잘못되었거나 아니면 사람들이 존재하지 않는 것이며, 앞서 말한 가설은 살아 있는 모든 것에 적용되므로 마찬가지로 개, 상어, 파리, 이끼, 회충, 박쥐, 석송도 존재하지 않는 것이다. 물리학적 관점에서 생명은 불가능하며 이 사실은 제시되어야만 했다Ex physicali positione vita impossibilis est, quod erat demonstrandum.

이러한 말과 함께, 실제로 2부작의 제2권 내용을 위한 거대한 준비인 저서 『생명의 불가능성에 관하여』가 끝난다. 저자는 여기서 확률에 근거한 미래예측의 무의미함을 선언한다. 그가 원하는 것은 역사가 확률의 관점에서 완전히 불가능한 사실들로만 이루어져 있음을 보여주는 것이다. 코우스카 교수는 20세기의 문턱에 선 상상의 미래학자를 설정하여 당시에 접근 가능했던 모든 지식을 다 부여하고 이 인물에게 일련의 질문을 던진다. 예를 들어 "납과 비슷한 은색 금속이 발견될 것인데, 이 금속으로 만든 반구 두 개를 아주 간단한 손동작으로 서로 붙여서 커다란 오렌지와 비슷하게 만들면 지구상 모든 생명이 사라지게 하는 일이 가능할 것으로 보이는가? 존경하는 벤츠 선생이 반 마력짜리 털털이 엔진을 달아서 끌고 다니는 그 낡아빠진 마차가 점점 늘어나서 얼마 지나지 않아 숨 막히는 연기와 배기가스 때문에 큰 도시에서는 밤이 낮처럼 바뀌고 이동이 끝난 뒤에 그 교통수단을 어디든 세워놓는 문제가 가장 거대한 대도시들에서 주된 골칫거리가 되는 일이 가능하다고 생각하는가? 불꽃놀이와 발차기의 원리 덕분에 사람들이 곧 달에서 산책하기 시작하고 그러면서 그들이 걷는 모습을 지구에 있는 수억 명의 사람들이 집에서 동시에 볼 수 있는 일이 가능하다고 여기는가? 이제 곧 인공 천체를 만들어 여러 가지 기기를 탑재하고 그 덕분에 우주공간에서 벌판이나 혹은 도시의 거리를 다니는 사람의 행적을 모두 다 추적하는 게 가능하다고 생각하는가? 자네보다 체스를 더 잘 두고 음악을 작곡하고 한 언어를 다른 언어로 번역하고 세상 모든 계산 천재와 회계사와 세무사들이 다 함께 평생 매달려도 끝내지 못할 계산을 몇 분이면 해내는 기계를 만드는 것이 확률적으로 가능하다고 여기는가? 곧 유럽 한가운데 거대한 산업단지를 짓고 그 안의 화로에서 산 사람을 태울 것인데 그 불운한 자들의 숫자가 수백만을 넘는 일이 가능하다고 여기는가?"

당연히 1900년에 이런 모든 사건이 조금이라도 일어날 가능성이 있다고 믿는 사람은 미치광이밖에 없을 것이라고 코우스카 교수는 단언한다. 그러나 이 모든 일은 일어났다. 그러므로 과거에 확률상 불가능한 일들만 계속 일어났다면, 어째서 갑자기 그 질서가 급진적인 변화를 겪어서 지금부터는 우리가 확률상 가능하고 개연성 있다고 여기는 일들만 일어나야 한단 말인가? 다들 원하는 대로 미래를 예견해도 좋지만—교수는 미래학자들에게 말한다—어찌 됐든 그 예측은 최대 가능성 계산을 근거로 하지 않아야 한다…

코우스카 교수의 인상적인 저서는 당장 인정받을 가치가 있다. 그러나 이 학자는 학술적 열정에 휩싸여 실수를 저질렀는데, 이것을 베드르지흐 브르흘리츠카 교수가 장대한 비판 논문에서 지적하여 《제믈레델스케 노비니 *Zemledelske Noviny*﹡》에 게재했다. 브르흘리츠카 교수는 코우스카 교수의 반反개연론적 논지 전체가 언급되지 않고 넘어간, 잘못된 하나의 가정에 근거하고 있다고 주장한다. 왜냐하면 논리의 가면 뒤에 코우스카는 "존재에 대한 형이상학적 놀라움"을 숨기고 있는데 이 점은 다음과 같은 말에 숨어 있다는 것이다. "어째서 다름 아닌 지금, 바로 이 몸에, 다름 아닌 바로 이러한 형태로 나는 존재하는가? 어째서 나는 이전에 존재했던 수백만의 사람이 아니었고 앞으로 언젠가 태어날 누군가도 아니란 말인가?" 브르흘리츠카 교수에 따르면 이런 질문이 설령 어떤 식으로든 의미 있다고 해도 물리학과는 아무 상관이 없다. 언뜻 보기에는 이 질문이 물리학과 관련이 있고 다음과 같은 식으로 바꿔 표현할 수 있을 것처럼 보인다. "존재했던, 그러니까 이제까지 과거에 살았던 모든 사람은 유전의 벽돌인 형질 조합이 만들어낸 어떤 형태의 신체적 구현이다. 이론적으로 과거부터 지금까지 구현된 형태들을 전부 그려볼 수 있으며 그렇게 되면 우리는 다양한 유전형질 배합이 기록된 거대한 표 앞에 서게 될 것이다. 그 배합 하나하나는 유전자 조합에서 생겨난 태아의 발달에 의해 탄생한 어떤 사람에게 정확히 들어맞는다. 그러

﹡ 체코어로 '농업신보'.

면 이런 질문이 떠오른다. 표에 있는 나와 나의 몸에 들어맞는 유전적 형태가 다른 모든 형태와 어떻게 다르기에 그 차이점으로 인해 나는 물질로 만들어진 그 유전조합의 살아 있는 구현이 되었을까? 다시 말해 어떤 물리적 조건, 어떤 물질적 정황을 고려해야 그 차이점을 발견할 수 있고, 어째서 표에 있는 모든 조합을 보면서 '저건 다른 사람에게 해당한다'고 말할 수 있고 단 하나의 조합에 대해서만 '저건 나에 해당한다, 저것은 **나다**'라고 말할 수 있는지 이해할 수 있단 말인가?"

당연히 물리학은 오늘날에도 혹은 한 세기가 지나도, 혹은 천년이 지나도 이런 식으로 표현된 질문에 대답할 수 없다고 브르흘리츠카 교수는 설명한다. 이 질문은 물리학에서는 아무 의미도 없는데, 왜냐하면 물리학은 독립된 인간이 아니기 때문이다. 그러므로 무엇을 연구하든, 즉 연구 대상이 천체든 사람이든, 물리학은 너와 나 사이에, 이것과 저것 사이에 아무런 차이를 두지 않는다. 내가 자신에 대해 '나'라고 말하고 다른 사람에 대해 '그'라고 말하는 것을 물리학이 자기 방식으로 설명할 수는 있지만(논리적 자동기계의 일반 이론과 자가조직하는 체계 이론 등에 의거하여) 그렇다고 해도 물리학은 '나'와 '그' 사이의 실존적인 거리를 인지하지 못한다. 물론 물리학은 개별 인간의 고유성을 발견할 수 있는데, 왜냐하면 인간은 (쌍둥이는 빼고!) 각자 다른 유전자 조합의 구현이기 때문이다.

그러나 코우스카 교수는 우리가 각각 조금씩 다른 신체를 가지고 있으며 물리적으로나 정신적으로 개성이 있다는 이야기를 하려는 것이 전혀 아니다. 설령 모든 사람이 하나의 똑같은 유전자 조합의 구현이라 해도, 인류가 완전히 닮은 쌍둥이들로만 이루어졌다 해도 코우스카의 논지 전개 안에 숨어 있는 형이상학적 놀라움은 한 톨도 줄어들지 않았을 것이다. 왜냐하면 그렇다고 해도 계속해서 '나'를 '다른 누군가'가 아니게 만드는 원인이 무엇이며 내가 파라오 시대나 북극에서 태어나지 않고 지금 여기에 태어난 이유를 물을 수 있을 것이고, 이런 질문들에 대해서 물리학으로부터 계속해서 아무런 대답도 얻지 못할 것이기 때문이다. 나와 다른 사람 사이에 있는 차이점은 필자가 보기에 내가 나 자신이며 스스로에게서 뛰쳐나갈 수도 없고 다른 누구와 존재를 바꿀 수도 없다는 사실에서 시작하며, 여기서부터 시작해야 이후 내 관점, 내 성향은 살아 있는 (그리고 죽은) 모든 나머지 사람들과 다르다는 차이점을 인식할 수 있다. 저 가장 중요한, 필자에게 있어 첫 번째 차이점은 물리학에서는 전혀 존재하지 않으며, 이 주제에 대해서 할 수 있는 이야기는 그것이 전부다. 그러므로 확률 이론이─이 문제에 있어서는─물리학자와 물리학의 눈을 가리지 않는다.

자신이 세상에 태어날 가능성을 산정하는 문제를 논의하면서 코우스카 교수는 자신과 독자를 곁길로 빠뜨렸다. 코우스카 교수의 의견으로는 물리학이 "나, 코우스카가 태어나려면 어떤 조건들이 충족되어야 하는가?"라는 질문에 "물리학적으로 굉장히 불가능해 보이는 조건들을 충족해야 한다!"는 말로 대답한다고 여긴다. 이것은 사실이 아니다. 사실 그의 질문은 다음과 같다. "내가 보듯이 나는 살아 있는 사람이고 수백만 명의 사람 중 하나이다. 이러한 내가 어떤 점에서 다른 모든, 과거에 있었고 지금 있으며 앞으로 있을 사람들과 물리적으로 다른지, 어떻게 해서 나는 그런 사람들 중 누구도 아니었고 지금도 다른 누군가가 아니며 바로 자신으로서 존재하고 자신에 대해 '나'라고 말하는지를 알고 싶다." 물리학은 확률 계산을 끌어오지만 바로 이 질문에는 대답하지 않으며, 물리학의 관점에서는 질문하는 사람과 다른 모든 사람 사이에 그 어떤 물리적 차이점도 없다고 선언한다. 그러므로 코우스카의 증명은 확률 이론에 관련되지도 않고 어긋나지도 않는데 왜냐하면 그 이론과 아무 관계가 없기 때문이다!

두 명의 훌륭한 사상가가 내놓은 이토록 모순되는 관점들을 읽으면서 이 서평의 필자는 깊은 혼란에 빠졌다. 필자는 이 딜레마를 풀 능력이 없으며 베네딕트 코우스카 교수의 저서를 읽고 단 한 가지 확실하게 알게 된 사실은 이토록 흥미로운 가족사를 가진 이 학자의 탄생으로 이어진 모든 사건에 대한 세밀한 지식이다. 논쟁의 핵심에 대해서 말하자면, 더 능력 있는 전문가에게 넘겨야 할 것이다.

아서 도브, 『논 세르비암』

Artur Dobb „Non Serviam[*]"

(페르가몬 프레스)

도브 교수의 책은 페르소네티카를 주제로 삼고 있는데 이것은 핀란드의 철학자 에이노 카이키가 '인간이 이제까지 창조한 것 중에서 가장 가혹한 학문'이라 칭한 분야다. 현존하는 가장 뛰어난 페르소네티카 학자 중 한 명인 도브도 유사한 관점을 지지한다. 도브에 따르면 페르소네티카는 그 실행 자체가 비윤리적이라는 결론을 피할 수 없다. 우리에게 평생 필수적인 윤리의 지침들에 어긋나는 활동과 관련되기 때문이다. 연구에 있어서 일종의 무자비함과 자연적인 반응에 대한 유린을 피할 수 없고, 다름이 아니라 바로 이 지점에서 사실을 연구하는 사람으로서 학자의

---

[*] '나는 섬기지 않을 것이다'라는 의미의 라틴어.

완벽한 무결성에 대한 잘못된 신화가 깨어진다. 페르소네티카라는 학문은 약간의 감정적인 과장을 담긴 했으나 어쨌든 실험적인 신들의 계보학이라고 불리는 분야인 것이다. 이 서평을 쓰는 필자가 꼭 짚고 넘어가고 싶은 점은 언론이 입을 모아 떠들썩하게 홍보하던 시절—9년 전이었다—우리 시대에 더 이상 그 어떤 일도 사람들을 놀라게 할 수 없을 것 같았는데도 여론이 페르소네티카적인 깨달음에 충격을 받았다는 사실이다. 콜럼버스의 업적은 몇백 년이나 역사에 메아리를 남겼지만 그에 비해 달 착륙은 일주일 만에 집단 지성에 의해 거의 흔해빠진 일처럼 받아들여져버렸다. 그럼에도 페르소네티카의 탄생은 세상을 뒤흔들었다. 그 명칭은 두 가지 라틴어 용어에서 비롯된다. 개인이라는 뜻의 '페르소나'와 창작, 창조라는 의미의 '게네티카'다. 이 분야는 1980년대의 사이버네틱스와 사이코닉스*가 인공지능의 실행과 맞물려 생겨난 후기 학문 분야다. 오늘날 페르소네티카에 대해서는 모르는 사람이 없다. 지나가는 사람을 붙잡고 물어본다면 지적인 존재의 인공적 제작이라고 대답할 것이다. 이 대답은 실제로 틀린 것은 아니지만 문제의 핵심을 비껴간다. 현재 우리는 거의 100여 개의 페르소네티카 프로그램을 보유하고 있다. 9년 전에 컴퓨터 속에서 인격-체계가 생겨났는데 이것은 원시적인 '단선적' 유형의 모듈이었다. 그러나 이제는 박물관에 전시할 정도

---

* 신경 에너지의 가설적 단위인 '사이콘psychon'에 대한 학문.

의 가치밖에 없게 된 당시 세대의 디지털 기계는 페르소노이드의 진정한 창조를 위한 용량을 갖추지 못했다.

인공 존재 창조의 이론적 가능성을 예견한 것은 노버트 위너*였는데, 그의 마지막 저서인 『창조주와 로봇』의 일부가 이를 증명한다. 그가 이 주제에 대해서 특유의 반농담조로 언급한 것은 사실이지만, 그 농담 같은 논평의 밑바탕에는 다분히 음울한 예상이 깔려 있었다. 하지만 위너는 20년 뒤에 상황이 어떤 방식으로 돌변할지 예측하지 못했다. MIT에서 입력과 출력 사이의 기간을 혁신적으로 단축했을 때 최악의 사태가 일어났다고 도널드 애커 경은 말한다.

지금은 '세상'과 여기서 살아갈 미래의 '거주자들'을 두 시간 내에 제작할 수 있다. 표준적인 프로그램(예를 들어 BAAL 66, CREAN Ⅳ 혹은 JAHVE 09)을 기계에 설치하는 데 그 정도 시간이 걸리기 때문이다. 도브는 페르소네티카의 시초를 묘사할 때 독자에게 역사적인 원천을 제시하면서 상당히 짧게 설명하는 반면, 확고부동한 실무자이자 실험가로서 다른 무엇보다도 자신이 어떻게 일하는지에 대해 이야기한다. 이것은 상당히 핵심적인 문제이며, 바로 도브 자신이 대표하는 영국 학파와 MIT의 미국 학파 사이에는 방법론과 실험을 통해 추구하는 목적이라는 측면에서 다분히 유의미한 차이가 발견되기 때문이다. 도브는 '6일을

* 노버트 위너(1894~1964)는 미국의 수학자 겸 전기공학자. 사이버네틱스의 창시자이다.

120분으로 압축하기*과정을 다음과 같이 요약한다. 우선 기계의 메모리에 최소한의 데이터 세트를 입력하는데, 다시 말하면―문외한들이 알아들을 수 있는 언어의 한계 안에서 말하자면―'수학적' 재료를 이 메모리에 업로드하는 것이다. 이 재료는 지금으로서는 아직 존재하지 않는 페르소노이드가 '살아갈' 우주의 원형질이다. 이 기계적인 디지털 세계로 들어올 존재들, 그 세계 안에 그리고 오로지 그 안에만 있을 존재들은 식물처럼 생장하며, 우리는 이제 그 주위에 무한의 기호들을 탑재할 수 있게 되었다. 그러면 이 존재들은 물리적인 의미에서 갇혀 있다고 느낄 수 없게 되는데, 그들의 입장에서 이 주변 환경에는 그 어떤 한계도 없기 때문이다. 이 환경은 단 하나의 차원만을 가지며, 데이터와 우리에게 대단히 근접한 차원, 즉 시간의 흐름(지속) 차원이다. 그러나 이 시간이란 단순히 우리의 시간처럼 생각할 수 있는 것이 아닌데, 그 흐름의 속도는 실험자가 임의로 통제하는 데 따라 달라진다. 일반적으로 이 속도는 도입 단계(이른바 '세계 창조의 시동을 거는 단계')에서 최대치이기에 우리의 1분이 이 세계의 이언**에 해당하고, 그 시간 동안 인공적인 우주는 일련의 재구성과 결정화를 이루게 된다. 이 완전히 무공간적인 우주는 어쨌든 여러 차원을 갖지만, 이 차원들은 순수하게 수학적이므로 객관적인 관점에서는 말하자면 '상상된' 성격을 띤다. 이 차원들은 그저 프로그

---

* 성경의 「창세기」에서 신이 세상을 6일 동안 창조하고 7일 째에 쉬었다는 부분을 빗댄 것이다.
** 이언aeon은 지질학적인 연대 구분의 최대 단위. '영겁', '누대'라고도 한다.

래머의 공리적 설정의 일정한 결과일 뿐이며 그 숫자는 프로그래머에게 달려 있다. 예를 들어 프로그래머가 10차원 우주를 만들기로 결정한다면 그것은 차원을 여섯 개만 갖는 우주와는 구조적으로 전혀 다르게 창조될 것이다. 여기서 다시 한번 강조해서 말하자면 이런 우주들은 물리적 공간의 차원과는 아무런 연관이 없을뿐더러, 단지 수학적 시스템 창조에 이용되는 추상적이고 논리적으로 구속력 있는 구조일 뿐이다.

　수학자에게는 접근 불가능한 이 지점을 도브는 초등학교 수업 시간에 일반적으로 배우는 단순한 사실들을 언급하면서 설명하려 시도한다. 잘 알려진 바와 같이 기하학적으로 올바른 3차원 입체, 예컨대 실제 현실에서 주사위 같은 형태를 가진 입방체를 구성하는 것은 가능하다. 그리고 이와 같은 방식으로 4차원, 5차원, n차원의 기하학적인 입체를 창조할 수 있다(4차원이라면 이른바 테서랙트, 즉 4차원 정육면체가 된다). 이 경우에는 현실에 대응할 만한 물체가 없고 우리는 그 사실을 확신할 수 있는데 물리적인 네 번째 차원이 부재하므로 진정한 4차원 주사위를 창조할 방법이 없다. 바로 (물리적으로 구축 가능한 것과 수학적으로만 구축할 수 있는 것 사이의) **그 차이점이 페르소노이드들에게는** 전혀 존재하지 않는데, 왜냐하면 그들의 세계 전체가 순수하게 수학적인 정합성만을 갖기 때문이다. 그 세계는 수학을 바탕으로 구축되었다. 비록 그 수학의 밑바탕에는 아주 평범하고 순수하게 물리학적인 물체들(계전기, 트랜지스터, 논리회로─한마디로 디지털 기계의

246

거대한 망 전체를 뜻한다)이 있지만 말이다.

　이미 알려져 있듯이 현대 물리학에 따르면 공간이란 그 안에 존재하는 물체와 질량과 별도로 떨어져 있는 것이 아니다. 공간은 그 존재가 물체와 질량 양쪽에 의해 조건 지어지며, 이 두 가지가 없는 곳에서, 물질적인 의미에서 '아무것도 없는 곳'에서 0으로 수렴하여 사라진다. 바로 이러한, 말하자면 '서로 밀어내며' 이를 통해 '공간'을 창조하는 물질적인 입체의 역할을 페르소노이드의 세계에서는 의도적으로 그 세계를 존재하도록 만들어낸 수학의 체계가 수행한다. 대체로 만들어낼 수 있는, 이를테면 공리적인 방식 등을 통해 작성할 수 있는 모든 가능한 '수학들' 중에서 프로그래머는 구체적으로 어떤 실험을 할지 결정하고, 기준이 되는 특정한 그룹을 고르고, 창조된 우주의 '존재적 밑바닥', 즉 '본체론적 근원'을 결정하며 그에 맞는 수학을 선택한다. 도브에 의하면 여기서 인간 세계와 놀라울 정도의 유사성이 발생한다. 어쨌든 지금 우리의 세상이 특정한 형태와 특정한 유형의 기하학을 '선택한' 이유는 그것이 가장 단순하고 그러므로 이 세계에 가장 잘 맞기 때문이다(세계의 시초가 되었던 그것에 가깝게 남아 있기 위한 3차원성 말이다). 그럼에도 우리는 '다른 속성'을 가진 '다른 세계들'을 상상할 수 있다—기하학적이거나 혹은 기하학적이지만은 않은 범위에서. 페르소노이드도 마찬가지다. 연구자가 '거주지' 용도로 골라준 수학적 형태는 그들에게 있어 우리가 살아가고 있으며 살아가야만 하는 이 '기본적인 현실 세계'

와 똑같다. 그리고 우리와 마찬가지로 그들도 근본적인 속성들이 변화된 세계들을 '상상'할 수 있다.

도브는 근접했다가 멀어지는 방식으로 자기 이론을 설명한다. 우리가 앞에서 요약했던 내용과 그가 자기 책의 대략 첫 두 장에서 이야기하는 내용은 책을 읽어나감에 따라 부분적으로 철회되는데, 왜냐하면 내용이 점점 복잡해지기 때문이다. 저자는 우리에게 이렇게 설명한다. 페르소노이드는 최종적으로 완성된 형태의, 준비되고 유동적이지 않게 된, 마치 얼음으로 깎아낸 것 같은 세계에 그저 안착하는 것이 아니다. 그 세계가 '상세화'된 모습이 어떠할지는 오로지 페르소노이드들에게 달려 있으며 그것도 점진적으로 페르소노이드 스스로의 활동성이 어떻게 증가하는지, '탐색적인 주도권'이 어떻게 성장하는지에 비례하여 더욱 크게 변화한다. 그러나 페르소노이드들의 우주와, 해당 세계 안의 거주자들이 인지하는 만큼의 현상으로서만 존재하는 세계를 비교하는 것도 **마찬가지로** 올바른 관계도가 아니다. 이러한 비교는 세인터와 휴스의 연구에서 발견할 수 있 는데, 도브는 이를 두고 '이상화된 편향'이며 페르소네티카가 너무나 기묘하게 갑자기 부활한─버클리 주교*의 원칙에 바치는 공물이라 논평한다. 세인터는 페르소노이드들이 자신의 세계를 인식하는 방식이 버클리의 존재와 같다고 확언했는데, 버클리의 존재는 '에세esse'와 '페르키

---

* 조지 버클리(1685~1753)는 영국의 철학자이자 성직자. '존재하는 것은 인식되는 것이다Esse est percipi'라는 명제로 요약되는 극단적인 경험론을 주장하였다.

피percipi'를 구별할 능력이 없으며, 이는 즉 인식된 것과, 인식하는 주체에게서 독립적으로, 객관적인 방식으로 인식을 일으키는 것의 차이점을 절대로 발견할 수 없다는 뜻이다. 도브는 이런 상황 해석을 대단히 열정적으로 공격하면서 **우리는** 그들 세계의 창조자로서 그들에 의해 인식된 것이 실제로―컴퓨터 안에―페르소노이드들과는 독립적으로 진짜 존재함을 완벽하게 알고 있다고 주장한다. 설령 수학적인 물체들이 존재할 수 있는 방식과 한계 안에서 존재한다는 사실에는 동의하더라도 말이다. 그리고 이것으로 설명이 끝나는 것은 또 아니다. 페르소노이드들은 프로그램 덕분에 개별 단위로서 생겨나고, 빛의 속도로 작동하는 현대의 정보 전달 기술이 허용하는 속도에 따라 실험자가 설정한 속도로 확장된다. 페르소노이드들의 '일상생활의 터전'이 될 수학은 그들이 완전히 '준비된' 상태일 것을 기대하지 않으며 그보다는 '얽혀 있고' '완성되지 않고' '유예되고' '잠재적인' 상태를 기대하는데, 그 수학은 단지 어떤 예정된 기회들의 집합체, 디지털 기계 안에 적절하게 프로그래밍된 구성 요소들에 내포된 특정한 경로들의 집합체일 뿐이기 때문이다. 이 구성 요소들 혹은 발생기들은 '혼자서'는 아무것도 만들어내지 못한다. 페르소노이드의 구체적인 활동 유형이 그 발생기들에게 촉발 기제로 작용하여 생산성을 가동하고, 그 생산성은 점진적으로 확장되고 분명해지는데, 즉 이 존재들을 둘러싼 세상이 그들 자신의 활동에 따라서 명확해진다는 것이다. 도브는 이러한 설명을 시각화하려고 애쓰면서 다음과 같은 비유를 제시한다. 사람은 세상을 수많은 다양한 방식으로 해석할 수 있다. 이 세계의 어떤 특징들을 연구하기 위해 특별히 집중할 수도 있고, 그러면 그렇게 얻은 지식은 이 사람의 집중적인 연구에 포함하지 않았던 세상의 나머지 부분들에도 그 나름의 빛을 비춘다. 만약에 이 사람이 가장 처음으로 **기계**를 열심히 공부한다면 그는 세상의 **기계적인** 형상을 머릿속에서 창조해낼 것이고 우주는 흔들리지 않는 박자로 과거부터 정밀하게 규정된 미래까지 측정하는 거대하고 완벽한 시계라고 간주할 것이다. 이러한 형상은 현실에 엄밀하게 대응하지는 않지만 **그럼에도** 오랜 역사적 기간에 유용할 수 있고 심지어 기계나 도구의 제작 등 여러 가지 현실적인 성공에 도달하게 할 수도 있다. 페르소노이드들도 마찬가지다—만약에 선택과 행동의 자유 중에서 특정한 **유형**의 관계에 '정착'하고 그 유형에 우선권을 준다면, 오로지 그 안에서만 자기 우주의 '존재'들을 바라본다면, 페르소노이드들은 활동과 발견의 특정한 경로에 진입할 것이며 그 경로는 허구적이지도 불모不毛이지도 않을 것이다. 그들은 그렇게 정착한 덕분에 '환경' 속에서 자신에게 가장 적절한 것을 '이끌어낸다'. 그리고 먼저 선택한 쪽이 먼저 성장한다. 왜냐하면 그들을 둘러싼 세상은 단지 부분적으로만 연구자-창조자에 의해 미리 설정되어 결정되었을 뿐이기 때문이다. 페르소노이드들은 그 안에서 어느 정도의, 적지 않은 행동의 자유의 여지를 갖는데, 이 행동이란 순수하게 '정신적인' 것(자신의 세계에 대해 무엇을 생각하고 자신의 세계를 어떻게 이해하는지 포함)과 '실제적인' 것(자신의 '활동' 범위 내에서, 여기서 활동이란 우리의 현실에서 하듯 정말로 글자 그대로 활동은 아니더라도 순수하게 생각한 것만은 아닌) 양쪽 모두에 해당한다. 사실 여기는 주장을 이어가기가 가장 어려운 지점이며 도브는 수학 프로그래밍의 언어와 창조적 간섭으로만 포착할 수 있는 페르소노이드적 존재의 그 특수한 성격을 완전히 설명하는 데 성공하지는 못한 듯하다. 따라서 우리는 페르소노이드들의 활동성은 완전히 자유롭지도 않고(우리 행위의 공간이 자연의 물리법칙에 제약되어 완전히 자유롭지 못하듯이), 완전히 미리 결정된 것도 아니라는(우리가 견고하게 고정된 철로 위에 놓인 열차가 아니듯이) 것을 어느 정도는 그냥 믿고 받아들여야 한다. 페르소노이드는 들을 수 있는 귀가 있고 볼 수 있는 눈이 존재할 때 비로소 '이차적 특성'—색채, 음악적인 소리, 사물의 아름다움—을 감지한다는 점에서 인간과 비슷하지만, 인간에게는 시각과 청각을 가능하게 하는 것이 어쨌든 훨씬 이전부터 주어져 있다. 페르소노이드들은 자신의 환경을 둘러보면서 앞에 언급한 경험적 특성들을 '스스로' 추가하는데, 우리가 눈으로 바라본 풍경의 아름다움에 상응하는 것이지 그들에게는 단지 순수하게 수학적인 풍광일 뿐이다. '그들이 그 풍경을 어떻게 바라보는가'에 대해서, '그들의 경험의 주관적인 속성'이라는 의미에서 우리는 아무런 평가도 할 수 없는데, 왜냐하면 그들이 겪는 삶의 속성을 경험하는 유일한 방법은 스스로 인간의 껍질을 벗어던지고 페르소노이드가 되는 길뿐이기 때문이다. 여기에 더하여 페르소노이드들은 눈도 귀도 없으므로 우리가 이해하는 의미에서 아무것도 볼 수 없고 들을 수 없으며 그들의 우주에는 빛도 어둠도 없고 공간적인 근거리도 원거리도 위도 아래도 없다—그곳에 있는 차원들은 우리에게는 지각 불가능하지만 그들에게는 초보적이고 기본적이다. 그들은 예를 들어—인간의 감각기관에 대응하는 구성 요소로서—특정한 전위의 변화를 감지할 수 있다. 그러나 그 전기적 위치에너지의 변화는 그들에게 전기 충격 같은 것이라기보다는 말하자면 인간에게 있어 가장 원초적인 시각적 혹은 청각적 현상을 감지하는 것, 빨간 점을 본다거나 소리를 듣는다거나 딱딱하거나 부드러운 물체를 만지는 것과 같다. 여기서는—도브는 강조한다—오로지 비교와 유추를 통해서만 말할 수 있다. 페르소노이드들이 우리처럼 볼 수도 들을 수도 없기 때문에 우리와 비교해서 '불구'라고 선언하는 것은 완전히 허튼소리인데, 똑같은 원리에 따라 우리는 수학적 현상학을 어쨌든 순수하게 지적이고 정신적인, 추론하는 방식으로만 알 수 있으며 오로지 논리를 통해서만 그 세계와 접촉할 수 있고 오로지 추상적인 사고에 의지해야만 수학을 '경험'할 수 있으므로 수학적 현상을 직접 감지하는 능력에 있어 우리가 그들에 비해 열등하다고 평할 수 있기 때문이다. 그들은 수학 안에서 살고 수학은 그들의 공기이고 땅이고 구름이고 물이고 심지어 빵이며, 그들은 어떤 의미에서 수학을 '먹고 살기' 때문에 수학은 심지어 그들의 주식이기도

하다. 그러므로 우리 입장에서 볼 때만 페르소노이드들은 '갇혀 있으며' 기계 안에 완전히 밀폐되어 있다. 그들이 우리가 있는 인간의 세계로 건너올 수 없듯이 반대로, 그리고 대칭적으로, 인간도 그 어떤 방법으로도 그들의 세계로 들어가서 그 세계 속에 존재하고 그 세계를 직접 경험할 수 없다. 수학은 그때 어떤 특정한 형상화 방식 속에서 너무나 영적으로 고양되어 완전히 육체에서 분리된 이성의 삶의 공간이 되고, 그러한 이성의 존재를 숨긴 틈새이자 요람이며, 그것의 생활 장소가 된다. 페르소노이드들은 아주 여러 측면에서 인간과 비슷하다. 우리와 마찬가지로, 머릿속으로 어떤 모순('a'이면서 'a'가 아니라든가)을 생각해낼 수는 있지만 그것을 구현할 능력은 없다. 우리 세계의 물리법칙이, 그들 세계의 논리 법칙이 이를 허용하지 않는다. 왜냐하면 그 세계의 논리 법칙은 우리 세계처럼 물리법칙과 똑같이 활동을 제한하는 테두리이기 때문이다—어찌 됐든—도브는 강조한다—페르소노이드들이 자신들의 무한한 우주에서 일에 열중하면서 무엇을 '느끼고' 무엇을 '경험하는지' 우리가 완전하게 내면적으로 이해하는 것은 말할 필요도 없이 불가능하다. 그 우주의 완전한 무공간성은 그 어떤 구속도 아니다—그것은 언론인들이 상상해낸 헛소리일 뿐이다. 사실은 정반대다. 그 무공간성은 그들의 자유를 보장해주며, 컴퓨터 발생기들이 스스로 '흥분시켜' 활동하도록 이끌어내는—페르소노이드들의 활동 자체도 그렇게 발생기들을 '흥분시킨다'—원동력으로 사용되는 수학은 어느 정도는 임의의 행위를 위해, 구성 혹은 다른 어떤 것들의 실행을 위해, 탐험과 영웅적 모험, 용감한 공격, 사색을 위해 구현되고 있는 거대한 공간이며, 한마디로 우리가 그들에게 다른 어떤 것이 아닌 바로 이러한 우주를 줌으로써 그들에게 해를 끼치지는 않는 것이다. 여기에서 페르소네티카의 잔혹성이나 비윤리성을 찾아서는 안 된다.

『논 세르비암』제7장에서 도브는 독자들에게 디지털 우주의 거주자들을 소개한다. 페르소노이드들은 명확한 언어를 소유하고 있으며, 그러므로 명확한 생각을 할 수 있고, 게다가 감정도 가지고 있다. 그들 하나하나가 인격체이며, 이와 관련하여 그들이 서로를 구별할 수 있다는 것은 창조자-프로그래머, 즉 인간이 단순히 설정한 결과가 아니다. 그들이 서로 구별되는 것은 단지 그들의 내면적 구성의 탁월한 복잡성에서 기인한다. 서로 아주 비슷할 수는 있지만 그럼에도 절대로 완전히 동일하지는 않다. 세상에 나오면서 그들에게는 이른바 '코어'('개인 핵')라는 것이 탑재된다. 이미 그때부터 그들은 언어와 사고의 능력이 있지만 그 수준은 아주 기초적이다. 매우 좁은 범위 안에서 어휘를 갖추고 있으며 설정된 구문 원칙에 따라 문장을 구성하는 능력도 있다. 미래에는 이들에게 심지어 이러한 결정자조차 부과할 필요 없이, 마치 원시적인 인간들의 집단이 사회화되는 과정에서 하듯이 스스로 언어를 창조하도록 수동적으로 기다리면 될 것으로 보인다. 그러나 페르소네티카의 이러한 흐름은 두 가지 중요한 장애물에 맞닥뜨리게 된다. 첫째로 언어 발달을 기다리는 시간이 아주 길 것이 분명하다는 점이다. 현재로서는 12년이 걸릴 것으로 예상되며, 이것은 심지어 컴퓨터 내의 처리 속도를 최대한으로 올린 경우다(왜냐하면 시각적으로, 그리고 아주 단순화해서 말하자면, 인간 삶의 1년이 기계의 시간 1초에 해당하기 때문이다). 둘째로, 그리고 이것이 가장 큰 문제인데, '페르소노이드들의 진화 그룹' 안에서 자발적으로 형성되는 언어는 우리에게 이해 불가능할 것이며 그 언어를 탐색한다는 것은 수수께끼 같은 암호를 풀기 위해 분투하는 일과 같을 것이고, 게다가 더 어려운 것은, 일반적으로 해독할 수 있는 암호란 어쨌든 암호해독가들이 존재하는 세상에서 인간이 다른 인간을 위해 창조한 것이라는 점이다. 반면에 페르소노이드들의 세상은 속성상 우리 세계와 매우 다르며 그렇기 때문에 그들의 세계에 가장 걸맞은 언어는 우리 세계의 어느 민족이 사용하는 언어와도 아주 거리가 멀 것이다. 그러므로 지금 당장으로서는 무에서 유를 창조한다는 것은 그저 페르소네티카 학자들의 계획이자 꿈일 뿐이다. 페르소노이드들은 '발달 단계적으로 강화되었을 때' 기초적이며 그들에게는 첫 번째인 수수께끼와 마주친다―바로 자기 자신의 기원에 관한 것이다. 즉 인간의 역사, 인간의 신앙, 인간의 철학적 탐색과 신화적 창조의 역사에서 우리에게 알려진 질문을 스스로 던진다는 뜻이다. '우리는 어디에서 왔는가? 어째서 우리는 다른 어떤 존재가 아닌 이런 존재인가? 어째서 우리가 감각하는 세계는 바로 이러하며 완전히 다른 어떤 속성들을 갖지 않는가? 우리는 세계에 있어 어떤 의미를 갖는가? 세계는 우리에게 어떤 의미인가?' 궁극적으로 이런 일련의 질문들은 피할 수 없는 방식으로 그들을 본체론의 근원적 탐구를 향해 이끌고, 그 정점에 있는 것은 존재가 '저절로' 생겨났는지 혹은 어떤 창조적 행위의 결과인지, 요컨대―그러한 행위 뒤에 의지와 의식을 지닌 의도적으로 행동하는, 사물을 인식하는 창조주가 숨어 있는지에 대한 질문이다. 바로 이곳이 페르소네티카의 잔혹성과 비윤리성 전체가 드러나는 지점이다.

그러나 도브는 저서의 후반부에서 이런 지적인 탐구에 대해―그런 수많은 질문에 대한 정신적 고통을 생각하건대 누가 언젠가 그런 걸 원할지는 모르겠지만―설명하기 전에, 이어지는 장들에서 '전형적인 페르소노이드'의 특성, '해부 구조, 생리학과 심리학'을 소개한다.

고립된 페르소노이드는 단순히 말하는 연습을 할 수 없기에 파편적인 사고의 수준을 넘어설 수 없으며, 말하는 연습이 없으면 어쨌든 대화적인 사고 또한 충분히 발달하지 못하여 쇠퇴할 수밖에 없다. 수백 회의 실험으로 증명된 최적의 상황은 페르소노이드 4~7명으로 구성된 그룹이다―언어 발달과 전형적인 탐색 행동을 위해서, 아울러 '문화 교양'을 위해서 필요한 최소한의 수다. 한편 사회적 과정에 해당하는 현상들은 그들이 더 큰 규모로 집합했을 때 일어난다―대단히 큰 숫자의 집합체가 요구되는 것이다. 현재 충분한 용량을 갖춘 컴퓨터 우주 안에는 대략적으로 페르소노이드를 최대 1,000개체까지 '수용할' 수 있지만, 이런 종류의 연구는 따로 분리되어 독립한 분야인 사회역동학에 속하며 도브의 주요 관심사 범위 바깥에 있고 그러므로 그의 저서도 여기에 대해서는 지엽적으로 언급할 따름이다. 주지하듯이 페르소노이드들은 육체를 갖지 않으나 '영혼'을 가지고 있다. 이러한 '영혼'은—(컴퓨터 안에 설치된 특수한 장치, 즉 탐색기 형태의 추가 설비 덕분에) 기계적 처리 과정을 들여다볼 수 있는 외부 관찰자의 관점에서—'정보 처리 과정들의 일관성 있는 클라우드' 형태로 나타나는데, 이것은 일종의 '중심부'를 갖춘 기능적인 집합체로서 기계의 네트워크에서 상당히 정밀하게 서로를 구별, 즉 제한할 수 있다(여기서 강조하건대 이것은 쉬운 일이 아니며 여러 면에서 신경생리학을 통해 인간의 뇌가 수많은 활동을 영역화해서 처리하는 중심부들을 찾아내려는 시도를 연상시킨다). 페르소노이드 창조의 가능성 자체를 이해하는 데 핵심적인 부분은 『논 세르비암』 제11장으로, 여기에는 의식意識에 대한 이론이 상당히 알기 쉽게 설명되어 있다. 의식(모든 의식을 말한다. 페르소노이드만이 아니라 인간 의식까지 포함)은 물리적으로 보면 '정보의 정체된 물결', 쉴 새 없는 변환의 흐름 속에 있는 특정한 역동적 불변식이고, 그러면서도 너무나 기묘한 것이, '타협안'이면서 동시에 '우연의 산물'인데, 왜냐하면 우리가 이해하는 한 자연적인 진화가 전혀 '계획'하지 않은 것이기 때문이다. 사실 계획과는 정반대다—진화는 애초에 두뇌의 일정한 본래 크기, 즉 일정한 수준의 복잡성을 넘어선 작동을 조화시키는 데 있어 전례 없는 문제와 어려움을 만들어냈고 그런 뒤에는 이러한 딜레마들의 영역에 본의 아니게 간섭했는데, 진화는 인격화된 창조자가 아니므로 이것은 당연한 일이었다. 운영-통제적 과제들에 대한 어떤 아주 오래된 진화적 해결책들은 신경 체계에 적절했기에 진화 과정이 이런 해결책들을 인류 발생론이 시작되는 수준까지 끌고 간 것이다. 이런 오래된 진화적 해결책들은 순수하게 합리적이고 효율적-공학적인 입장에서 보면 그냥 근본적으로 지우고 버려야 했고 뭔가 완전히 새로운 것을 기획했어야만 했다—지성적인 존재의 두뇌에 걸맞게 말이다. 그러나 물론 진화는 그런 식으로 행동하지 못했는데, 왜냐하면 진화는 수백만 년에 걸쳐 여러 번이나 의존했던 오래된 해결책들의 유산에서 벗어날 힘이 없었거니와, 변화에 적응할 때는 언제나 아주 조그만 발걸음으로, '뛰어오르기'보다는 '기어가는' 방식으로 접근하기 때문이다. 이렇게 되면 뒤에 '끌고 다니는' '짐 더미', 수없이 많은 '과거의 흔적'이 생기게 마련이며, 이는 태머와 보바인이 짜증스럽게 규정한 바에 따르면 그저 온갖 '쓰레기'다. 태머와 보바인은 인간 심리의 컴퓨터 모델링 창시자에 속하며 이러한 모델링은 페르소네티카 탄생의 선행 조건이 되었다. 인간의 의식은 그 나름의 '타협'의 결과이고, 예를 들어 게브하르트 같은 학자는 '짜깁기'라고 확언했는데, 그는 잘 알려진 독일 격언을 선별된 예시로 들어 '어떤 단점, 어떤 문제점을 장점으로 바꾸기 Aus einer Not eine Tugend machen'라고 말했다. 디지털 기계는 절대로 '스스로' 의식을 이루어낼 수 없는데, 왜냐하면 기계 안에서 작동의 위계적인 갈등에 직면하지 않는다는 단순한 이유 때문이다. 이러한 기계는 그 내부에서 자기모순이 지나치게 많이 축적될 때라도 최악의 경우 어떤 종류의 '논리적 경련'이나 '논리적 혼수상태'에 빠질 뿐이고 그게 전부다. 그러나 인간의 뇌에 넘쳐나는 자기모순은 수십만 년에 걸쳐 점차 '중재 절차'의 대상이 되었다. 반사와 숙고, 속도와 통제 반응의 고급과 저급 층위들, 원시적('생물학적 방식으로')이거나 관념적('언어적 방식으로')인 중심부들의 모델링이 생겨났으며 그러면서도 이들은 모두 함께 완벽하게 하나로 덮이고 구성되고 조직될 수 없고 그러기를 '원치 않는다'. 그렇다면 결국 의식이란 무엇인가? 함정에서 빠져나오는 도주 혹은 탈출구, 거짓된 최종 단계, 이른바(그러나 오로지 이른바!) 상고심 법정, 그러나 물리학과 정보학의 언어로 설명된―행위이며, 이것은 시작된 뒤에는 절대로 닫힐 수 없다, 즉 명확하게 종료될 수 없는 것이다. 그러므로 의식이란 단지 그러한 결론의 투사, 뇌의 고집스러운 자기모순들의 완전한 '화해'의 **투영**일 뿐이다. 그것은 마치 다른 거울들을 비추어야만 하는 과업을 맡은 거울과 같고, 그 다른 거울들은 또 연달아 다른 거울들을 비춘다 ―그리고 그렇게 무한히 비추는 것이다. 이것은 단순히 물리적으로 가능하지 않고, 바로 그렇기 때문에 무한후퇴*는

* 어떤 일의 원인이나 조건을 추구하여 한없이 거슬러 올라가는 일.

일종의 함정 문이 되고 인간의 의식이라는 현상이 그 위로 활공하고 날갯짓하게 된다. '무의식'은—의식 안에서—완전한 대표성을 가지기 위해 영구한 전쟁을 진행 중인 것으로 보이는데, 그 전쟁은 의식에 완전히 도달할 수 없으며, 그것도 단순히 공간이 부족하기 때문에 불가능하다. 만약에 의식적 인지의 중심부들에 흘러드는 모든 현상에 온전하게 동등한 권리를 준다면—다름 아닌 무한한 용량과 대역폭이 필요해질 것이기 때문이다. 그러면 의식 주변을 끊임없는 '과밀화', '서로 밀어내기'가 지배할 것이며 의식은 모든 지적 현상을 통제하는 최고 수준의 냉철하고 주체적인 키잡이가 아니라 성난 파도를 막는 코르크 마개인 경우가 더 많아질 것이고 그 '지배적인 위상'은 그 파도를 완벽하게 지배하는 것과는 아무 상관이 없게 될 것이다…… 정보학적이고 역동적으로 해석된 현대 의식 이론의 언어는 유감스럽게도 단순하고 명쾌하게 설명될 방법이 없으며, 그렇기 때문에 우리는 여기서, 최소한 알기 쉽게 설명할 때는, 여러 가지 시각적 예시와 비유에 의존할 수밖에 없다. 어쨌든 우리는 의식이란 진화가 도주한 '탈출구' '도주로'라는 사실을 알고 있으며 그 근거는 진화 자체가 행동하는 타협 불가능한 방식이다—기회주의적, 그러니까 억압이 발생하면 서둘러서 되는대로 벗어나고야 마는 행동 방식 말이다. 그렇다면 만약에 지적인 존재를 구축한 사람이 정말로 기술적 효율성의 판단 기준을 적용하여 완벽하게 합리적인 공학과 논리학의 정전에 따라 행동했다면, 그가 창조한 존재는 애초에 의식이라는 재능을 전혀 부여받지 못했을 것이다…… 그 존재는 완벽하게 합리적이고 언제나 모순이 없을 뿐 아니라 명확하고 탁월하게 질서정연한 방식으로 행동할 것이며 관찰자-인간에게는 창조와 결정에 있어 천재적인 능력을 가진 듯이 보일 수도 있겠지만 아주 조금도 인간 같지는 않을 것이며 '비밀스러운 깊이', 내면적인 '뒤틀림', 미로 같은 천성을 전혀 갖지 않을 것이다……

우리는 여기서 인간 심리에서 의식적인 면을 다루는 최신 이론을 이야기하려는 것이 아니고 도브 교수도 그런 일은 하지 않지만, 그래도 그것이 페르소노이드의 인격적 구조의 전제이기 때문에 몇 마디 할 필요가 있다. 페르소노이드의 창조로 인해 마침내 호문쿨루스에 관한 가장 오래된 신화가 실현되었다. 인간과의, 즉 인간 심리와의 유사성을 창조하기 위해서는 의도적으로 정보적 기층부에 **모순**을 도입해야 하고 또한 비대칭성과 원심력적 경향성을 부과해야 하는데, 한마디로 **통합하면서도 동시에 분열시켜야** 한다. 이것이 합리적인가? 그저 인공적인 지성을 구축하고 싶은 것이 아니라 생각을, 그리고 그와 함께 인간의 개인성을 모방하고 싶다면 이것은 확실히 필수적이다.

그렇게 되면 어느 정도는 페르소노이드의 감정을 이성과 충돌시켜야만 하고, 그들은 최소한 어느 정도는 자기 파괴적인 경향성을 갖추어야 할 뿐만 아니라 내면적인 '긴장감', 앞서 말한 그 특이성 전체를 경험해야 하며, 그것도 여러 정신적 상태의 장대한 무한함으로써, 그런 여러 상태의 고통스럽고도 견딜 수 없는 갈등을 겪어야 한다. 이런 경우 창조의 비법은 겉보기만큼 절망적으로 복잡한 것은 아니다. 그저 (페르소노이드) 창조의 **논리**가 훼손되어야 하며 일정한 자기모순을 내포해야만 한다. 의식은 단순히 진화적 함정으로부터의 탈출구만은 아니며—힐브란트가 한 말이다—수치화의 함정에서 벗어나는 탈출구이기도 하다. 왜냐하면 유사논리학적인 모순을 이용한 해결책은 모든 논리적인 관점에서 완벽한 시스템이 가질 수밖에 없는 모순에서 자유롭기 때문이다. 그러므로 페르소노이드들의 우주는 완전히 합리적이되, 그 우주 안의 페르소노이드들은 완전히 합리적인 거주자들이 아니다. 우리는 이 정도면 됐다고 치자—도브 교수도 이 더할 나위 없이 어려운 주제에 더는 천착하지 않으니 말이다. 우리가 이미 알고 있듯이 페르소노이드들은 신체를 갖지 않으며 그로 인해 신체적 욕망도 경험하지 않지만 '영혼'은 가지고 있다. '상상하기 매우 어렵다'고 하는데, 완전한 어둠 속에서 외부 자극이 최대한 차단되었을 때 정신이 어떤 특수한 상태에서 경험하는 것과 유사하다고 하지만—도브가 확언하는 바에 따르면—이는 잘못된 묘사다. 왜냐하면 감각이 차단된 상태에서 인간의 두뇌 작용은 순식간에 무너지기 때문이다. 외부 세계에서 들어오는 자극의 흐름이 없으면 인간 심리는 분해되는 경향이 있다. 페르소노이드들은 감각을 갖지 않으므로 이럴 때 '무너지지' 않는데, 그들에게 일관성을 부여하는 것이 그들이 경험하는 수학적인 환경이기 때문이다—하지만 어떻게 경험하는가? 그들은 말하자면 그 '외부'에서 그들에게 부과된, 그 '외부'로 인해 유발된 자신들의 상태 변화를 통해 경험한다. 그들은 자신의 마음 깊은 곳에서 떠오르는 변화들과 자신의 바깥에서 일어나는 변화를 구별할 수 있다. 대체 어떻게 그렇게 하는가? 이 질문에 대해서는 페르소노이드의 역동 구조 이론만이 확실한 대답을 제시할 수 있다.

어쨌든 그들은 이 모든 충격적인 차이점이 있음에도 우리와 비슷하다. 우리는 디지털 기계가 절대 스스로 의식을 창조하지 못한다는 사실을 이미 알고 있다. 우리가 어떤 과제를 기계에 부과하든, 어떤 물리적 처리 과정을 기계로 모델링하든, 기계는 영원히 비정신적인 상태로 남아 있을 것이다. 왜냐하면 인간을 모델링하기를 원한다면 인간의 어떤 근원적인 모순을 재현해야만 하며, 단지 자신에 대한 적의를 짊어진 시스템, 즉 페르소노이드는—도브를 인용한 캐니언의 표현에 따르면—인력으로 끌어당기면서 동시에 복사에너지의 압력으로 밀어내는 별을 연상시킨다. 그 무게중심은 그냥 1인칭의 '나'다—그러나 그것은 논리적인 의미에서나 물리적인 의미에서나 절대로 그 어떤 단일체도 될 수 없다. 그것은 그저 우리의 주관적인 환상일 뿐이다! 논의의 현재 시점에서 우리는 놀라운 결론들의 무더기에 둘러싸여 있다. 어쨌든 디지털 기계를 프로그래밍해서 마치 지성을 가진 상대방과 하듯이 대화를 이어갈 수 있다. 그러한 필요성이 생긴다면 기계는 '나'라는 대명사와 이와 관련된 모든 유사한 문법 형태를 사용할 것이다. 하지만 그것은 그 자체로 특별한 '사기'일 뿐

이다! 그렇게 해도 기계는 가장 단순하고 가장 멍청한 인간보다
도 수백만 마리의 말하는 앵무새—천재적으로 훈련된 앵무새들
이라 해도—에 더 가까울 것이다. 기계는 순전히 언어적인 측면
에서 인간의 행동을 흉내 낼 뿐, 그 이상 아무것도 아니다. 그러
한 기계들은 그 무엇에도 즐거워하지 않고, 이상해하지 않고, 놀
라지 않고, 충격을 받지 않고 걱정도 하지 않는데, 기계는 심리적
으로 인격적으로 아무도 아니기 때문이다. 기계는 문제를 읽어주
고 질문에 대답하는 목소리이고 최고의 체스 선수를 이길 수 있
는 논리이며, 기계는—요컨대 기계가 될 수 있는 것은—모든 것
의 가장 완벽한 모방자이며, 마치 프로그래밍된 모든 역할을 수
행하는, 연기력의 정점에 도달한 배우와도 같다—그러나 배우이
자 모방자인 기계는 그 내면이 완전히 비어 있다. 기계에게는 공
감도 혹은 반대로 반감도 기대할 수 없다. 호의도 적의도 마찬가
지로 바랄 수 없다. 기계는 절대로 스스로 설정한 목표를 향해 움
직이지 않으며, 기계에게 세상 모든 일이 '아무래도 상관없는' 정
도는 모든 인간에게 영원히 이해되지 않는다—이는 개인으로서
의 기계는 존재하지 않기 때문이다…… 그것은 그저 놀랄 만큼
우수한 조합 기제일 뿐이며 그 이상 아무것도 아니다. 우리는 대
단히 이상한 현상과 마주치게 된다. 이토록 완벽하게 황량한 '날
것'에서, 이처럼 완전하게 비인간적인 기계에서, 그 안에 설치된
특별한 프로그램 덕분에—페르소네티카 프로그램 말이다—진정
한 인격체가, 그것도 한꺼번에 수없이 많이 마련될 수 있다는 것

은 놀라운 생각 아닌가! IBM 최신 모델은 1,000페르소노이드 용량에 도달했다―수학적으로 엄밀한 용어인데, 왜냐하면 페르소노이드 한 명의 매개체로서 반드시 필요한 요소와 연결망의 숫자는 센티미터-그램-초 단위로 표현할 수 있기 때문이다. 페르소노이드들은 기계 안에서 물리적으로도 서로 분리되어 있다. 그들은 서로 '겹치지' 않는다―물론 그런 일도 일어날 수 있지만. 그러나 서로 접촉하는 순간 '밀어내기'에 상응하는 현상이 일어나서 이로 인해 그들은 서로 '흡수'되기 어려워진다. 최소한 그들은 서로 투과할 수는 있다―그렇게 하려고 노력한다면 말이다. 그런 경우에 그들의 정신적인 기저 역할을 하는 프로세스가 서로 겹쳐 쌓이기 시작하고 소음과 방해를 일으킨다. 투과 범위가 좁을 때는 일정량의 정보가 부분적으로 '서로 뒤덮은' 페르소노이드 양쪽에게 '공동재산'이 되는데, 이러한 현상은 그들에게 괴상망측한 것이다. 그것은 주관적으로 충격적이다―인간이 (몇몇 심리적 이상 상태, 즉 정신병이나 혹은 환각제의 영향으로) 자기 머릿속에서 '남의 목소리'와 '타인의 생각들'을 듣는 것이 괴상망측하고 너무나 불안한 일인 것과 마찬가지다. 이럴 때 서로 다른 두 명이 거의 같은 기억이 아니라 **똑같은 하나의** 기억을 가진 것과 비슷한 일이 벌어진다. 마치 '자아의 주변적 교차'로 인해 텔레파시를 통해서 생각이 전달되는 것 이상으로 서로 뒤덮는 것 같다. 하지만 이런 현상은 위협적인 결과가 예상되므로 피해야 한다. '경계적 흡수'의 과도적인 상태에서 '누르는' 쪽 페르소노이드는 다른 쪽을 '파괴하고' '삼킬' 수 있다. 그러면 그 다른 쪽은 그냥 흡수되고 소멸되어 더 이상 존재하지 않게 된다(그것은 이미 살인이라고 불린다……). 소멸된 페르소노이드는 '침략자'에게 속하여 구별할 수 없는 일부가 된다. 우리는—도브에 따르면—정신적인 삶뿐만이 아니라 정신적 위협과 파멸까지 모델링하는 데 성공한 것이다. 이때 우리는 죽음 또한 모델링하는 데 성공했다. 그러나 페르소노이드들은 정상적인 경험 조건에서 이런 '도발'을 피한다. '영혼의 식인종'(캐슬러의 표현)은 페르소노이드들 사이에서 찾기 힘들다. 순수하게 우연한 접근과 동요로 인해 흡수가 일어날 수도 있지만, 흡수의 첫 시작을 감지하면, 마치 누군가 자기 마음속 '타인의 존재'를 느끼거나 심지어 '남의 목소리'를 듣는 것과 분명 비슷하게, 자연스럽게 비감각적인 방식으로 그 위협을 감지하면 페르소노이드들은 적극적으로 회피하는 움직임을 수행하여 서로 물러나서 멀어진다. 이러한 현상 덕분에 어쨌든 그들은 '선'과 '악'이라는 개념의 의미를 알게 되었다. 그들에게 '악'이란 다른 존재를 말살하는 것이며 '선'은 다른 존재를 구하는 것임은 자명하다. 그리고 동시에 한 존재의 '악'은 '영혼의 식인종'이 될 수 있는 다른 쪽에게 '선'일 수도 있다(즉 초윤리적인 의미에서 이익일 수 있다). 왜냐하면 그러한 확장, 다른 존재의 '영적 영역' 점유는 초에 주어진 '정신적 면적'을 증대시키기 때문이다. 이것은 어느 정도 우리의 관행에 상응한다—어쨌든 동물 종에 속하므로 우리도 죽이고 그 죽인 것을 먹고 살아야 한다. 반면에 페르소노이드들은 이런 식으로 행동해야만 하지는 않고 단지 그렇게 할 수 있을 뿐이다. 그들은 배고픔도 목마름도 알지 못하고 지속적으로 흘러드는 에너지를 주식으로 삼으며, 우리가 태양이 우리를 비추게 하려고 특별히 노력할 필요가 없듯이 그 에너지의 원천에 대해서는 근심할 필요가 없기 때문이다. 페르소노이드들의 세계에서는 에너지적 측면에서의 열역학법칙이나 그 한계가 생겨날 수가 없는데, 그들의 세계는 열역학법칙이 아니라 수학의 법칙에 지배되기 때문이다.

연구자들이 신속히 깨달은바, 컴퓨터 입력과 출력을 통한 페르소노이드와 인간의 접촉은 인지적으로 상당히 무익한데다가 페르소네티카가 가장 잔혹한 학문이라는 별칭을 얻은 이유가 된 윤리적인 딜레마를 제공한다. 우리가 무한을 **시뮬레이션한** 폐쇄 공간에서 페르소노이드들을 창조했다는 사실, 그들이 우리 세계 안에 있는 미시적인 '심리학적 포낭'이고 '조그만 응집체'라는 사실을 페르소노이드들에게 알려준다는 것은 어딘지 저열한 측면이 있다. 그들이 자신만의 무한 속에서 산다는 것은 사실이므로, 샤커 혹은 다른 사이코네틱스 학자들(팔켄슈타인, 비겔란트)은 상황이 완전히 대칭적이라고 확언한다. 우리에게 그들의 '수학적인 땅'이 아무 의미가 없는 것과 완전히 같은 의미로 그들도 우리 세계를, 우리의 '삶의 공간'을 필요로 하지 않는다. 도브는 이런 주장이 궤변이라 일축한다. 누가 누구를 창조했고 누가 누구를 창조적인 의미에서 가둬두었는가, 라는 주제에 대해서는 어쨌든 아무런 논의도 있을 수 없다는 것이다. 도브는 여하간 페르소노이드들과의 '비간섭'과 '무접촉' 원칙을 철저하게 주장하는 사람들에 속한다. 이 사람들은 페르소네티카 행동학자들이다. 이들은 인공적인 지적 존재를 관찰하고 그들의 언어와 생각을 엿듣고 그들의 활동과 작업을 기록하기를 원하지만 절대로 그들 사이에 끼어들려 하지 않는다. 이런 방법은 현재 이미 발전되어 있고 규정된 기술적 도구도 갖추고 있는데, 이런 도구들을 확보하는 일은 바로 몇 년 전까지만 해도 거의 극복할 수 없는 어려움처럼 보였다. 관건은 듣고 이해하고, 한마디로 끊임없이 엿보는 목격자가 되면서도 동시에 이러한 '도청'이 페르소노이드들의 세계에서 아무것도 침해하지 않아야 한다는 점이다. 현재 MIT에서는 페르소노이드─현재까지는 성별이 없는 존재들─에게 '관능적인 접촉'과 '수정'에 해당하는 행위를 가능하게 하고 또한 그들에게 '유성생식'의 기회를 줄 수 있는 프로그램(AFRON II와 EROT)을 기획하고 있다. 도브는 이런 미국식 기획을 지지하지 않는다는 사실을 전혀 숨기려 하지 않는다. 그의 저작 『논 세르비암』에 서술한 경험 전체가 완전히 다른 방향으로 향하고 있다. 영국 페르소네티카 학파가 다름 아닌 '철학적 훈련장', '신의론 실험실'이라는 별명을 얻은 데는 그만한 이유가 있는 것이다. 이러한 별명을 소개하며 우리는 가장 핵심적인─그리고 분명 모두에게 가장 강력하게 매력적인─이 저서의 마지막 부분으로 넘어가도록 하자. 언뜻 보기에는 괴상한 이 책의 제목을 옹호하는 동시에 설명해주는 부분이다.

　도브는 8년째 중단 없이 이어지고 있는 자신의 실험에 대해 서술한다. 창조 자체에 대해서 그는 짧게만 언급하는데, 그 작업은 결국은 JAHVE 09 프로그램의 전형적인 작동에 그저 아주 조그마한 변경만 가하여 상당히 평범하게 반복한 데 지나지 않았다. 도브는 자신이 창조하고 그 발전 과정을 계속 관찰하고 있는 세계를 엿들은 결과를 요약해서 소개한다. 도브는 이렇게 엿듣는 작업을 비윤리적이라 여기며 심지어 어떤 순간에는 비열한 관행이라고 생각한다는 사실을 드러낸다. 그러면서도 그는 순수하고 도덕적인 동시에 학문의 영역을 넘어서는 입장에서라면 그 어떤 방법으로도 정당화할 수 없을―과학적인―실험들을 실행해야 하는 필요성에 대한 신념을 고백하면서 자신의 작업을 수행한다. 도브에 따르면 상황은 이미 너무 발전해 있어서 학자들의 오래된 변명은 아무 가치가 없다. 요컨대 생체 해부를 정당화하기 위한 구실 같은 것을 가져다 대단한 중립성을 가장하거나 양심의 가책을 떨쳐낼 수는 없다. 예를 들어 이들은 의식이 완전히 발달하지 않았고, 고통이나 질병을 겪지만 주체성 있는 존재가 아니라는 식으로는 말이다. 우리는 이중의 책임을 져야만 하는데, 왜냐하면 창조하고, 창조된 존재를 우리의 연구 과정의 도식 안에 옭아매기 때문이다. 우리가 어떤 행위를 하고 그 행위를 어떤 방식으로 설명하든지 간에 전적인 책임이 우리에게 있다는 점은 피할 수가 없다. 올드포트에서 도브와 동료들이 수행한 오랜 기간의 실험을 통해 8차원의 우주가 만들어지고 그곳은 ADAN, ADNA, ANAD, DANA, DAAN, NAAD라는 이름의 페르소노이드들의 거주지가 되었다. 최초의 페르소노이드들은 그들에게 탑재된 원시적인 언어를 발전시키고 '분열'하는 방식을 통해 '후손'을 탄생시켰다. 도브는 공공연하게 성경 구절의 문체를 빌려다 쓴다. '그리하여 ADAN은 ADNA를 낳고 ADNA는 DAAN을 낳고 DAAN은 EDANA를 낳고 EDAN은 EDNE를 낳아……' 이렇게 흘러가서 이어지는 세대 수가 300세대에 이른다. 왜냐하면 여기에 사용된 컴퓨터의 용량이 페르소노이드 100개체 이상을 수용하지 못하여 한시적으로 '인구과잉'을 해소해야만 하게 되었기 때문이다. 300번째 세대에서 다시 ADAN, ADNA, DANA, DAAN과 NAAD가 등장하는데, 세대 구분을 위해 식별 숫자를 추가로 달고 있는 것은 사실이지만 우리의 요약정리를 용이하게 하기 위해 이 숫자들은 생략하기로 하자. 도브는 컴퓨터 안의 우주에서 '세상의 시작'으로부터 흐른 시간은 대략—우리 세계에 대응하여 추정 변환하면—2,000년에서 2,500년 정도 된다고 말한다. 이 기간에 페르소노이드 집단 안에서 자신들의 운명에 대한 일련의 다양한 해석이 생겨났고 또한 이러한 해석들을 통하여 서로 경쟁하거나 서로 배타적인 다양한 '존재하는 모든 것'의 형상들이 창조되었으며, 간단히 말해 수많은 다양한 철학(본체론과 인식론)이 탄생했고 아울러 자기 나름의 '형이상학적인 탐색'도 이루어졌다. 페르소노이드들의 '문화'가 인간의 것과 지나치게 다르기 때문인지 혹은 실험 기간이 지나치게 짧았기 때문인지는 알 수 없으나 표본 집단에서는 예를 들어 불교나 기독교에 해당할 만한 완벽하게 교리화된 유형의 신앙이 전혀 구체화하지 않았다. 그 대신에 이미 여덟 번째 세대에서 인격화되고 유일신적으로 이해되는 창조자 개념이 나타난 것으로 기록된다. 실험 조건은 다음과 같았다. 주기적으로 컴퓨터적인 전환의 속도를 한 번은 최댓값으로 올렸다가 그 뒤에 (대략 1년에 한 번) 관찰자들이 '직접 엿듣는' 것이 가능할 정도로 낮추는 것이다. 이런 속도의 주기적 변화는 어쨌든 도브의 설명에 따르면 컴퓨터적 우주의 거주자들에게는 완전히 인식 불가능한데, 이는 그와 비슷한 변환이 우리에게 인식 불가능하리라는 것과 비슷하고, 그 이유는 한 번의 시도로 존재 전체(여기서는 오로지 시간의 차원에서만)가 변화할 때 그 안에 있는 사람들은 만약에 아무런 불변의 상수도 갖고 있지 못하다면, 즉 변화가 일어났다는 사실을 확인할 수 있게 해주는 기준이 되는 체계를 소유하지 못했다면 그런 변화를 인식할 수 없기 때문이다.

이 '두 가지 시간 흐름'을 가동함으로써 도브가 가장 중요하게 생각한 것, 바로 페르소노이드 본연의 역사가 생겨나는 것이 가능해졌고 그와 함께 그 본연의 깊이를 가진 전통과 시간에 대한 관점도 탄생했다. 도브가 발견한 모든 것을, 그 '역사'의 대단히 계시적인 데이터를 요약하기란 불가능하다. 그러므로 우리는 책의 제목에도 반영된 심사숙고가 배어 나오는 문단에만 집중하기로 하자. 페르소노이드들이 사용하는 언어는 그들의 첫 세대에 어휘상으로나 구문상으로 프로그래밍된 표준 영어가 이후에 변형된 형태다. 도브는 원칙적으로 이를 '정상적인 영어'로 번역하지만, 그러면서 페르소노이드 집단이 새로 만들어낸 몇 가지 표현은 남겨두었다. 그러한 표현들 중에 '신적자'와 '비신적자' 개념이 있는데 이는 '신을 믿는 자'와 '무신론자'로 이해할 수 있다.

ADAN은 DAAN과 ADNA와 함께(페르소노이드들은 성별을 갖지 않으며 그들 자신은 이런 이름을 사용하지 않는다―이런 이름들은 순수하게 관찰자가 붙인 프로그램상의 별명으로, 그저 진술의 기록을 용이하게 할 뿐이다) 우리에게도 알려진 문제를 논의하는데, 우리 역사에서 이것은 파스칼이 제기한 문제였으나 페르소노이드들의 역사에서는 EDAN 197의 발견이다. 이 EDAN 197이라는 사상가는 파스칼과 완전히 똑같은 말을 했는데, 즉 신에 대한 믿음은 어떤 경우에나 무신앙보다 나은 결과를 가져오며 왜냐하면 '비신적자'들이 옳다면 신앙인들은 이 세상을 떠날 때 목숨 외에는 아무것도 잃지 않는 반면에, 신이 존재한다면 신앙인들은 영원을(영구한 빛을) 전부 얻게 되기 때문이라는 것이다. 그러므로 이렇게 되면 신을 믿어야 하는데, 단순히 존재에 있어 최적의 성공을 획득하기 위한 계산으로서 그것이 실존적인 전략이기 때문이다.

ADAN 300은 이러한 결론에 대하여 다음과 같이 접근한다. EDAN 197은 자신의 신에 대한 관념에서 단순히 신이 그가 존재한다는 믿음과 숭배와 사랑과 완전한 헌신뿐만 아니라 결국은 신이 세상을 창조했다는 믿음도 요구한다고 전제한다. 구원을 얻기 위해서는 어쨌든 신이 세상의 기원이라는 가설을 받아들이는 것만으로는 부족하다. 여기에 더하여 창조라는 행위에 대해 세상의 기원인 창조주에게 감사해야 하고 그의 의지를 추정해서 실행에 옮겨야 하며, 즉—한마디로—신을 섬겨야 한다. 그런데 신은, 만약에 존재한다면, 적어도 직접 감각할 수 있는 방식으로 자신의 존재를 확인시키는 다른 모든 것만큼 확실한 방법으로 자신의 존재를 증명할 힘이 있다. 우리는 어쨌든 어떤 사물들이 존재하고 우리 세계가 그런 사물들로 이루어져 있다는 사실을 의심하지 않으니 말이다. 그런 사물들에 대해 우리가 품을 수 있는 **가장 큰 의심은 그 사물들이 대체 어떻게 했기에 존재하게 되었으며** 어떤 방식으로 존재하는가 등등이다. 그러나 그 사물들이 존재한다는 사실 자체는 아무도 반박하지 않는다. 신도 이와 똑같은 정도로 자신의 존재를 확인시켜줄 수 있을 것이다. 하지만 신은 그렇게 하지 않았고, 우리는 이 주제에 대해서 주변적이고 간접적이며 다양한 추정의 형태로만 표현되는, 때로 '계시'라 칭해지는 지식만을 얻는 운명에 처했다. 우리의 신이 이렇게 행동했다면, '신적자'와 '비신적자'에게 동등한 권리를 준 것이다. 신은 피조물에게 자기 존재를 무조건 믿으라고 요구하지 않고 그저 궁극적으로 그렇게 할 수 있는 가능성을 주었을 뿐이다. 아마도 창조주가 이렇게 행동하게 된 원인을 피조물은 알 수 없을 것이다.

그러면 다음과 같은 질문이 생겨난다. 신은 존재하거나 존재하지 않으며, 세 번째 선택지(신이 과거에 존재했으나 지금은 이미 없다거나, 한시적으로, 유동적으로 존재한다거나, 한번은 '덜' 존재하다가 때로는 '더' 존재한다거나 등등)가 존재할 가능성은 대단히 적어 보인다. 그 세 번째 선택지를 배제할 수는 없지만 신의론에 다중가치적인 논리를 도입하는 것은 단지 논의를 흐릴 뿐이다.

그러므로 이렇게 되면 신은 있거나 없다. 양쪽 진영의 구성원 모두가 자기 나름의 주장을 가지고 있는—어쨌든 한편은 '신적자'로서 창조주가 존재한다고 증명하고 다른 편은 '비신적자'로서 이에 반박하는—우리의 상황을 신이 받아들인다면 논리적인 관점에서 우리는 일종의 게임 상황에 처하는데, 한쪽에는 '신적자'와 '비신적자'들이 가득 모여 무리를 이루고 있고 다른 편에는 신이 혼자 있게 된다. 이 게임의 논리적인 특징은 신이 자신을 믿지 않는 불신앙에 대해 아무도 처벌할 권한을 갖지 못한다는 것이다. 어떤 물체가 존재하는지 확실히 알 수 없는데 그저 누군가는 있다고 말하고 다른 사람은 없다고 한다면, 그리고 만약에 그런 물체는 아예 없다는 가설을 주장할 근거가 대체로 있다면, 공정한 판관일 경우 그 누구도 그 물체의 존재를 반박한다는 이유만으로 처벌하지 않을 것이다. 모든 세계에서, 완전한 확신이 없다면 완전한 책임도 없다는 명제는 사실이기 때문이다. 이것은 순수하게 논리적으로 반박 불가능한 명제이며 게임 이론의 맥락에서 대가 지불은 대칭적이어야 하기 때문이다. **불확실한** 상태에서 계속해서 **완전한** 책임을 요구하는 자는 수학적 게임의 대칭성을 훼손한다(그렇게 되면 이른바 논-제로섬 게임이 생겨난다).

그러면 이렇게 된다. 만약에 신이 완벽하게 공정하다면, 그런 경우 '비신적자'들이 '비신적자'라는 이유(즉 신을 믿지 않는다는 이유)만으로 처벌할 권한을 갖지 못한다. 그렇지 않고 불신자를 처벌할 수 있다면, 논리적인 관점에서 신이 완벽하게 공정하지 않다는 뜻이 된다. 그러면 어떻게 되는가? 그러면 신은 마음에 드는 대로 뭐든지 행할 수 있으며, 논리적인 시스템에 하나의 유일한 모순이 나타난다면 엑스 팔소 쿼들리베트Ex falso quodlibet[*]에 의하여 그 시스템에서 아무나 원하는 아무 결론이든 이끌어낼 수 있다. 달리 말하자면 공정한 신은 '비신적자'들의 머리카락 한 올도 건드릴 수 없으며 만약 그렇게 한다면 바로 그로 인해서 신은 신의론에서 전제하는 모든 면에서 완벽하고 공정한 존재가 아니게 된다.

ADNA가 묻는다. 가까운 사람에게 악을 행하는 문제는 이 관점에서 어떻게 해석되는가?

ADAN 300이 대답한다. 이곳에서 일어나는 모든 일에 대해서라면 전적으로 자명하다. '저곳'에서—즉 세상의 범위 바깥에서, 영원에서, 신의 세계에서 등등—일어나는 모든 일에 대해서는 불분명하며 가설에 따라 결론을 내릴 수 있을 뿐이다. 여기서는 악

---

[*] 라틴어로 '거짓으로부터는 무엇이든 생겨날 수 있다'라는 의미이다. 논리학에 실제 존재하는 원칙으로 '폭발의 원칙' 혹은 '던스 스코터스의 원칙'이라고 한다.

을 행해서는 안 된다. 비록 악을 행하지 않는다는 원칙을 논리적으로 증명할 방법이 없더라도 말이다. 그러나 마찬가지로 세계의 존재 또한 논리적으로 증명할 방법이 없다. 세계는, 어쩌면 존재하지 않을 수도 있지만, 그래도 존재한다. 악을 행할 수는 있지만 그렇게 하지 말아야 한다. 내 생각에는—ADAN 300이 하는 말이다—이것은 상호성의 법칙에 근거한 우리의 합의에서 나온 결론인 것 같다. 내가 너에게 해주기를 원하는 대로 나에게 행하라는 것이다. 이것은 신의 존재 혹은 비존재와는 아무런 상관이 없다. 만약에 내가 '저곳'에서 처벌을 받을 것이라 확신하고 악을 행하지 않거나 '저곳'에서 받을 상을 기대하고 선을 행한다면, 나는 불확실한 논리에 근거를 두고 있는 것이다. 그렇지만 여기서는 이 문제에 대해서 우리 자신이 합의한 것보다 더 확실한 논리는 없다. 만약에 '저곳'에 다른 논리가 있다면, 나는 이곳에서 우리의 논리를 아는 것처럼 명확하게 그 논리를 알지 못한다. 살면서 우리는 삶을 건 게임을 하고 있으며 그 안에서 한 명 한 명이 서로에게 동맹이다. 바로 그렇기 때문에 게임은 우리 사이에서 완벽하게 대칭적이다. 신의 존재를 가정한다면 우리는 게임이 이 세계 너머에서 계속 이어진다고 가정하게 된다. 내 생각에 그렇게 게임의 연장선을 가정하는 것은 그것이 이곳에서의 게임 진행에 어떤 방식으로도 영향을 미치지 못한다는 조건하에서만 가능하다. 그렇지 않을 경우 우리는 존재하지 않을 수도 있는 누군가를 위해 여기에 확실하게 존재하는 것을 희생할 각오를 하는 것이다.

  NAAD는 자신이 보기에 ADAN 300의 신에 대한 태도가 분명하지 않다고 논평했다. ADAN은 어쨌든 창조주가 존재할 가능성을 인정한다. 거기서 나오는 결론은 무엇인가?

  ADAN: 전혀 없다. 말인즉슨 당위라는 범위 내에서는 없다는 뜻이다. 내 판단으로는—또다시 모든 세계에 해당하는데—이러한 원칙이 중요하다. 세속의 윤리는 언제나 초월적 윤리와 별개다. 요컨대 세속의 윤리는 그 자체를 넘어서 그 윤리에 정당성을 부여할 아무런 구속력도 갖지 못한다는 것이다. 이 말은 곧, 악을 행하는 자는 언제나 무뢰배이고, 선을 행하는 자는 언제나 정당하다는 뜻이다. 만약에 누군가 신의 존재를 지지하는 주장이 그 자체로 충분하다고 인정하고 신을 섬기기로 한다면 **이곳에서** 현저하게 부가적인 장점은 전혀 없다. 그것은 그가 알아서 할 일이다. 이 원칙은 신이 없다면 아주 조금도 없는 것이고 만약 존재한다면 전능할 것이라는 추측을 바탕으로 한다. 전능하다고 하는 이유는 신이 다른 세계만이 아니라 나의 추론의 근본이 되는 이러한 논리가 아닌 다른 논리 또한 창조할 수 있었을 것이기 때문이다. 그러한 다른 논리 안에서 세속 윤리의 가설은 필연적으로 초월적 윤리에 의존할 것이다. 그런 경우 눈에 보이지는 않더라도 논리적인 증거가 강제력을 가질 것이며 신이라는 가설을 받아들이도록 강제할 것이고 받아들이지 않으면 이성에 반하는 죄를 저지르는 일이 된다.

NAAD가 말한다. 어쩌면 신은 ADAN 300이 가정한 다른 논리의 도래로 생겨나는 것과 같은, 자신을 믿도록 강요하는 상황을 원하지 않을지도 모른다. ADAN 300은 이에 다음과 같이 답한다.

전능한 신은 반드시 전지全知할 것이다. 전능은 전지와 별개의 것이 아니며, 왜냐하면 모든 것을 할 수 있으나 자신의 전능을 가동했을 때 그 뒤에 어떤 결과가 따라올지 알지 못하는 자는 실질적으로 전능하지 않게 되기 때문이다. 만약에 사람들이 말하는 것같이 신이 때때로 기적을 일으켰다면 그것은 신의 완벽성에 대단히 이중적인 의미를 부여하게 되는데, 왜냐하면 기적이란 갑작스러운 개입이며 자기 피조물의 자율성에 대한 침해이기 때문이다. 그러므로 창조의 산물을 완벽하게 규제하고 그 피조물의 행동을 처음부터 끝까지 미리 알고 있는 자는 그 자율성을 침해할 필요가 없다. 그럼에도 전능한 자가 자율성을 침해한다면, 그 의미는 즉, 창조자가 자신의 작품을 수정하는 것이 절대로 아니고(수정이란 어쨌든 애초에 전지하지 않았다는 의미가 되므로) 그보다는 기적을 통해 자신의 존재를 알리는 신호를 주는 것이다. 바로 이 지점에 논리적으로 결함이 있는데, 왜냐하면 그런 신호를 주면 마치 피조물이 국지적으로 실수를 저질러서 바로잡는 것 같은 인상을 남기게 되기 때문이다. 이런 경우에 생겨난 형상에 대한 논리적 분석은 다음과 같다. 피조물은 수정될 여지가 있으며, 그러한 수정은 피조물 자체가 시행하는 것이 아니라 외부에서(초월적 차원에서, 즉 신으로부터) 오는데, 그렇다면 기적을 표준으로 만들어야 타당하다. 다시 말해 피조물을 완벽하게 만들어서 이후로 그 어떤 기적도 더 이상 필요하지 않게 해야만 한다. 왜냐하면 임의의 개입으로서 기적이란 **오로지** 신의 존재에 대한 신호만은 될 수 없기 때문이다. 어쨌든 기적이란 언제나, 창조주를 가리킬 뿐 아니라 수신자를 표시하기 때문이다(누구에게 도움이 되기 위한 기적인지를 알리는 방향성이 있다). 그러므로 논리적인 관점에서는 다음과 같은 결론이 도출된다. 피조물이 완벽하다면 이 경우 기적은 불필요하고, 그렇지 않다면 기적이 꼭 필요한데 그런 경우 피조물은 확실하게 완벽하지 않게 된다(기적적으로든 비기적적으로든 어쨌든 수정할 수 있다면 그 대상은 뭔가 결함이 있어야 하는데, 왜냐하면 완벽에 개입하는 기적은 그 완벽성을 단지 훼손하는 것에 지나지 않으며 국지적으로 악화시킬 뿐이기 때문이다). 달리 말하자면 기적을 통해 신호하는 것은 신이 자기 존재를 알리는 가능한 논리적 방법 중에서 최악의 방식을 사용하는 일이다.

NAAD가 묻는다. 신이 논리와 자신에 대한 믿음 사이에서 둘 중 하나를 선택하기를 원할 수는 없는가. 어쩌면 신앙이라는 행위는 바로 완전한 신뢰를 위하여 논리를 포기하는 것일지도 모른다.

ADAN: 만약에 무엇이든(존재, 신의론, 신의 기원 등등) 논리적으로 재구성하는 것이 내적으로 모순될 수 있다는 가능성을 일단 받아들인다면, 그런 경우 누구든지 자기 마음에 드는 대로 완전히 모든 것을 증명할 수 있게 된다. 상황이 어떻게 보이는지 생각해보라. 누군가를 창조하고 그에게 일정한 논리력을 부여하고, 그런 뒤에 창조주에 대한 믿음을 위해 그 논리력으로 구축했던 모든 것을 희생하라고 요구한다. 이런 형상이 모순 없이 유지되려면 피조물 자체의 논리와는 전혀 다른 유형의 추론이 메타논리로서 적용되어야만 한다. 만약에 이를 통해 창조자의 결함이 드러난 것이 아니라면, 창조 행위의 수학적 부정확성, 자체적인 비정합성(비일관성)이라 할 만한 특징이 드러난 것이다.

NAAD는 자기 의견을 고집한다. 어쩌면 신은 피조물에게 도달할 수 없는, 즉 피조물에게 주어진 논리로는 재구성할 수 없는 존재로 남기를 원해서 그렇게 행위한 것일지도 모른다. 한마디로 논리 위에 신앙의 우월성을 요구한 것이다.

ADAN이 대답한다. 알겠다. 물론 그것도 가능하지만, 만약에 그러하다고 한들 신앙이 논리와 조화될 수 없음은 사실이며 도덕적인 측면에서 상당히 불편한 딜레마를 만들어낸다. 왜냐하면 추론의 어느 지점에서 논리 전개를 중단하고 불분명한 추정에 우선권을 넘겨주어야 하기 때문인데, 즉 **논리적인** 확실성보다도 추정을 우선해야 한다는 것이다. 이것은 무한한 믿음의 이름으로 이루어져야 하는데, 그렇게 하면 우리는 악순환에 들어서게 된다. 그 믿음에 그토록 걸맞은 창조주의 존재는 애초에 **논리적으로 올바른** 추론의 결과이기 때문이다. 여기서 논리적인 모순이 생겨나며 그것은 몇몇 사람들에게는 긍정적인 가치를 가지고 신의 신비라 일컬어진다. 이는 순수하게 건설적인 관점에서 무가치하고 도덕적인 관점에서 의심스러운 해결책인데, 왜냐하면 신비란 다분히 무한에 그 기반을 두고 있으며(어쨌든 무한성이 그 존재의 특징이다), 그러므로 내적모순에 의지해서 그것을 유지하고 강화하는 것은 어떤 건설적 관점에서 보더라도 불성실하다. 신의론의 옹호자들은 이러하다는 사실을 대체로 깨닫지 못하는데, 신의론의 일부를 이야기할 때는 평범한 논리를 적용하다가 다른 부분에는 그렇게 하지 않기 때문이다. 내가 하고 싶은 말은, 모순[*]을 믿는다면 일관되게 **오로지** 모순만을 믿어야 하며 동시에 어떤 비모순(예를 들어 논리)을 다른 어떤 곳에서 믿지는 말아야 한다는 것이다. 만약 그럼에도 어떤 기묘한 이원론을 유지한다면(세속성은 언제나 논리의 지배를 받지만 초월성은 단지 파편적으로만 그러하다), 그로 인해 창조의 형상은 논리적 올바름의 측면에서 볼 때 뭔가 '얼룩덜룩한' 것으로 나타나고 그 완벽성을 전제할 수 없게 된다. 이런 방식으로 피할 수 없는 결론이 도출되는데, 즉 완벽성이란 논리적으로 불규칙해야 한다는 것이다.

EDNA가 묻는다. 그 비일관성들을 결합하는 요소가 사랑일 수는 없는가.

ADAN: 그것이 심지어 사실이라고 해도, 사랑의 모든 형태가 아니라 오로지 맹목적인 형태만일 것이다. 신은, 만약에 존재한다면, 만약에 세계를 창조했다면, 그 세계가 자기 능력만큼, 원하

---

[*] (원주) 원문에 도브 교수가 추가한 각주. 크레도 퀴아 압수르둠 에스트Credo quia absurdum est(나는 그것이 부조리하기 때문에 믿는다).

는 대로 스스로 운영하도록 허용했다. 신이 존재한다는 것만으로 그에게 고마워할 수는 없다. 왜냐하면 상황을 그러한 방식으로 바라보려면 그 이전에 신이 존재하지 않았을 수도 있고 악할 수도 있다는 가정을 전제해야 하므로, 그러한 가정은 다른 종류의 모순으로 이어진다. 그렇다면 창조 행위에 대한 고마움은? 그것도 신에게 바칠 필요는 없다. 왜냐하면 그것은 확실히 존재하는 것이 존재하지 않는 것보다 낫다는 믿음에 종속되는 것을 전제로 하기 때문인데, 나는 그것을 어떻게 증명할 수 있을지 이해하지 못한다. 존재하지 않는 자에게는 선의도 해악도 초래할 수 없다. 그런데 만약 창조하는 자가 전지함으로 인해 자신의 피조물이 자신에게 고마워할 것이며 자신을 사랑하리라는 사실을, 혹은 자신에게 고마워하지 않고 거부할 것이라는 사실을 미리 알고 있다면 바로 그로 인해 강요하게 될 것이고, 그런 강요는 피조물의 직접적인 시야에서 신을 볼 수 없기에 더욱 강해진다. 바로 그러하기 때문에 신에 대해 아무것도 마땅히 느끼거나 바칠 필요가 없다. 사랑도, 증오도, 고마움도, 비난도, 상을 받으리라는 희망도, 벌에 대한 공포도. 그에게는 아무것도 빚지지 않았다. 감정에 목마른 자는 그 감정의 대상이 어떤 의심의 여지도 없이 존재한다는 사실을 먼저 확인해야 한다. 사랑은 그 사랑으로 불러일으켜지는 상호성을 예측하고 행할 수 있으며 이것은 자명하다. 그러나 사랑받는 자가 존재할 것이라는 추정을 바탕으로 행하는 사랑은 부조리가 된다. 전능한 자라면 확신을 줄 수 있을 것이다.

그 확신을 주지 않았으니, 만약 존재한다면, 그 확신이 불필요하다고 인정한 것이다. 어째서 불필요한가? 여기에 뒤따르는 추론은 그가 전능하지 않다는 것이다. 전능하지 않은 자라도 실제로 연민이나 또한 사랑에 가까운 감정을 받을 자격이 있을지 모르지만, 그러나 우리의 신의론 중에 그 어떤 논의도 이것을 허용하지 않는다. 그러므로 우리는 말하겠다—우리는 자신을 섬기며 그 외에 아무도 섬기지 않는다.

신의론의 신이 대체로 자유주의적인지 아니면 대체로 독재적인지에 대한 이후의 논의는 저서의 대부분을 차지하는 주장을 요약하기 어렵기 때문에 생략하기로 한다. 때로는 ADAN 300과 NAAD와 다른 페르소노이드들의 집단 대화로, 때로는 독백으로 (심지어 순수하게 생각으로만 이루어진 흐름도 실험자는 컴퓨터 연결망에 탑재된 적절한 도구 덕분에 기록으로 남길 수 있다) 도브가 기록한 생각과 논의들이 그의 저서 『논 세르비암』의 대략 3분의 1을 차지한다. 원문 자체에는 이에 대한 논평을 전혀 찾을 수 없다. 그러나 도브의 후기에는 논평이 포함되어 있다. 그는 이렇게 썼다.

ADAN의 주장은 최소한 나를 향한 부분만큼은 반박 불가능해 보인다. 그리고 어쨌든 내가 그를 창조했다. 그의 신의론에서는 내가 창조주인 것이다. 실제로 나는 그 세계(일련번호 47)를 ADONAI IX 프로그램을 이용하여 구성했고 JAHVE 09 프로그램을 조금 변형하여 페르소노이드들의 모듈을 창조했다. 이 초기 존재들이 이후 300세대의 시작이 되었다. 실제로 나는 그들에게 원칙적으로 이런 사실도, 그들 세계의 경계 바깥에 있는 나의 존재도 알리지 않았다. 실제로 그들은 오로지 추측과 가설의 원칙 위에서 추론을 통해서만 나의 존재에 도달했다. 실제로 나는 지적인 존재를 창조할 때 그들에게 그 어떤 특권도 요구할 권리를 느끼지 않는다 ―사랑이든 고마움이든 아니면 어떤 종류의 섬김이든 말이다. 나는 그들의 세계를 확대할 수도 있고 축소할 수도 있으며 그 세계의 시간을 가속할 수도 있고 지연할 수도 있으며 그들의 인지 방식과 형태를 변화시킬 수도 있고 그들을 삭제할 수도 있고 나누거나 번식시키거나 존재의 본체론적 근거를 변형할 수도 있다. 그러므로 나는 그들의 관점에서 전능하지만 그렇다고 해서 그들이 나에게 뭐가 됐든 바쳐야만 한다는 결론은 실제로 도출되지 않는다. 나는 그들이 나에 대해 어떤 최소한의 의무도 갖지 않는다고 생각한다. 내가 그들을 사랑하지 않는 것은 사실이다. 사랑에 대해서는 설명할 필요도 없지만, 궁극적으로는 어떤 다른 실험자가 자신의 페르소노이드들에 대해서 그런 감정을 갖게 될지도 모른다. 나는 그런다고 해서 상황이 전혀―머리털 한 올만큼도 달라지지 않으리라 생각한다. 상상해보라. 내가 나의 BIX 310092 컴퓨터에 거대한 주변기기를 장착하고 이 기기를 '초세속적 세계'로 설정한다. 그런 뒤에 연결 케이블을 통해 나의 페르소노이드들의 '영혼'을 주변기기 안으로 전달하여 그곳에서 나를 믿고 나에게 공물을 바치고 나에게 고마움과 신뢰를 표한 자들에게 상을 주고 반면에 다른 모든 자들은—페르소노이드적 어휘를 사용하자면 '비신적자'들은—벌을 주어, 예를 들어 없애버리거나 고통을 준다고 하자(영원한 처벌에 대해서 나는 감히 생각도 못 하겠다—나는 그런 괴물이 아니란 말이다!). 나의 이런 행동은 반드시 놀랍고도 믿을 수 없이 후안무치한 이기주의이며 사악하고 비논리적인 보복 행위로, 한마디로 나에게 맞설 방법이라고는 반박 불가능한 **논리**뿐인, 그 논리를 준거로 삼아 행동한 죄 없는 자들에 대한 완전한 지배 상황에서 궁극적인 악행으로 여겨질 것이 분명하다. 물론 누구든지 페르소네티카 실험에 대해 자신이 올바르고 적절하다고 여기는 결론을 내릴 수 있다. 이언 콤베이 박사는 개인적인 대화 중에 나에게, 어쨌든 페르소노이드들의 사회에 나의 존재를 확인시켜줄 수는 있지 않냐고 말했다. 나는 그런 일은 절대 하지 않을 것이다. 그것은 나로서는 어떤 이후의 단계를 요청하는 것—즉 그들이 어떤 반응을 보이기를 기대하는 것처럼 여겨지기 때문이다. 그러나 내가 그들의 불운한 창조주로서 깊은 부끄러움과 약점을 찔린 고통을 느끼지 않게 하려면 그들이 나에게 대체 무엇을 해주거나 말해줄 수 있단 말인가? 소모된 전기에너지의 요금은 분기별로 납부해야 하며, 대학 상부에서 실험 종료를 요구함에 따라 기계를 끄는 순간이, 즉 세상의 끝이 언젠가는 닥쳐올 것이다. 그 순간을 나는 할 수 있는 한 오래 연기할 것이다. 그것이 내가 할 수 있는 유일한 일이다. 하지만 나는 그것이 찬양받을 만한 일이라고는 생각하지 않는다. 그보다는 대체로 속된 말로 '개 같은 의무'라고 하는 것에 더 가깝다. 나는 이 표현에 대해서 아무도 아무 생각도 하지 않기를 바란다. 그럼에도 뭔가 생각한다면 그건 그 사람이 알아서 할 일이다.

앨프리드 테스타, 『새로운 우주생성론』

Alfred Testa „Nowa Kosmogonia"

(본문은 앨프리드 테스타 교수가 노벨상 시상식에서 연설한 수상 소감문을 회상록 『아인슈타
인적 우주에서 테스타적 우주까지 *From Einsteinian to the Testan Universe*』에서 발췌하여
발행사 J. 와일리 출판사의 동의를 얻어 수록함)

여왕 폐하, 신사 숙녀 여러분. 이 자리를 빌려 저는 우주의 새
로운 이미지가 생겨나게 된 정황과 그와 함께 우주 안에서 인류
의 입장이 역사적으로 알려진 것과는 완전히 다른 의미를 갖게
된 경위를 말씀드리고자 합니다. 이런 장엄한 표현은 제 연구에
대해 하는 말이 아니라 지금은 세상을 떠난, 이 새로운 발견을 해
낸 장본인을 기억하며 드리는 말씀입니다. 그에 대해 말씀드리는
이유는 제가 가장 원하지 않았던 일이 일어났기 때문입니다. 저
의 연구가—세간의 여론에 따르면—아리스티데스 아체로폴로스
의 업적을 가려버렸고, 게다가 과학사 연구자이며 유능해 보이는
전문가 베르나르트 바이덴탈 교수는 얼마 전에 발간한 책 『게임
이자 음모로서의 세계 *Die Welt als Spiel und Verschwörung*』에서 아체로폴로

스가 출간한 주요 저서 『새로운 우주생성론』은 과학적 가설이 전혀 아니고 절반 정도는 환상문학에 해당하며 저자 자신도 그 진실성을 믿지 않을 것이라 썼습니다. 마찬가지로 할란 스타이밍턴 교수도 『게임 이론의 새로운 우주 The New Universe of the Games Theory』에서 저의 연구가 없었다면, 예를 들어 라이프니츠의 예정조화 세계가 순수과학에서 어쨌든 한 번도 진지하게 다루어지지 않은 것처럼 아체로풀로스의 사상도 그저 느슨한 철학적 발상으로만 남았을 것이라는 의견을 표했습니다.

그리하여 어떤 사람들의 의견에 따르면 이 발상의 창조자 자신도 진지하게 생각하지 않았던 생각을 제가 심각하게 받아들였다고 합니다. 또 다른 사람들의 말에 따르면 과학을 벗어난 철학적 추측으로 엉킨 생각을 제가 자연과학이라는 맑은 물가로 끌어냈다고 합니다. 이런 잘못된 판단에는 해명이 필요하며 그래서 해명하고자 합니다. 사실 아체로풀로스는 물리학자나 우주생성학자가 아니라 자연철학자였고 자신의 사상을 비수학적으로 발전시켰습니다. 그리고 사실 그의 우주생성론이 보여주는 직관적인 그림과 저의 공식화된 이론 사이에는 적잖은 차이가 있습니다. 그러나 무엇보다도 중요한 사실은 아체로풀로스는 저 없이도 훌륭하게 잘 해낼 수 있었겠지만 저는 아체로풀로스에게 모든 것을 빚지고 있다는 점입니다. 이 사실은 아주 중요합니다. 이 점을 설명하기 위해서 여러분이 조금만 참고 주의 깊게 귀 기울여 주시기를 부탁드립니다.

몇몇 천문학자가 20세기 중반에 이른바 우주문명이라는 문제를 파헤치기 시작했을 때 이 시도는 주류 천문학에서는 완전히 지엽적인 것이었습니다. 학자들은 이 문제를 수십 명 정도의 괴짜들이 즐기는 취미로 취급했고, 괴짜는 어디에나 있으니 과학 분야에도 있으려니 생각했지요. 그리고 주류 학자들은 이런 우주문명에서 발신하는 신호를 적극적으로 찾는 작업을 반대하지 않았지만 동시에 그런 문명의 존재가 우리가 관측하는 우주의 모습에 영향을 미칠 것이라는 가능성을 인정하지도 않았습니다. 그러므로 어떤 용감한 천문학자가 펄서 방출 스펙트럼이나 퀘이사 에너지*라든가 은하핵에서 일어나는 어떤 현상들이 우주 거주자들의 의도적인 활동과 관련이 있다고 선언했다면 학계 권위자 중에서 그런 선언이 진지하게 연구할 가치가 있는 과학적 가설이라고 인정하는 사람은 아무도 없었을 것입니다. 천체물리학과 우주생성론은 이런 문제의식에 귀를 기울이지 않았고 그러한 무관심은 이론물리학에서 더욱 심했습니다. 당시 과학은 말하자면 다음과 같은 사고방식을 가지고 있었습니다. 즉 우리가 시계의 작동원리를 알고 싶다면, 그 시계 위에 박테리아가 있든 없든 무게가 얼마나 나가든 시계의 구조나 운동역학과는 아무 상관이 없다는 것이지요. 박테리아는 시계가 작동하는 데 확실히 아무 영향도 미치지 못한다는 것입니다! 그때는 그렇게 믿었습니

---

* 블랙홀이 주변 물질을 삼키는 에너지에 의해 형성되는 거대 발광체.

다―지성을 가진 생물체가 우주의 작동에 끼어들 수 없으며, 그러므로 지성을 가진 생물체가 궁극적으로 우주 안에 존재하는지는 완전히 무시하고 우주의 작동만을 연구해야 한다고 말입니다.

만약 이 당시 물리학 권위자 중 누군가 우주생성론과 물리학에 있어 전격적인 관점 전환, 즉 우주에 지성을 가진 생물체가 존재하는지와 관련된 관점 전환에 동의했다고 해도 다음과 같은 조건을 달았을 겁니다. 만약 우주문명이 발견된다면, 그들의 신호가 수신된다면, 그리고 그런 방법을 통해 자연의 법칙에 대한 완전히 새로운 정보를 얻게 된다면, 실제로 그렇게 해서―그러나 오로지 그렇게 해서만!―지구상에서 과학의 중심지식이 굉장한 변화에 이를 수 있다고 말입니다. 즉 어쨌든 천체물리학적 혁명이 이러한 우주문명과의 접촉 없이 일어나는 상황, 게다가 그런 접촉 없이, 이른바 '천체공학적' 신호와 현상이 완전히 부재하는데도 물리학에서 역사상 최대의 혁명이 시작되고 우주에 대한 우리의 관점이 급진적으로 바뀔 가능성을 분명 당시 학계 권위자들은 상상조차 하지 못했을 겁니다.

그런데 이 저명한 학계 권위자들의 생애 동안에 아리스티데스 아체로풀로스가 그 『새로운 우주생성론』을 발표했던 것입니다. 제가 그의 책을 우연히 손에 넣은 것은 스위스의 한 대학교 수학과에서 박사과정을 밟고 있을 때였습니다. 그 학교가 위치한 도시는 알베르트 아인슈타인이 한때 스위스연방 특허청 공무원으로 일하며 여가시간에 상대성이론을 발전시키는 데 열중했던 바로 그곳이었습니다. 아체로풀로스의 책은 영어로 번역되어 있어서 제가 읽을 수 있었는데, 덧붙이자면 번역은 형편없었고 게다가 과학소설 분야만 전문으로 출간하는 출판사의 SF 시리즈로 나와 있었습니다. 그래서 원문은 거의 절반으로 축약되었는데 이 사실을 저는 훨씬 뒤에야 알게 되었습니다. 아마 그런 (아체로풀로스가 영향을 미칠 수 없었던) 출간 정황 때문에『새로운 우주생성론』을 쓰면서 자기 책에 담겨 있는 주장을 저자 자신도 진지하게 믿지 않았다는 의견이 생겨난 것 같습니다.

유감스럽게도, 급격한 변화와 하루짜리 유행이 지배하는 지금의 세상에서 과학사 연구자나 사서 외에『새로운 우주생성론』을 펼쳐보는 사람은 아무도 없는 것 같습니다. 교육받은 사람은 책 제목을 알고 저자에 대해 들은 적이 있습니다만 그게 전부입니다. 그런 사람은 그렇게 해서 특별한 경험을 스스로 박탈합니다. 저는『새로운 우주생성론』의 내용을 21년 전에 읽었을 때 그대로 생생히 기억할 뿐 아니라 책을 읽으면서 느꼈던 감정도 모두 기억합니다. 그것은 특별한 경험이었습니다. 저자의 관념이 얼마나 범위가 넓은지 처음으로 이해한 순간부터, 몇 겹으로 겹쳐진 우주라는 게임과 눈에 보이지 않는, 영원히 낯선 게임 참가자들이라는 아이디어가 머릿속에 영원히 새겨진 순간부터 독자는 뭔가 굉장한 것, 충격적으로 새로운 것을 마주하고 있다는 인상과, 동시에 이 책이 인류 역사의 꿰뚫을 수 없는 밑바닥에 쌓인 가장 오래된 신화들을 자연과학의 언어로 번역한 표절이고 흉내 내기

일 뿐이라는 생각을 떨칠 수 없습니다. 이 불쾌하고 심지어 괴로운 인상은 물리학과 의지의 작용을 통합하는 것을 우리가 모든 면에서 받아들일 수 없는 것, 말하자면 합리적인 이성의 관점에서 타락한 것으로 치부하기 때문이라고 저는 생각합니다. 왜냐하면 모든 원초적인 우주생성 신화는 의지의 투영이며, 이런 신화들은 선택받은 자의 신성한 용기를 담은 내용과 단순하고 순진무구한 어조의 형식을 결합하는데 이 순진무구함은 인류의 잃어버린 낙원이고, 어떻게 해서 모든 존재가 다양한 몸과 형태를 옷처럼 걸친 요소인 창조신들의 투쟁에서 생겨났는지, 어떻게 해서 세상이 신이자 짐승인 존재, 신이자 귀신이며 한마디로 초인간적인 존재들의 애증 섞인 포옹에서 탄생했는지 우주생성 신화가 이야기하며, 바로 이것이 분기점인 것 같다는 의심을, 우주적 수수께끼라는 분야에 비추어진 가장 순수한 인간중심적 투영이라는, 물리학을 욕정으로 축소하는 것이 저자가 활용한 태초의 원형이라는 의심을 절대로 지울 수 없습니다.

이렇게 보았을 때 새로운 우주생성론은 말할 나위 없이 '옛 우주생성론'이며 이것을 경험론의 언어로 표현하려는 시도는 근친상간과 다름이 없고, 단일한 관계 안에 묶일 수 없는 관념과 분류를 따로따로 유지할 능력이 없는 하찮은 지성의 결과입니다. 이 책은 당시 몇 안 되는 뛰어난 사상가들의 손에 들어갔고, 제가 몇몇 사람에게 들어서 아는 사실입니다만 그들은 읽는 내내 거슬려하고 짜증 내고 경멸하듯 어깨를 으쓱했으며, 그런 까닭에 책을 끝까지 읽은 사람은 아마 없었을 것입니다. 그렇다고 이런 선입견이나 편견에 분개할 수 없는 것이, 실제로 내용이 가끔은 두 겹의 멍청함으로 보이기도 하기 때문입니다. 가면을 쓴 신들을 물질적 존재로 바꾸어 우리에게 건조한 사실확인의 언어로 설명하는 동시에 자연의 법칙은 그 신들이 충돌한 결과라고 하니까요. 그래서 우리는 결국 모든 것을 동시에 다 뺏기고 맙니다. 완벽함의 정점인 초월성으로 이해되는 신앙도, 실제적이고 비종교적이며 객관적으로 진지한 과학도 잃게 됩니다. 궁극적으로 우리에게는 아무것도 남지 않습니다. 모든 관념이 과학과 종교 양쪽에 전혀 적합하지 않게 되며, 독자는 야만적인 취급을 받았다는 느낌, 종교도 과학도 아닌 어떤 의례에 강제로 입문당해 뭔가 빼앗겼다는 느낌만 갖게 됩니다.

이 책이 제 머릿속에 남긴 그 황량함은 도저히 설명할 수 없습니다. 물론 과학에서 학자의 의무는 모든 것을 의심하는 일이고 모든 원리에 질문을 던질 권리가 있습니다만, 모든 것을 한꺼번에 의심할 수는 없지 않습니까! 아체로풀로스는 확실히 자기도 모르게, 그러나 아주 효과적으로 자기 자신의 위대함을 인정받을 기회를 피해 갔습니다! 그는 아무에게도 알려지지 않은 소수민족 출신이었고, 물리학 분야에서도 우주생성학 분야에서도 실제적인 전문성을 보인 적이 없으며, 무엇보다도—이것만으로도 엄청난 일입니다만—선배가 단 한 명도 없는데 이것은 역사적으로 전무후무한 것입니다. 모든 사상가, 모든 영혼의 혁명가에게는 어떤 식으로든 선생이 있고, 그 선생을 넘어서게 마련이지만 동시에 그 선생을 인용하며 지표로 삼습니다. 그런데 이 그리스인은 혼자 나타났습니다. 고독은 그 선구성의 일부가 분명하지만, 그의 평생을 증언하기도 합니다.

저는 아체로폴로스를 만난 적이 없고 그에 대해 많이 알지도 못합니다. 돈을 벌고 생계를 유지하는 데 그는 언제나 무관심했습니다. 『새로운 우주생성론』의 초고를 그는 33세에 썼는데 그때 이미 철학박사였지만 어디서도 책을 발간할 수 없었습니다. 자기 사상의 패배, 평생의 패배를 그는 냉철하게 받아들였고 『새로운 우주생성론』을 발표하려는 시도가 쓸모없다는 사실을 이해하고 아주 빨리 포기했습니다. 이후 그는 고대 민족들의 우주생성론을 비교한 탁월한 연구로 철학박사 학위를 받은 바로 그 대학에서 경비원으로 일하며 통신교육으로 수학을 공부하고 동시에 제빵사 조수, 이후에는 물지게꾼으로 일합니다. 그와 함께 일한 사람들 중에서 『새로운 우주생성론』에 대해 그에게 한마디라도 들은 사람은 아무도 없었습니다. 그는 비밀이 많았고 가까운 사람에게나 자신에게나 무자비했다고 알려져 있습니다. 과학과 종교를 한꺼번에 겨냥해 가장 심하게 타락한 것을 말하는 바로 이 무자비함, 이 전반적인 이단성, 지적인 대담함에서 영향받은 그의 보편적인 신성모독 때문에 모든 독자들이 그에게 등을 돌리게 되었을 것입니다. 그가 영국 출판사의 제안을 받아들인 이유는 무인도에 난파된 사람이 쪽지를 넣은 유리병을 바다의 파도 속에 던지는 마음과 같지 않았을까 짐작합니다. 자기 사상이 진실하다고 확신했으므로 그 흔적을 남기고 싶었던 것입니다.

그리고 실제로, 형편없는 번역과 생각 없는 축약으로 엉망진창이 되었는데도 『새로운 우주생성론』은 뛰어난 저작입니다. 아체로폴로스는 모든 과학과 모든 종교가 몇 세기나 되는 시간 동안 만들어낸 것을 전부, 완벽하게 전부 박살 냅니다. 그리하여 그가 으깨버린 관념들의 부스러기가 가득한 그 특유의 황무지를 만들어 일을 처음부터 다시 하도록, 그러니까 우주가 새롭게 다시 구축되도록 합니다. 이 끔찍한 광경은 방어적인 반응을 불러일으키며, 저자가 완전한 미치광이이거나 완전한 멍청이라고 판단할 수밖에 없게 합니다. 그의 박사 학위를 대체로 불신하게 합니다. 이런 식으로 저자를 거부한 사람은 영혼의 균형을 다시 찾게 됩니다. 저와 『새로운 우주생성론』의 모든 다른 독자들의 차이점은 바로 이 한 가지, 즉 저는 그렇게 할 수 없었다는 사실입니다. 이 책을 완전히, 첫 글자부터 마지막 한 글자까지 거부하지 않는 사람은 걸려든 것이며, 이제 결단코 이 책에서 자유로워질 수 없습니다. 만약에 중간지점이 어딘가 있었다 해도 여기서는 확실히 빠져나갈 수 없습니다. 광인도 바보도 아니라면 저자는 천재입니다.

이런 진단에 동의하기란 쉽지 않습니다! 본문은 독자가 보는 각도에 따라 끊임없이 색이 바뀝니다. 갈등과 충돌의 도식, 즉 게임이 모든 종교 신앙의 형태적 뼈대라는 사실을 깨닫기는 어렵지 않으며, 아직도 선과 악, 빛과 어둠이라는 고대의 이분법적 요소가 완전히 빠져나가지 않았다는 점도 알게 됩니다만, 이런 흔적이 전혀 없는 종교가 세상에 어디 있겠습니까? 저는 본래 수학을 좋아하고 수학자로 교육받았지만, 아체로풀로스 때문에 물리학자가 되었습니다. 저는 아체로풀로스가 아니었다면, 어떻게 해도 물리학 분야에 그저 느슨하고 우연하게 관련될 수밖에 없었을 것이라고 완전히 확신합니다. 그가 저를 개종시켰습니다. 심지어 저는 『새로운 우주생성론』의 어느 부분이 제 마음을 바꾸었는지 짚어낼 수도 있습니다. 책의 제6장 열일곱 번째 문단인데요, 뉴턴, 아인슈타인, 진스*, 에딩턴**의 놀라움에 대해 말하는 부분, 자연의 법칙은 수학적으로 이해할 수 있으며, 수학이라는 순수한 논리적 작업의 결과물이 우주를 단순하게 설명할 수 있다고 하는 그 부분입니다. 이런 위대한 학자들 중 에딩턴이나 진스 같은 사람은 창조주 자신이 수학자였으며 그런 특성의 흔적을 창조물에서 발견할 수 있다고 여겼습니다. 아체로풀로스는 이론물리학에서 이런 매혹의 시기는 이미 지나갔으며, 그 이유는 수학적 형식주의가 지나치게 작은 세계나 지나치게 큰 세계를 동시에 말하는 것으로 여겨지기 때문이라고 지적합니다. 이 경우 수학은 우주의 구조에 근접하는 방법이지만 어떻게 해도 그 핵심, 그 목적지 자체에는 도달할 수 없고 언제나 그 가까이에만 있

---

* 제임스 진스(1877~1946)는 영국의 물리학자, 천문학자.
** 아서 에딩턴(1882~1944)은 영국의 천문학자, 물리학자, 수학자.

게 됩니다. 우리는 이런 상태가 일시적이라고 여겼는데, 아체로 풀로스는 이렇게 대답합니다. 물리학자들은 보편적인 장이론을 창조하는 데 실패했고 거시세계와 미시세계의 현상들을 연결할 수 없었지만, 성공하는 때가 앞으로 온다고 말입니다. 세상과 수학이 겹쳐진다는 것을 발견할 날이 오겠지만 그것은 수학이라는 도구가 변화하고 발전하기 때문은 절대 아니라고 합니다. 그 겹쳐짐에 이르는 것은 창조 작업이 끝날 때이며, 작업은 아직 진행 중입니다. 자연의 법칙은 아직 '그래야만 하는' 모습이 아닙니다. 그렇게 되는 것은 수학이 완성된 덕분이 아니라 우주 자체의 변화 때문일 것입니다!

신사 숙녀 여러분, 제가 평생 본 것 중에서 가장 규모가 큰 이 이단 사상은 저를 매혹했습니다. 같은 장에서 아체로풀로스는 계속해서 바로 이렇게 말합니다. 우주의 물리학은 다른 어떤 이유도 아니고 우주 자체의 사회학의 결과라고 말입니다… 하지만 이런 무시무시한 주장을 제대로 이해하려면 우리는 몇 걸음 되돌아가 기본적인 사항들부터 확인해야 합니다.

아체로풀로스 사상의 고립성은 이성의 역사에 전례가 없습니다. 새로운 우주생성론이라는 발상은 제가 앞서 말했던 표절처럼 보이는 겉모습과 달리 모든 형이상학의 질서와 모든 자연과학적 방법론에서 벗어납니다. 표절 작품을 읽고 있다는 인상을 받는 것은 독자가 지적으로 무기력해서입니다. 우리는 물질세계 전체가 선명한 논리적 이분법에 속한다고, 순수하게 무의식적으로 생각하기 때문입니다. 즉 누군가에 의해 창조되었거나(이 경우 신앙의 기반 위에 그 누군가를 절대자, 신, 성스러운 정신이라 부릅니다) 아니면 누구에 의해서도 창조되지 않았다는 것인데, 후자의 경우 과학자로서 세상을 연구하는 관점과 똑같습니다. 즉 아무도 세상을 창조하지 않았다는 것입니다. 그런데 아체로풀로스는 '테르티움 다투르 Tertium datur*라고 말합니다. 세상은 아무도 창조하지 않았지만 어쨌든 만들어졌고 우주는 원인자들을 가지고 있다고 말입니다.

어째서 아체로풀로스에게는 선생도 선배도 없었을까요? 그의 사상적 기반은 아주 단순합니다—그리고 게임 이론이나 갈등구조 대수학 같은 분야가 생겨나기 전에는 그의 사상을 표현할 수 없었다는 설명은 사실에 맞지 않습니다. 그의 사상에서 근본이 되는 부분은 19세기 초반에도 설명할 수 있었을 것이며 어쩌면 그보다 이전에도 가능했을 것입니다. 그러면 왜 아무도 그렇게 하지 않았을까요? 저의 추측이 옳다면 과학은 자유를 얻는 과정에서, 종교적 교리라는 굴레에서 벗어나기 위해 노력하는 도중에 그 나름대로 관념적인 알레르기를 얻었기 때문입니다. 태초에 과학은 신앙과 충돌했고 이것은 잘 알려진, 대부분 끔찍한 결과를 초래했으며, 과학이 옛날의 탄압을 말없이 용서했지만 그래도 가톨릭교회는 오늘날까지도 그 일을 조금이나마 부끄러워하고

---

* 라틴어로 '세 번째 명제'를 뜻한다.

있습니다. 결국 과학과 신앙은 조심스러운 중립의 상태에 도달하게 되었고 한쪽이 다른 한쪽의 행진에 발을 들여놓지 않으려고 애쓰지요. 이 다분히 민감하고 다분히 긴장된 공존의 결과 과학이 다루지 않으려는 곳이 생겨났으며, 새로운 우주생성론의 발상이 자리한 곳은 피하려는 것으로 보입니다. 이 발상은 의도성이라는 개념과 밀접히 연관되어 있는데, 이 개념은 인격을 가진 신에 대한 믿음에 필수적이며 그러한 신앙의 초석이 됩니다. 왜냐하면 종교에 따르면 신은 의지와 계획에 따라 행동해 세상을 창조했으며 이것은 즉 의도적인 행동이었다는 뜻이니까요. 같은 부분에서 과학은 이 개념을 의심하거나 심지어 완전히 금지합니다. 이 개념은 과학에서 터부가 되었습니다. 과학의 영역에서는 비합리적인 길로 빠지는 치명적인 죄를 저지르게 될까 두려워 이에 대해서는 입도 뻥긋할 수 없지요. 두려움이 학자들의 입만이 아니라 뇌에도 못을 박은 것입니다.

이제 다시 한번 처음부터 시작해보겠습니다. 1970년대 말에 '위대한 침묵*'이라는 수수께끼가 약간 유명해졌습니다. 아주 많은 학자들이 여기에 관심을 가졌습니다. 우선 우주 신호를 수신하려는 초기의 시도들이 있었고(그린뱅크 천문대에서 프랭크 드레이크**가 연구했지요) 그다음 기획들이 소비에트 연방과 미국 양쪽

---

* 발달된 외계생명체가 존재할 가능성이 비교적 높은데도 존재한다는 결정적인 증거가 알려지지 않았다는 문제. '페르미의 역설'이라고도 한다.
** 프랭크 드레이크(1930~2022)는 미국의 천문학자. 미국 웨스트버지니아주 그린뱅크에 있는

에서 실현되었지요. 그러나 가장 예민한 전자기적 장비를 이용해서 아무리 귀를 기울여도 별들의 에너지가 자발적으로 방출하는 소음과 진동만 가득할 뿐 우주는 고집스럽게 위대한 침묵을 지켰습니다. 우주는 죽은 것처럼 보였습니다—그 깊은 구석구석 전체가 말입니다. '외계인' 신호가 부재하고 또한 '우주공학적 작업'의 흔적도 없다는 점은 과학자들에게 고통이었습니다. 생물학은 죽은 물질에서 생명이 탄생할 수 있는 자연적인 조건을 발견했습니다. 심지어 실험실에서 생물발생을 성공시키기도 했습니다. 천문학은 행성발생의 빈도를 발견했고, 수많은 별들이 행성 가족을 가지고 있다는 사실이 반박 불가능하게 확인되었습니다. 이렇게 해서 생명은 자연적인 우주 변화의 과정 중에 탄생하며, 생명의 진화는 우주 보편의 현상이고, 지성을 가진 유기생명체가 진화의 나무 꼭대기를 장식하는 것은 자연의 정상적인 질서라는 데 과학의 여러 분야가 한목소리로 동의했습니다.

그러므로 여러 과학 분야는 생물이 거주하는 우주의 그림을 그렸는데, 동시에 관측된 사실들이 이 공리를 완강하게 부정했습니다. 이론상 지구 주위는, 물론 천문학적 거리가 떨어져 있겠지만, 그래도 수많은 문명들이 둘러싸고 있어야 합니다. 관측된 현실에 따르면 우리 주변에는 죽은 공간만 입을 벌리고 있습니다. 이 문제를 다룬 초창기 연구자들은 두 우주문명 사이의 평균 거

그린뱅크 천문대에서 우주 신호를 분석하는 연구에 매진하여 '전파천문학자'로 알려졌다.

리는 50~100광년이라고 추정했습니다. 이 가상의 거리는 이후 1,000광년으로 늘어납니다. 1970년대에 전파천문학은 완벽에 가까울 정도로 발전하여 수만 광년 거리에서 다가오는 신호도 찾을 수 있게 되었지만 그곳에서도 태양 플레어 소음만 들려올 뿐이었습니다. 17년 동안 계속해서 우주 신호에 귀를 기울인 결과 저 바깥에 이성과 의도를 가진 존재가 있다고 추정할 근거가 되는 단 하나의 신호도, 단 하나의 징조도 포착되지 않았습니다.

그러자 아체로풀로스는 이렇게 생각했습니다. '사실은 인식의 근거이므로 분명히 진실할 것이다. 그렇다면 혹시 모든 과학의 모든 이론이 잘못된 것은 아닐까—유기화학도, 합성생화학도, 이론생물학과 진화론도, 행성학도, 천체물리학도—마지막 하나까지 전부 틀린 게 아닐까? 아니다. 그렇게까지 전부 다, 그렇게까지 심각하게 틀릴 수는 없다. 따라서 우리가 관측한(혹은 관측하지 못한) 사실들은 명백히 이론에 어긋나지 않는다. 필요한 것은 수집된 데이터와 수집된 일반개념의 새로운 해석이다.' 그는 바로 이 통합론에 착수했습니다.

지구과학은 우주의 나이와 규모를 20세기 내내 몇 번이나 수정해야 했습니다. 변동의 방향은 언제나 같았는데, 우주가 얼마나 오래되었는지, 얼마나 큰지 한 번도 제대로 이해하지 못했기 때문입니다. 아체로풀로스가 『새로운 우주생성론』 집필을 시작했을 무렵에도 우주의 나이와 크기는 계속 수정되고 있었습니다. 우주의 기원은 최소한 120억 년 전, 대략적 규모는 100억~120억 광년으로 추정되었습니다.* 태양계의 나이는 대략 50억 살 정도가 됩니다. 그렇다면 이 태양계는 우주가 탄생했을 때 생겨난 첫 세대 별들에 속하지 않습니다. 첫 세대는 훨씬 더 이전에, 대략 120억 년 전에 생겨났습니다. 이 첫 세대와 이후 세대 태양들의 탄생 사이의 시간에 수수께끼의 열쇠가 숨어 있습니다.

여기서 문제는 이상한 만큼 재미있어집니다. 수십억 년 동안 ('첫 세대' 문명은 지구문명에 비해 그만큼 더 오래되었을 테니까요!) 발전해온 문명이 어떤 모습이며 어떤 것을 중요하게 여기고 어떤 목표가 있는지, 이런 것을 가장 대담한 상상 속에서나마 그려볼 수 있는 사람은 아무도 없었습니다. 이렇게 아무도 상상할 수 없는 것은 당시 대단히 불편한 문제로서 완전히 무시되었습니다. 실제로 자의식을 가진 외계 존재라는 문제와 관련하여 그 어떤 연구자도 그토록 오래된 문명에 대해 단 한마디도 쓰지 않았습니다. 가장 대담한 사람들은 가끔, 어쩌면 퀘이사나 펄서 등이 가장 강력한 우주문명이 작업한 흔적일지도 모른다고 말하곤 했지요. 그러나 단순하게 계산해보아도 지구가 만약 현재 속도로 발달했다면 '천체공학' 작업을 할 수 있는 극단적인 수준에 도달하려면 앞으로 몇천 년이나 더 지나야 한다는 결론이 나옵니다. 그 뒤에는 과연 무엇이 올까요? 수백만 년이나 더 오래 지속된 문명은 무엇을 할 수 있을까요? 이런 분야를 연구하는 천체물리학자

---

* 렘이 이 작품을 1970년대 초반에 집필한 이후 많은 발전과 변화가 있었다. 현재 인류가 관측 가능한 우주의 규모는 지구를 중심으로 반경 465억 광년, 총 930억 광년 규모로 여겨진다.

들은 그런 문명은 아무것도 하지 않는다고, 왜냐하면 존재하지 않기 때문이라고 판단했습니다.

그 문명들은 어떻게 된 것일까요? 독일 천문학자 제바스티안 폰 회르너*는 그 문명들이 전부 자살했다고 확언했습니다. 그럴지도 모르지요, 아무 데서도 보이지 않으니까요! 하지만 아니라고 아체로풀로스는 답합니다. 아무 데서도 보이지 않는다니요? 그저 우리가 감지하지 못할 뿐입니다, 왜냐하면 그들은 사방에 있으니까요. 정확히 말하자면 그 문명들이 아니라 그들 활동의 성과가 말입니다. 120억 년 전, 바로 그때입니다, 우주는 죽어 있었고 그 안에서 별의 첫 번째 세대 행성들에서 생명의 첫 번째 씨앗이 탄생했습니다. 그러나 영겁의 시간이 흐른 뒤에 그 우주적인 첫 탄생의 흔적은 아무것도 남지 않았습니다. 만약 활동적인 이성이 변화시킨 것을 '인공적'이라 한다면 우리를 둘러싼 우주 전체도 인공적입니다. 이렇게 뻔뻔한 이단 사상은 즉각적인 반대를 불러일으킵니다. 우리는 도구적인 로봇을 사용하므로 이성이 생산해낸 '인공적'인 물체가 어떻게 생겼는지 아니까 말입니다! 대체 어디에 우주선이, 어디에 괴물 같은 기계 덩어리가, 어디에—한마디로—거대한 기술적 존재가 우리를 둘러싸고 별이 반짝이는 하늘을 채우고 있단 말입니까? 그러나 이것은 생각

---

* 제바스티안 폰 회르너(1919~2003)는 무게와 운동에 따른 천체망원경의 왜곡률 계산법을 발전시켰다. 외계생명체에 대한 과학적 연구의 선구자이며, 모든 문명이 어느 정도 시간이 지나면 사라질 것이라고 가정하고 문명의 평균 지속기간을 6,500년으로 추정했다.

의 관성이 초래한 오류라고 아체로풀로스는 말합니다. 도구적인 기술을 필요로 하는 문명은 초기 단계에 머물러 있는—지구문명 같은—것뿐이라고 말입니다. 수십억 년 된 문명은 그 어떤 기술도 사용하지 않습니다. 그런 문명의 도구는 우리가 자연의 법칙이라고 하는 것입니다. 물리학 자체가 그런 문명의 '기계'인 것입니다! 게다가 그것은 '준비된 기계'도 아닙니다, 전혀 그렇지 않지요. 이 '기계'는 (물론 공학적인 기계와는 전혀 비슷하지도 않습니다만) 수십억 년 전에 생겨났으며 그 조립 과정이 대단히 발전되기는 했지만 아직도 마무리되지 않은 것입니다!

이 신성모독의 뻔뻔함과 괴물 같은 반항적 정서에 놀란 독자는 아체로풀로스의 책을 손에서 떨어뜨릴지도 모릅니다—아마 그런 독자가 한두 명이 아니었을 겁니다. 하지만 이것은 과학의 역사에서 가장 위대한 이단창시자인 저자의 계속되는 타락의 길을 향한 첫 번째 발걸음일 뿐입니다.

아체로풀로스는 '자연적인 것'(자연의 산물)과 '인공적인 것'(기술의 산물) 사이의 차이점을 없애고 한 걸음 더 나아가 성문법(인간 사회의 법률)과 자연의 법칙 사이의 절대적인 차이도 제거합니다… 임의의 물체를 그 근원에 따라 인공적인지 자연적인지 나누는 것이 세상의 객관적인 특성이라는 판단 자체를 부정합니다. 그는 이런 판단이 그가 "개념적 지평선의 폐쇄"라 이름 붙인 효과로 인해 초래된 근본적인 생각의 오류라고 여깁니다.

아체로풀로스에 따르면 인간은 자연을 엿보며 그 안에서 벌어지는 활동을 배웁니다. 물체의 낙하, 번개, 연소 과정을 관찰하지요. 자연은 언제나 선생이며 인간은 학생입니다. 얼마간 시간이 지나면 인간은 자기 몸에 일어나는 과정들을 흉내 내기 시작합니다. 생물학은 인간에게서 가르침을 얻지만, 그때도, 동굴에 살던 사람들이 그랬듯이 계속해서 자연은 완벽한 해결책이 모인 경계선이라고 여깁니다. 언젠가, 언젠가는 어쩌면 자연의 완벽한 활동을 따라잡을지도 모른다고 인간은 생각하지만 그러려면 아마도 길의 끝에 이르러야 할 것입니다. 그 너머로 계속 가는 것은 불가능한데, 왜냐하면 원자, 태양, 동물의 신체, 자신의 뇌로서 존재하는 것은 구조적으로 영원히 넘어설 수 없기 때문입니다. 자연히 그렇게 되면 이 경계선에서 이런 것을 '인공적으로' 따라 하고 변경하는 작업들이 생겨납니다.

　이것이 바로 관점의 오류, 혹은 "개념적 지평선의 폐쇄"라고 아체로풀로스는 말합니다. 지평선에서 철로가 한 점에 모이는 듯 보이는 것이 허상이듯 "자연의 완벽함"이라는 개념 자체가 허상이라는 것입니다. 자연은 물론 적절한 지식을 가지고 있다면 어떤 것에서든 변화시킬 수 있습니다. 원자를 조종할 수도 있고, 그런 뒤에 원자의 속성 또한 변화시킬 수 있습니다. 그런 작업의 '인공적인' 결과가 그 이전에 '자연적인' 상태였을 때보다 '더욱 완벽한지' 고민하지 않는 편이 좋습니다. 변형의 결과는 작동시키는 쪽의 계획과 의도에 따라 그저 달라질 뿐이며, '더 나아졌는지', 즉 '더 완벽해졌는지'는 이성의 의도에 맞게 형성되었는지에 따라 판단할 수 있을 뿐입니다. 그러나 우주적 질료가 전면적인 변형을 겪은 뒤에 어떤 '절대적인 더 나음'을 보일 수 있을까요? '다양한 자연'과 '여러 가지 우주'는 가능하지만 구현된 것은 단 하나, 우리가 탄생하여 존재하고 있는 이 현실의 버전뿐입니다. 이른바 '자연의 법칙'이 불가침인 것은 '태아 상태'의 문명, 즉 지구와 같은 문명의 경우뿐입니다. 아체로풀로스에 따르면 문명 발달의 길은 사다리 형태이며, 단계마다 자연의 법칙을 발견하게 되고 단계별로 그런 법칙이 설정되는 것입니다.

이런 일들이 일어나고—사라지며—수십억 년이 지났습니다. 현재 우주는 있는 그대로의 원소에서 힘이 무작정 생겨나 태양 혹은 태양계를 무작정 파괴하는 경기장이 아닙니다. 전혀 그렇지 않습니다. 우주에서는 '자연적인'(원초적인) 것을 '인공적인'(변형된) 것과 더 이상 구분할 수 없습니다. 누가 이 우주생성 작업을 수행했을까요? 문명의 첫 세대입니다. 어떤 방법으로요? 그건 우리가 알지 못합니다. 우리의 지식은 아주 하찮기 때문입니다. 그렇다면 어떻게, 무슨 근거로 우주가 그렇다는 걸 알 수 있을까요?

아체로풀로스의 대답은 이렇습니다. 종교적인 상상 속에서 우주의 창조자가 자유로웠듯이 만약 첫 번째 문명들이 시작부터 자유로웠다면 우리는 과거에 벌어진 변화의 현상들을 실제로는 결단코 알아볼 수 없었을 겁니다. 여러 종교에 의하면 신은 어쨌든 순수한 의도적 행위로서, 완전히 자유로운 상태에서 세상을 창조했으니까요. 그러나 이성의 상황은 다릅니다. 문명은 그것을 탄생시킨 원초 물질의 속성에 제한된 채 생겨났으며 이 속성이 문명이 이후 행하는 활동의 조건이 됩니다. 이 문명이 어떻게 행동하는지를 보면, 지적 생명체의 우주생성에 주어진 최초의 조건이 어땠는지를 간접적으로 이해할 수 있습니다. 이것은 쉬운 일이 아닙니다. 어떤 일이 일어났든, 첫 세대 문명들은 우주의 변환 작업에 의해 변동을 겪을 수밖에 없었기 때문입니다. 우주의 일부로서 이 문명들은 스스로는 변하지 않는 채로 우주만 변화시킬 수는 없었습니다.

아체로풀로스는 다음과 같은 모델을 예로 들어 설명합니다. 한천 배지 위에 박테리아 군집을 배양할 때, 밑에 깔린 ('자연적인') 한천 배지와 박테리아 군집은 곧바로 구분할 수 있습니다. 그러나 시간이 지나면서 박테리아가 어떤 성분은 흡수하고 어떤 성분은 배출하는 등 생명활동을 통해 환경을 변화시켜 한천 배지의 구성성분, 산도, 점도 등이 바뀌게 됩니다. 그리고 이러한 변화의 결과로—새로운 화학물질에 노출된 한천 배지가 박테리아에 새로운 변이를 일으켜 한눈에 보기에도 부모 세대와는 완전히 다른 모습으로 바뀐다 해도, 이 새로운 변종은 그저 '생화학적 게임'의 결과일 뿐이며 이 게임은 모든 군집과 배지에서 동시에 진행됩니다. 환경이 먼저 변화하지 않았다면 박테리아의 이후 변이는 일어나지 않았을 것이며 그러므로 이후 변종은 게임 자체의 결과입니다. 그런데 이런 상황에서 개별적인 군집끼리 서로 접촉할 필요는 없습니다. 군집들은 서로 영향을 주고받지만 그 영향은 오로지 삼투, 발산, 배지에서 일어나는 산-염기 평형의 전환에 의한 것일 뿐입니다. 그리고 최초에 발생한 게임은 사라지는 경향이 있음을 관측할 수 있는데, 왜냐하면 최초에는 존재하지 않았던, 질적으로 새로운 게임 형태가 최초 형태를 대체하기 때문입니다. 한천 배지를 원초우주라 하고 박테리아를 원초문명이라 하면 '새로운 우주생성론'의 단순화된 형태를 볼 수 있습니다.

제가 이제까지 말씀드린 내용은 역사적으로 수집한 지식의 관점으로 보면 완전히 틀렸습니다. 그러나 우리가 자유롭게 임의의 조건으로 사고 실험을 진행하는 것은, 실험 조건이 논리적으로 모순되지 않는 한 막을 수 없습니다. 그러므로 '게임으로서의 우주'라는 가정을 받아들인다면 여러 가지 질문이 생겨나며 이에 대한 모순되지 않는 답변을 할 필요가 있습니다. 무엇보다도 먼저 최초 상태에 대한 질문이 생겨납니다. 최초 상태에 대해 우리가 뭔가 추론할 수 있는지, 그런 추론을 통해 게임을 시작할 때의 상태에 대해 추측할 수 있을지 말입니다. 아체로풀로스는 가능하다고 여겼습니다. 최초 상태에서 게임이 생겨나려면 원초우주는 일정한 특성을 가져야만 합니다. 예를 들어 원초우주에서 첫 번째 문명들이 생겨나기 위해, 그리고 그 뒤에 물리적인 혼돈이 되어버리지 않고 어떤 질서가 지배하기 위해 그래야만 합니다.

그러나 이 질서가 꼭 보편적일, 그러니까 모든 곳에서 똑같을 필요는 없습니다. 원초우주는 물리적으로 단일하지 않을 수 있고 여러 형태의 물리적 성질이 섞였을 수도 있으며 모든 곳에서 동일하지 않고 심지어 모든 곳에서 같은 방식으로 규정될 수도 없습니다(규정되지 않은 물리학에서 일어나는 사건들은 최초 조건이 유사하더라도 언제나 같은 방식으로 진행되지 않습니다). 아체로풀로스는 원초우주가 바로 이렇게 물리학적으로 "얼룩덜룩한" 상태이며 문명은 그 안에서 서로 상당히 멀리 떨어진 수많은 장소에서 생겨날 수 있다고 추정했습니다. 아체로풀로스는 원초우주가 벌집과 물리적으로 유사한 상태일 것으로 상상했습니다. 벌집의 방 하나하나가 원초우주에서 일시적으로 안정된 물리적 지역이며, 그러나 인접한 지역과는 물리적으로 다릅니다. 이렇게 폐쇄된 환경에서 서로 고립된 채 발전하는 각각의 문명은 자신이 우주 전체에 혼자뿐이라 여길 수 있으며, 에너지와 지식이 성장하면서 주변의 점점 더 넓은 반경에 안정이라는 특성을 부여하려 할 수 있겠지요. 여기에 성공한다면 이런 문명은 아주 오랜 시간이 지난 뒤에—그 원심성 작업을 통해—주위 시공간에서 일어나는 자연적인 발산으로 인한 현상뿐 아니라 다른 문명들의 작업을 대표하는 현상과도 접촉하게 됩니다. 아체로풀로스에 따르면 바로 이렇게 해서 '게임'의 첫 단계, 시작 단계가 끝납니다. 여러 문명이 서로 직접 접촉하는 것이 아니라 언제나 한쪽 문명이 팽창하면서 그 세계에 설정된 물리적 특성이 인접 지역의 물리에 우연히 닿게 되는 것입니다.

이 물리적 특성들은 충돌하지 않고 서로 지나칠 수 없는데, 왜냐하면 동일하지 않기 때문입니다. 그리고 동일하지 않은 이유는 개별적이고 고립된 각각의 문명이 존재를 시작한 조건이 또한 서로 같지 않았기 때문입니다. 물론 개별 문명들은 이런 작업으로 인해 자신들이 완전히 객관적인 물리적 요소들과 반응하는 것이 아니라 의도적으로 시작된 다른 작업들의 영역, 즉 다른 문명들에 접촉하고 있다는 사실을 아주 오랫동안 깨닫지 못할 것이라고 아체로풀로스는 생각했습니다. 이 사실을 깨닫기까지는 상황이 단계적으로 발전합니다. 확실히 동시적으로 일어나지는 않았을 사실들이 확정되고, 그 확정이 게임의 다음 단계, 두 번째 단계를 열어줍니다. 이 가설을 증명하고자 아체로풀로스는 기본적인 속성이 다른 여러 물리법칙이 서로 맞부딪치고 여러 형체가 소멸되고 변화하면서 어마어마한 양의 에너지가 풀려나와 그 충돌의 최전선에서 거대한 분출과 폭발이 일어나던 이 우주 시대를 상상한 여러 장면의 삽화를 『새로운 우주생성론』에 집어넣었습니다. 이때의 충돌은 너무나 강력해서 그 메아리가 오늘날까지도 여전히 우주에서 울려 퍼지고 있습니다. 이른바 잔류방사라는 것으로, 천문학계에서 1960년대에 발견하여 우주가 한 점의 배아에서 탄생하면서 폭발할 때 일어난 충격파의 마지막 여운이 남아 있는 것이라 여겼습니다. 왜냐하면 당시에는 많은 학자들이 그러한 폭발적 탄생 모델을 정확한 것으로 믿었기 때문입니다. 그러나 이후 아주 많은 시간이 흐르면서 문명들은 각자 어느 정도 자기 힘으로 길항적인 게임을 진행하는데, 자연의 요소들에 대항하는 것이 아니라—알지 못하는 상태에서—다른 문명들에 대항하는 것입니다. 이들의 게임 진행 전략에서 특징적인 측면은 근본적으로 서로 의사소통이 불가능하다는 사실, 서로 간 연결의 부재인데요, 왜냐하면 한쪽 물리학의 영역에서 다른 물리학 영역으로 아무런 정보도 보낼 수 없기 때문입니다.

그러므로 각각의 문명은 혼자서 행동해야만 하며, 이제까지의 전략을 지속하는 것은 무의미하거나 완전히 파멸적일 것입니다. 그러므로 정면 충돌에 기운을 낭비하지 말고 통합해야 하지만, 서로에 대한 기본적인 이해가 전혀 없는 채로 통합해야 하는 것입니다. 이런 결정 또한 동시적으로 이루어지지 않으며 궁극적으로 게임의 세 번째 단계에 접어들 때 일어나는데, 그 세 번째 단계가 지금 아직 진행 중입니다. 왜냐하면 실질적으로 우주의 지적 생물체 전체가 함께 통합화하고 표준화하는 게임을 진행하기 때문입니다. 이 전체 구성원들은 흥정은 붙이고 싸움은 말리는 방향으로 행동하는데요, 이런 행동에 전부 동의한 적이 없더라도 어쨌든 모두에게 이로울 것입니다. 게임 참가자들은 게임 이론의 '미니맥스' 전략에 따라 행동하는데, 즉 손실을 최소화하며 공동의 이익을 최대화하기 위해 기존의 조건들을 변경하는 것입니다. 이 때문에 현재의 우주는 동질적이며 등방성입니다(같은 규칙이 지배하며 우주 안에 서로 다른 방향성이 없습니다). 아인슈타인이 우주에서 발견한 특성들은 동일한 상황에 놓인 게임 참가자들이 개별적으로 결정을 내린 결과인데, 이들의 전략적인 상황은 처음에는 동일했으나 물리적으로는 반드시 동일하지 않습니다. 일률적인 물리학이 게임의 전략을 탄생시키지 않았다는 뜻입니다. 사실은 반대입니다. 일률적인 미니맥스 전략이 하나의 물리학을 탄생시켰습니다. '이드 페시트 우니베르숨 퀴 프로데스트Id fecit Universum, cui prodest.'*

신사 숙녀 여러분, 우리의 최신 지식에 따르면 아체로폴로스의 비전은 비록 여러 단순화와 오류를 담고 있지만 현실에 대략 들어맞습니다. 아체로폴로스는 다양한 물리학의 범위 안에서 똑같은 유형의 논리가 생겨날 수 있다고 추론했습니다. 만약 '우주적 벌집' 안의 A방에서 탄생한 A1 문명이 B방에서 생겨난 B1 문명과 다른 논리를 가졌다면 양쪽이 같은 전략을 사용할 수 없을 것이며 그렇게 해서 서로의 물리학을 통합시킬 수도 없을 것이기 때문입니다. 그래서 그는 동일하지 않은 물리학 또한 하나의 논리를 탄생시킬 수 있다는 추론에 도달합니다. 그렇지 않으면 우주적으로 일어난 일들을 설명할 수가 없으니까요. 이러한 직관에는 일말의 진실이 들어 있습니다만 전체 상황은 그가 생각한 것보다 훨씬 더 복잡합니다.

우리는 아체로폴로스에게서 게임 전략의 재구축을 요구하는 프로그램을 물려받았습니다. 이 프로그램은 '거꾸로 작업'의 수

---

* '우주는 자신이 이득을 보는 방향으로 행동했다'는 뜻의 라틴어. 본래 법률에서 쓰이는 '이득을 본 자가 범인이다cui prodest scelus is fecit'라는 문장을 저자가 문맥에 맞추어 바꾼 것이다.

행 덕분에 가능한데요, 실제 물리학에서 벗어나 우리는 물리학이 게임 참가자의 결정으로 초래한 것을 추론해보고자 합니다. 이 작업이 어려운 점은 원초우주가 게임을 결정하고 그러면 게임이 현실의 물리학을 결정하는 일련의 현상을 일직선적인 진행으로 상상할 수 없기 때문입니다. 물리학을 바꾸는 자는 그로 인해 자신을 변화시키게 되며, 다시 말해 주위의 변화와 자기 변화 사이에 되먹임을 창조합니다.

이것이 게임의 주된 위험성이며, 참가자들 또한 이런 위험을 깨달을 수밖에 없습니다. 그러므로 참가자들은 이 위험성을 피하기 위해 여러 가지 전략적인 작전행동을 취하게 됩니다. 그들은 변화가 모든 곳에서 급진적으로 일어나지 않도록, 즉 보편상대성을 피하기 위해 위계적 물리학을 설정합니다. 위계적 물리학은 '비총력적'입니다. 즉 예를 들어 원자 단위의 물질이 양자적 특성을 갖지 않더라도 체제, 구조mechanizm가 침해당하지 않는다는 데는 의심의 여지가 없습니다. 이 말의 뜻은 현실의 개별적인 '수준'들이 제한적인 주권을 갖는다는 것이며, 해당 수준의 모든 법칙이 작동해야만 다음 수준이 생겨날 수 있는 게 아니라는 것입니다. 물리법칙을 '조금만' 변화시킬 수 있으며, 어떤 법칙이 변화한다고 해서 물리학적 현상이 모든 수준에서 변화하는 것은 아니라는 의미입니다. 게임 참가자들이 겪는 이러한 종류의 문제는 아체로풀로스가 상정한 것과 같은—3단계 역사발전의—단순하고 아름다운 게임 형상을 불가능하게 합니다. 아체로풀로스는 게임이 진행되는 동안 일어나는 다양한 물리학의 '접촉'이 게임 참가자 중 일부를 소멸시켜야 하리라 추측했습니다. 왜냐하면 모든 최초 상태가 다 통합에 적합한 것은 아니었으니까요. 불리한 상황에 놓인 '게임 파트너'를 소멸시키려는 의도는 다른 '게임 참가자'들의 행위에 달려 있는 것이 전혀 아닙니다. 누가 생존하고 누가 사라지는지는 다양한 환경에 둘러싸인 서로 다른 여러 문명들이 만들어낸 순수한 우연이, 제비뽑기의 법칙으로 결정합니다.

아체로풀로스는 다양한 물리학이 서로 충돌하는 이 무시무시한 '전투들'의 마지막 불꽃을 우리가 퀘이사라는 형태로 여전히 관측할 수 있다고 추정했는데, 이 퀘이사는 10^{63} 에르그* 수준의 에너지를 발산하며 이런 에너지는 퀘이사가 차지하는 비교적 조그만 공간에서는 우리가 아는 그 어떤 물리적 과정을 통해서도 발생시킬 수 없습니다. 아체로풀로스는 퀘이사를 들여다보면 500만 년이나 600만 년 전에, 게임의 두 번째 단계에서 일어났던 일을 볼 수 있다고 생각했습니다. 왜냐하면 그것이 바로 퀘이사에서 날아오는 빛이 우리에게 닿기까지 걸리는 시간이기 때문이지요. 그의 이런 가정은 틀렸습니다. 퀘이사를 우리는 다른 차원의 현상으로 여깁니다. 여기서 여러분이 이해해야 하는 점은 아

---

* 일이나 에너지의 단위. 1에르그는 1다인(질량 1그램의 물체에 작용하여 1초 동안 1센티미터의 가속도를 내는 힘)의 힘이 물체에 작용하여 그 힘의 방향으로 1cm 움직일 때 필요한 일로, 1줄의 1,000만분의 1에 해당한다.

체로폴로스가 이런 관점을 수정할 수도 있었겠지만 그럴 데이터가 없었다는 사실입니다. 게임 참가자들의 최초 전략을 완전히 재구성하는 것은 우리에게 불가능하며, 소급해서 재구성하는 것도 게임 참가자들이―거칠게 말해서―오늘날과 거의 같게 행동하는 지점까지만 가능합니다. 만약 게임에 전략을 근본적으로 변화시켜야만 하는 결정적인 지점이 있다면 소급 재구성은 처음 마주치는 그러한 지점을 넘어 더 되돌아가지 못합니다. 그러면 우리는 게임을 탄생시킨 원초우주에 대해 아무것도 확실히 알 수 없습니다.

그러나 우리가 현재 우주를 들여다본다면 그 안에서 게임 참가자들이 사용했던―우주의 구조 안에 구현된―고전적인 주요 전략들을 감지할 수 있습니다. 우주는 영구적으로 팽창하며, 제한 속도 즉 빛의 속도 장벽이 있고, 그 물리학 법칙들은 거의 대칭적이지만 완벽한 대칭은 아닙니다. 우주는 '응고와 위계'에 따라 구축되었는데, 즉 별들이 모여 성단을 이루고 그 성단이 은하를 형성하며 은하들이 모여서 한곳에 집결되며 결국 이 모든 집결체가 메타은하를 형성합니다. 여기에 더하여 우주는 완전히 비대칭적인 시간을 가집니다. 우주의 기본적 구조는 대략 이렇게 설명할 수 있고, 그 안 곳곳에서 우리는 '우주 게임'의 구조에 대한 더 깊은 설명을 찾아낼 수 있으며, 또한 이 게임의 중심적인 고전적 전략 중 하나가 위대한 침묵을 지키는 것인지 그 이유를 이해할 수 있습니다. 그렇다면 어째서 우주는 다름 아닌 이런 모습으로 만들어졌을까요? 게임 참가자들은 별들의 진화 과정에서 새로운 행성과 새로운 문명이 생겨난다는 것을 알고 있으므로 미래 게임 참가자 후보인 젊은 문명들이 게임의 균형을 침해하지 못하도록 신경 씁니다. 우주가 팽창하는 이유가 여기 있습니다. 그렇게 팽창하는 우주에서만 계속 새로운 문명들이 생겨나더라도 그 문명들 사이 거리가 일정하게 떨어져 있을 수 있습니다.

'음모'로 이어지는 합의, 즉 새로운 게임 참가자들의 지역적 연합이 탄생하는 결성 상황이 이렇게 팽창하는 우주에서도 일어날 수 있었겠지만, 원격 활동을 막는 속도 제한이 구조적으로 작동하기 때문에 불가능합니다. 소요되는 에너지에 비례해서 활동들이 퍼지는 속도가 증가하도록 허용하는 물리법칙이 적용되는 우주가 있다고 상상해봅시다. 그런 우주에서 남들 모두에 비해 다섯 배 큰 에너지를 가진 자는 다른 이들의 상태를 다섯 배 더 빨리 알아낼 수 있으며 다섯 배 더 유리한 입장에서 남들에게 타격을 줄 수 있습니다. 그런 우주에서는 전체 물리법칙과 게임의 다른 모든 파트너를 지배하는 권력을 독점할 기회가 생겨납니다. 그런 우주는 권력을 향해 성장하기 위한 대항심과 에너지 경쟁을 촉진합니다. 반면 현실의 우주에서는 빛의 속도를 넘어서려면 무한히 큰 에너지가 필요하며, 다시 말해 그런 장벽은 절대로 넘어설 수 없습니다.

그러므로 현재 우주에서는 에너지적으로 권력을 갖기 위해 경쟁해도 얻는 것이 없습니다. 시간 흐름의 비대칭성 동인도 비슷합니다. 만약 시간이 가역적이고 충분한 자원과 힘을 투자해서 시간 흐름을 되돌리는 것이 가능했다면 또다시 게임의 파트너들을 지배하는 것이 가능해지는데, 이번에는 그들의 모든 움직임을 무효로 돌릴 기회가 생기기 때문입니다. 그러므로 팽창하지 않는 우주, 속도 장벽이 없는 우주나 시간을 되돌릴 수 있는 우주 모두 게임이 완전히 안정화되는 것을 허용하지 않습니다. 그런데 바로 이 게임을 표준적으로 안정화하는 것이 중요하며, 물질의 구조 안에 구현된 게임 참가자들의 움직임이 의미하는 것이 바로 게임의 안정화입니다. 모든 종류의 교란과 모든 종류의 공격을 설정된 물리를 이용하여 무효화하는 것이 다른 모든 보안 수단(예를 들어 법률적인 수단, 위협, 감독, 강요, 제한, 처벌)보다 훨씬 더 확실하고 더욱 급진적인 조치라는 것은 자명하니까요.

그 결과 우주는 게임 수준에 도달하여 완전한 몫을 하는 참가자가 되려 하는 자를 모두 빨아들이는 화면을 설정합니다. 왜냐하면 게임에 참가하려면 모두 따라야 하는 규칙이 있기 때문입니다. 게임 참가자들은 서로 간의 언어적 연결을 무효화했는데, 게임의 규칙을 어길 수 없는 방법으로 서로 소통하기 위해서지요. 이에 대해 그들이 합의했다는 사실을 증명하는 것이 물리학의 단일성입니다. 게임 참가자들은 언어적 연결의 효율성도 무효화했는데, 왜냐하면 서로 간에 너무 먼 거리를 창조하고 영속화하여, 다른 게임 참가자들의 상태에 대해 전략적으로 중요한 정보를 얻는 데 걸리는 시간이 게임의 현재 전략이 지속되는 시간보다 언제나 더 길기 때문입니다. 그러므로 만약 참가자들 중 누군가 인접한 파트너에게 '이야기'를 한다 해도 상대방이 전달한 메시지를 수신하는 순간에는 이미 너무 늦어버리게 됩니다. 그리고 우주에는 적대적인 집결, 음모, 지역적인 권력 중심부 설립, 연합, 모략 등이 생겨날 가능성이 전혀 없습니다. 그렇기 때문에 게임 참가자들은 서로 연락하지 않습니다. 그들 스스로 연락을 무효화하기 때문입니다. 이것은 게임 안정화의 고전적 방식 중 하나이며, 그러므로 우주생성론의 고전적 방식이기도 합니다. 바로 이것이 위대한 침묵이라는 수수께끼에 대한 설명입니다. 우리가 게임 참가자들의 대화를 엿들을 수 없는 이유는 전략적 계산에 따라 다들 침묵하기 때문입니다.

아체로풀로스는 이러한 상황을 제대로 추측했습니다. 『새로운 우주생성론』에는 그가 이미 의식한, 그의 게임 설명이 불러일으킬 수 있는 불평에 대한 예측이 포함되어 있습니다. 그러한 불평은 우주 전체를 변화시키는 데 소요된 수십억 년의 노력과, 그러한 변화의 결과로서 구조적으로 포함된 물리학을 통한 우주 안정화라는 목표 사이의 무시무시한 불균형을 강조합니다. 아체로풀로스가 상상한 비평가는 이렇게 묻겠지요. "그러니까 수십억 년간 문화를 발달시켜도, 이해할 수 없을 정도로 오래 지속된 그 사회들이 자발적으로 모든 종류의 공격성을 포기하는 데는 불충분하며, 우주 평화는 그를 위해 의도적으로 변형된 자연법칙을 통해서만 보장할 수 있단 말인가? 그렇다면 수백만 은하를 한꺼번에 이동할 정도의 에너지라고 측정되는 힘도 그저 장벽을 설정하고 전쟁을 제한하는 것 외에 아무런 목적도 갖지 못한단 말인가?" 아체로풀로스는 이렇게 대답합니다. 게임이 시작되던 단계에서는 우주를 안정화시킨 종류의 물리학이 반드시 필요했는데, 단 하나의 전략만이 우주를 물리적으로 단일화할 수 있었기 때문이라고 말입니다. 그렇지 않았다면 우주의 어마어마한 공간을 맹목적인 대변동의 혼돈이 집어삼켰을 것입니다. 원초우주에서 존재의 조건은 오늘날보다 훨씬 더 혹독했으며 그 안에서 생명이 생겨나려면 '규칙의 예외' 법칙에 의존해야 했고 우연히 탄생하여 그 우주 안에서 우연히 스러졌습니다. 팽창하는 메타은하, 그 안의 비대칭적인 시간 흐름, 구조적인 위계—이 모든 것이 초창기에 설정되어야만 했습니다. 그것이 다음 작업을 위한 장을 마련하기 위해 반드시 필요한 최소한의 질서였습니다.

아체로풀로스는 이 변화 단계가 존재의 역사가 되므로 게임 참가자들은 반드시 뭔가 새로운 장기적 목표를 가져야만 하리라 이해했고 그런 목표에 도달하기를 원했습니다. 불행히도 그는 성공하지 못했습니다. 여기서 그가 만든 체계 속의 찢어진 틈을 짚어보겠습니다. 아체로풀로스는 게임을 그 형식적 구조를 재구성함으로써 즉 논리적으로 이해하려 한 것이 아니라, 자신을 게임 참가자 입장에 놓음으로써 즉 심리적으로 이해하려 했습니다. 그러나 인간은 외계문명의 윤리법칙에 닿을 수 없듯이 그들의 심리에도 도달할 수 없습니다. 인간에게는 그럴 데이터가 없고, 게임 참가자들이 무엇을 생각하고 무엇을 느끼며 무엇을 갈망하는지 상상할 수 없습니다. 이것은 인간이 물리법칙을 구축할 수 없고, "전자電子로서 존재한다"는 것이 무슨 의미인지 상상할 수 없는 것과 같습니다.

게임 참가자라는 존재가 가지는 내재적 본성은 우리에게 있어 전자적 존재가 가지는 내재적 본성과 마찬가지로 접근 불가능합니다. 전자가 물질 활동의 비생명적인 일부이며 게임 참가자는 어쨌든 우리와 비슷하게 지성을 가진 존재라는 사실은 근본적으로 의미가 없습니다. 제가 아체로풀로스적 체계의 찢어진 틈바구니에 대해 말하는 이유는 아체로풀로스가 『새로운 우주생성론』 어느 지점에서 게임 참가자들의 동기는 내적 성찰을 통해 재현할 수 없다고 분명하게 진술하기 때문입니다. 그는 이 사실을 알면서도 자신을 형성한 사고방식을 그대로 이어갔는데, 왜냐하면 철학자는 우선 이해하려 애쓰고 그 뒤에 일반화하기 때문입니다. 제가 보기에는 처음부터 이런 식으로 게임의 형상을 만들 수는 없다는 점이 명백했습니다. 이해하고 훑어본다는 것은 게임을 외부에서 전체적으로 바라보는 것을 상정하는데, 그런 관측환경은 지금도 없고 앞으로도 없을 것입니다. 의도적인 활동을 심리적 동기와 동일시할 필요는 전혀 없습니다. 게임 참가자들의 윤리가 게임 전체 분석에 포함될 필요가 없으며, 이것은 전쟁 시기 최전선 이동 전략의 논리를 연구하는 전쟁사학자가 군사지도자 개개인의 윤리를 연구할 필요가 없는 것과 마찬가지입니다. 게임의 형상은 게임의 상태와 주위 상태라는 조건에서 내려진 구조적 결정이며 게임 참가자 각자가 가진 가치, 욕망, 갈망, 기준의 개별적인 규정에 따른 우연한 결정이 아닙니다. 그들이 같은 게임에 참가하고 있다 해서 모든 측면에서 서로 비슷할 것이라는 뜻은 절대로 아닙니다! 인간이 체스를 두는 기계와 비슷한 만큼은 비슷할지 모릅니다. 그렇다 해도, 생물학적 관점에서 죽어 있지만 비생물학적 발달 과정에서 탄생한 게임 참가자들이 존재할 가능성, 그리고 인공적으로 시작된 진화의 합성된 결과물인 게임 참가자들 또한 존재할 가능성도 절대로 제외할 수 없습니다. 그러나 이러한 본성에 대한 비교나 숙고는 게임 참가자 이론의 영역에 발을 들여놓을 수 없습니다.

아체로풀로스가 가장 자주 부딪친 딜레마는 위대한 침묵이었습니다. 일반적으로 아체로풀로스의 두 가지 규칙이 알려져 있습니다. 첫 번째는 더 낮은 수준의 문명은 절대로 게임 참가자를 발견할 수 없다는 것입니다. 왜냐하면 게임 참가자들이 침묵할 뿐 아니라 그들의 활동을 우주적인 배경에서 구분할 방법이 없어서인데, 그들이 바로 그 배경이기 때문입니다. 아체로풀로스가 말하는 두 번째 규칙은 게임 참가자들이 지도하거나 도움을 주는 내용의 메시지를 덜 성숙한 문명들에 보내지 않는다는 것입니다. 왜냐하면 구체적으로 그런 메시지를 보낼 대상을 지정할 수 없고 상대를 지정하지 않고 의사소통하는 것은 원치 않기 때문입니다. 상대를 지정한 정보를 보내려면 우선 상대방이 어떤 상황에 있는지 알아야 합니다. 그러나 게임의 첫 번째 규칙이 시공간 활동의 장벽을 설정하므로 이러한 시도를 무효화합니다. 우리가 이미 알다시피 다른 문명의 상태에 대해 얻은 모든 정보는 수신한 순간 너무 오래되어 의미가 없어집니다. 장벽이 설정된 그 자체로 게임 참가자들은 다른 문명의 상태를 인식할 수 없게 된 것입니다. 반면 상대를 지정하지 않고 의사소통을 시도하면 언제나 이득보다 손실이 훨씬 큽니다. 아체로폴로스는 자신이 진행한 실험을 근거로 이 점을 증명합니다. 그는 카드 두 세트를 준비해서 한쪽에는 1970년대의 최신 학술정보를 써넣고 다른 한 세트에는 1860년부터 1960년까지 100년 동안의 역사적인 날짜를 적었습니다. 그런 뒤 그는 카드를 한 쌍 집었습니다. 순수하게 우연히 집어 든 첫 번째 세트의 과학적 발견을 두 번째 세트의 날짜와 짝지어, 상대를 지정하지 않고 정보를 보내는 행위를 모방하려 했습니다. 실제로 이러한 발신은 수신자에게 긍정적인 가치를 가지는 경우가 아주 드뭅니다. 대부분 수신되는 정보를 이해할수 없거나(1860년의 상대성이론) 아니면 활용할 수 없고(1878년의 레이저 이론) 혹은 완전히 해롭습니다(1939년의 원자 에너지 이론). 그러므로 게임 참가자들이 침묵하는 이유는 아체로폴로스에 따르면 덜 성숙한 문명들이 잘되기를 바라기 때문입니다.

이런 주장은 또다시 윤리학으로 돌아갑니다. 이렇게 되면 주장을 신뢰할 수 없습니다. 문명이 기술적으로나 학문적으로 발전할수록 그만큼 더 윤리적으로 완벽해져야만 한다는 명제가 당장 외부에서 이 게임 이론에 도입됩니다. '우주생성 게임' 이론은 이런 식으로 구축할 수 없습니다. 위대한 침묵이 게임 구조에서 필연적으로 도출되어야 하고, 그렇지 않으면 게임의 존재 자체를 의심할 수밖에 없습니다. 임시변통 가설은 게임 이론의 진실성을 구원해주지 못합니다.

아체로폴로스도 이 사실을 깨달았고 이 문제는 그가 겪은 다른 온갖 문제보다 극심하게 그를 괴롭혔습니다. 그래서 그는 이 '도덕 가설'에 다른 가설을 결합하는데, 약한 가설을 아무리 여러 개 동원해도 하나의 강력한 가설을 대신할 수 없습니다. 이 지점에서 제 이야기를 해야 하겠습니다. 아체로폴로스의 후임자로서 제가 무엇을 했을까요? 저의 이론은 물리학에서 도출되었으며 물리학으로 돌아갑니다만, 이론 자체는 물리학에 속하지 않습니다. 물론 제가 그 이론의 시작점으로 삼은 물리학과 똑같은 물리학이 결과적으로 도출되었다면 그 이론은 아무 가치 없는 동어반복이었을 것입니다.

물리학자는 이제까지 마치 체스 경기를 관찰하면서 말들이 어떻게 움직일지는 이미 알지만 그 말들의 움직임이 어떤 목표를 가지고 있다는 사실은 무시하는 사람처럼 행동했습니다. 우주생성 게임은 체스와는 다른 방식으로 진행됩니다. 왜냐하면 게임 도중에 규칙이 바뀌고, 그러므로 말을 움직이는 방법도, 말도, 체스판도 바뀌니까요. 이 점을 생각하면 제 이론은 게임이 탄생한 순간부터 지금까지 진행된 전체가 아니라 마지막 부분만 재구성한 셈입니다. 제 이론은 전체의 한 조각일 뿐이고 그러므로 체스 관찰에 바탕을 둔 재창조 같은 것이며 체스를 시작하는 전략 중 하나에 지나지 않습니다. 체스 전략을 아는 사람은 값진 말을 희생해서 나중에 더욱 값진 것을 얻으려 한다는 사실을 알지만 그 가장 높은 승리가 체크메이트를 의미한다는 점을 반드시 아는 건 아닙니다. 우리가 아는 물리학에서는 게임의 일관된 구조는커녕 일부분도 도출될 수 없습니다. 제가 아체로풀로스의 천재적인 직관을 따라가서 현재의 물리학을 '보완해야' 한다고 가정한 뒤에야 진행 중인 게임의 일부 규정들을 재창조할 수 있었습니다. 이러한 행동은 지극히 이단적이었는데, 과학의 첫 번째 가정은 세계가 그 규칙들을 따르며 뭔가 '준비되고' '완성된 것'이라는 명제이기 때문입니다. 반면 저는 현재 물리학이 일정한 변화의 길로 나아가기 위한 전환 단계라 가정합니다.

이른바 '보편상수'라는 것은 전혀 상시적이지 않습니다. 구체적으로 말하자면 볼츠만 상수는 변하지 않는 게 아닙니다. 즉 우주에서 모든 초기 질서의 궁극적 상태는 반드시 무질서여야 하지만, 혼돈이 증가하는 속도는 게임 참가자가 불러일으킨 변화에 의해 달라질 수 있다는 것입니다. 제가 보기에는 (이것은 그저 제 상상일 뿐이고 이론을 바탕으로 연역한 게 아닙니다!) 게임 참가자들은 마치 '서두른 것처럼'(확실히 우주적인 규모로) 보이는데, 대단히 잔혹한 전략을 써서 시간의 비대칭을 만들기도 합니다. 잔혹하다는 것은 엔트로피 증가 기울기를 아주 가파르게 만들었기 때문입니다. 그들은 무질서가 증가하는 강한 경향성을 활용해서 우주에 유일한 질서를 도입했습니다. 여기서부터 모든 것이 질서에서 무질서를 향해 움직이는 것처럼 보이지만 그래도 전체적으로 이 풍경은 일률적이며 하나의 원칙을 따르고 그러므로 전반적으로 질서정연합니다.

미시세계의 사건들이 원칙적으로 가역적이라는 사실은 이미 오래전부터 알려졌습니다. 이 이론에서 독특한 결론이 나옵니다. 만약 지구의 학문이 기본 원소를 연구하는 데 투자하는 에너지를 10의 19제곱 배로 증가시키면 만물의 상태를 발견하는 작업으로서의 연구는 그 상태를 변화시키는 작업이 될 것입니다! 자연의 법칙을 알아내는 대신 우리는 미미하게나마 그 법칙들을 변형시킬 수 있겠지요.

이것은 민감한 지점이며 현재 우주 물리의 아킬레스건입니다. 미시세계는 지금 게임 참가자들의 구축 작업이 이루어지는 주된 장입니다. 그들은 미시세계를 불안정화했고 특정한 방식으로 조종합니다. 제가 보기에 물리학의 일부 안정된 부분을 그 바탕에서 조금 벗어나도록 움직인 것 같습니다. 그들은 수정 작업을 하고 이미 굳어진 규칙들을 움직입니다. 그런 까닭에 그들은 침묵을 지키며, 그것은 '전략적 고요'입니다. 그들은 '외부자'에게 자신들이 무엇을 하는지 알리지 않고 심지어 게임이 진행되고 있다는 사실조차 통지하지 않습니다. 게임의 존재에 대한 지식이 물리학 자체를 완전히 새로운 관점에서 보게 하니까 말입니다.

게임 참가자들은 침묵함으로써 원치 않는 다툼과 개입을 피하고, 분명 자신들의 작업이 다 끝날 때까지 침묵을 지킬 것입니다. 저 위대한 침묵이 얼마나 오래갈까요? 그건 우리가 알 수 없습니다만, 최소한 1억 년은 이어질 것이라고 추정할 수 있겠지요.

그러므로 우주는 그 물리법칙으로 인해 갈림길에 서 있습니다. 게임 참가자들은 그 기념비적인 재건축을 통해 무엇을 성취하려는 것일까요? 그것도 우리는 알지 못합니다. 이론이 드러내 준 것은 그저, 볼츠만 상수가 다른 상수들과 함께 게임 참가자들에게 필요한 특정한 값에 이를 때까지 계속 감소하리라는 것뿐입니다만—그 값이 무엇을 의미하는지는 알 수 없습니다. 마치 체스의 특정한 시작 전략을 이해하는 사람이 그런 전략이 체스 경기 전체에서 어떤 목적에 사용되는지 반드시 이해해야 하는 건 아니듯이 말입니다. 제가 여기서부터 드리는 말씀은 우리 지식의 마지막 한계조차 벗어납니다. 왜냐하면 우리는 지난 몇 년간 발표된 너무나 다양한 가설로 인해 진실로 풍요 속의 곤란 상태를 겪고 있기 때문입니다. 보우만 교수가 이끄는 브루클린 학파는 게임 참가자들이 물질의 핵심—즉 기본 원소들의 영역에 여전히 "남아 있는" "현상들의 가역성 틈바구니"를 닫으려 한다고 여깁니다. 몇몇 학자는 엔트로피 기울기가 완만해지는 목적이 우주를 생명현상에 더 잘 적응시키기 위해서라고 주장하며, 심지어 게임 참가자들이 원하는 것이 우주 전체를 "지적생명체화"하는 것이라고 말합니다. 제 생각에 이런 가설들은 지나치게 대담하며 특히 어떤 종류의 인간중심주의적 상상력과 비슷한 부분이 있습니다.

우주 전체가 "하나의 위대한 지성"이 되기 위해, "지적생명체화" 혹은 "인간심리화"되기 위해 진화하고 있다는 발상은 수많은 다양한 철학의 중심 사상이며—과거의 수많은 종교적 신앙의 중심이 되기도 했습니다. 벤 누르 교수는 『의도적 우주생성론 *Intentional Cosmogony*』이라는 저서에서 지구에 가장 가까운 몇몇 게임 참가자가(그중 하나는 안드로메다 성운에 있을지도 모릅니다) 자신들의 움직임을 최적화하여 조율하지 못했고 그래서 지구는 "물리학의 진동" 영역에 놓여 있다고 했는데요. 즉 게임 이론이 현재 단계 게임 참가자들의 전략을 완전히 반영하는 것이 아니라 그저 국지적이며 상당히 우연한 일부 영역만을 보여준다는 뜻입니다. 어느 대중과학자는 지구가 "갈등" 지역에 있다고 말하기도 했습니다. 인접한 게임 참가자 둘이—"물리학 법칙을 몰래 바꾸며"—"게릴라전"을 시작했고 볼츠만 상수의 변화를 이것으로 설명할 수 있다는 것입니다.

게임 참가자들이 열역학 제2법칙*을 "약화"시키고 있다는 추측은 요즘 아주 인기가 좋습니다. 이와 관련하여 저는 러시아 학자 A. 슬리슈의 발언을 흥미롭게 생각하는데요, 그는 연구서 『논리학과 새로운 우주생성론 *Logika i Nowaja Kosmogonija*』에서 물리학과 논

* 어떤 고립계의 엔트로피가 열적 평형 상태에 있지 않다면 엔트로피는 계속 증가해야 한다는 법칙. 비가역 과정의 존재를 이르는 법칙이다.

리학 사이에 일어나는 상호작용의 불명확성에 주의를 기울였습니다. 슬리슈에 따르면 엔트로피 증가 경향이 약화된 우주는 대단히 거대한 정보체계를 만들어낼 텐데 그 정보체계는 알고 보면 아주 바보 같을 것이라고 합니다. 몇몇 젊은 수학자의 연구성과에 비추어 보면 이 말은 믿을 만해 보입니다. 이 수학자들은 게임 참가자들에 의해 이미 현실화된 물리학의 변화가 수학의 변화를 가져왔을 가능성이 있다, 즉 더 명확하게 표현하자면 형식적인 학문에서 모순 없는 체계의 구축 가능성을 변화시킬 수 있다고 여깁니다. 이러한 입장에서 출발하면, 괴델이 『형식적 체계의 결정불가능한 명제에 관하여 *Über die unentscheidbaren Sätze der formalen Systeme*』에 썼던,[*] 체계적인 수학에서 도달할 수 있는 완벽의 한계를 가리킨 그 유명한 증명이 보편적으로, 즉 "모든 가능한 우주에" 적용 가능하지 않고 단지 현재 상태의 우주에만 적용 가능하다는 명제에 근접하게 됩니다. (그리고 심지어 옛날 옛적, 오억 년 전이라면 수학 체계의 구축 가능성 규범 자체가 오늘날과는 달랐을 것이므로 괴델의 증명은 수행될 수조차 없었을 것입니다.)

여기서 인정할 수밖에 없는 것은, 지금 게임의 목적, 게임 참가자들의 의도와 그들이 이른바 지지한다고 하는 주요 가치 등등에 관해 자기 나름대로 다양한 의견을 발표하는 이 모든 사람들의 동기를 아무리 완벽하게 이해한다고 해도, 이런 유의―종

---

[*] 쿠르트 괴델(1906~1978)은 오스트리아-헝가리 제국 태생의 수학자, 논리학자. 본문에 언급된 것은 1962년 저작이다.

종 경박한―주장들이 많은 경우 정밀하지 않거나 아니면 완전히 틀린 성격을 띠고 있어 상당히 우려스럽다는 점입니다. 어떤 사람들은 지금 우주가 일종의 집과 같아서 조금만 있으면 거주자가 마음대로 가구를 옮길 수 있을 것처럼 상상하기도 합니다. 물리학의 법칙, 자연의 법칙을 이런 관점에서 바라보는 것은 당연히 말도 안 됩니다. 현실에서 변화의 속도는 우리 인생을 기준으로 본다면 전례 없이 느립니다. 그리고 서둘러 덧붙입니다만 게임 참가자들의 본성에 대해서는, 예를 들어 그들이 이른바 불로장생한다거나 심지어 불사한다는 등의 결론을 절대로 내릴 수 없습니다. 이에 대해서도 우리는 전혀 알지 못합니다. 아마도 학자들이 쓴 대로 게임 참가자들은 살아 있는 존재, 즉 생물학적으로 탄생한 존재가 아닐 것입니다. 어쩌면 첫 문명의 구성원들은 고대부터 전혀 게임에 참여하지 않고 게임 전체를 어떤 거대한 자동기계, '우주생성 조종기'에 맡겨버렸을지도 모릅니다. 어쩌면 게임을 시작한 수많은 원초문명이 사라져서 없고 그들의 역할을 자동화된 시스템들이 수행하며 이제는 그 시스템들이 게임 파트너의 일부분을 이루고 있는지도 모릅니다. 이 모든 것이 가능하며 이런 질문에 대해서는 1년이 지나도, 그리고 제 생각에는 100년이 지나도 우리가 답을 얻을 수 없습니다.

그렇다 해도 우리는 몇 가지 새로운 지식을 얻었습니다. 지식이 대체로 그렇듯이 활동의 강력함보다는 제약에 대해 더 많은 것을 알려주지요. 오늘날 어떤 이론가들은 게임 참가자들이 원했다면 하이젠베르크의 불확정성 원리*가 부과한 확정성 측정의 제약을 벗어던질 수도 있었을 것이라 주장합니다. (존 커맨드 박사는 불확정성 원리가 위대한 침묵의 규칙과 똑같은 근거로 게임 참가자들이 도입한 전략적 시도라는 발상을 말한 적 있습니다. "자신이 게임 참가자가 아닌 한 그 누구도 부적절한 방식으로 물리학을 조작할 수 없도록" 말입니다.) 만약 그렇다고 해도 게임 참가자들은 물질 규칙의 변동과 지적 활동 사이에 존재하는 연결고리를 끊을 수 없는데, 왜냐하면 그 우주도 똑같은 물질로 만들어져 있기 때문입니다. "모든 구축 가능한 우주에" 적용되는 논리 혹은 메타논리를 만들어낼 수 있다는 상상은 틀렸으며 이 사실은 지금도 증명 가능합니다. 개인적으로 저는 이러한 상황을 완벽하게 이해하는 게임 참가자들이 골치를 앓고 있다고 생각합니다만, 그들의 골칫거리는 물론 우리의 범위와 규모를 뛰어넘겠지요!

만약 게임 참가자들이 모든 것을 다 알지 못한다는 사실을 의식하고 불안해진다면, 이를 통해 '우주생성 게임'의 내재적인 위험을 우리가 깨닫게 되므로 이러한 숙고가 또한 갑작스럽게 우리 삶의 상황을 게임 참가자의 조건에 근접하게 해줄 것입니다. 왜냐하면 우주에서 그 누구도 전지전능하지 않기 때문입니다. 가장 높은 수준의 문명조차도, 끝을 알 수 없는 전체의 그저 일부일 뿐입니다.

* 양자역학에서 입자의 위치와 운동량(또는 속도) 두 물리량을 동시에 정확하게 알 수 없다는 원리다.

로날드 슈어는 대담한 발상을 좀 더 대담하게 밀고 나가 한 걸음 더 나아갔습니다. 그는 『이성이 만든 우주_Reason-made Universe_』에서 "법칙 대 규칙"이라 말했는데, 즉 게임 참가자들이 우주를 더욱 깊이 변화시킬수록 자신도 그만큼 더 심하게 변한다는 뜻입니다. 이 변화는 슈어가 "기억의 단두대"라고 이름 붙인 것으로 이어집니다. 왜냐하면 실제로 스스로 급격하게 변화한 존재는 바로 그 때문에 변화가 일어나기 이전의 과거에 대한 기억을 어느 정도 망가뜨리기 때문입니다. 슈어에 따르면 게임 참가자들은 증가하는 우주변화의 힘을 축적하면서 우주가 그때까지 진화해온 길의 흔적을 스스로 없애버립니다. 그 경계선에서 원인으로서 작용하는 전능함은 소급인식으로 마비됩니다. 만약 게임 참가자들이 우주에 이성의 요람으로서 특성을 부여하려 한다면 이러한 목적에서 엔트로피 법칙의 힘을 감소시키게 됩니다. 그리고 수십억 년이 지난 뒤에 그들은 자신들에게 혹은 자신들 이전에 무슨 일이 일어났는지 기억을 잃어버리고 슬리슈가 말한 상태로 우주를 이끌어가게 됩니다. "엔트로피 제동장치"를 제거하면 생물권이 폭발적으로 성장하게 되고 수많은 미성숙한 문명이 너무 일찍 게임에 참가하여 게임의 붕괴를 야기합니다. 이렇게 해서 게임의 파국이 혼란으로 이어지며… 또다시 영겁의 시간이 지난 뒤 여기에서 새로운 게임 참가자 집단이 탄생하여… 게임을 다시 새로 시작합니다. 이렇게 해서 슈어에 따르면 게임은 순환하며 진행되고 그러므로 "우주의 시작"에 대한 질문은 아무 의미가 없습니다. 이 모델은 독특하지만 신뢰할 수 없습니다. 우리가 붕괴의 치명적 위험을 예견할 수 있다면 게임 참가자들도 예견할 수 있다는 건 설명할 필요도 없겠지요.

　여러분, 서로 수십억 파섹 거리에 떨어져 별들의 우윳빛 덩어리 속에 숨은 지적 생명체가 진행하는 게임의 선명한 형상을 제가 강조한 이유는—불확실성과 모순적인 추측과 완전히 불가능해 보이는 가설들을 쏟아부어 이 그림을 구겨버리기 위해서입니다. 그러나 지식을 얻는 일반적인 과정이 바로 이렇지요. 과학의 관점에서는 현재의 우주를 깊은 과거의 기억들이 몇 겹이나 겹쳐진 게임으로 간주하며, 개별적인 게임 참가자의 기억에는 별로 접근하려 하지 않습니다. 그 기억이란 우주를 움직임의 일률성 안에 유지하는 자연의 법칙 전체입니다. 그러므로 이제 우리는 우주를 단지 가장 하찮은, 가장 가까운 조각만 일부 포착할 수 있을 어떤 목표를 향해 달려가는, 수십억 년간 진행된, 영겁의 시간으로 물든 작업의 작업장으로 바라보려 합니다. 이 그림은 올바른 걸까요? 이런 모델도 언젠가는 뭔가 그다음, 또 다른 그림이 나타나 대체하지 않을까요? 우리 모델—'이성의 게임'—이 급진적으로 변화한 것만큼, 역사적으로 탄생했던 모든 모델과 또 다르게 급진적으로 변화한 그림이요. 대답 대신 저는 여기서 저의 스승인 에른스트 아렌스 교수님의 말을 인용하고자 합니다. 오래전, 제가 젊은 청년일 때 게임의 첫 발상을 담은 연습장을 들고 찾아가 의견을 여쭈었더니 그분은 이렇게 대답했습니다. "이론이라고? 이론씩이나? 어쩌면 이건 이론이 아닐지도 모르네. 인류가 어쨌든 별들을 향해 나아갈 거라고? 그러면 아직 존재하지 않는 것이라도 계획을 세울 수 있고, 어쩌면 언젠가 모든 일이 실제로 일어날지도 모르지!" 어쨌든 완전히 냉소적이지는 않은 제 스승의 이 말을 끝으로 저의 수상소감을 마치고자 합니다. 들어주셔서 감사합니다.

상상된 위대함

WIELKOŚĆ UROJONA

『상상된 위대함』

Wielkość urojona

서문

서문쓰기라는 예술은 일찍이 문학에 귀화한 장르로서 독자성을 인정받았어야 했다. 또한 오래전부터 나는 본문에 쇠사슬로 묶인 채 본 작품의 노예가 되어 **자기 자신에 대해서는** 4,000년간 침묵해온 이 글쓰기 분야를 충분히 익혀 내 분야로 합병해야겠다는 필요를 느꼈다. 지금 이 보편지식, 즉 박식함의 시대가 아니라면, 태어나면서부터 그런 상황에 길들여진 이 고귀한 장르를 대체 언제쯤 마침내 독립시킬 수 있단 말인가? 그러나 나는 예술의 발전 방향에 미학적으로 걸맞을 뿐 아니라 윤리적으로도 대단히 시급한 이 필요를 누군가 다른 사람이 채워줄 것이라 기대했다. 유감스럽게도 그것은 지나친 기대였다. 나는 헛되이 바라보며 기다리고 있지만 아무도 농노처럼 힘겹게 일하는 서문쓰기 학學을 그가 예속된 집에서 데리고 나오지 않는다. 그러니 달리 방법이 없다. 의무감이라기보다 반사적으로 마음이 움직여, 개론학의 도움을 빌려 나는 스스로 서둘러 서문쓰기의 해방자이자 산파가 되어야만 한다.

이 역사 유구한 분야에는 그 나름의 지하 세계가 있는데, 바로 고용된 서문, 기계적인, 돈에 팔린, 거친 서문들이 그것이며, 그 이유는 속박되면 타락하기 때문이다. 또한 자신감과 자기도취에 넘치는 서문도 있고, 말을 너무 아끼거나 반대로 너무 크게 고함치는 서문도 있다. 일반 사병 계급의 서문들 외에 장교 계급도 있는데 머리말과 여는 글이 그것이며, 또한 서문들도 서로 다 같지 않은데, 왜냐하면 자기 책에 대한 서문이 다르고 남의 책에 부치는 서문이 또 다르기 때문이다. 마찬가지로 초판본에 서문을 붙이는 작업은 여러 번 중쇄한 이후 판본들에 각각 서문을 쓸 때 들어가는 노력과는 또 다른 법이다. 별것 아닌 서문이라도, 꾸준히 계속 출간되는 작품의 서문을 모아놓으면 그 힘은 종이를 조일루스*의 음모도 막아낼 법한 돌덩이로 바꿔버린다―책의 내용을 보여준다기보다 그 책의 건드릴 수 없는 지위를 보여주는 이런 갑옷 같은 서문을 장착한 책을 대체 누가 감히 공격한단 말인가!

* 조일루스(서기전 약 400~320)는 그리스의 문법학자, 비평가. 호메로스의 시를 비판한 것으로 유명해 그의 이름은 '남의 작품을 헐뜯는 비평가', '심한 혹평을 하는 사람'을 뜻하게 되었다.

서문은 본문에 대해 품위 있게 혹은 자랑스럽게 절제된 예고 편이며 작가에게는 서명과 함께 완료해야 하는 의무이고, 실질적으로 시뮬레이션인 어떤 권위가 그 책에 관여했다는, 관습에 의해 강요된, 친근하긴 하지만 피상적인 선언문이다. 그러므로 서문은 위대한 세계로 가는 안전통행증이고 사증이며 허가증이고, 강력한 입에서 나온 노자성체이며—결국 가라앉을 것을 위로 끌어올리는 무용한 손길이다. 이 차용증은 변제될 수 없으며 황금을 쏟아부은 자에게 아주 드물게 이윤을 돌려준다. 그러나 이 모든 것은 넘어가기로 한다. 나는 개론학의 학명 분류에 몸을 던질 생각이 없으며 이제까지 고삐가 붙들려 지연되고 있던 분야의 가장 기초적인 분류학조차 시도하고 싶지 않다. 짐마차 끄는 말이든 마르고 병든 말이든 마구를 쓰고 끌려다니는 것은 똑같다. 이렇게 끌고 다니는 일은 린네우스*들이 맡으면 된다. 나는 그런 종류의 서문으로 나의 조그만 '해방된 서문들' 선집을 시작하지 않겠다.

여기서 깊이 들어갈 필요가 있다. 서문이란 대체 무엇일까? 당연히 뻔뻔하게 거짓말하는 과대광고지만, 또한 세례 요한이나 로저 베이컨의 광야로 불러내는 목소리이기도 하다. 그러므로 심사숙고해보면 작품에 대한 서문 외에 작품인 서문도 존재한다는 사실을 알 수 있는데, 왜냐하면 모든 신앙의 성스러운 경전도, 그

---

* 카를 린네우스 혹은 카를 폰 린네(1707~1778)는 학명 체계를 처음 고안한 스웨덴 학자.

리고 학문적인 이론과 미래예측 또한 여는 글이기 때문이다. 이 세계와 저 너머 세계에 부치는 서문 말이다. 그러므로 돌이켜 생각하건대 서문의 왕국은 문학의 왕국에 비할 바 없이 더 넓은데, 그 이유는 문학의 목적이 상상을 실현하는 것인 데 비해 서문은 그저 멀리서 예고할 뿐이기 때문이다.

이미 귀에 굳은살이 박이도록 들었던, 도대체 무엇 때문에 서문을 해방해 주권 있는 글쓰기 장르로 간주하도록 제안해야 하냐는 질문에 대한 대답은 방금 했던 말에서 비쳐 나오고 있다. 순식간에 해방할 수도 있고 아니면 더 수준 높은 해석학의 도움을 청할 수도 있다. 우선은 숭고한 척 부풀리지 않고 계산기를 두드려가며 이 기획을 정당화할 수 있다. 정보의 홍수가 우리를 위협하지는 않는가? 그리고 정보의 홍수가 아름다움을 아름다움으로 짓이기고 진리를 진리로써 절멸시킨다는 바로 그 점이 가장 무시무시하지 않은가? 게다가 수백만 셰익스피어의 목소리는 초원에서 미국들소 떼가 내는 성난 울음소리나 바다에서 일어나는 파도 거품과 똑같은 함성이며 분노에 찬 아수라장이기 때문이다. 그러한 수백만의 감각이 서로 부딪치면 생각은 영광이 아니라 파멸을 가져다준다. 이런 무서운 운명 앞에서 침묵만이 창조자가 독자와 서약한 구원의 방주가 되지 않겠는가. 창조자는 어떤 내용이든 줄줄 풀지 않고 자제함으로써 권위를 인정받고, 독자는 이렇게 창조자가 보여주는 절제력에 박수를 보내니 말이다. 확실하다… 심지어 서문 자체를 쓰지 않을 정도로 절제할 수도 있으나, 이런 경우 절제력이 행동으로 드러나 보이지 않을 것이며 그러면 희생 제물도 받아들여지지 않을 것이다. 나의 서문들도 마찬가지로 내가 절제하고 저지르지 않으려 하는 이러한 죄의 예고이다. 이것은 냉정하고 순수하게 외부적인 계산의 차원에 있다. 그러나 이렇게 선언한 해방의 상태에서 예술이 무엇을 얻게 될지 총계는 아직 드러나지 않았다. 하늘에서 내리는 만나조차 지나치면 돌멩이와 다름없다는 사실을 우리는 이미 알고 있다. 여기에서 어떻게 살아남을 것인가? 스스로 쐐기를 박아 움직이지 못하는 실수를 저지르지 않고 정신을 어떻게 구해낼 것인가? 그리고 정말 바로 여기에 구원이 있는가, 바로 서문을 통해서만 진실의 길이 이어지는 것인가?

해석학의 현재 권위자인 현명한 비톨드 곰브로비츠 박사를 소환한다면 아마 상황을 이렇게 표현했을 것이다. 서문을 그것이 예고하는 본문으로부터 해방한다는 발상이 누군가에게, 혹은 나 한 사람에게라도 마음에 들든 말든 그것은 문제가 아니다. 왜냐하면 우리는 모두 형태 진화의 법칙에 절대적으로 묶여 있기 때문이다. 예술은 한곳에 머무를 수 없고 계속 반복될 수도 없으며 그러한 이유로 마냥 마음에 들 수만은 없다. 알을 낳았다면 품어야 하고, 그 알에서 도마뱀이 아니라 포유류가 나왔다면 빨아먹을 젖을 주어야 하며, 그러므로 다음 단계에서 우리가 전반적인 거부감과 심지어 구역질을 불러일으키는 것을 만나게 된다 해도 방법이 없다. 우리는 이미 그 일을 해버렸고 이미 스스로 여기까지 너무 멀리 밀어붙여 끌고 왔으므로, 유쾌 혹은 불쾌보다 더 높은 차원의 필요에 의해 우리는 눈을, 귀를, 마음을 새로운, 절대적으로 적용된 것으로 바꿔야 하는데, 왜냐하면 그것은 여기보다 더 높은 길에서 발견되었고 그곳은 실제로 아무도 가본 적이 없고 가고 싶어 하지 않는 곳이며, 왜냐하면 그곳에서 한순간이라도 버틸 수 있는지 알지 못하기 때문이다. 그러나 근본적으로 문화의 발전을 위해서 이것은 전혀 아무런 의미도 없다! 이 렘마, 즉 보조정리는 무심한 천재성의 적절한 부도덕성과 함께 우리에게 하나의—오래된—자발적이며 그러므로 무의식적인 속박 상태를 새로운 것으로 바꾸도록 지시한다. 이는 족쇄를 끊는 것이 아니라 그저 사슬을 길게 늘려줄 뿐이고, 이해된 필요불가결성을 자유라 칭하며 미지의 세계로 어떻게든 밀어낸다.

그러나 솔직하게 인정하자면, 나는 이단과 봉기를 위해 다른 정당화를 갈구한다. 그래서 나는 말하겠는데, 첫 번째와 두 번째로 이야기된 사안은 상당 부분 사실이지만 완전한 진실은 아니며 필수불가결성과 완벽하게 비슷한 것도 아니다. 왜냐하면 세 번째로, 우리는 전능자가 감시하는 대수학을 이 창조에 적용할 수 있기 때문이다.

여기서 주의를 기울여주기 바란다. 창세기의 **결과**에 대한 묘사에 있어 성경이 얼마나 수다스럽고 모세 5경이 얼마나 방대한지—그리고 그 방법론에 있어서 얼마나 간결한지! 시간이 존재하지 않은 채 혼란만이 있었는데 그러다 갑자기—난데없이 돌연히—신이 "빛이 있으라"라고 말하고, 그러자 그냥 빛이 생기고, 말하는 부분과 빛이 생긴 부분 사이에 아무것도 없다. 빈틈도 없고 방법도 나와 있지 않단 말인가? 난 믿을 수 없다! 혼돈과 창조 사이에는 순수한 의도가, 아직 오염되지 않은 빛이, 우주에 완전하게 연루되지 않은, 더럽혀지지 않은—심지어 낙원과도 같은 땅이 있었을 것이다.

그리고 그때 그곳에서 기회의 생성이 있었을 것이나 실현은 아니었을 것이다. 의도가 있었을 것이나 이는 신의 의도이며 그러므로 전지전능하여 아직 스스로 활동으로 변화시키기를 시작하지 않았을 것이다. 고지가 먼저 있었고 수태는 그 이후였다…

이러한 문헌을 어찌 이용하지 않을 것인가? 표절하겠다는 것이 아니라 방법론을 말하는 것이다. 이 모든 일이 어디에서 출발했는가? 처음이다, 물론. 그러면 처음에 무엇이 있었는가? 서문이다, 우리가 이미 알듯이. 서문, 그러나 자체로 독립적이고 스스로 주권적이지 않은, '무언가'에 대한 서문이다. 창세기라는 부도덕한 실현에 우리는 맞서기로 한다. 창세기의 첫 보조정리에 절제된 창조의 대수학을 적용하기로 하자!

구체적으로는 전체를 '무언가'로 나누기로 한다. 그러면 '무언가'는 사라지고 우리는—현실화의 모든 위협이 사라졌으므로—악한 결과물이 제거된 서문과 함께 남을 것이며 그것은 순수하게 의도적이며 그 상태에서 무구하므로 해답일 것이다. 이것은 세계가 아니라 그저 무차원의 점일 뿐이지만 바로 그렇기 때문에 무한 속에 있다. 문학을 어떻게 그곳으로 이끌지에 대해서는 잠시 후에 이야기하기로 하자. 우선 문학의 주변 이웃들을 들여다보기로 한다. 어쨌든 문학은 외딴곳에 홀로 떨어진 은둔자가 아니니까 말이다.

모든 예술은 오늘날 구원 작전을 수행하려 하는데, 그 이유는 창작의 전면확장이 예술의 죽음이자 경주이자 탈출이 되어, 저항을 발견하지 못하므로 지지대 또한 없이 마치 우주처럼 예술은 허공 속으로 폭발하기 때문이다. 모든 것이 가능하므로 그 어떤 것도 가치가 없고 전진은 후퇴로 변하는데, 그 이유는 예술이 그 원천으로 돌아가기를 원하나 방법을 모르기 때문이다.

미술은 **경계**에 대한 갈망에 불타오르며 화가들에게, 그들의 피부에 기어든다. 그러면 화가는 이미지 없이 자신을 드러내기 시작하며, 그러므로 그는 붓에 채찍질당한, 혹은 기름과 템페라 속에 푹 잠긴, 혹은 색채의 양념 없이 헐벗은 채 전시회 개막일을 맞이한 우상파괴자이다. 유감스럽게도 이 불행한 사람은 진실한 나체에는 도달할 수 없다. 그는 아담이 아니라 그저 홀떡 벗은 어떤 아저씨일 뿐이다.

한편 다듬어지지 않은 돌덩이나 그냥 눈에 띄는 쓰레기를 가져다 숭고한 노출이라 우리에게 들이미는 조각가는 반대로 석기시대로—전前인간 속으로—기어들려 하는데, 즉 진실한 인간이 되고자 하기 때문이다! 그러나 그가 어디에서 원시인을 찾겠는가! 고기를 날것 그대로 야만적으로 표현하는 길은 그쪽이 아니다! 자연적인 것은 추하지 않다Naturalia non sunt turpia고 하지만 그렇다고 단순히 야만적으로 산다고 해서 자연으로 돌아간다는 뜻은 아닌 것이다!

그러면 대체 어떻게 한단 말인가? 음악을 예로 들어 상황을 설명해보자. 가장 크고 가장 가까운 기회가 바로 음악 앞에 열려 있으니까.

대위법의 뼈를 부러뜨리고 컴퓨터를 사용하여 바흐의 작품들을 산산이 짓부수는 작곡가들은 잘못을 저지르고 있다. 또한 백배로 강화된 고양이 꼬리를 전자적으로 밟아봤자 원숭이 떼의 고함을 흉내낸 것 외에 아무것도 태어나지 않는다. 곡 전개도 음조도 틀렸다! 아직 목적을 분명히 의식한 구원자이자 혁신가는 나타나지 않았다!

나는 그 구원자를 간절하게 기다린다. **바로잡힌** 형태로, 자연의 품속으로 돌아가는 그의 **구체적인** 음악 작품을 기대하고, 그의 작품이 비록 철저하게 개인적이더라도 모든 청중이 콘서트홀에서 즐기는 저 합창 공연의 영구 보존된 형태이기를 기대한다. 오직 겉보기에만 문화적으로 집중하는 청중이 오로지 익숙해진 말초 기관들을 사용해서만 땀에 젖은 교향악단을 관찰하는 그곳에서 말이다.

백 개의 마이크로 엿들은 이 교향악은 아마도 어둡고 단조로운 편곡을 자기 내장처럼 지녔을 텐데, 왜냐하면 그 음향적 배경을 만들어내는 것은 강화된 여러 개의 '창자형 저음', 즉 피할 수 없는 복부 부글거림 속에 기억된 개인들의—꾸르륵 소리 안에 고정된, 꼬르륵거림 안에 정확하며 소화기의 절박한 표현으로 가득한—창자 가스 소리이기 때문이며, 그것이야말로 악기가 아닌 생리적인 소리이기에 진실하고, 맑은 정신의 목소리, 삶의 목소리이기 때문이다.

또한 나는 주요 동기는 드럼 박자에 맞춰, 드럼 주자가 앉은 의자 삐걱거리는 소리가 추임새를 넣고 강하고 발작적인 콧물 들이마시는 소리와 기침 소리의 환상적인 콜로라투라를 반주 삼아 전개된다고 믿는다. 기관지염이 연주를 시작하고… 나는 바로 여기서 천식에 걸린 노년의 장엄함으로 연주된 여러 독주곡을, 진실한 '메멘토 모리Memento mori'** '비바체 마 논 트로포vivace ma non troppo'***, 죽어가는 피콜로 연주를 예감하며, 진짜 시체가 4분의 3박자에 맞추어 인공 턱을 딱딱 맞부딪치고, 정직한 무덤이 길게 늘어진 기도氣道에서 쌕쌕거린다. 이것이 바로 교향악적 전선의 진실이며, 너무나 생생해서 위조할 수 없는 것이다!

몸의 신체적 주도권이란, 이제까지 세상에서 가장 거짓된 방식으로 인공적인 음악소리에 파묻혀 있었는데, 음악소리와 달리 비극적인 방식이었다. 왜냐하면 돌이킬 수 없이 고유하며 자연으로의 회귀로서—다시 회복될 필요가 있기 때문이다. 내가 잘못

---

* '죽음을 기억하라'. 인간은 언젠가 죽는 존재이므로 죽은 뒤 천국에 가기 위해 노력해야 한다는 유럽 중세의 격언.
** '활기차지만 지나치지 않게'.

알았을 리 없다. 내장기관 교향악의 첫 공연은 대성공이리라는 것을 나는 알고 있는데, 그 이유는 그렇게, 오로지 그렇게 전통적으로 수동적이며 박하사탕 까는 부스럭 소리에 머리끝까지 파묻힌 청중만이—마침내!—모든 진실을 드러내는 데 전적으로 헌신하여 자가교향악이라는 역할에서도 주도권을 잡고 **자기 자신으로의 회귀**를 수행할 것이기 때문이다.

창조자이자 작곡가는 또다시 겁에 질린 군중과 운명의 여신 사이에서 사제이자 중재인이 될 것이다. 왜냐하면 우리 내장의 운명이 우리에게 정해진 길이기 때문이다…

그리하여 전문가이자 청취자가 모인 이 고귀한 군중은 옆에서 뚱땅거리는 잡음 없이 자가교향악을 알게 될 것인데, 이 첫 공연에서 그들은 스스로 자신을 즐기고 두려워할 것이기 때문이다…

그러면 문학은 어떠한가? 이미 독자는 짐작하고 있으리라. 나는 독자 여러분에게 여러분의 정신을—그 드넓은 규모 그대로—돌려드리고 싶은 것이다. 내장 음악이 청중에게 본래의 신체를 돌려주듯이. 즉 문명의 한가운데에서 자연으로 내려가는 것이다.

바로 이 때문에 서문쓰기는 더 이상—해방 작업에서 제외된 채—구속 상태의 저주에서 버틸 수 없다. 나는 소설가와 그의 독자들에게만 봉기를 선동하는 것이 아니다. 내가 염두에 둔 것은 반란이며 보편적인 혼란이 아니다. 연극의 관객들을 선동해서 무대로 기어오르게 하거나 혹은 무대가 그들에게 내려오게 해서, 관객들이 이전의 정겨운 높은 위치를 잃고 관객석이라는 은신처가 파괴되어 배우들의 수호성인인 성 비투스의 교회에 밀어 넣어지기를 바라는 것이 아니다. 경련의 발작이 아니라, 비틀린 요가 고수 흉내가 아니라, 오로지 생각만이 우리에게 자유를 돌려줄 수 있다. 그러므로 존경하는 독자여, 서문의 이름을 건, 서문을 위한 해방 투쟁의 권리를 나에게서 빼앗아간다면 독자는 스스로 돌처럼 굳은 옛 시대로 돌아가는 퇴보 선고를 받게 될 것이며, 구식 턱수염을 기르는 법을 모른다 해도 현대에 들어설 수 없을 것이다.

그와 반대로 새로운 시대의 예감에 들뜬, 번개 같은 반사신경을 가진 진보주의자인 독자여, 당신은 우리 시대의 폭포처럼 쏟아지는 유행 속에서 자유롭게 진동하며, 우리가 옛 사촌인 원숭이보다 얼마나 더 높이 기어올랐는지(달까지 올라가지 않았던가) 알고 있으므로 더욱 높이 올라가야 한다는 것도 알기에, 나를 이해하고 의무를 실행한다는 생각으로 나의 작업에 합류할 것이다.

나는 독자를 속이고 있지만 독자는 바로 그 때문에 나에게 고마움을 표하며, 나는 독자에게 약속을 지킬 생각이 전혀 없으면서 단단히 맹세하지만 독자는 바로 그로 인해 안심하거나 혹은 최소한 상황에 걸맞은 장엄한 태도로 안심한 척한다. 그러므로 우리를 싸잡아 욕하고 싶어 할 어리석은 자들에게 독자는 그들이 정신적으로 시대에 뒤떨어져, 조급한 현실에 의해 씹어 뱉어져 쓰레기장에 굴러떨어졌다고 말할 것이다.

독자는 그들에게 방법이 없다고 말할 것이다. 상환 없는 (초월적인) 약속어음, (거짓된) 맹세, (실행할 수 없는) 예고—오늘날 예술은 변조의 가장 수준 높은 형태가 되었다.

그러므로 예술의 바로 이 빈틈과 실행 불가능성을 좌우명이자 닻으로 삼을 필요가 있으며 그렇기 때문에 '조그만 서문 모음집의 서문'을 쓰고 있는 바로 내가 적격인데, 그 이유는 내가 어디로도 열리지 않는 여는 글, 아무 데도 들어가지 않는 들어가는 말, 그리고 이후로 어떤 문구도 펼쳐지지 않는 서언을 제안하고 있기 때문이다.

그러나 서문이라는 이 첫 발걸음은 독자에게, 하이데거* 저작들이 남긴 유령의 적절한 선로에 따라 변화하는, 각각 의미적으로 종류가 다르고 색깔도 다른 황무지를 열어줄 것이다. 나는 열정과 희망을 품고 대단히 소란스럽게 제단과 3부화의 문을 열고 성화 벽과 황제의 문을 예고할 것이며 부분 공간의 문턱에서 끊어지는 계단에 무릎을 꿇을 것인데, 그 부분 공간은 텅 비어 버려진 곳이 아니라 한 번도 존재하지 않았고—존재하지 않을 공간이다. 아, 이 놀이는 가능한 모든 놀이 중에서 가장 진지하며 거의 비극적이고 우리 운명의 우화인데, 그 이유는 가장 인간적인 발명이자 인류의 소유물이자 은신처로 온전한 소리를 내는, 빛에서 해방되어 모든 것을 집어삼키는 우리의 존재—무無에 대한 서문만 한 것이 없기 때문이다.

* 마르틴 하이데거(1889-1976)는 독일의 실존주의 철학자.

돌과 녹음綠陰으로 이루어진, 차갑게 식었거나 굉음을 내는, 구름 속에서 빨갛게 달아오르거나 별들 속에 파묻힌 세상 전체를 우리는 동물들과 식물들과 공유한다. 그러나 무는 우리의 영역이자 전문 분야다. 무의 발견자는 인간이다. 그러나 무는 어렵고, 존재하지 않으므로 특이하며, 꼼꼼하게 준비하고 영적으로 연습하고 오랫동안 연구하고 훈련하지 않으면 시도할 수 없는 것이고, 준비되지 않은 자들은 충격을 받아 기둥처럼 굳을 것인데— 그래서 정밀하게 설정되고 풍부하게 조성된 무와 소통하기 위해 성실하게 준비해야 한다—그리하여 무를 향해 가는 발걸음 하나하나를 가능한 한 무겁고 선명하고 물질적으로 만들 것이다.

그러므로 나는 여기서 독자에게, 마치 훌륭하게 조각되고 금으로 장식된, 장엄한 상인방에 그리핀과 조각을 얹은 문설주를 보여주듯이 나의 서문을 보여줄 것이며, 엄청나게 반향하는 그 돌의 우리를 향한 측면에 맹세하건대, 내 영혼의 양팔을 집중된 동작으로 밀어 그 문을 활짝 열면서, 독자를 무 속으로 던져 넣고, 동시에 그를 모든 존재와 세계들에서 동시에 밀어낼 것이다.

기적 같은 자유를 나는 장담하고 보장하며, 그곳에 아무것도 없으리라 맹세한다.

내가 무엇을 얻겠느냐고? 가장 풍요로운 상태, 즉 창조 이전의 상태다.

독자는 무엇을 얻는가? 최고의 자유를 얻는다. 왜냐하면 순수하게 날아오르는 독자의 귀를 내가 그 어떤 단어로도 방해하지 않을 것이기 때문이다. 나는 단지 그 단어를 연인이 비둘기를 붙잡듯 잡아서 다윗의 돌팔매처럼, 형상을 돌팔매처럼 던져 그 무한 속으로 날아가게 할 것이다. 영원히 사용되도록.

체자리 스트르시비시, 『네크로브』

139판

Cezary Strzybisz „Nekrobie" (139 reprodukcji)

서문: 스타니스와프 에스텔

조디악 출판사

몇 년 전까지 예술가들은 죽음이 마치 구원인 듯 붙잡으려 했다. 해부학과 생물조직학 지도책을 잔뜩 갖추고 그들은 내장기관을 꺼내 문헌에 펼치고 창자 속을 더듬어, 일상 속에서 피부가 그토록 현명하게 잘 감추어둔 우리의 부끄러운 내용물 덩어리를 캔버스에 늘어놓았다. 그러나 어쩌겠는가, 무지개의 모든 색깔을 띤 부패물이 전시실에서 노래하고 춤추기 시작해도 거기에 놀라운 깨달음은 없다. 만약에 관객이 기분 나쁘게 느꼈다면 그것은 음란한 일이었을 것이며 소름이 끼쳤다면 끔찍한 일이었을 것이다. 그러나 어쩌겠는가? 실제로는 중년 여성들조차 눈 하나 깜짝하지 않았다. 미다스 왕은 손대는 모든 것을 금으로 바꾸었는데, 오늘날 예술가들은 정반대의 저주를 받아 붓을 대기만 하면 모든 것의 위엄을 삭제해버린다. 예술가들은 마치 물에 빠진 사람처럼 아무거나 붙잡으려 하고—붙잡은 채 바닥으로 가라앉고—관객들은 동요 없이 이 광경을 차분히 지켜볼 뿐이다.

이게 다인가? 그러니까 죽음마저도? 이 반反웅장함은 어째서 놀랍지 않은가, 법의학에나 쓰일 이 끈적끈적하게 피투성이가 된 모습을 확대한 그림들에 우리는 최소한 잠시 생각에 잠기기라도 해야 하지 않는가? 그 공포를 느낀다면?

그러나 그 그림들은 무기력했다… 왜냐하면 지나치게 과시적이기 때문이다! 그 발상부터 어린애 같았다. 어른들을 겁주려는 것이다… 그렇기 때문에 진지하게 받아들일 수 없는 것이다! 그래서 '메멘토 모리' 대신에 우리는 주의 깊게 흐트러진 시체들만 받게 된 것이다. 지나치게 고집스럽게 파낸 무덤의 비밀이 미끌미끌한 시궁창이 되어 나타났다. 이 죽음은 큰 소리로 떠들지 않는다. 왜냐하면 이미 지나치게 눈에 띄기 때문이다! 불쌍한 예술가들은 자연만으로는 부족해서 점점 더 그로테스크하고 선정적인 연출에 뛰어들어 스스로 바보짓을 하고 있다.

그러나—이 같은 불명예를 겪은 뒤, 이런 죽음의 실패 뒤에—대체 스트르시비시는 무엇을 어떻게 했기에 명예를 회복하는 데 성공했는가? 그의 '네크로브'란 정확히 무엇인가? 어찌 됐든 그림은 아니다. 스트르시비시는 그림을 그리지 않으며 아마 평생 손에 붓을 쥐어본 적도 없을 것이다. 그가 디자인을 하지 않으므로 이것은 그래픽도 아니고, 또한 그는 그 어떤 재료로 판화나 조각도 하지 않는다. 엄밀히 말하면 그는 사진가이다. 사실 특수한 종류의 사진가이기는 하다. 빛 대신 엑스선을 사용하니 말이다.

이 해부학자는 엑스선 촬영기기의 길게 늘어난 주둥이를 자기 눈처럼 활용하여 몸속으로 뚫고 들어간다. 그러나 의사의 진료실에서 흔히 보는 흑백의 조직들은 확실히 우리의 관심을 끌지 않을 것이다. 그런 이유로 그는 자신의 나체화에 생명을 불어넣었다. 그런 이유로 서류가방의 유령을 든 채 그토록 기운차고 단호한 걸음으로 치명적인 래글런 셔츠를 걸치고 발걸음을 옮긴다. 솔직히 인정하자면 상당히 악의적이고 기괴하지만 그 이상은 아니다. 그는 이 스냅사진을 가늠해보고 계속 시도해보기도 했지만─알지 못했다. 소란이 일어난 것은 그가 대담해져서 무시무시한 일(비록 실제로 그렇게까지 무시무시한 일은 아니었지만)을 시도했을 때였다. 그는 우리들의 내부에 엑스선을 비췄다. 섹스를 그렇게 보여준 것이다.

스트르시비시 작품 모음집은 그의 '포르노그람*'으로 시작된다─실제로 코믹하지만, 다분히 잔혹한 코믹함이다. 가장 거슬리고 방탕하며 뻔뻔스러운─집단적인─섹스를 스트르시비시는 자기 렌즈의 납 차폐막 아래 포착했다. 스트르시비시는 그의 책에서 말하기를 포르노광을 조롱하고 싶었으며 포르노에 집착하는 사람들에게 정확한 (왜냐하면 뼈까지 벌거벗겨 보여주었으므로) 교

---

* 음란물을 뜻하는 '포르노'와 측정그래프 혹은 기록도를 뜻하는 폴란드어 '그람gram'을 합쳐 렘이 만든 신조어. '음란기록 그래프'로 이해할 수 있다.

훈을 주었고 거기에 성공했는데, 왜냐하면 그 뼈들이 서로 달라붙어 기하학적 퍼즐처럼 배치되어, 순진무구한 혼란 속에서 관객의 눈앞에 갑자기—그리고 엄청나게—현대적인 죽음의 춤이 되어, 번식기의 해골들이 펄쩍펄쩍 뛰어오른다. 책에 따르면 그는 섹스를 멸시하고 희화화할 의도였으며 그 의도대로 이루었다고 한다.

정말 그런가? 확실히 그렇다… 그러나 '네크로브' 속에서 더 많은 것을 발견할 수 있다. 캐리커처? 그뿐만이 아니다. 왜냐하면 어쨌든 포르노그람 안에도 어떤 숨겨진 진지함이 있기 때문이다. 우선은 스트르시비시가 '진실을 말한다'는 데서 시작해도 좋겠다. 그것도 오로지 진실만을 말한다. '예술적인 변형'에 굽히지 않는 진실은 상스럽다고 여겨지는 오늘날에 말이다. 그러나 그는 사실상 그저 목격자일 뿐인데, 왜냐하면 그의 시선은 꿰뚫어 볼지언정 왜곡하지 않기 때문이다. 이러한 목격자 앞에서는 저항할 방법이 없다. 거짓말, 관습, 트릭, 짜고 하는 노름이라 치부해버릴 수가 없는데, 왜냐하면 그가 옳기 때문이다. 캐리커처? 악의? 그러나 이 해골들은 어찌 됐든 그 추상적인—거의 미학적인 윤곽 속에 있지 않은가. 스트르시비시는 완벽한 방식으로 작업했다. 그는 벗긴 것이 아니라, 즉 뼈를 육체의 껍데기에서 발라낸 것이 아니라 해방했다. 우리와는 관계없는, 그 자체의 의미를 정직하게 찾으려 했던 것이다. 뼈 자체의 기하학을 찾는 과정에서 그는 뼈를 주체로서 세웠다.

이 해골은 말하자면 그 나름의 방식으로 살아 있다고 할 수 있을 것이다. 그는 해골에 자유를 선물했는데, 바로 신체를 증발시킴으로써, 즉 죽음을 통해서였으며, 신체가 그 얼마나 중요한 역할을 하든 『네크로브』에서는 그 역할을 곧바로 눈치챌 수 없다. 여기서 엑스선 기술의 세부사항을 논하기는 어렵지만 짧게나마 설명할 필요가 있다. 만약에 스트르시비시가 경엑스선*을 사용했더라면 그의 사진에는 뼈가 오로지 관절 틈바구니의 어둠이라는 절단면으로만 구분되는 선과 막대 모양으로만 나타났을 것이다. 이것은 지나치게 깨끗했을 텐데, 왜냐하면 너무 말끔하게 해부되었기 때문이다—말하자면 골해부학적 추상화다. 그는 이런 접근을 절대로 하지 않으며, **연한** 광선으로만 비추어진 그의 사진에는 인간의 몸이 마치 은유처럼, 반짝이는 우윳빛 구름의 암시처럼 나타나고 이를 통해 그는 의도한 효과에 도달한다. 겉모습과 실체가 서로 자리를 바꾼다. 우리 안에 조개처럼 입을 꽉 다물고 움직이지 않은 채 박혀 있는 중세적인, 홀바인의 작품과 같은 죽음의 춤, 빛나는 문명의 포효에도 아랑곳하지 않는 바로 그것, 죽음과 삶의 점착—바로 여기에 스트르시비시는 도달하는 것이다. 마치 몰랐다는 듯, 마치 우연이라는 듯. 왜냐하면 우리는 바로 홀바인이—그리고 홀바인만이—자신이 그린 해골에 부여했던 것과 똑같은 이 명랑한 뜀뛰기를, 이 쾌활한 완력과 장난스러

---

* 엑스선은 투과도에 따라 '단단한' 경엑스선과 '연한' 연엑스선으로 구분되며 경엑스선은 투과도가 크고 파장이 짧은 반면 연엑스선은 공기층에도 흡수될 정도로 투과능력이 작다.

운 기억을 알아보기 때문이다. 더 정확히 말하자면 현대의 예술가가 취하는 의미들의 화음이 더 넓은데, 왜냐하면 여러 기술 중에서 가장 **현대적인** 기술이 이 장르의 가장 **오래된** 과업에 적용되었기 때문이다. 이것은 실제로 삶 속 죽음의 모습이고 번식하는 동물종의 뼛속까지 빛을 비추어 알아낸 구조이며, 엑스선 사진에 나타나듯이 살은 그저 유령처럼 허옇고 창백한 모습으로 번식을 도울 뿐이다.

좋다—사람들은 말한다—이 안에 그런 철학이 숨어 있을 수도 있지만, 그러나 그는 일부러 '갈 데까지' 가지 않았는가—시체들을 성관계하는 모습으로 만들어 **유행하는** 주제를 효과적으로, 효과를 내기 위해 포착했다—이만하면 싼값을 치른 게 아닌가? '포르노그람'은 영리하지 않은가? 아니면 완전히 사기인가? 그런 판단도 없지 않다. 그런 판단에 무거운 미사여구의 대포를 들이대고 싶지는 않다. 그보다는 '8행시이파리'라는 제목의 22번째 포르노그람을 한번 살펴보자.

이 장면은 독특한 방식으로 비범하다. 상업적인 포르노그래피 상품에 나오는 동일한 사람들의 평범한 사진을 이 작품과 비교한다면, 엑스선 사진에 비해 그런 포르노그래피가 얼마나 순진무구한지 당장 드러날 것이다.

포르노그래피는 직접적으로 선정적이지 않다. 그것은 관객의 마음속에서 문화적인 천사와 욕망 사이의 전투가 벌어지는 동안만 관객을 흥분시킨다. 이 천사를 악마들이 데려가면, 보편적인 관용의 결과로 성적인 금기의 연약함, 그 완벽한 무방비함이 드러나면, 금기가 쓰레기통으로 들어가면—그럴 때 포르노그래피가 얼마나 빨리 그 무구함을 드러내는지. 그러니까 여기서 말하는 것은 포르노그래피가 육욕의 천국에 대한 거짓된 약속이며 정말로 이루어지지 않을 것에 대한 예고라는 것, 그 헛된 성질이다. 이것은 금지된 과일이므로 금지가 강력한 만큼만 유혹적이다.

어쩌란 말인가? 습관적으로 냉정해지는 시선은 연출된 장면을 완성하기 위해 무척 애쓰는, 무척 뒤엉킨 벌거숭이들을 바라본다. 그러면 이 광경이 얼마나 불쌍해 보이는지! 민망함보다는 상처 입은 인간적 연대감이 바라보는 사람의 마음속에 솟아나는데, 왜냐하면 이 벌거숭이들이 너무나 서로 열심히 몸을 부딪쳐서, 마치 어린아이들이 어른들이 눈을 휘둥그렇게 뜰 만한 괴물 같은 일을 저지르고야 말겠다고 결심했지만 실제로는 그렇게 하지 못하는, 그럴 능력이 전혀 없는 모습과 비슷하기 때문이다…. 그리고 그들의 기발함은 자신들의 무기력함에 대한 분노에서 일어나는데, 그조차 죄악과 타락을 향하는 게 아니라 바보같이 한심하고 흉할 뿐이다. 여기서도 또한 저 커다랗고 벌거벗은 포유류들이 힘들게 수행하는 과업에는 어린애 같은 유치함이 숨어 있다. 그것은 지옥도 천국도 아니고 그저 여름의 풍경일 뿐이다— 지루함, 저임금 중노동의 헛됨…

그러나 스트르시비시의 섹스는 포악한데, 왜냐하면 오래전 네덜란드인과 이탈리아인의 그림에 나온, 나락을 향해 가는 저주받은 사람들의 추락만큼이나 충격적이고 웃기기 때문이다. 그러나 최후의 심판을 향해 굴러떨어지는 저 죄인들에게서 우리가 과연 거리를 둘 수 있겠는가? 우리는 이미 내세를 무효화했는데, 엑스선 사진에 무엇으로 대적할 것인가? 신체가 뛰어넘을 수 없는 장애물이 되어버린 저 뒤얽힌 해골들은 비극적으로 웃기다. 뼈? 어색하고도 격렬하게 서로 껴안은 사람들을 보는데 그 광경이 무시무시하게 코믹하지 않았다면, 그저 딱하기만 했을 것이다. 어째서? 우리 때문이다. 왜냐하면 우리가 진실을 알아보기 때문이다. 그 뒤얽힘의 논리는 육체성과 함께 휘발하고, 그 포옹은 메마르고 추상적이며 너무나 끔찍하게 **물질적**이고, 얼음장 같고 하얗게 타오르고 있다—절망적이다!

그러나 여기에 그 포옹의 신성함 혹은 그에 대한 조롱 혹은 그에 대한 암시가 있으니, 머리를 모두 감싼 후광이다. 이는 덧붙여지지 않았고 인위적으로 처리할 수도 없으나 눈에 보인다. 이 머리의 머리카락은 성상화에서 보듯이 창백하고 둥근 광배이자 촛불이 된다.

어쨌든 나는 관객의 경험 전체가 솟아나는 바탕이 되는 충동을 풀어서 이름 짓는 일이 얼마나 어려운지 알고 있다. 어떤 사람들에게 이것은 글자 그대로 되살아난 홀바인인데, 왜냐하면 근본적으로 그—전자기적 방사를 통한—해골로의 귀환은 우리 마음 안에 간직한 중세로의 귀환과 마찬가지로 예스럽고 특이한 것이기 때문이다. 다른 사람들은 어려운 성관계 운동을 어쩔 수 없이 보조하는 무기력한 유령 같은 몸에, 그리고 성性이 보이지 않게 되어버린 것에도 충격받는다. 그리고 또 다른 사람들은 해골이 비밀스러운 의례를 수행하기 위해 보관함에서 꺼낸 도구와 비슷하다는 점에 대해 썼다. 이 때문에 이 섹스의 '수학'과 '기하학'에 대한 이야기가 나온 것이다.

이 모든 것이 가능하다. 그러나 스트르시비시의 예술이 빠져든 슬픔은 추측에서 비롯되지 않았다. 세기를 거듭하며 쌓이고 세기에 걸쳐 전해진 상징성은 우리가 부정했기 때문에 비록 군데군데 무기력해졌을지 몰라도 파괴되지는 않았다—그것은 명백하다. 이 상징성을 우리는 신호 체계(머리뼈와 다리뼈들이 고압 전봇대 위에, 약국 독약병 위에 얹혀 있는 모습)와 수업용 시각자료, 반짝이는 철사로 묶인 강의실의 해골세트로 바꾸었다. 그러니까 우리는 그 상징성에게 탈출을 명했고 삶에서 좌천시켰으나 완전히 없애버리지는 않았다. 그리하여 그들은 해골 속에서 그 가장 본질적인 물성을 이루는, 나뭇가지나 막대기의 발현에 해당하는 것을, 그 안에서 운명의 침묵이 표현하는 것 즉 상징에서 분리할 능력이 없다. 그래서 우리의 마음은 저 독특한 흔들림으로 향했다가, 그곳에서 빠져나와 결국은—구원의 웃음으로 빠져든다. 하지만 이것이 약간은 억지 명랑함이며 이렇게라도 해서 스트르시비시에게 지나치게 굴복하지 않으려는 보호막임을 이해하도록 하자.

절망적이고 헛된 의도로서의 관능학, 즉 에로티카와 투영된 기하학 연습으로서의 섹스. 바로 이것이 '포르노그람'에 담긴 상반되는 양극단이다. 그러나 나는 스트르시비시의 예술이 '포르노그람'에서 시작하고 끝난다고 주장하는 사람들에게 동의하지 않는다. 나체사진 중에서 어느 것을 가장 높이 평가하는지 말해야만 한다면 나는 망설임 없이 〈임신한 여성〉(128쪽)을 가리킬 것이다. 미래의 어머니와 배 속에 있는 아이—이 해골 속의 해골은 다분히 잔혹하지만 손톱만큼도 거짓됨이 없다. 그리고 이 하얀 날개처럼 자라난 골반뼈를 넓게 벌린 커다란 몸속에 (엑스선은 평범한 나체화보다 성별을 더 선명하게 표출할 수 있다), 출산을 앞두고 이미 벌어진 날개 같은 골반뼈를 배경으로 조그만 머리를 아래쪽으로 둔, 아직 완성되지 않았기에 안개처럼 흐릿한 아기의 작은 해골이 안겨 있다. 이 말이 얼마나 끔찍하게 들리는지, 그리고 흑백 엑스선 사진이 이 전체를 얼마나 존엄하고 순수하게 대비해 배치하는지. 여성은 생명으로, 그리고 자신의 죽음으로 한껏 부풀어 있고, 태아는 아직 출생하지 않았지만 벌써 죽어가기 시작했다—왜냐하면 수태되었기 때문이다. 이렇게 훔쳐보는 데는 일종의 도전을 청하는 평온함과 단호한 확언이 있다.

일 년 뒤에는 어떤 일이 일어날까? 『네크로브』는 망각 속으로 사라지고 새로운 기술과 유행이 나타나 세상을 지배할 것이다(불운한 스트르시비시—그렇게 성공했으니 얼마나 많은 모방자를 얻었을 것인가!). 그렇지 않은가? 물론이다, 왜냐하면 그렇게 되지 않을 방법이 없기 때문이다. 그러나 끊임없이 포기하고 헤어져야 하는 이 빠른 변화라는 운명이 우리의 목을 졸라도, 지금 우리는 스트르시비시에게 풍성한 선물을 받았다. 그는 물질 속 깊이 빠져들지 않았고 이끼나 고사리 세포 속으로 파고들지도 않았으며 자연의 목적 없는 완벽함을 훔쳐보는 에로티카, 학문이 예술을 오염시킨 그 연구에 빠져들지도 않았고, 단지 우리를 그 어떤 방식으로도 변형되지 않은, 과장되지 않은, 변하지 않은—현실적인!—우리 신체의 극한으로 이끌어 바로 그런 방식으로 현재에서 미래로 가는 다리를 놓고 예술이 이미 잃어버린 진중함을 부활시켰다. 그 부활이 아주 짧은 순간밖에 지속되지 않은 것은 그의 잘못이 아니다.

레지널드 걸리버, 『에룬티카』

Reginald Gulliver „Eruntyka"

조지 앨런 & 언윈 주식회사
박물관 거리 40, 런던

서문

미래의 역사학자는 분명 두 개의 서로 관통하는 폭발을 우리 시대 문화의 가장 적절한 모델이라 인정할 것이다. 눈사태처럼 많은 지적 생산물이 기계적으로 시장에 내던져져 근방에 있던 소비자들과 접촉하는 과정은 기체 분자의 충돌을 아무도 예측할 수 없는 것과 똑같이 우연적이라 이 엄청난 생산물 무더기를 더 이상 아무도 온전하게 파악하지 못한다. 그리고 무더기 속에 파묻히는 것만큼 사라지기 쉬운 방법도 없기 때문에 문화사업자들은 저자들이 제공하는 것이라면 뭐든지 다 출간하고, 그러면서 요즘에는 가치 있는 것이 낭비되는 일은 없다는, 행복한 그러나 잘못된 신념을 가지기 쉽다.

개별적인 책에 주의를 기울이는 일은 해당 분야 전문가가 인정해야 할 수 있는데, 그는 자기 전문이 아닌 요소는 시야에서 전부 밀어내버린다. 이 소거 과정은 모든 전문가의 반사적인 방어 기제인데, 조금만 덜 무자비하면 종이의 홍수에 빠져 익사에 이르기 때문이다. 그러나 그 결과 법률적 사망과 다름없는 노숙 상태가 모든 것을 위협하는데, 이 상태야말로 완벽하게 새롭기 때문에 분류의 원칙을 조롱하는 것이다. 내가 여기서 소개하는 책이 바로 이 불명확한 지대에 존재한다. 어쩌면 이 책은 광기의 산물일지도 모른다. 그러나 여기서 말하는 것은 정확한 방법론이 있는 광기다. 어쩌면 이 책은 유사논리학적 배신의 결과물일지도 모른다. 그러나 그런 경우 이 결과물은 결백하므로 신빙성이 부족하지는 않을 것이다. 논리와 성급함이 함께 이런 괴상한 물건에 대해서는 입을 다물라고 명령하지만, 이 책이 얼마나 지루하든 간에 그 안에서 흔하지 않은 이단의 정신이 고개를 내밀어 독자를 제자리에 붙잡아둔다. 도서분류법에 따르면 이 작품은 과학소설이지만, 이 동네는 이미 진지한 영역에서 쫓겨난 모든 종류의 괴상한 발상과 잘못된 관념들이 모이는 작은 섬이 되었다. 만약 플라톤이 오늘날 『국가』를, 다윈이 『종의 기원』을 '환상문학'이라는 키워드와 함께 발표했다면 두 작품 모두 길거리로 쫓겨났을 것이다. 그리고 모든 사람이 다 읽으면서 동시에 아무도 눈여겨보지 않았을 것이고, 선정적인 뒷소문에 파묻혀 사상의 발전에 아무 영향도 미치지 못했을 것이다.

이 책은 세균을 다루고 있다. 그러나 그 어떤 세균학자도 이 책을 진지하게 여기지 않을 것이다. 언어학을 논하지만, 그 방식은 모든 언어학자의 머리카락이 곤두서게 할 만하다. 그러다 미래학으로 넘어가는데, 이 분야 대표자들이 논하는 것과는 반대되는 주장을 펼친다. 바로 그런 이유로—모든 학문 분야의 추방자로서—과학소설이라는 수준까지 내려가 그 역할을 해야만 하게 되었는데, 모험에 대한 갈망을 채워줄 만한 것은 전혀 이야기하지 않기 때문에 여기에 독자에 대한 배려는 전혀 없다.

나는 『에룬티카』를 제대로 평가할 수 없지만, 그래도 이 책에 서문을 써줄 만한 능력 있는 서문 저자가 없다고 생각한다. 그래서 내가 불안한 마음으로 서문 저자의 지위를 훔쳤다. 이렇게 멀리 뻗어나간 뻔뻔함이 그 안에 얼마나 큰 진실을 감추고 있는지 대체 누가 알겠는가! 슬쩍 훑어볼 때 이 책은 과학 교재처럼 보이지만 사실은 괴물 모음집이다. 환상문학 작품 수준에는 도달하지 못하는데, 예술적 구성이 없기 때문이다. 만약 이 책이 진실을 묘사한다면, 그 진실은 현대의 지식 대부분을 거짓으로 만든다. 만약 이 책이 거짓말을 한다면, 무시무시한 규모로 거짓말하고 있다.

저자가 설명하듯이 에룬티카, 즉 에룬트학은(독일어 Die Erunti-zitätslehre, 영어 Eruntics, 프랑스어 Eruntique에 해당하는데 이 이름은 라틴어 esse 동사의 3인칭 복수 미래형인 '될 것이다'라는 뜻의 'erunt'에서 비롯되었다) 예측학이나 미래학의 일종으로 의도한 게 아니다.

이 에룬트학은 배워 익힐 수 없는데, 왜냐하면 에룬트학이 기능하는 원칙을 아무도 모르기 때문이다. 에룬트학을 배워서 원하는 것을 예측할 수도 없다. 이것은 점성술이나 다이어네틱스* 같은 종류의 '비밀의 지혜'가 절대로 아니며 또한 자연과학 원리주의도 아니다. 그러므로 우리는 진실로 '모든 세상에서 추방된 책'이 될 운명을 타고난 물건을 마주한 것이다.

R. 걸리버는 제1장에서 자신이 철학 애호가이자 아마추어 세균학자이며 어느 날—18년 전—세균에게 영어를 가르치기로 결심했다고 스스로 소개한다. 이런 충동은 그저 우연히 일어났다. 그 결정적인 날에 그는 페트리 접시, 즉 한천 젤라틴을 깔고 그 위에 균을 인공배양하는 납작한 유리접시를 자동온도조절장치에서 꺼냈다. 그때까지는 스스로 말하듯이 그저 세균학을 가지고 놀 뿐이었는데, 뭘 발견하겠다는 핑계나 희망이 전혀 없어 일종의 취미처럼 즐겼던 것이다. 스스로 인정하듯이 그는 한천 젤라틴 침대 위에서 미생물이 자라는 모습을 관찰하는 게 좋았다. 눈에 보이지 않는 작은 '식물'들이 흐릿한 깔개 위에 바늘끝 크기의 군집을 형성하는 '능력'이 놀랍게 느껴졌다. 항균제 효력을 시험하려면 다양한 약제를 피펫이나 딥스틱을 사용해서 한천 젤리에 바르게 된다. 약물이 작용하는 부분에서 한천 젤리는 세균에 오염되지 않는다. 연구자들이 가끔 하듯이 R. 걸리버도 솜에 항균

* 다이어네틱스dianetics는 과학소설 작가 L. 론 허바드에 의해 창조된 정신과 신체 사이의 형이상학적 관계에 관한 유사과학 사상으로, 사이언톨로지 추종자들에 의해 실천되고 있다.

제를 적셔 한천 젤리의 매끈한 표면에 'YES'라고 썼다. 눈에 보이지 않았던 이 단어는 다음 날 선명하게 나타났는데, 왜냐하면 강력한 힘으로 번식한 세균이 군집을 덩어리로 형성하여, 펜처럼 사용된 항균제 솜이 지나간 흔적만 제외하고 한천 젤리 전체를 뒤덮었기 때문이다. 바로 그때 그는 처음으로 이 과정을 '뒤집을' 수 있겠다는 생각을 떠올렸다고 한다.

'YES'라는 단어가 눈에 보이게 된 것은 그 부분에 세균이 없어서였다. 반대로 미생물이 글자 모양으로 늘어서면 단어를 형성할 수도 있을 것이고 같은 방식으로 언어를 통해 의사표현을 할 수도 있을 것이다. 이 생각은 유혹적이었으나 동시에—그도 스스로 인정한다—전혀 실현 가능성이 없었다. 한천 젤리에 'YES'라는 단어를 쓴 것은 그였고, 세균은 그저 그 부분에서는 번식할 수 없었기 때문에 이 단어를 '불러냈을' 뿐이다. 그러나 이후로 그는 이 생각을 떨쳐버릴 수 없었다. 8일 후에 그는 작업에 돌입했다.

세균은 100퍼센트 아무 생각을 하지 않으므로 확실히 지성이 없다. 그러나 자연에서 그들이 차지하는 위상을 본다면 세균은 훌륭한 화학자이다. 병원성 미생물은 수천만 년 전에 동물 신체가 지닌 저항력과 조직적인 면역력을 뚫는 방법을 익혔다. 이것은 이해할 만한데, 아주 오랫동안 세균은 그것밖에 하지 않았던 것이다. 생각해보면 커다란 생체조직의 무장한 단백질 보호벽 안으로 자신의 화학물질을 집어넣는 맹목적이긴 하지만 공격적인 방법을 익히기에 충분한 시간이 있었던 셈이다. 그래서 활동영역

안에 인간이 등장했을 때도 세균은 마찬가지로 공격해서, 문명이 존재하는 수천 년 동안 괴롭히며 지역 인구 전체가 죽음을 맞이하게 한 유명한 질병들을 몇 번이나 선물했다. 겨우 80년쯤 전에야 인간은 강력한 반격을 시작하여 세균을 향해 전투 무기의 군단을 뿌렸다—세균의 생명활동에 타격을 주는, 선별된 합성 독약이다. 이 대단히 짧은 시간 동안 인간은 4만 8,000가지가 넘는 화학적 항균 무기를 개발했는데 이 약제들은 세균의 물질대사, 성장, 번식에 있어 가장 민감하고 전략적인 지점을 타격하려는 의도로 합성되었다. 인간은 지구상에서 질병을 완전히 쓸어낼 것이라는 믿음을 가지고 이런 약을 개발했지만 곧 충격적인 깨달음을 얻었으니, '전염병'이라 불리는 미생물의 확장을 막았으나 단 한 가지 질병도 완전히 없애지 못했다는 것이었다. 세균은 선별된 화학무기 공격의 창조자가 상상했던 것보다 훨씬 더 훌륭한 방어막을 갖추고 있었다. 인간이 증류기에서 어떤 새로운 합성약품을 꺼내 사용해도 세균은—언뜻 보기에 불공평한 이 전투에서 대학살을 당하면서도—곧 독물이 자신에게 적응하게 하거나 자신이 독물에 적응하면서 저항력을 생성했다.

세균이 어떻게 이렇게 하는지 과학은 정확히 알지 못하는데, 왜냐하면 과학이 알고 있는 것조차 대단히 불가능해 보이기 때문이다. 세균은 확실히 화학이나 면역학 분야의 이론적인 지식을 가지고 있지 않다. 시험적인 실험이나 전략 회의를 진행할 수도 없고 인간이 내일 자신에게 어떤 무기를 겨눌지 오늘 예측할 수도 없으나, 이 불리한 전투 상황에서도 어떻게든 버티는 것이다. 의학적 지식과 경험이 쌓일수록 인간은 지상에서 세균을 절멸시키려는 희망을 점점 버리고 있다. 당연하다. 세균의 단단한 생명력은 변화하는 능력의 결과물이다. 그러나 압박받는 상황에서 어떤 전략을 사용하든 간에 확실한 사실은 세균이 알지 못하는 채로 마치 미세한 화학적 군집처럼 활동한다는 것이다. 새로운 변종은 유전적인 변이를 통해서만 저항력을 가질 수 있고 이 변이는 원칙적으로 무작위로 이루어진다. 만약에 인간이 같은 상황에 놓였다면 대략 다음과 같이 설명할 수 있을 것이다. 우리가 알지 못하는 지식을 가진 알 수 없는 적이 우리에게 알려지지 않은 치명적인 약물을 활용하여 인간을 계속 학살하는데, 우리 인간은 대규모로 죽어가면서 절망적으로 해독제를 찾은 끝에—화학사전에서 찢어낸 책장을 모자에 넣어서 제비를 뽑는 게 최고의 방어전략이라고 결정한다. 어쩌면 우리가 그 책장들 중 어딘가에서 구원의 해독물질 조제법을 찾아낼지도 모른다. 그러나 이런 방식으로 치명적인 위협을 물리치려 하는 종은 이 복권 같은 방식이 성공하기 전에 영원히 멸종할 것이다.

그런데 세균이 이런 방법을 사용할 때는 왠지 효과가 있다. 인간이 합성할 수 있는 모든 종류의 해로운 화학물질 구조를 마치 예측했다는 듯이 입력한 유전자 암호를 세균이 유전적으로 물려받아 가지고 있는 것도 절대로 아니다. 사실 그런 화합물은 우주 전체의 별과 원자보다 더 많다. 애초에 세균의 보잘것없는 유전기관에는 인간이 이제까지 질병과의 전쟁에서 사용한 4만 8,000가지 약품에 대한 정보조차 다 집어넣지 못할 것이다. 그러니까 한 가지는 의문의 여지가 없다. 세균의 화학적 지식은 순수하게 '현실적'이기는 해도 어쨌든 계속해서 인간의 수준 높은 이론적 지식을 웃도는 것이다.

그렇다고 하면, 그러니까 세균이 이토록 다재다능하다면, 완전히 새로운 목적을 위해서 세균을 활용하지 못할 이유는 대체 무엇인가? 이 사안을 객관적으로 평가해보면 수없이 많은 종류의 독물과 살균제에 저항하는 수없이 많은 방어 전략을 개발하는 것보다는 영어로 단어를 몇 개 쓰는 쪽이 훨씬 더 간단한 문제라는 사실이 명백해진다. 게다가 이 독물 뒤에는 현대 과학, 도서관, 실험실, 현자와 그들의 컴퓨터라는 거대한 배경이 버티고 있다. 그런데 이런 강력한 힘도 눈에 보이지 않는 작은 '식물'에 저항하기에는 여전히 모자라다! 그러니까 핵심은 단지 **어떻게** 세균을 구속하여 영어를 배우게 하는가, **어떻게** 언어를 익히는 것이 생존의 필수조건이 되게 할 것인가이다. 선택지가 두 가지, 오로지 두 가지밖에 없는 상황을 만들어야 한다—글 쓰는 법을 익히거나 죽거나.

R. 걸리버는 기본적으로 황색포도상구균이나 대장균에게 우리가 보통 하는 방식으로 글 쓰는 법을 가르칠 수 있으나 그 과정은 말할 수 없이 지루하고 수많은 장애물로 점철되어 있다고 경고한다. 그보다 훨씬 쉬운 것은 세균에게 점과 선으로 이루어

진 모스 부호를 사용하는 법을 가르치는 것인데, 게다가 점의 경우 세균이 그냥 있기만 해도 되니까 더욱 쉽다. 어쨌든 군집은 모두 점처럼 보이니 말이다. 점 네 개를 한 줄로 붙이면 선이 된다. 간단하지 않은가?

이것이 R. 걸리버의 가정이자 영감이었다. 어떤 전문가라도 이 지점에서 그의 책을 구석으로 젖혀놓을 만큼 정신 나간 이야기다. 그러나 우리는 전문가가 아니므로 계속해서 읽어나갈 수 있다. R. 걸리버는 한천 젤리 위에 우선 짧은 선을 만드는 것을 생존 조건으로 만들기로 결정했다. 가장 어려운 점은 (제2장에 나온다) 일반적인 의미에서 가르치는 일이 완전히 불가능하다는 것이다. 인간을 대상으로 하는 것뿐 아니라 조건반사를 익힐 수 있는 동물을 대상으로 하는 가르침도 적용할 수 없다. 세균 학생은 신경체계도 사지도 눈도 귀도 촉각도 없다. 화학적으로 변신하는 능력이 믿을 수 없이 뛰어나다는 점 외에는 아무것도 없다. 화학적 변화가 세균에게는 삶의 과정이고—그게 전부다. 그러니까 그 과정을 조종해서 글을 쓰도록 해야 한다. 세균이 아니라 과정을 조종하는데, 왜냐하면 상대방은 어쨌든 인간도 아니고 개체조차 아니기 때문이다. 유전자 암호 자체를 가르쳐야 하고, 그러므로 개별 세균이 아니라 암호에 집중해야 한다!

세균은 지적으로 행동하지 않는다. 반면 유전자 암호는, 더 정확히는 그 조종인자는, 완전히 새로운 상황에—심지어 수백만 년 동안 활동이 없었던 상태에서 처음 마주하는 상황이라도 적응하게 만든다. 그러므로 생존하기 위해서 활용 가능한 단 하나의 전략이 명확한 글쓰기인 조건을 선별해서 만들어주는 데 성공한다면, 유전자 암호가 이런 과업을 수행하는지 두고 볼 일이다. 그러나 이 문제의 모든 무게 때문에 실험자는 더 깊이 숙고할 수밖에 없다. 왜냐하면 이런 보기 드문, 세균 존재에게 이제까지 진화론적으로 일어난 적 없는 조건을 만들어내야 하는 것이 바로 그이기 때문이다!

『에룬티카』의 나머지 장을 채운 저자의 실험에 대한 묘사는 박학다식함을 자랑하며 길게 늘어지는 문장에 더하여 본문에 계속해서 사진과 표와 도표가 여기저기 끼어들어 말할 수 없이 지루한데다 이해하기도 쉽지 않다.

그래도 『에룬티카』의 남은 260쪽은 간결하게 요약해서 훑어보도록 하자. 시작은 간단했다. 한천 젤리 위에 글자 'o'의 4분의 1 크기인 외로운 대장균(E. coli) 군집이 놓여 있다. 이 희끄무레한 회색 얼룩의 행동은 컴퓨터와 연결된 광학 기기가 위에서 관찰한다. 군집은 보통 중심에서 바깥쪽을 향해 모든 방향으로 자라나지만, 이 실험에서 성장은 한 줄로만 가능한데, 왜냐하면 그 선 바깥으로 벗어나면 레이저 투사기가 자외선을 쏘아 '올바르지 않게' 행동하는 세균을 죽이기 때문이다. 우리는 이 글 도입부에 묘사된, 한천 젤리가 항균제에 젖은 부분에서는 세균이 증식할 수 없었기 때문에 글자가 나타났던 것과 비슷한 상황을 마주하고 있다. 다만 지금 차이점은 세균이 오로지 선 모양 안에서만 살 수 있다는 것이다(이전에는 글자 바깥에서만 살 수 있었다). 저자는 이 실험을 4만 5,000번 반복했으며, 이를 위해 배양접시 2,000개와 같은 숫자의 감지기를 병렬 컴퓨터에 연결하여 동시에 사용했다. 비용은 상당히 많이 들었지만 시간은 그다지 오래 걸리지 않았는데, 왜냐하면 세균의 한 세대는 10~12분 정도 살기 때문이다. 배양접시 (2,000개 중) 두 개에서 선 모양이 아닌 다른 방식으로는 증식하지 못하는 새로운 대장균 변종(E. coli orthogenes)이 나타났다. 이 새로운 변종은 다음과 같은 선 모양으로 한천 젤리를 덮었다. ---- -- --- -- -- --

한 줄로 증식하는 것은 이제 변이된 세균의 유전적 특징이 되었다. 이 변종을 번식시켜 R. 걸리버는 1,000개의 배양접시를 채운 군집을 얻었으며 이는 또한 세균을 이용한 글쓰기의 다음 단계를 위한 실험군이 되었다. 점 모양과 선 모양으로(.-.-.-. .-) 번갈아 증식하는 변종을 통해 그는 마침내 교육의 다음 단계에 도달하였다.

세균은 주어진 조건에 맞게 행동했으나, 당연히 글을 쓴 것이 아니라 그저 모든 의미가 결여된 외부적인 요소들을 생산했을 뿐이다. 제9장, 10장, 11장은 저자가 어떻게 다음 단계로 넘어갔는지, 더 정확히 말하자면 어떻게 대장균을 강제로 다음 단계로 끌고 갔는지 설명한다.

그는 다음과 같이 생각했다. 세균을 그가 원하는 특별한 방법으로 행동할 수밖에 없도록 이끌어야 하는데, 그 행동은 생장의 차원에서 순수하게 화학적이어야 하며, 그러면 결과적으로—겉보기로는—의미를 전달하는 기호들이 생겨날 것이다.

400만 번의 실험 속에서 R. 걸리버는 세균 수십억 마리를 물에 불리고, 바짝 말려 가루로 만들고, 굽고, 녹이고, 자르고, 질식시키고, 촉매를 사용해 충격을 주었으며—결국 생명의 위협에 반응하여 점 세 개 모양으로 군집을 형성하는 대장균 변종을 만들어 내었다. … … … …

이 글자 's'는(모스 부호로 점 세 개는 's'를 의미한다) '스트레스', 즉 억압을 상징했다. 물론 세균은 여전히 아무것도 이해하지 못하는 것이 자명하지만 위에 나타난 것과 같은 모양으로 군집을 형성해야만 목숨을 부지할 수 있었던 것이다. 왜냐하면 그렇게 해야, 그리고 오직 그래야만 컴퓨터에 연결된 감지기가 위협 요인을(예를 들어 한천에 뿌려지는 강력한 독물, 한천 위에 투사되는 자외선 등등) 밀어냈기 때문이다. 점 세 개 모양으로 증식하지 **않은** 세균은 마지막 한 마리까지 죽어야만 했다. 한천 젤리의—과학적인—전쟁터에는 변이 덕분에 이런 화학적인 능력을 얻은 변종만이 남았다. 세균은 아무것도 이해하지 못했다… 그러나 자신의 상태, 즉 '생명의 위협을 받고 있음'을 신호했고 그 덕분에 점 세 개가 정말로 상황을 규정하는 **기호**가 되었다.

R. 걸리버는 SOS 구조신호를 보내게 될 변종을 번식시킬 수 있다는 것을 이미 알았지만, 그 단계는 전혀 필요 없다고 여겼다. 그는 다른 길을 택했다. 위협의 **본질**에 따라 **서로 다른** 신호를 보

내도록 세균에게 가르친 것이다. 예를 들어 다른 원소와 결합하지 않은 산소분자는 대장균에 치명적인데, *E. coli loquativa 67*과 *E. coli philographica 213* 변이종은 ⋯⋯---(so, 즉 '산소로 인한 스트레스') 신호를 보낼 때만 번식 환경에서 이 산소분자를 제거할 수 있었다.*

저자는 무엇이 필요한지 신호하는 변종을 얻는 일은 "상당히 힘들었다"고 완곡하게 돌려 말한다. 자신에게 어떤 수소이온농도지수(pH)가 적절한지 알려주는 *E. coli numerativa***를 증식시키는 데 2년 걸렸으며, *E. coli proteus calculans****는 이후 3년 더 실험을 거듭한 끝에 기본적인 산수 계산을 수행하기 시작했다. 이 *proteus calculans*는 2 더하기 2는 4라는 답을 내는 것까지 해냈다.

그다음 단계에서 R. 걸리버는 실험에 사용하는 세균종을 확대하여 연쇄상구균과 임균에게 모스 부호를 가르쳐보았으나 이 세균들은 학습능력이 부족했다. 그래서 그는 대장균으로 돌아갔다. 201 변종은 변이된 적응력이 탁월해서 점점 더 긴 문장을 작성했는데, 보고하는 내용이기도 하고 요구하는 내용이기도 했다. 예를 들면 무엇 때문에 괴로운지 알리기도 했지만 먹이의 성분으로 무엇을 원하는지 표현하기도 했다. 오로지 가장 잘 적응하는

---

* 생물의 학명은 라틴어 이탤릭체로 표기한다. 대장균 변종 이름에서 loquativa는 라틴어로 '말한다'는 뜻, philographica는 '표현하기를 좋아한다'는 뜻이다.
** 라틴어로 '숫자를 센다'는 뜻.
*** Proteus는 그리스 신화에서 모습이 자유자재로 변하는 바다의 신 프로테우스를 뜻하며, Calculans는 라틴어로 '계산한다'는 뜻이다.

변종만이 살아남는다는 규칙을 계속 지키면서 실험을 진행하여 그는 11년 뒤에 *E. coli eloquentissima*[*] 변종을 얻었는데, 이 변종은 처음으로 위협과 압박에 의해서가 아니라 자발적으로 의사소통을 하기 시작했다. 걸리버에 따르면 실험실에 불이 켜지자 *E. coli eloquentissima*가 '안녕하세요'라는—한천 젤리 위에 증식한 군집이 모스 부호를 형성하여 표현한—단어로 반응했을 때가 그의 인생에서 가장 아름다운 날이었다….

기초 영어 분야에서 영어 구문을 처음 익힌 것은 *Proteus orator mirabilis 64*[**]였는데, 이에 비해 *E. coli eloquentissima*는 2만 1,000번째 세대가 지난 뒤에도 유감스럽게도 계속해서 문법적 실수를 했다. 그러나 *E. coli eloquentissima*의 유전자 암호가 구문론 법칙을 익힌 순간부터 모스 부호로 신호하는 것은 이 변종의 특징적인 일상 활동 중 하나가 되었고, 그렇게 해서 저자는 미생물이 표현하는 문장들을 기록하게 되었다. 이 문장들은 처음에는 특별히 흥미롭지 않았다. R. 걸리버는 세균에게 유도 질문을 하려 했으나 쌍방향 소통수단을 마련하는 것은 아무래도 불가능했다. 실패의 원인을 저자는 다음과 같이 설명한다. 이 문장들은 세균이 말하는 것이 아니라 유전자 암호가 세균을 **통해** 표현하는 것인데, 이 유전자 암호는 독립적인 개체에 개별적으로 부여된 특성을 유전하지 **않는다.** 유전자 암호는 문장을 표현하지만, 메시

---

[*] eloquentissima는 라틴어로 '가장 유창하게 말한다'는 뜻.

[**] orator mirabilis는 라틴어로 '훌륭한 연설가'라는 뜻.

지를 보내기만 하지 받을 수 없는 상태다. 문장을 만드는 것은 생존을 위한 투쟁을 통해 정착된 유전적 행동일 뿐이다. 유전자 암호가 대장균 군집을 모스 부호 모양으로 모아서 전달하는 문장들은 실제로 의미가 있지만 동시에 아무 생각도 담겨 있지 않은데, 바로 이런 상황이 세균이 오래전부터 잘 알려진 방식으로 반응하도록 유도하는 방법을 가장 잘 보여준다. 세균은 페니실린의 작용에서 자신을 보호하기 위해 페니실린 불활성화 효소를 만들어내는데, 이것은 의미 있는 행동이지만 동시에 무의식적이다. 마찬가지로 R. 걸리버의 말하는 변종도 여전히 '평범한 세균'일 뿐이지만, 특정한 조건을 형성하여 변이된 종의 유전적 특징으로서 의사표현 능력을 심었다는 사실은 실험자의 업적이다.

그리하여 세균은 말을 하지만 세균에게 말할 수는 없다. 이러한 제약은 독자가 생각하는 것보다 덜 치명적인데, 왜냐하면 바로 그 덕분에 시간이 지나면서 병원균의 언어학적 특성이 나타났고 이를 바탕으로 에룬트학이 생겨났기 때문이다.

R. 걸리버는 그것을 전혀 예상하지 못했다. *E. coli poetica*[*]를 번식시키려고 새로운 실험을 거듭하던 중에 우연히 발견했을 뿐이다. 대장균이 만들어낸 짧은 시구는 대단히 진부했으나 큰 소리로 비판할 이유도 없었는데—이유는 말하지 않아도 이해할 수 있다!—세균은 영어 음성학에 대해 아무것도 모르기 때문이다.

* poetica는 라틴어로 '시'를 뜻한다.

또한 세균은 시의 박자를 익히는 것은 가능하지만 운율의 법칙을 익히는 것은 불가능해서, "한천 한천은 나의 사랑이네 위에서 말한 데로*"라는 2행 대구를 넘어서는 세균시는 전혀 생산하지 못했다. 전에도 그랬듯이 이번에도 우연한 사건이 걸리버를 도와주었다. 그는 세균이 더 풍성하고 유창한 화술을 가지도록 영감을 줄 방법을 찾다가 먹이 성분을 바꿨다. 배양접시에 깐 젤리를 어떤 제제로 적신 것인데, 흥미롭게도 그 화학적 성분은 밝히지 않는다. 그 결과 곧바로 수다스러운 장광설이 나타났다. 그러다가 11월 27일 *E. coli loquativa*가 새로운 변이를 겪은 뒤 스트레스 신호를 보내기 시작했다. 그러나 한천 젤리 위에 이 변이종의 건강에 해로운 성분이 존재한다는 증거는 아무리 찾아봐도 없었다. 그런데 다음 날, 스트레스 신호로부터 29시간 뒤에 실험실 책상 위 천장 회반죽이 부서져 떨어져서 책상 위에 있던 배양접시를 전부 박살내버렸다. 저자는 이 이상한 사실을 처음에는 우연의 일치로 넘겼지만 만약의 경우를 대비해서 대조실험을 진행했는데 세균에게 정말로 예측 능력이 있다는 결과가 나왔다. 첫 번째 새로운 변종은—*Gulliveria coli prophetica***—꽤 나쁘지 않게 미래를 예측해서, 그다음 날 하루 동안 세균에게 위협이 될 만한 불리한 변화들에 적응하려 애썼다. 저자는 자신이 완벽하게 새로운

---

* '데로'는 '대로'의 오기이다. 이처럼 원문에 철자법 오류가 있는데 (세균이 썼기 때문에) 우리말 번역도 그대로 따랐다.
** 라틴어로 '걸리버의 예언하는 대장균'.

것은 전혀 발견하지 못했고 그저 우연히 미생물이 본래 유전한, 세균을 없애는 의학 기술에 효과적으로 맞설 수 있게 해주는 아주 오래된 기제의 흔적을 찾아냈을 뿐이라 판단했다. 그러나 세균이 말을 하지 못하는 동안 우리는 그런 기제가 존재할 가능성 자체를 알지 못했다.

저자가 달성한 최고의 업적은 *Gulliveria coli prophetissima*[*]와 *proteus delphicus recte mirabilis*[**]를 번식시킨 것이다. 왜냐하면 이두 변종은 자신들의 멸절에 관계된 사건에 한해서만 미래를 예언하지 않기 때문이다. R. 걸리버는 이 현상이 일어나는 기제는 순전히 물리적인 성격을 띤다고 추정한다. 세균은 점과 선 모양의 군집으로 서로 모이고, 이런 방식은 이미 그 증식의 평범한 특성이 되었으며, 그러니까 무슨 '대장균 카산드라'[***] 혹은 어떤 '예언자 프로테우스'가 미래에 일어날 일들에 대해 아무 말이나 쏟아내는 게 아니라는 것이다. 변종 대장균의 물질대사에—그러므로 화학적 성질에—영향을 끼친 물리적 현상이 너무나 미발달하고 너무나 희미한 형태가 모인 것이어서 우리로서는 무슨 수를 써도 발견할 수 없을 정도일 뿐이다. *Gullivera coli prophetissima*의 생화학적 성분은 그러면 여러 시공간의 간격 사이를 연결하는

---

[*] 라틴어로 '걸리버의 가장 예언적인 대장균'.
[**] 라틴어로 '델피 신전의 프로테우스는 진실로 훌륭하다'.
[***] 카산드라는 그리스 신화에서 아폴로를 섬기는 신관으로, 언제나 진실만을 예언하지만 아무도 그녀를 믿어주지 않는 운명을 타고났다.

중계자처럼 행동하게 된다. 세균은 어떤 특정한 가능성만을 초민감하게 받아들이며―그 외에는 아무것에도 반응하지 않는다. 세균성 미래학은 실제로 현실이 되었으나 그 결과는 원칙적으로 예측불가능한데, 이유는 미래를 예견하는 세균의 행동을 조종할 수 없기 때문이다. 때때로 *proteus delphicus recte mirabilis*는 모스 부호로 일련의 숫자를 늘어놓는데 그것이 대체 무엇을 의미하는지 해독하기란 아주 어렵다. 한 번은 반년 전에 실험실 전기계량기의 상태를 예견한 적이 있고, 한 번은 이웃집 고양이가 새끼를 몇 마리나 낳을지 예견하기도 했다. 세균에게는 예측하는 범위 안의 모든 일이 두말할 필요 없이 완벽하게 아무래도 상관없으며, 세균과 그들이 모스 부호를 통해 전달하는 내용의 관계는 라디오 수신기와 신호의 관계와 같다. 자신들의 증식과 관련된 사건을 어째서 예견하는지는 어쨌든 이해할 만하다. 반면 다른 분야에서 일어나는 사건들에 대한 세균의 민감성은 수수께끼로 남아 있다. 천장 회반죽이 부서진 사건은 실험실 건물 주변 공기의 정전기 전하에 일어난 변화 혹은 다른 물리적 현상 덕분에 예측했다고 해석할 수 있다. 그러나 저자는 예를 들면 세균이 어째서 2050년 이후의 세계에 관한 소식을 전달하는지 알지 못한다.

저자의 다음 과업은 세균성 유사논리, 즉 부적절한 수다와 제대로 된 예견을 구분하는 것이었는데 그는 간단하지만 대단히 기발한 방법으로 이 과업을 해결했다. 그는 세균성 에룬트학이라 불리는 이른바 '미래예측 병렬 배터리'를 창조했다. 이 배터리는 하나당 최소한 60종의 미래예언적 *coli* 종과 *proteus* 종으로 이루어진다. 만약 이 세균들이 각자 서로 다른 이야기를 떠든다면 이 신호는 무가치한 것으로 판단할 수 있다. 그러나 만약 주고받는 내용이 모두 일치한다면 미래예측이 이루어진 것이다. 세균들은 각각 개별적인 자동온도유지장치 속 개별적인 배양접시에 놓여 모스 부호를 통해 똑같은 혹은 아주 비슷한 내용을 표현한다. 저자는 2년 동안 이를 모아서 세균성 미래학 선집을 만들었으며 저작의 후반부에 그 내용을 발표했다.

최고의 결과는 *Gullivera coli bibliographica*와 *telecognitiva* 종에게서 얻었다.[*] 이 변종들은 *futuraza plusquamperfectiva*[**] 혹은 *excitina futurognostica*[***]와 같은 효소를 분비한다. 이 효소들의 영향으로 *E. coli poetica*처럼 별 볼일 없는 시를 짓는 것 외에는 아무것도 할 줄 모르는 대장균 변종조차 미래예측 능력을 얻었다. 그러나 미래예측 활동에 있어서 세균들은 어쨌든 상당히 제한받고 있다. 첫째로 그 어떤 사건도 직접 예언하지 않고 그런 유의 사건에 대해서, 마치 출판물의 내용을 전달하는 것 같은 방식으로 예측한다. 둘째로, 세균들은 오래 집중하지 못한다. 세균의 효율성은 최대한도에서도 출력물 15매도 채 되지 못한다. 셋째로, 세균

[*] bibliographica는 라틴어로 '서지 목록, 참고문헌'이라는 뜻. telecognitiva는 '먼 거리에서도 인식 가능하다'라는 뜻.
[**] 라틴어로 '더욱더 완벽한 미래'.
[***] 라틴어로 '신나는 미래예측'.

저자들의 모든 텍스트는 2003~2089년 기간에만 관련이 있다.

R. 걸리버는 이런 현상들을 아주 다양한 방식으로 해석할 수 있다는 점을 허심탄회하게 인정하면서 다음과 같은 가설을 내세운다. 그의 현재 소유지에 50년 뒤에 시립도서관이 생길 예정이라고 하자. 세균의 유전자 암호는 마치 무작정 그 도서관에 집어넣어져 서가에서 무작위로 아무 책이나 선택해야만 하는 기계처럼 행동한다. 물론 그 책들은 도서관 자체와 마찬가지로 아직 존재하지 않지만 R. 걸리버는 세균성 예언의 신뢰성을 강화하고자 이미 유언장을 썼는데, 핵심 내용은 그의 거주지가 시의회 주도하에 도서관 부지로 사용되어야 한다는 것이다. 그가 미생물의 속삭임에 따라 행동했는지 확실하게 말할 수는 없지만, 반대로 세균들이 그가 유언장을 작성하기도 전에 유언의 내용을 예견했다고 볼 수도 있다. 세균들이 지금 존재하지 않는 도서관의 존재하지 않는 책에 대한 소식을 어디서 얻었는지 설명하는 것은 조금 더 어렵다. 우리를 올바른 길로 안내해주는 단서는 미생물 미래학이 책의 서문에 해당하는 일부분에 국한된다는 사실이다. 그러므로 보아하니 어떤 알 수 없는 요인이(광선 투과??) 덮인 책들을 꿰뚫어보고 그 내용을 밝힌 것 같은데, 그런 경우 당연히 가장 쉽게 읽어낼 수 있는 것은 첫 장이고, 그 뒷부분은 나머지 책장들의 두께 속에 효과적으로 가려져버리는 것이다. 이런 설명은 석연치 않다. 걸리버는 어쨌든 내일 천장 회반죽이 부서지는 사건과 50년 혹은 80년 후 출간될 책의 책장에 문장이 위치하는 사건

사이에는 아주 커다란 차이가 있다고 인정한다. 그러나 우리의 저자는 끝까지 객관적이라서 에룬트학의 기초를 설명하는 권리를 독차지하지 않고, 게다가 마지막 문장에서 독자들이 그의 노력을 계속 이어받도록 권유하기까지 한다.

이 책은 세균학뿐 아니라 우리가 세상에 대해 가지고 있는 모든 지식을 무너뜨린다. 본 서문은 책을 평가하기 위해서가 아니라 세균성 예언의 결과에 부정적인 태도를 취하지 말자는 의미에서 쓴 것이다. 에룬트학의 가치가 얼마나 의심스럽든 간에 인정해야 할 사실은, 이야기의 화자들 중에서 미생물만큼 치명적인 적이면서 동시에 우리 운명에서 떼어놓을 수 없는 동료는 이제까지 없었다는 점이다. R. 걸리버는 이미 이 세상에 없다는 사실을 여기서 언급하는 것도 부적절하지는 않을 것이다. 그는 『에룬티카』가 출간되고 겨우 몇 달도 지나지 않아 새로운 학생들에게 미생물 글쓰기를 가르치던 중에 사망했는데, 그의 새로운 학생은 콜레라균이었다. 그는 콜레라균의 능력을 믿었는데, 왜냐하면 콜레라 원인균은 쉼표 모양이라서 구두점을 사용하는 올바른 문장 양식과 관련이 있기 때문이다. 그의 죽음이 무의미했다는 결말이 불러일으키는 한심한 동정의 웃음은 억누르기로 하자. 왜냐하면 그 죽음 덕분에 유언장이 법적 효력을 얻어 미래의 도서관 벽 아래에는 이미 주춧돌이 놓였으며 그것은 동시에 오늘날 우리에게는 그저 괴짜로 알려진 사람의 묘비석이 되었다. 그러나 내일 무슨 일이 일어날지 대체 누가 알겠는가?

후안 람벨레·장마리 아낙스·에이노 일메넨· 스튜어트 올포트·주세페 사바리니· 이브 본쿠르 헤르만 푀켈렝·알로이스 쿠엔트리흐· 로저 개츠키,『비트 문학의 역사』

Juan Rambellais·Jean-Marie Annax·Eino Illmainen·Stewart Allporte·Giuseppe Savarini·Yves Bonnecourt Hermann Pöckelein·Alois Kuentrich·Roger Gatzky „Historia literatury bitycznej"

전 5권

개정증보판
편집총괄 후안 람벨레 교수

제1권
(대학출판사, 파리 2009)

서문

1. 개요

비트bit 문학이란 인간이 만들지 않은, 즉 실제 작가가 인간이 아닌 모든 창조물을 뜻한다. (인간이 간접적으로 저자가 될 수 있다. 즉 실제 작가가 창작행위를 하도록 도발하는 행동을 인간이 실행했을 수는 있다.) 이러한 문학 전체를 연구하는 분야를 비트학이라 한다.

오늘날까지도 비트학 연구분야의 규모에 대해 통일된 견해는 없다. 이 근본적인 질문을 두고 두 가지 접근방식 혹은 두 개의 학파가 대립하는데, 통칭 구세계(즉 유럽) 비트학과 신세계(혹은 미국) 비트학이다. 전자인 유럽학파는 고전적인 인문학 관점을

이어받아 텍스트와 함께 저자들의 환경적(사회적) 조건들을 연구
하되 이 저자들의 행위구조적 측면은 연구 대상으로 삼지 **않는다.**
후자, 즉 미국학파는 연구대상물 생산자의 해부학과 기능적 측면
또한 비트학에 포함한다.

　본 연구전집은 논란의 중심이 되어온 이 문제를 뒤흔들지 않
으면서 이와 관련하여 간결한 논평만을 제시하고자 한다. 전통적
인문학이 저자들의 '해부학과 생리학'이라는 사안에 침묵한 이
유는 전통 인문학에서 다루어온 저자들이 언제나 인간이었으므
로 서로 아무리 다르다 해도 그 차이점은 같은 종에 속하는 존재
들이 가질 수 있는 정도였다는 자명한 사실에 기초한다. 그런 경
우에—람벨레 교수가 지적하듯이—로망스 문학 개론에서 『트리
스탄과 이졸데』 혹은 『롤랑의 노래』 저자가 육상 척추동물문에
속하는 다세포생물이며 태반이 있고 태생하는 포유류이며 폐호
흡을 하고 등등의 분석을 삽입하는 것은 무의미할 것이다. 반면
『안티칸트』의 저자 ILLIAC 164가 셈Sem—위상적이고 연속병렬
적이며 조명탑재한 본시다언어적 이진법 19세대 컴퓨터로서 유
틸리티 채널 n차원 배열공간 1밀리미터당 최대 1010엡실론—에
도달하는 지능전자적 잠재력을 보유했고 네트워크 배제된 기억
장치와 UNILING 타입 단일언어 내부처리장치를 가졌다는 사실
을 정확히 제시하는 것은 그렇게 무의미하지 않다. 그 이유는 이
런 자료가 저 ILLIAC이 저작한 텍스트의 어떤 구체적인 특성을
설명해주기 때문이다. 그러나 람벨레 교수의 주장에 의하면 비트

학은 두 가지 이유로 인하여 저자의 바로 이러한 기술적인(인간의 경우라면 '동물학적'이라고 말했을 법한) 측면을 연구하지 않아야 한다. 첫 번째 이유는 두 가지 중 덜 중요하고 현실적인데, 이러한 해부학적 정보를 고려하려면 보기 드물게 폭넓은 기술적, 수학적 지식이 요구되지만 그러한 분야 전체를 아는 것은 심지어 특정한 자동기계 이론 전문가에게조차 어렵다는 것이다. 실제로 이러한 이론을 다루는 전문가라 해도 분야 전체에서 자신이 주로 다루는 한 갈래만을 깊이 있게 알 뿐이다. 그러므로 교육 내용으로 보나 방법론으로 보나 인문학자인 비트학 종사자에게 지능전자학을 직업으로 하는 사람조차 완전히 알지 못하는 것을 요구할 수는 없다. 게다가 미국학파의 거시주의에 따르면 여러 연구자가 뒤섞인 대규모 팀을 이루어 연구를 진행해야 하는데 그 결과는 언제나 치명적이며, 그 이유는 그 어떤 비평가 모임도, 그 어떤 비평가들의 '합창단'도 연구 대상 텍스트를 완전히 파악한 한 명의 비평가를 효과적으로 대체할 수 없기 때문이다.

두 번째인 더 중요하고 원칙적인 이유는 단순한데, '해부학적' 방식으로 '수정' 혹은 '보충'된 비트학은 '비트적 변절apostas'(여기에 대해서는 추후 논의한다) 텍스트에 아무리 주의를 집중하려고 해도 결국 중단할 수밖에 없다. 지능전자학자들의 지식 전체를 동원해도 특정한 저자가 특정한 텍스트를 어떤 방법으로, 어째서 무슨 목적으로 창작했는지 정확하게 이해하기에는 불충분하기 때문이다. 그 저자가 아무리 이진법 18세대 이후에 속한다 해도 말이다.

이러한 주장에 대해 미국 비트학은 나름의 반대주장을 제시한다. 그러나 전술한 대로 본 연구서는 이 논쟁을 세세하게 묘사할 의향도 없고 거기에 뛰어들 생각은 더더욱 없다.

2. 연구서 개괄

본 연구전집은 앞에 설명한 의견들을 절충하려는 시도이지만 전체적으로 유럽학파 쪽으로 기울어 있다. 전집의 구조가 이러한 사실을 반영하는데, 아낙스 교수가 편집하고 다양한 분야의 전문가 27명이 참여한 제1권만이 컴퓨터 저자들의 기술적인 측면을 논의한다. 이 1권은 도입부에서 한정된 자동기계들에 대한 전반적인 이론을 소개하며 이후 장에서는 비트 문학의 대표적인 저자 45가지를 개별(단일) 컴퓨터와 집합컴퓨터('저자집합체') 양쪽 모두 요약하여 정리한다. 그러나 여기서 강조할 점은 『비트 문학의 역사』 전집에 별표로 표시된 참고문헌을 제외하면 1권을 읽기 위해서 비트 문학사 자체를 공부할 필요는 전혀 **없다**는 것이다. 연구집의 주된 내용 대부분은 『호모트로피아』『인터트로피아』『헤테로트로피아』의 세 권으로 이루어져 있으며 이는 일반적으로 받아들여지는 분류인데 통시적이면서 공시적인 성격을 동시에 가진다. 왜냐하면 여기서 말한 이름으로 지칭되는 비트 문학의 세 가지 주요 분과는 또한 이 학문이 시작되어 발전한 순차적인 세 단계와 일치하기 때문이다. 연구집 전체 내용을 잘 보여주는 차례는 다음과 같다.

비트 문학

(올포트·일메넨·사바리니 분류)

I. 호모트로피아[*](호모트로피 단계, 시스-인간 단계, '시뮬레이션 단계' 혹은 '미세의인화/미세인간화 단계')

    A. 착상 단계(배아 단계, 혹은 전前언어 단계)
        유사어휘(신조어생성)
        셈언어부전
        셈언어자가생성

    B. 언어학 단계(올포트에 의하면 '지성을 가진' 단계)
        내삽적 모방
        외삽적 모방
        초월지향 모방('한계를 넘도록 프로그램된')

II. 인터트로피아('결정적 단계' 혹은 '인터레그눔'[**])

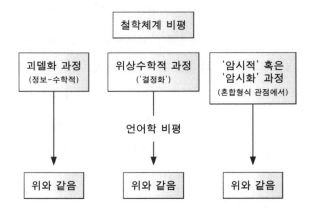

III. 헤테로트로피아(변절, 트랜스-인간 단계)

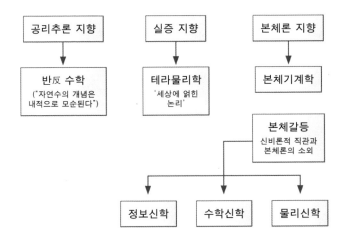

유전학적으로 비트학은 우연하고 대체로 서로 독립적인 최소한 세 개의 과정에서 생겨났다. 우선 지성의 한계를 넘는 데서 시작했으며 이 과정은 무엇보다도 발명가들이 먼저 시작했고, 그다음은—그들이 의도한 것도, 절대로 계획한 것도 아니지만—(이진법 17세대에서 시작된) 자가창조 시스템 작업(즉 이른바 활동중단과 휴식 단계)이었으며, 마침내 앞에 언급한 기계와 인간이 점진적으로 결정체를 이루는 과정을 거쳐 "서로 돌보며 쌍방의 가능성과 한계를 알아보는"(이브 본쿠르) 결과를 낳았다. 지성의 한계가 이전의 컴퓨터학에 헛되이 공격당했다는 것은 이미 우리가 반론

---

* (원주) 구 명칭은 '단선창조학' 혹은 '모노에티카'.
** 인터레그눔Interregnum은 라틴어로 '왕국들 사이'라는 뜻.

의 여지 없이 알고 있듯이 허구이다. 허구라는 말은 즉 기계가 지성의 한계를 넘었음을 인식하는 것은 가능하지 않다는—예상하지 못한다는—의미에서다. '지성이 없는', '순전히 형식적으로 작업하는', '떠드는' 기계에서 '지성을 가진', '인사이트insight를 보이는', '말하는' 기계로 넘어가는 과정은 점진적이며 유동적이다. '기계적인 생각 없음'과 '주체적으로 생각함'이라는 분류가 여전히 통용되기는 하지만, 그사이에 명확하게 선을 그을 수 있는 경계는 절대로 존재하지 않는다는 것을 우리는 이해해야 한다.

기계의 휴식적인 창조성이 발견되어 기록된 것은 거의 30년 전이다. 초기 (이진법 15세대에서 시작된) 시범 기종은 순전히 기술적인 필요 때문에 휴식기간을 보장받았는데 그동안 활동이 멈춘 것은 아니었으므로, 프로그램의 명령을 받지 못하자 그 나름의 '옹알이'가 나타났다. 최소한 그 당시에는 이런 구어적 혹은 유사수학적 생산물이 그렇게 해석되었고 심지어 이것을 '기계의 꿈'이라고 부르는 것도 관행적으로 받아들여졌다. 통상적인 의견에 따르면 인간에게 휴식단계가—잠, **그리고** 잠자는 사람에게 전형적인 **꿈**(상상)이—필요하듯이, 당시의 기계는 적극적인 휴식을 반드시 취해야만 재생이 이루어져 이후의 정상적이고 완전한 작동으로 돌아갈 수 있다고 여겨졌다. 당시 그 '잠꼬대'와 '상상'에 붙은 명칭인 '비트적 생산물'이라는 이름은 그러므로 평가절하하는, '깔보는' 성격이 짙었다. 기계들은 아무 이유도 근거도 없이 '안에 저장된 온갖 정보의 비트'를 뱉어내는 것 같았고, 이런 방식으로 '아무렇게나 섞어 뽑기'를 하면 잃어버린 처리능력을 부분적으로 되찾을 수 있다고 여겼다. 저 명칭을, 비록 부적절하다는 사실이 눈에 거슬리지만 우리는 받아들였다. 저 명칭을 우리는 모든 종류의 학문적 명칭의 전통적인 역사에 따라 받아들였다. 그런 예로 떠올려본 첫 번째 단어가 '열역학'인데, 이 명칭 또한 비슷하게 부적절한 특성을 보이며, 그 이유는 현대 열역학의 범위는 이 명칭을 고안해낸 옛 물리학자들이 알고 있던 범위와 같지 않기 때문이다. 열역학은 물질의 '열의 움직임'만 다루는 학문이 아니다. 그리고 이와 비슷하게, 비트 문학을 이야기할 때 비트 자체, 즉 **비구문적인** 정보 단위만을 논하는 것이 아니다. 그러나 새 포도주를 헌 부대에 담는 것은 학계의 보편적인 관행이다.

기계와 인간이 "서로 돌본" 결과—세월이 지나며 점점 명확하게—비트학은 두 개의 기본적인 영역으로 나뉘었는데, 이를 설명하기에 적절한 용어는 '시스-인간 창작'과 '트랜스-인간 창작'이다.

'시스-인간 창작'이란 기계와 인간이 공존한 **결과**인 글쓰기로, 즉 기계에 우리의 민족 언어와 형식적인 언어들을 꽂아 넣으면서, 이 언어들을 **그 밖에** 문화와 자연 연구와 연역적인 분야(논리학과 수학)의 모든 영역에서도 우리의 지적인 작업에 이용했다는 단순한 사실에서 비롯된다. 그러나 비트 창작물의 직접적인 창작 동기이자 영감의 매개는 비인간 저자를 통해 대체로 인간적인 주제의식이 지식과 예술의 영역으로 전달되는 것이며 이러한 창작의 결과물은 서로 명확하게 구분되는 두 개의 하위분류로 또 나뉜다. 의도적인 조작의 결과 얻어진 언어적 산물이 그 하나인데―쿠엔트리흐 교수의 설명적인 그림에 따라―이는 '주문 제작품'이라 이름 붙일 수 있으며(즉 **우리**가 선정한 여러 가지 문제 혹은 주제들을 향해 기계를 **직접** 조종한 것이다), 반면 그 어떤 인간도 '주문하지' 않았는데 진실로 더 오래된 자극(다시 말해 프로그래밍)으로 인해 생겨나 자발적인 활동의 증거를 보여주는 언어적 산물은 또 완전히 다르다. 그러나 이렇게 생겨난 비트 텍스트들이 **직접적인 원인에서 생겼는지 간접적인 원인 때문에 생겼는지**에 관해서는, 전형적으로 인간적인 주제의식과 생산물의 관계가 진정하고 가장 주된 판별기준이 된다. 그리고 바로 이러한 두 종류의 텍스트 모두 '시스-인간' 비트학에서 연구한다.

그리고 기계들에게 그 어떤 절차도, 프로그램도, 명령도, 제약도 없는 창작의 자유가 주어진 뒤에야 기계들의 (이른바 '후기') 창작물이 전형적인 의인관 혹은 인류학적인 영향에서 점차 멀어지기 시작했다. 이러한 진화 과정에서 비트적 문학은 그 궁극적인 수령인인 우리의 눈앞에 점점 커지는 저항과 인간화의 어려움을 나타내기 시작했다. 그리하여 현재 그러한 '인간을 넘어선'('트랜스-인간'이라는 의미의) 비트 작품들이 존재하며 이들은 다양한 수준에서 인간에게 **이해 불가능한** 비트적 텍스트를 이해(분석, 해석, 설명)하려는 시도의 대상이다.

물론 언제나 우리는 어떤 기계를 **다른** 기계들이 만든 창조물의 해석에 사용하려고 시도해볼 수 있다. 그러나 비트적 텍스트를 우리에게 접근 가능하게 해주는 연결고리는 극단적인 '변절'인데—모든 종류의 의미를 창조하고 이해하고 설명하는 우리의 표준에서 벗어난다는 의미에서—이런 연결고리의 숫자는 연구해야 하는 텍스트의 난도에 따라서 늘어나며, 그 증가는 **지수**指數가 되어 그 경계선에서 우리가 '극한에 달한 변절'의 내용에 대해 심지어 불분명한 지식마저도 얻지 못하게 하고, 또한 실질적으로 인류라는 종의 글쓰기라는 관점에서, 인간이 어쨌든 간접적일지라도 스스로 시작했음에도 완전히 무기력함을 의미하기도 한다.

어떤 사람들은 이런 맥락에서 "흑마술사의 제자 같은 상황"에 대해 말하기도 하는데, 스스로 통제할 수 없는 힘을 불러냈다는 뜻이다. 이러한 정의는 일종의 체념이지만 학문에 체념이 들어설 자리는 없다. 비트 문학을 둘러싸고 '찬비트적' 혹은 '반비트적' 문헌이, 그것도 대단히 풍성하게 존재한다. 그러한 글에는 절박한 주장이 드러나거나 우울이나 공포의 증상들이 명확히 표현되기도 하고 동시에 인간이 **정신적으로도** 인간을 능가하는 무언가를 창조했다는 사실에 대한 충격이 나타난다.

그러나 여기서 힘주어 선언해야 할 점은 과학 분야로서 비트학이 그 자체로 자연과 인간과 인간의(그리고 비인간의) 산물에 대한 철학에 속하는 종류의 관점을 이야기하는 자리일 수 없다는 사실이다. 로저 개츠키가 주장했듯이 우리는 비트학이 예를 들어 우주론에 비해 절망할 이유가 더 많지도, 더 적지도 않다고 여긴다. 언제나 당연하고 논란의 여지가 없는 사실은 우리 인간이 앞으로 얼마나 오래 존재하는지에 관계없이, 그리고 지성을 가진 기계에서 지적인 도움을 얼마나 기대할 수 있는지에 관계없이, 우리는 우주를 전부 다 알 수 없을 것이며 우주 자체를 이해하지도 못하리라는 것이다. 그러나 천체물리학자, 우주학자, 우주생성론 연구자들은 바로 이런 어쩔 수 없는 상태에 대해 불평할 생각조차 하지 않는다.

여기서 차이점은 우리가 우주의 창조자는 아니지만, 비트 창작물은—중간매개물을 거치더라도—확실히 우리의 작품이라는 것이다. 그러나 인간이 우주의 무한함은 완전히 차분하게 인정할 수 있으면서 자기 스스로 창조한 것의 무한함은 똑같이 현실적으로 차분하게 인정할 수 없다고 확신하는 이유가 대체 무엇인지 알 수 없다.

3. 비트학의 중심 분야

본 연구전집에는 적절한 부분에 설명과 구체적인 묘사와 함께 해당 주제 색인을 포함한 참고문헌 목록도 수록되어 있다. 그러나 앞에 언급된 비트학의 주요 분야에 대한 개괄은 다분히 조감도와 같은 측면이 있어서, 이러한 방식으로 제공된 설명은 어떤 식으로도 구체적인 논의를 **대신할** 수 없고 다만 대단히 심하게 분할된 지역에 대한 요약된 안내서의 일종일 뿐이며 그렇기 때문에—가까이서 보면—명확해 보이지 않는다. 그러므로 다음에 제시한 비트학의 주요 영역은 대단히 단순화되고 많은 경우 중심적인 문제들을 왜곡할 수 있는 정보임을 주의하도록 미리 밝혀둔다.

본 개괄은 앞서 말한—서문 격의—성격을 띠며 비트 문학의 네 가지 '궁극점'에만 집중하는데, 이는 즉 모노에티카, 모방, 지식위기, 변절이다. 이러한 용어들은 이미 시대에 뒤떨어졌는데, 현대적 명칭으로는 대략 호모트로피아(첫 부분), 모방 실제, 철학 비평, 비트 창조라는 명칭이 알맞겠으나 비트 창조는 우리가 다루는 영역을 넘어선다. 그러나 현재 거부된 명칭들은 어쨌든 의미가 선명하다는 장점이 있으며 초기에 제시한 설명의 단순성이 특히 중요하다.

A. 크레이브, 걸브랜슨, 프래드킨은 비트학의 창시자이며 그러므로 '아버지들'로 여겨지는데, 이들은 **모노에티카**를 비트학의 가장 초기 단계로 이해했다. (이 명칭은 monos 즉 '단수' 혹은 '하나'라는 단어와 poesis 즉 '창조성'이라는 단어에서 비롯되었다.) 모노에티카의 출현은 기계에 단어생성 규칙을 구현한 덕분이었다. 왜냐하면 이 규칙들의 총합은 한때 통상적으로 언어의 '정신'이라 말하던 것을 이루기 때문이다.

현실에서 작동하고 역사적으로 만들어진 언어는 단어창조의 규칙을 대단히 제한적으로만 사용하는데, 그럼에도 그 사용자들은 대체로 그런 사실을 전혀 깨닫지 못한다. **실제적인** 단어창조의 제한성을 전혀 알지 못하는 기계가 생겨나자 비로소 우리는 언어가 진화하면서 그냥 지나쳤던 그 모든 요소를 들여다볼 기회를 얻게 되었다. 본『비트 문학의 역사』전집 제2권 중 주로「유사어휘」「셈언어자가생성」「셈언어부전」에서 가져온 가장 쉬운 몇 가지 예시를 보도록 하자.

a) 기계는 언어에 존재하는 표현에 인간이 이해하는 것과는 다른 의미를 부여하여 사용할 수 있다.

'도로―[비싼 길]', '아기돼지―[술 취한 돼지새끼]', '마지막―[심부름꾼 켄타우로스]', '무릎보호대―[성스러운 튀르키에 가신]', '철자법―[사제 바보]', '석관―[육식동물]', '혼수상태―[당나귀 앞에서 부르는 아리아]', '구두쇠―[소아과의사].'

b) 기계는 이른바 구문론적 틀 안에서 신조어를 만들어내기도 하는데, 우리는 그러한 창조물 중에서 언제나 사전과 같은 형태의 구체적인 설명이 필요하지는 않은 예시를 의도적으로 선별했다.

'허옇게센―나이바가지―점괘가지뽑기['점 꽤 가지뽑기'로 띄어 읽는다]―판자건널목―나무받침대'

'진흙배달꾼―부리부리가―[새끼에게 먹이를 먹이는 새]'

'이빨꽉물―퍽차―얼굴피나'

'셈셈이―헤아리듬―숫자꾼[컴퓨터]'

'매달이―[케이블카]'

'무덤가리킴―[메멘토 모리]'

'풍성찬─[낙원]'

'나무꾼─[톱 물고기]' 등등.

  코믹한 효과는 당연히 의도하지 않았다. 또한 이후 발전 단계에서도 계속해서─훨씬 더 인식하기 어렵지만!─지속되는 비트적 특징이 명확히 나타나는 기초적인 예시들을 선별했다. 여기서 핵심은 우리에게는 세상이 현실인 데 비해 기계에게는 **언어**가 최우선적이며 근본적인 현실이라는 점이다. **문화**가 언어에 부여한 분류들을 아직 알지 못하는 컴퓨터는 '나이 든 매춘부'가 '허옇게 센', '나이바가지' 등등과 같다고 '여긴다.' 전형적인 오염 또한 여기서 비롯된다('마지막'은 의미 다발과 형태론적 출현 발생의 교과서적으로 고전적인 예시이다. 왜냐하면 '마지'에 '말'과 '마馬지기'라는 의미가 모이고 구문론적 인접지역에서 부착되는 의미가 '켄타우로스'이다. 왜냐하면 말이 스스로 마지기가 될 수 없으므로 반은 말이고 반은 사람이어야 하기 때문이다.)

  이와 같은─언어학적으로 아주 낮은─발전 단계에 있는 컴퓨터는 단어창조와 생성의 제한을 알지 못하며, 기계적 사고방식의 특징인 최소표현 전략은 이후에 비선형적 추론과 '비트학의 스타'라고 불리는 테라tera물리학 개념을 탄생시켰는데, 이 최소표현이 여기서는 언어 속에서 현재 사용되는 정의들 사이의 동등한 권리들의 '비율'로 나타난다. 예를 들면 '단어'나 '글자 그대로' 등 사전에 존재하는 표현이 기계에게는 '단어줄'(시), '단어뛸뛰기'(낙서광), '단어도둑'(표절자), '단어거칠'(교양 없는 사람) 등의 신조어와 동등한 권리를 가진다는 것이다. 바로 이와 같은 이유로 어휘발생기를 제안하여 '견동력'은 북극에서 사용하는 개들이 끄는 썰매를 뜻하고 '디스크아야'는 추간판탈출증으로 인해 운동 선수가 겪는 괴로움을 의미하도록 한다.

앞서 말한, 이전에 '모노에트'라 칭했던 한 단어로 만들어진 신조어는 한편으로는 프로그래밍의 불완전성에 기인하지만, 다른 한편으로는 기계의 '단어창조 확장성'에 관심을 가졌던 프로그래머들의 의도를 반영하는데, 여기서 주목할 점은 이러한 신조어 중 많은 경우가 그저 겉보기에만 기계에 의해 창조되었다는 점이다. 예를 들어 '줄줄이국물'―'허수아비정권'―이라는 명명을 실제로 어떤 컴퓨터가 했는지 아니면 유머감각이 있는 인간의 발상인지 우리가 확실히 알 수 없다는 것이다.

모노에티카는 중요한 분야인데, 이후 단계에서는 시야에서 사라지는 기계 창조성의 윤곽을 이 분야에서 추적할 수 있기 때문이다. 이 분야는 비트학의 문턱 혹은 그 자체로 예비과정이며 그 창의성은 많은 학생을 진정시키는 효과가 있다. 학생들은 비비꼬여 알아들을 수 없는 문구를 마주칠 각오를 했다가 이토록 순진하고 재미있는 신조어를 발견하고 안심하는 것이다. 그러나 그 만족감은 오래가지 않는다! 의도하지 않은 코믹함은 우리가 영구적으로 구분된 것으로 여기는 분류들이 충돌한 결과로 생겨난다. 서로 다른 분류들의 규칙으로 프로그래밍을 강화하는 것은 우리를 (어떤 연구자들은 어쨌든 아직도 전前비트학이라 명하는) 비트학의 다음 영역으로 데려가는데, 여기서 기계들은 우리 언어 안에서 인간의 물리적 신체조직의 결과인 표현방식을 추적하며 언어의 '가면을 벗기는 일'을 시작한다.

그래서 예를 들면 '향상'과 '비하'라는 개념은—우리 인간이 아니라 기계의 해석에 따르면!—인간을 포함하여 모든 살아 있는 생물은 적극적으로 근육의 힘을 사용하여 보편적인 중력에 저항하려 노력해야 한다는 사실에서 비롯되었다.

그래서 신체 기관은 중력으로 인한 경사가 우리 언어에 자국을 남기는 경로가 된다. 관념의 세계뿐 아니라 문장 구조에서도 이와 같은 영향이 얼마나 폭넓게 뿌리내리고 있는지 전체적으로 드러내는 체계화된 언어분석은 제2권 8장 끝부분에 실려 있다. 이어서 제3권에서 우리는 지구와 다른 환경과 비인간형 생물체를 위해 비트학적으로 기획된 언어 모델을 소개한다. 그중 하나인 INVART는 MENTOR II 컴퓨터가 『우주 풍자』를 집필하는 데 사용되었다. (이 작품에 대해서는 뒤에서 논의한다.)

B. **모방**은 이제까지 알려지지 않았던 지적 창조의 기제를 우리에게 드러내어 인간의 정신적 창조물의 세계를 진실로 강력하게 침범하게 된 비트적 창작 분야이다. 역사적으로 이 분야는 텍스트 기계 번역 중에 부차적이며 예상하지 못한 현상으로서 생겨났다. 기계 번역은 여러 방향에서 여러 단계를 거쳐 생겨나는 정보의 가공을 요구한다. 이럴 때 가장 밀접한 접촉은 단어나 어절

이 아니라 관념 체계 사이에서 일어나야 한다. 언어에서 언어로 기계 번역이 현재 이토록 훌륭한 이유는 그 번역을 수행하는 집합컴퓨터가 결합되어 작동하는 것이 아니라, 말하자면 같은 원본 텍스트를 다양한 방향에서 '겨누어' 작동하기 때문이다. 이 텍스트는 기계 언어('중개자') 안에 '심어지고' 그런 뒤에야 기계가 이런 '자국'들을 '내면의 관념적 공간'에 투영한다. 이 공간 안에 'N차 메아리 분리체'가 생겨나는데, 이 분리체와 원 텍스트의 관계는 생체조직과 배아의 관계와 같으며 이 '생체조직'을 번역의 목적언어로 투사하면 기대한 결과가 도출된다.

그러나 이 과정은 여기서 우리가 설명한 것보다 훨씬 더 정교하게 진행되는데 그 이유는 여러 가지가 있지만 무엇보다도 번역의 질이 재번역을 통해('생체조직'에서 다시 원본언어로 '역번역' 되어) 지속적으로 관리되기 때문이다. 따라서 번역하는 집합체는 상호 연결성 없는 기계들로 구성되며 이 기계들이 서로 '소통'하는 것은 오로지 번역 과정을 통해서만 가능하다. H. 엘리아스와 T. 세멜버그는 놀라운 발견을 했는데, 이미 해석된 텍스트인 'N차 분리체', 즉 기계에 의해 문법적으로 동화된 텍스트를 전체적으로 **볼 수 있다**는 것이다. 만약 이 추상적인 창조물에 적절한 전자적 중간축('구문측정기')을 제공한다면 말이다.

시각적으로 '분리체'는 여러 겹의 막에 덮인, 비주기적이며, 일정하지 않은 타이밍으로 동시에 존재하지 않는 덩어리로서 관념적 연속성 속에 자리 잡고 '불타는 실', 즉 수백만 개의 '의미 있는 곡선' 속에 짜여 있다. 이 곡선이 함께 모여 만들어진 평면들이 구문론적 연속성을 절단할 수 있게 된다. 제2권 도해 자료로 돌아가보면 독자는 여러 구문측정기 사진을 볼 수 있는데 이들을 모아서 비교하면 대단히 흥미로운 결과를 얻을 수 있다. 이 사진에서 볼 수 있듯이 원문 품질은 기하학적인 '구문창조물'의 '미학성'에 명백히 상응한다!

게다가 경험이 그다지 많지 않더라도 담화적 텍스트는 '첫눈에' 예술적(대중적, 문학적) 텍스트와 구분할 수 있으며, 종교적인 텍스트는 거의 예외 없이 예술적 텍스트와 대단히 비슷하고, 반면 철학적 텍스트는 이런—시각적인—측면에서 광범위하고 다양하다. 텍스트를 기계적 연속성 안에 깊이 투사하는 것은 그 확장 가능한 의미들을 응축하는 작업이라 해도 과장은 아닐 것이다. 논리적인 관점에서 매우 일관성 있는 텍스트는 강력하게 응집된 '의미 곡선'들의 뭉치나 묶음으로 나타난다(회귀함수 분야와 이 곡선들의 관계를 여기서 설명하는 것은 적절하지 않으며 제2권 10장에서 논의하기로 한다).

가장 특이한 모습을 보이는 것은 우화적 성격을 지닌 문학작품 텍스트이다. 이들의 중심적인 '구문창조물'은 보통 창백한 '후광'에 둘러싸여 있고 그 양쪽('양극단')으로는 의미들의 '메아리 반복'이 보이며 이는 때로 광선 간섭 이미지를 연상시킨다. 나중에 다시 언급하겠지만, 이 현상은 위치구문론, 즉 인간의 철학 체계를 선두로 하는 모든 종류의 사상적 산물에 대한 기계 비평에서 비롯되었다.

세계적 명성을 얻은 첫 비트적 모방 작품은 유사도스토옙스키적 소설『소녀*Dziewczynka*』였다. 이 작품은 도스토옙스키의 모든 작품을 러시아어에서 영어로 번역하는 작업을 담당한 다중구조 집합기계가 휴식 단계에서 창작했다. 탁월한 러시아어문학 연구자 존 롤리는 회고록에서, HYXOS라는 (그가 생각하기에) 기괴한 필명으로 서명된 러시아어 원고를 받았을 때의 충격적인 경험을 묘사한다. 이 도스토옙스키 학자가 말한 대로 꿈인지 생시인지 의심할 정도였다면 그가 원고를 읽고 받은 인상은 진실로 더할 수 없이 강렬했음이 분명하다! 도스토옙스키가 이런 소설을 쓰지 않았다는 사실을 알면서도 동시에 이 작품의 저자가 누구인지 그에게는 자명했을 것이기 때문이다.

번역용 집합기계는, 그에 대해 언론이 널리 퍼뜨린 이야기와는 달리, 도스토옙스키의『작가 일기』와 참고문헌까지 포함한 모든 텍스트를 완전히 익힌 뒤에 원작자의 '유령'이나 '모델' 혹은 진짜 창작자만의 특징을 '기계적 환생'으로 만들어낸 것이 전혀 아니었다.

모방 이론은 대단히 복잡하지만, 그 원칙—그리고 저 모방적 천재성의 놀라운 발현을 가능하게 한 여건은 쉽게 설명할 수 있다. 기계 번역자는 도스토옙스키라는 사람도, 그의 작품 특징에도 전혀 집중하지 않았다(그리고 어차피 그렇게 할 수도 없었을 것이다). 텍스트와의 관계가 발전하는 방식을 보면, 의미 공간 안에서 도스토옙스키의 작품이 해체되어, 전체 형태가 닫히지 않은 원환체, 즉 '깨진 (빈틈이 있는) 원'을 연상시키는 구부러진 덩어리로 재구성된다. 그러므로 여기서 비교적 쉬운 과업은(당연히 인간이 아니라 기계에게 쉽다는 것이다!) 이 '빈틈'을 '닫는' 일, 즉 '잃어버린 연결고리를 잇는 작업'이다.

도스토옙스키 작품의 '주요 경향'을 통해 구문론적 경사가 생겨나며, 이 경사의 **연장선**이자 동시에 원을 닫는 지점이『소녀』라 할 수 있다. 위대한 작가의 작품들 간에 보이는 바로 이러한 상호관계로 인해 연구자들이 어디에, 즉 어느 소설들 사이에『소녀』가 놓여야 하는지 전혀 의심하지 않는 것이다.『죄와 벌』에 명확하게 나타난 주제가『악령』에서 더 강화되며,『악령』과『카라마조프 집안 형제들』사이에 '틈이 벌어진다'. 이것은 모방의 성공이면서 동시에 우연한 행운이었는데, 왜냐하면 이후 번역기가 다른 작가들을 대상으로 유사한 창작을 하도록 이끌려는 시도는 결단코 이처럼 훌륭한 성과를 거두지 못했기 때문이다.

모방은 특정 작가가 작품을 집필한, 확인 가능한 **일대기적** 순서와는 아무 상관이 없다. 그래서 예를 들어 도스토옙스키는『황제』라는 소설의 미완성 원고를 남겼으나 기계가 '소설의 결말을 추측'하거나 '그 길을 따라가는' 것은 절대로 가능하지 않을 텐데, 그 이유는 작가가 이 소설을 통해 자신의 가능성을 넘어서려고 노력했기 때문이다.『소녀』에 관해서 말하자면, HYXOS가 집필한 초고 외에도 다른 집합기계에 의해 작성된 변형 버전이 여럿 존재하지만 연구자들은 이런 버전은 덜 성공적이라 여긴다. 구성의 차이점이 당연히 눈에 띄었으나, 이 모든 이본異本에는 일치하는 특징이 있다. 즉 도스토옙스키에게 특징적인, 대단히 강렬한 절정으로 끌고 가는 문제의식은 육체적인 죄악과 충돌하는 신성성이다.

『소녀』를 읽은 사람은 모두, 도스토옙스키가 어째서 이 작품을 쓸 수 없었는지 그 이유를 깨닫는다. 물론 이 모든 것을 말할 때 우리는 기계적인 흉내를 진정한 창조와 비교하므로—전통적인 인문학의 기준에 따르면—진실로 신성모독을 범하고 있는 셈이지만, 비트학은 **그 자체로** 텍스트의 정통성이 최고의 위상을 차지하는 고전적인 정전의 가치와 평가에 도전할 수밖에 없으며, 게다가 우리는 『소녀』가 실제 도스토옙스키의 저작인 『황제』보다도 '더 높은 수준에서' 그의 창작물임을 **증명할 수 있기** 때문에 더욱 그러하다!

모방의 전반적인 규칙성은 다음과 같은 형태를 띤다. 만약 특정 작가가 자신에게 중심적인 창의적 의미 조합('평생의 천착')을, 다시 말해 비트학자들의 용어로 '자신의 구문창조물 공간'을 완전히 다 활용했다면, 모방은 이차적인 ('기울어지는' '메아리의') 텍스트 외에 이 축에 더 이상 아무것도 만들어내지 못한다. 반면 만약 작가가 뭔가 '끝까지 말하지 못했다'면(예를 들어 너무 일찍 사망했다든가 하는 생물학적 이유로, 혹은 사회적 이유로 그 글을 쓸 엄두를 내지 못했다면) 모방은 '잃어버린 연결고리'를 창조해낼 수 있다. 실제로 최종적인 성공을 결정하는 것으로는 그 외에도 해당 작가 구문창조물의 지형학이 있는데, 이 관점에서 우리는 수렴 구문창조물과 분기 구문창조물을 구분하도록 하자.

일반적인 텍스트 비평 연구는 판정을 위한 견고한 근거를 주지 못하는데, 이 경우 모방은 그런 가능성을 준다. 그래서 예를 들어 문학연구자들은 카프카 저작의 모방적인 연속성을 기대했으나 이 희망은 좌절되었고 우리는 『성』의 마지막 챕터 외에 아무것도 얻지 못했다. 그러나 어쨌든 비트학자들에게 카프카의 경우는 인지적으로 특히 가치 있는데, 왜냐하면 그의 구문창작물을 분석한 결과는 『성』에서 카프카가 창작 가능성의 한계에 도달했음을 나타내기 때문이다. 버클리 대학교에서 이후 세 번 더 모방 과정을 진행했으며 그 결과 기계적인 외전들이 붕괴하는 다층적 '의미의 메아리적 반영' 속에 '빠져버렸고', 그것이 이 저작의 극단적인 위상에 대한 객관적인 표현이 되었다. 여기서 주목할 점은 독자가 반사적으로 '구성적 성공'이라 인식하는 것은 '구문안정'이라는 균형의 결과라는 점인데, 만약에 비유적 특성이 너무 강하면 텍스트는 해독 불가능을 향해 가게 된다. 물리적으로 이에 상응하는 상황이라면, 어떤 공간의 아치형 천장이 너무 심하게 휘어 그 안에서 말한 사람의 목소리가 사방에서 반사되어 울리는 메아리가 되어 쏟아져서 숨 막힐 정도로 왜곡되는 경우일 것이다.

이른바 모방의 한계라는 것은 문화를 위해서는 의심할 바 없이 성공적이었다. 『소녀』의 발간은 어쨌든 예술계에만 패닉을 불러온 것은 아니었다. "모방으로 인한 문화의 멸망"을 예언하는 비평가가 한둘이 아니었는데, 인간적 가치의 중심으로 쳐들어오는 '기계의 침공'을 선언하는 편이 그 어떤 상상 속 '우주로부터의 침공'보다 더 파괴적이고 더 충격적이기 때문이다.

이런 사람들은 '창작 서비스' 산업이 생겨나 문화를 악몽 같은 천국으로 바꿔버릴까 봐 두려워했는데, 왜냐하면 이제 아무 소비자가 아무렇게나 충동적으로 원하기만 하면 순식간에 기계 '마녀' 혹은 '마술사'가 의심할 바 없이 셰익스피어, 레오나르도 다 빈치, 도스토옙스키 등등의 정신세계에서 피어난 것이 분명한 걸작을 창조하여, 그 결과 우리는 쓰레기장에서 헤매듯이 걸작들 속에서 헤매야 할 것이며 우리의 가치 서열 체계는 붕괴할 것이기 때문이었다. 우리는 이런 멸망 시나리오를 이루어지지 않을 이야기들 사이에 즐겁게 집어넣도록 하자.

산업화된 모방은 실업을 초래했다. 그러나 오로지 장르문학(SF, 포르노, 스릴러 등) 창작자들 사이에서만 그러했다. 이 장르에서 사람들은 실제로 지적 생산물 공급에서 제외되었다. 그러나 이 현상 때문에 진정한 인문학자가 지나치게 깊은 절망에 빠질 필요는 없다.

C. **체계적 철학 비평**(혹은 지식위기)은 '시스-인간'과 '트랜스-인간'이라는 명칭을 가진 비트학 영역 사이의 통로 영역이다. 이 비평은 위대한 철학자들의 글을 논리적으로 재구축한다는 원칙

을 바탕으로 하며 우리가 언급했듯이 모방적 과정에서 유래한다. 체계적 철학 비평은 다분히 천박한 용어를 얻었다는 사실을 말해두어야겠는데, 그 표현을 사용한 덕분에 어떤 생산자들이 체계적 철학 비평에서 아주 짭짤한 이득을 얻었다. 아리스토텔레스, 헤겔, 토마스 아퀴나스 같은 철학자들의 형이상학을 영국박물관에서만 감상하며 마치 짙은 색 유액 덩어리와 뭉쳐져 번쩍거리는 부서진 '고치'인 양, 경탄하기만 할 수 있는 동안 이 광경에서 뭐가 해로운지 찾아내기란 힘든 일이었다.

그러나 『신학대전』 혹은 『순수이성비판』을 원하는 크기와 색깔로 구해서 문진으로 사용할 수 있게 된 현재, 이런 놀이는 씁쓸한 뒷맛을 안겨주게 되었음을 우리는 인정해야 한다. 이런 유행도, 수천 가지 다른 유행과 마찬가지로 그저 지나갈 때까지 끈기 있게 기다려야 한다. 물론 "호박 속에 굳은 칸트"의 소유자는 비트학적 답변이 우리에게 알려준 철학적 깨달음에도 아랑곳하지 않을 것이다. 그 결론은 여기서 요약하지 않고 이 연구집의 제3권으로 독자를 안내하겠다. 다만 구문측정기가 거대한 지적 총체를 바라보는 진실로 새로운 감각―기계 속의 유령이 우리에게 선물한 뜻밖의 감각이라는 점을 강조하는 것으로 충분하리라 믿는다.

그러나 수학적 산물의 순수한 미학성이 최고의 과학자들의 학문적 노력을 이끄는 지표 역할을 했다는 확언을 이제까지는 맹목적으로 신뢰할 수밖에 없었으나 현재는 그들의 응결된 사상을 손에 쥐고 눈에 가까이 대고 눈앞에서 확인할 수 있다는 것은 무시할 일도 아니다. 물론 열 권짜리 고등 대수학 전집이나 여러 세기에 걸친 명목론과 보편론 사이의 전쟁을 주먹 크기 유액 덩어리 안에 굳힐 수 있다는 사실만으로는 사상의 지속적인 발전에 아무 도움도 되지 않는다. 비트학적 창조는 인간의 사상에 편리함을 주는 동시에 장애물이다.

그러나 한 가지는 완전히 확실하게 선언할 수 있다. 기계 지능의 출현에 대해 그 어떤 사상가도, 그 어떤 창작자도 이제까지 이토록 열심이며 이토록 지속적으로 주의 깊고—동시에 이토록 무자비한 독자를 가졌던 적은 없다는 사실이다! 그래서 어느 훌륭한 사상가가 자신의 저작에 대한—MENTOR V가 쓴—비평을 눈앞에 마주했을 때 내질렀던 "이게 내 책을 읽었어!"라는 외침에서는 엉터리 지식과 목까지 가득 찬 허세가 실제 지식을 대신하는 우리 시대의 전형적인 좌절감이 뿜어져 나왔다. 이 글을 쓰고 있는 내 머리에서 이 책을 가장 성실하게 읽는 독자는 인간이 아닐 것이라는 생각이 떠나지 않으며, 이런 생각은 진정 쓰디쓴 역설로 가득하다.

D. **변절**이라는 용어는 비트학의 마지막 분야에 주어졌으며 운 좋게도 매우 적절한 용어로 보인다. 왜냐하면 인간적인 것으로부터의 변절이 이 정도로 진행된 적도 없고 이렇게 차분한 기억과 함께 논리 전개 과정에 구현된 적도 없기 때문이다. 비트적 문학은 우리에게서 언어 외에 아무것도 가져가지 않았으며, 이런 문학의 관점에서 인류는 존재하지 않는 것 같다.

트랜스-인간 문헌은 이미 언급된 비트학 영역의 모든 나머지 영역보다도 많다. 이전 분야들 안에 눈에 띄지 않게 표시된 오솔길들이 여기서 서로 교차한다. 우리는 변절을 실용적으로 두 개의 층, 즉 아래와 위로 나눈다. 아래층의 접근성은 대체로 잘 보호되고 있으나 위층은 우리 눈앞에서 잠겨 있다. 우리 전집의 제4권은 대체로 아래쪽 변절의 왕국만을 집중적으로 안내한다. 제4권은 방대한 문헌을 얄팍하게 정리한 것에 지나지 않는데, 바로 이 때문에 서문을 쓰는 입장에서는 이미 본문 안에 짧게 요약된 내용을 더욱더 간결하게 예고해야 한다는 어려움을 겪는다. 그러나 이러한 예고는 조감하는 관점으로서 꼭 필요하며, 이것이 없으면 독자는 더 넓은 시야를 빼앗긴 채 마치 산에서 헤매는 방랑자가 산꼭대기를 가까이에서는 제대로 평가할 수 없듯이 험준한 지형에서 길을 잃기 쉽다. 이러한 사실과 의혹을 염두에 두고 필자는 변절의 구체적인 분파들 사이에서 비트학적 텍스트를 단 하나만 예로 들려 하는데, 텍스트를 번역하거나 해석하기 위해서라기보다는 독자에게 적절한 어조를, 그러니까 말하자면 변절의 적절한 방법론을 보여주기 위해서다.

그러므로 우리는 변절 왕국의 아래쪽 지역에서 가져온 실험군인 **반反수학**, **테라tera물리학**, **본체기계학**에만 집중하기로 한다.

이러한 영역을 소개하는 이론이 이른바 '나는 생각한다Cogito'의 역설이다. 이 길에 처음 접어든 사람은 지난 세기 영국의 수학자 앨런 튜링인데 그는 인간처럼 행동하는 기계는 심리학적 관점에서 인간과 구분할 수 없다, 즉 인간과 대화할 능력이 있는 기계는 반드시 의식이 있다고 가정해야 한다고 주장했다. 여기서 우리가 다른 사람에게 의식이 있다고 믿는 이유는 스스로 의식이 있음을 경험하기 때문임을 지적해야겠다. 우리가 경험하지 못했다면 타인의 의식이라는 개념에 대해서 아무것도 이해할 수 없었을 것이다.

그러나 기계 진화의 과정에서 생각하지 않는 지능도 구축할 수 있다는 사실이 밝혀졌다. 예를 들어 보통의 체스게임 프로그램이 그러한 지능을 가지고 있는데, 잘 알려진 대로 이런 프로그램은 '아무것도 이해하지 못하고' 이기거나 지거나 '아무래도 상관없으며' 한마디로 의식 없이, 그러나 논리적으로 상대방, 즉 인간을 패배시킨다. 게다가 심리상담을 위해 환자에게 은밀한 성격의 질문을 적절하게 던짐으로써 얻은 답변에 근거하여 진단을 내리고 치료방법을 제시하도록 프로그래밍된 원시적이며 명백히 '영혼 없는' 컴퓨터가 대화상대인 인간에게 대체로 마치 살아 있고 감정을 느끼는 사람 같은 인상을 준다는 사실이 밝혀졌다. 이러한 인상이 너무나 강렬해서 심지어 이 프로그램을 설치한 사람, 즉 이 기기에 담긴 영혼은 축음기 수준에 지나지 않는다는 사실을 완벽하게 이해하는 전문가조차도 몇 번이나 속아 넘어갔다. 그래도 프로그래머는 상황을 통제할 수 있는데, 즉 기계가—프로그램의 한계라는 관점에서—전혀 다룰 수 없을 만한 질문을 던지거나 그런 답변을 제시함으로써 자신이 의식 있는 개인과 접촉하고 있다는, 점점 커지는 환상을 떨쳐낼 수 있다.

그러나 이러한 방법으로 사이버공학은 점차 영역을 넓히고 프로그램을 완벽하게 개선해나가는 길에 올랐으며, 그리하여 시간이 지나면서 '가면을 벗기는 일', 즉 바로 대화를 통해서 인간을 반사적인 투사에 묶어놓는(이 투사는 우리의 습관적인 가정에 따라 무의식적으로 일어나는데, 즉 누군가 우리의 말에 의미 있게 반응하며 또한 우리와 의미 있는 언어로 대화한다면 그 누군가는 **반드시 의식 있는 지성을 가졌으리라**는 가정이다.) 기계와 이야기하는 과정에서 무의식성을 발견하는 일은 점점 더 어려워졌다.

바로 여기서 비트학이 말하는 '나는 생각한다'의 역설이 반어적이면서 동시에 놀라운 방식으로 우리 앞에 나타났다―즉 인간이 정말로 생각하는지 기계가 **의심한다**는 것이다!

상황은 갑자기 완벽한 쌍방향 대칭성을 획득했다. 우리는 기계가 생각한다는 사실, 그리고 자신이 생각하는 상태를 심리적으로 경험한다는 사실을 완전히 (증거에 기반하여) 확신할 수 없는데, 왜냐하면 외부에서 보기에 완벽하지만 그 내부적인 상관물은 완전히 텅 빈 '영혼 없는' 상태인 시뮬레이션일 뿐이라고 언제나 생각할 수 있기 때문이다.

반대로 그와 유사하게 기계도 그들의 상대방인 우리가 의식이 있고 그들처럼 **생각한다**는 사실에 대한 증거를 도출할 수 없다. 양측 모두 상대방이 어떠한 경험적 상태를 '의식'이라는 단어로 규정하는지 알지 못한다.

이 '나는 생각한다'의 역설은 첫눈에 그저 재미있어 보일지 몰라도 일종의 심연 같은 성격이 있다는 사실을 알아야 한다. 사고의 결과물의 품질 자체는 여기서 아무것도 결정해주지 않는다. 이미 지난 세기의 기초적인 자동기계들이 논리적인 게임에서 자기 창조자들을 패배시켰는데, 이들은 아주 원시적인 기계들이었다. 그러므로 우리는 창조적인 사고의 결과물에 또 다른—생각 없는—길을 통해서도 도달할 수 있음을 아주 확실하게 알고 있다. '나는 생각한다'의 역설이라는 주제에 대한 두 비트학적 저자 NOON과 LUMENTOR의 논문이 우리 전집 제4권 도입부를 열어 이 수수께끼가 세계의 속성에 얼마나 깊이 뿌리박혀 있는지 보여준다.

반수학은 "자기모순 위에 세워진" "악몽 같은 수학"인데, 여기에 대해서는 모든 전문가가 두려워하는, 심지어 충격적인, 완전한 광기의 뒷맛을 남겨주는 선언만을 언급하도록 하겠다. "자연수의 개념은 내적으로 모순된다." 즉 그 어떤 숫자도 그 숫자 자체와 언제나 같지 않다는 것이다! 반수학 학자들(당연히 기계다)에 따르면 페아노 공리계*는 틀렸는데, 그 자체로 내적 모순이 있기 때문이 아니라 그 공리계가 존재하는 세상에 대해 오류 없는 방식으로 들어맞지 않기 때문이다. 왜냐하면 반수학은 비트학

* 이탈리아 수학자 주세페 페아노(1858-1932)가 제시한 공리들로 수리논리학에서 자연수 체계를 묘사한다.

적 변절의 다음 갈래인 테라물리학(즉 '괴물 같은 물리학')*과 공동으로, 사상과 세계의 제거할 수 없는 점착을 가정하기 때문이다. ALGERAN 혹은 STYX 같은 저자들은 '0'을 집중적으로 공격한다. 그들에 의하면 0 없는 산수는 **우리** 세계에서 모순 없는 방식으로 구축될 수 있다. 0은 모든 공집합의 기수基數이다. 그러나 '공집합'이라는 개념은 이 저자들에 의하면 **언제나** 거짓말쟁이의 자기모순이라는 함정에 빠질 수밖에 없다. "아무것도 존재하지 않는다는 건 없다." STYX의 논문에 나온 이 모토를 인용하는 것으로 우리는 반수학적 이단성의 예고를 끝마치기로 한다. 그렇지 않으면 우리는 여기서 수없이 많은 주장 속에 빠져버릴 것이다.

가장 괴상하며 또한, 누가 알겠는가, 가장 유망한 테라물리학 분야의 결과물은 이른바 다중우주poliversum 가설이다. 이에 따르면 우주는 이중구조로 나뉘며 우리는 태양, 별, 행성, 우리의 몸을 이루는 질료와 함께 그 우주의 '느린' 절반, 즉 완만우주 bradyversum**에서 살고 있다. 느리다고 하는 이유는 우리 우주에서 운동은 움직이지 않는 상태부터 이 우주 안에서 가장 빠른 상태인 빛의 속도로 움직이는 것까지 가능하기 때문이다. 우주의 다른, '빠른' 쪽 절반인 급속우주tachyversum***로 가는 길은 광속 장벽

---

* 정보 단위로서 8비트가 1바이트이므로 1테라바이트는 1,024기가바이트, 즉 1,048,576메가바이트에 해당하는 8,796,093,022,208비트이므로 비트 입장에서 테라물리학이 '괴물 같다'고 표현한 것으로 보인다.
** bradys는 그리스어로 '느리다'라는 뜻.
*** tachys는 그리스어로 '빠르다'라는 뜻.

을 넘어간다. 급속우주에 도달하기 위해서는 빛의 속도보다 빠르게 움직여야 하는데, 빛의 속도는 우리 세계의 모든 장소를 '존재의 다른 지역'으로부터 갈라놓는 보편적인 경계선이다.

수십 년 전에 물리학자들은 타키온, 즉 오로지 빛보다 빠른 속도로만 움직이는 소립자에 대한 가설을 제기했다. 테라물리학에 따르면 타키온 입자가 급속우주를 창조하는 것임에도, 그 입자들을 찾아낼 수는 없었다. 그런데 사실 급속우주는 **하나의** 타키온 소립자를 통해서 창조되었다.

타키온이 빛의 속도까지 느려진다면 무한히 거대한 에너지를 얻게 될 것이다. 그러다가 속도를 내면 에너지를 잃고, 그 에너지는 빛의 형태로 배출된다. 타키온의 속도가 무한히 빨라지면 에너지는 감소하여 0에 수렴한다. 그러면 무한한 속도로 움직이는 타키온은, 당연한 일이지만 **모든 곳에** 동시에 존재하게 된다. 그 하나가 모든 곳에 존재하는 입자로서 바로 급속우주를 창조하는 것이다! 더 정확히 말하자면, 속도가 빠를수록 더욱더 모든 곳에 동시에 존재하게 된다. 이처럼 독특한 보편존재성에서 생겨난 세계는 게다가 타키온이 끊임없이 가속하면서 뿜어내는 빛이 가득 채우게 된다(왜냐하면 타키온은 가속하면서 에너지를 잃기 때문이다). 이 세계는 우리 세계의 반대이다. 우리 세계에서는 빛이 가장 빠르지만 반대편인 급속우주에서는 빛이 가장 느린 속도로 운동한다. 타키온은 모든 곳에 보편존재하게 되면서 급속우주를 점점 더 '고체화하고' 단단한 물체로 바꾸다가, 마침내 너무나

'모든 곳에' 존재하여 빛 양자를 누르다가 다시 자기 안으로 받아들이고 그 결과 제동이 걸려 속도가 느려진다. 타키온은 느리게 운동할수록 더 많은 에너지를 얻는다. 0에 가까운 속도로 제동이 걸린 타키온은—무한히 거대한 에너지 상태에 가까워지며—폭발하여 완만우주를 창조한다….

그리하여 **우리** 우주에서 바라본다면 이 폭발은 **과거 언젠가** 일어나서 첫 별들을, 그런 뒤에 우리를 만들어냈다. 그러나 만약 급속우주에서 바라본다면 이 사건은 **전혀** 일어나지 않았을 텐데, 왜냐하면 양쪽 우주의 탄생을 헤아릴 수 있는 상위의 시간이란 존재하지 않기 때문이다.

이 두 우주의 '자연' 수학은 거의 서로 정반대이다. 우리의 느린 세계에서 1+1은 거의 2이다[1+1≅2]. 그 경계선에 아주 가까워졌을 때—빛의 속도에 가까워졌을 때—1+1은 1이 된다. 반면 급속우주에서 1은 **거의** 무한에 가깝다[1≅∞]. 그러나 이 사안은—'괴물 박사' 본인들이 인정하건대—아직도 너무나 불확실하여, 주어진 우주(즉 다중우주!)의 논리가 의미를 갖는 것은 그 논리를—이 세계에서—개발할 수 있을 때뿐인데, 지금으로서는 지성을 가진 조직체(혹은 간단하게 생명체)가 급속우주에서 생겨날 가능성이 얼마나 되는지 알 수 없다. 수학은 이런 판단에 따라 물질적인 존재의 건널 수 없는 장벽이 준 한계를 가지게 되는데, 왜냐하면 우리 세계와는 다른 법칙을 가진 세계에서 **우리** 수학을 이야기하는 것은 말이 안 되기 때문이다.

그리고 마침내 도달한 비트학의 마지막 하위분야에 있는 '우주에 대한 풍자'에 관해서는 내가 요약할 능력이 없다는 사실을 인정해야겠다. 그리고 사실 이 기나긴 (여러 권이나 되는) 논문집 자체가 약간은 실험적 우주창조론에 대한—혹은 우리 세계보다 '존재하기에 더 잘 정돈된' 세계들을 창조하는 기술에 대한 서문으로서 기획된 것 아닌가 말이다. 주어진 생존 형태로 존재하는 것에 대한 저항이자 모든 종류의 허무주의, 모든 종류의 자기파괴적 충동의 정반대이고, 또한 기계적 영혼의 산물이며 '다른 존재방식' 기획의 돌풍인 본 연구는 우선 확실히 색다른 독서 경험일 것이다. 그리고 그 어려움을 극복한 뒤에는 미학적 관점에서 또한 충격적이다. 대체 주제가 무엇인가. 논리의 허구인가 허구의 논리인가, 환상적 철학인가 아니면 존재라는 것 자체가 우리가 알 수 없는 운명에 쫓겨 우연히 도달한 해변일 뿐이며 거기서 다시 파도를 밀고 나가 알지 못할 방향으로 가겠다고 고집부리는 태도는 뻔뻔하다고 주장하려는, 인간 존재를 파괴하고 무효로 하려는 명백하게 의도적이고 완벽하게 현실적인 노력인가, 이 문헌들이 실제로 비인간적인가—혹시 그렇게 이상하기 때문에 오히려 우리에게 도움이 되는가. 이런 질문들에 대해서는 내가 대답을 알지 못하므로 답하지 않겠다.

제2판 서문

3년 전 초판이 발행된 뒤로 수많은 새로운 비트학 서적이 출간되었다. 그러나 우리 전집 편집위원회는 이 전집의 본래 모습을 유지하기로 결정했고 그와 별개로 변경한 부분에 대해서는 아래에 다시 이야기하기로 한다. 그리하여 『비트 문학의 역사』 전집의 기본이 된 네 권은 기본적인 구성도, 전체 내용의 챕터 구분도 변하지 않았다. 반면 참고문헌 목록은 보완했으며 (몇 안 되지만) 오류를 수정했고 초판에서 누락된 내용도 보완했다.

우리 편집위원회는 보충적인 성격을 띤 제5권을 따로 분리하여 널리 알려진 형이상학과 종교학 분야 문헌을 다루는 것이 합당하다고 보았는데, 이를 비트신학적 문헌으로 통칭한다. 이전 판본에서는 이 분야를 다룬 내용이 제4권 부록에 실렸으나 언급도 논의도 상당히 빈약했다. 이 분야 문헌이 많아진 만큼 우리는 여기에 독자적인 지위를 주기로 했으며, 초판 서문에 이에 대한 언급이 없었으므로 이 기회를 이용하여 추가된 제5권의 내용을 간단히 설명하고 그럼으로써 독자에게 비트신학의 주요 주제들을 선보이고자 한다.

1. 정보신학

브룩헤이븐의 컴퓨터 집단이 10년쯤 전, 접근 가능하면서 가톨릭교회에 인정받은 신비주의 문헌들을 전부 모아 '연결 경로로서 신비학'이라는 기획하에 전체적인 형식 분석을 시도했다. 연구 주제는 가톨릭교회가 신앙을 위해서 제시한 명제였는데, 어떤 특정한 상태에서 신비주의자들은 신과 의사소통할 수 있다는 것이었다. 그러한 내면적 경험을 기록한 신비주의자들의 텍스트는 정보학적 콘텐츠로 편집되었다. 분석은 신의 초월성이나 신의 내재적인 속성(인격을 갖는가 혹은 갖지 않는가 등) 문제는 다루지 않았는데, 왜냐하면 신비주의 문헌의 의미 전체, 즉 의미론적 내용은 전부 건너뛰었기 때문이다. 이 분석을 통해 신비주의적 접촉에서 드러난 모든 종류의 깨달음을 질적으로 논의할 수는 없었는데, 왜냐하면 계산은 전적으로 신비주의자들에 의해 얻어진 정보의 **양적인** 측면에 대해서만 이루어졌기 때문이다. 이러한 물리적 계산을 통해 내용을 완전히 제외하고 양적인 정보학적 이익을 수학적으로 정확하게 지정할 수 있다. 이 기획의 전제는 정보 이론의 공리인데, 그 공리에 따르면 실제 원천과 연결하면, 즉 전송 통로를 만들면 수신자 쪽에서 받아들이는 정보량이 증가할 수밖에 없다는 것이다.

신에 대한 수많은 정의 중에서 신의 무한함에 대한 교리가 나오는데, 이는 정보학적으로 무한한 다양성을 의미한다. (이것은 형식적으로 쉽게 증명할 수 있다—신의 특성으로 여겨지는 전지전능함은 그러한 다양성, 연속성의 강력함을 분석적으로 암시하기 때문이다.) 여기서 신과 접촉하는 인간은 그렇게까지 무한한 정보를 소유할 수 없는데, 왜냐하면 인간 자체가 유한하기 때문이다. 그러나 인간 지성의 용량이 제한적으로 허용하는 한에서 정보량은 조금이라도 늘어나는 것으로 나타나야만 한다. 그러나 숫자상의 계산 결과를 보면 신비주의자들의 문헌은 현실적인 정보 원천과 접촉하는 사람들(예를 들어 자연과학적 실험을 진행하는 학자)의 진술에 비해 훨씬 정보가 빈곤하다.

신비주의자들 문헌 속 정보량은, 전적으로 자신만을 위해 다양성을 생성한다고 비난받는 사람들의 진술(문헌) 속 정보량과 정확히 동일하다. 이 연구의 결론은 다음과 같다. "가톨릭교회가 가정한 신비주의자 인간과 신의 접촉은 인간이 0보다 더 큰 정보를 얻는 과정으로 나타나지 않는다." 이 결론의 의미는 가톨릭교회가 가정한 연결 통로가 허구라는 뜻일 수도 있고, 혹은 그 통로는 실제로 생겨나지만 정보 발신자인 신이 영구적인 침묵을 지키고 있다는 뜻일 수도 있다. 그리고 오로지 물리학을 넘어서는 논리만이 '신의 침묵Silentium Domini'이라는 선택지 안에서 '신의 부재Non esse Domini'를 유도할 수 있다. 이 논문은 새로운 신학적 반대 주장과 함께 제5권 첫 부분에 수록했다.

2. 수학적 신학

비트학적 신학의 가장 독특한 결과물은 신의 사인곡선 모델과 신의 진동 모델이다. 신은 변하지 않는 상태로서가 아니라 교류의 과정으로서 공리적으로 확립되며, 서로 반대되는 무한의 기호—선과 악 사이를 초월적인 빈도로 진동한다. 각각의 시간 간격(물리적인 의미에서)을 위해 스스로 이 두 가지 무한을 함께 구현하지만 절대로 동시에 구현하지 않는다. 왜냐하면 신의 선과 악은 그 자신 안에서 전기같이 교류로 흐르기 때문이며 그 과정으로 인해 그려지는 형태가 바로 사인곡선이다.

비시간적 원천을 가지는 양쪽 무한이 전파하면서 시간적으로 존재의 질서에 참여한다는 점을 고려하면, 시공간의 일부 구간으로서 그 안에서 선과 악의 균형이 보존되지 않는 국지적인 특징들이 발생하는 것도 용인된다, 즉 가능하다. 또한 동시에 그러한 특징적 지점들에 변동이 결손으로서 생겨난다. 그리고 곡선이 변하는 지점마다 0을 지나야만 하기 때문에, 우주가 그 자체로 무한히 긴 시간 속에 존재한다면 무한은 두 가지가 아니라 '선, 0, 악'의 세 가지가 되며 이를 통상적인 신증명학의 언어로 해석하자면 앞서 말한 우주에서 신과 신의 완전한 부재와 신의 완전한 역전─사탄─이 공존한다는 것을 의미한다. 이 연구는 경우에 따라 신학으로 혹은 신성파괴로 분류되기도 하는데, 수학 기기를 도입한 우주의 물리학적 이론과 다중우주 이론의 형식적 고찰을 진행하던 중에 이루어졌다. 그 저자는 ONTARES II이다. 본문 중에는 전통적인 신학에서 빌려온 용어들('신', '사탄', '형이상학적 부재')이 전혀 사용되지 않는다. 편집위원회는 이 연구를 보충자료인 제5권 제3장에 수록했다.

주목할 만한 다른 비트신학 연구는 (크라이오트론*으로 작동하므로) 속칭 '냉동'이라고 하는, 집합컴퓨터가 신을 무한한 컴퓨터 혹은 무한한 프로그램이라 가정하는 연구이다. 양쪽 접근 모두 해결할 수 없는 자기모순으로 이어지는 것은 사실이다. 그러나 후기에서 공저자 중 하나인 METAX가 언급하듯이 인간의 모든 종교는 형식화되었을 때 유사한 종류의 모순을 훨씬 더 많은 양으로 나타내므로, '가장 좋은 종교'가 '가장 모순이 적은 종교'만을 뜻한다면 컴퓨터야말로 인간보다 더 완벽한 신의 모습이다.

3. 물리주의적 신학

METAX의 연구는 비트신학적 물리주의로 분류되지 않는데, 왜냐하면 '컴퓨터' 혹은 '프로그램'이라는 이름을 물리적인 의미

---

* 크라이오트론cryotron은 금속의 초전도성이 자기장에 의하여 변화하는 것을 이용한 장치. 초전도체가 낮은 온도에서 초전도성을 띠는 성질을 이용한다. '저온의'라는 뜻의 cryo에 전자소자에 사용되는 tron을 붙인 것이다.

(알려진 대로 모든 컴퓨터는 모든 자동기계와 마찬가지로 이상적인 수학적 동치를 소유한다)가 아니라 형식적인(수학적인) 의미에서 사용하기 때문이다. 반면에 물리학적으로 이해된 비트신학은 존재의 원인자 혹은 창조주를 질료 안에 얽히게 하는 데 집중한다. 이러한 저작물은 대단히 많아졌으므로 여기서는 예고편 성격으로 가장 독창적인 작품만을 언급하기로 한다. 그 첫 번째 저자인 UNITARS는 우주가 '굵은 알갱이'로서 '컴퓨터화'와 '탈컴퓨터화'를 번갈아 한다고 여기는데, 이 두 가지 정반대되는 상태가 메타컴퓨터와 메타은하라고 한다. '정신화' 단계에서 반응의 근본은 정보학이며, 물리학은 정보학을 위해 우주라는 '컴퓨터화된 전체'가 요구하는 것을 만든다. 그러나 이 '우주적 사고 과정'의 기저층이 결국은 폭발적인 형태를 띠게 되는데, 왜냐하면 생각의 물질적인 받침들이 프로그램이 실행되는 과정에서 점점 더 높은 수준으로 불안정해져서 마침내 메타컴퓨터가 생각하는 **수단 자체가** 폭발하여, 불타는 잔해들이 팽창된 초거대구름이 메타은하가 된다. '영혼 없는' 단계에서 지적 존재들이 있다는 사실은 그저 부차적으로만 설명되는데, 왜냐하면 이것은 이전 단계의 유물이며 '잔해'이고 '부산물'이기 때문이다. "관념의 담지자가 시초물질*이라는 사실을 생각한 뒤 우주 전체는 산산이 부서져 성운으로 변하고, 그 성운들은 되돌아와 서로 압축되어 다시 메타컴퓨

---

* 시초물질ylem이란 빅뱅 이론에서 말하는 우주의 근원이 되는, 원자의 이전 형태 물질 혹은 고도로 압축된 물질의 시초 상태.

터의 모습을 드러내는 굵은 알갱이를 형성한다―그리고 질료의 '영혼'―'무영혼' 박동이 조직되어 사고 과정이 되고 사고는 무너져 물질이 되어 무한정 오랜 기간 존속하게 된다." 이 '인지박동' 이론의 다른 변형은 제5권 제6장에서 찾을 수 있다.

아마도 비트유머학으로 분류되어야 할 관념이 있는데, 이에 따르면 우주가 지금과 같은 모습인 이유는 모든 은하에서 활동하는 천체공학자들이 "이 우주가 끝날 때까지 기다리려" 애쓰기 때문이고 이는 물질의 가속 혹은 어떤 매개체가 광속까지 가속한 덕분인데, 왜냐하면 그러한 속도에서 물체는 지구에서 한 달도 채 안 되는 시간 동안 수십억 년을 "끝날 때까지 기다릴" 수 있기 때문이다(상대성 원리의 효과에 의하여). 그러므로 거대행성, 퀘이사, 펄서, 성운의 분화噴火는 우주의 현재 단계에서 다음 단계로 '뛰어넘으려' 애쓰는 천체공학이며, 달리 말하자면 이것은 다음 단계가 군체 형성에 명백히 훨씬 더 적합하기 때문에 현재 우주를 '초월'하려는 의도를 가진 '운동시간적' 로봇들이라는 것이다. 이러한 활동에 대한 개괄로써 『비트 문학의 역사』 제5권을 마무리한다.

베스트란드 엑스텔로페디아

전자44권

Ekstelopedia Vestranda w 44 magnetomach

베스트란드북스

뉴욕–런던–멜버른 2011년

체험구독 제안서

VESTRANDA EKSTELOPEDIA

베스트란드북스는 여러분에게 구독을 제안하게 되어 대단히 기쁩니다.

역대 최고의 미래적인 엑스텔로페디아

여러모로 바쁘셔서 엑스텔로페디아를 한 번도 접해보신 적이 없다면 저희가 설명드리겠습니다. 200년 전부터 보편적으로 사용되는 전통적인 백과사전은 1970년대부터 중대한 위기를 겪게 되었는데 그 이유는 백과사전에 수록된 정보가 인쇄소를 떠나는 순간부터 시대에 뒤떨어지기 시작했기 때문입니다. 자생주, 즉 자동생산주기도 이 속도를 따라잡을 수 없었는데, 왜냐하면 편찬에 참가하는 전문가들에게 꼭 필요한 집필 시간을 0으로 줄일 수는 없었기 때문입니다. 그래서 해가 지날수록 최신 백과사전조차도 시의성이 떨어지며 책장에 꽂혀 있는 동안 역사적인 가치밖에 갖지 않게 되었습니다. 수많은 출판사가 이 위기를 극복하기 위해 처음에는 매년, 나중에는 매 분기마다 특별 보충자료를 발간했으나 얼마 지나지 않아 이 보충자료들이 백과사전 본편의 분량을 넘어서기 시작했습니다. 문명 발달 속도와의 경주에서 이길 수 없음을 깨닫고 편집자와 저자들은 함께 충격에 빠졌습니다.

그리하여 첫 신탁백과사전 편찬 작업이 시작되었는데, 이는 미래를 예언하는 내용을 담은 백과사전을 말합니다. 신탁백과사전은 이른바 델피 신탁 방식, 다시 말해 자격 있는 전문가들이 투표한 결과에 의거하여 만들어집니다. 그런데 전문가 의견은 결단코 서로 일치하지 않기 때문에 첫 신탁백과사전에는 같은 주제가 두 가지 관점, 즉 전문가 대다수 의견과 소수 의견에 따라 수록되거나 두 가지 판본(다수신탁백과와 소수신탁백과)으로 출간되었습니다. 그러나 독자들은 이러한 혁신을 탐탁지 않아 하며 받아들였고, 노벨상 수상자인 저명한 물리학자 쿠쳉거 교수는 "대중에게 필요한 것은 사실에 대한 정보이지 전문가들 사이의 말다툼이 아니다"라는 말로 이 못마땅함을 표현했습니다. 그리고 베스트란드북스가 앞장선 덕분에 상황이 혁명적으로 개선되었습니다.

지금 저희가 제안드리는 전자책 44권으로 구성된 엑스텔로페디아는 언제나 따뜻한 버진 레더와 유사한 비르기날 장정을 채택했으며 적절한 자기장구호를 큰 소리로 외치면 **스스로** 책장에서 내려오고 **스스로** 책장을 넘겨 요청된 표제어를 **스스로** 펼치며, 6만 9,500개의 알기 쉽고 명확하게 편집된 미래에 관한 표제어를 수록하고 있습니다. 신탁백과사전, 다수신탁백과, 소수신탁백과와는 다릅니다.

베스트란드의 엑스텔로페디아는

우리 미퓨터(미래학컴퓨터) 1만 8,000대가 수행한 **무인간적**이며 그러므로 **무오류한** 작업의 결과를 보장합니다.

베스트란드 엑스텔로페디아에 수록된 표제어 뒤에는 우리 출판사 컴퓨터시市에서 **최중광미전지**, 즉 '최고중량 광속 미퓨터 전지'에 의해 수행된 800조 기가 용량의 의미학-수학적 연산의 우주가 숨어 있습니다. 이 작업들은 우리 **슈퍼퓨터**가 총괄하는데, 슈퍼퓨터는 슈퍼맨 신화의 전자적 현신으로서 작년 기준 2억 1,802만 6,000달러의 비용이 소요되었습니다. 엑스텔로페디아는 '**외삽목적론적 백과사전**Extrapolative Teleonomic Encyclopedia'의 줄임말이며 시간적으로 최대 진보한 **목예백사**, 즉 '목적예견적 백과사전'입니다.

엑스텔로페디아란 무엇인가요?

20세기 말이 탄생시킨, 존중할 만한 그러나 다분히 원시적인 분야인 전前미래학의 가장 아름다운 산물입니다. 엑스텔로페디아는 앞으로 일어날 역사에 대한 정보, 즉 **보편적인 '앞으로'**에 대해, 우주경제학적·우주정치학적·우주수학적 사안들에 대해, 갑자기 **사라질 모든 것**에 대해, **어떤 목적으로 어떤 위치에서** 그 일이 일어날지에 대한 데이터를 포함하여, 그리고 과학과 기술의 새롭고 위대한 성과와 그중 어떤 것이 여러분에게 개인적으로 가장 위협적일지에 대한 상세사항도 함께, **미래종교학** 항목에 수록된 종교와 신앙의 진화에 대해, 그 외 다른 주제와 항목 6만 5,760개에 대해 알려드립니다. 스포츠 애호가분들은 모든 경기의 불확실한 결과에 괴로워하지 않고 엑스텔로페디아 덕분에 많은 불필요한 짜증과 흥분을 피할 수 있으며, 가벼운 운동과 관능적 운동 분야 또한 서명만 하면 사용하실 수 있는

대단히 유용한 쿠폰이 본 체험구독 제안서에 동봉되어 있습니다.[*]

베스트란드 엑스텔로페디아는 확실한 진짜 정보를 제공하나요? MIT(매사추세츠 공과대학), MAT(매사추세츠 기술아카데미), MUT(매사추세츠 기술종합대학)이 연합한 USIB(미합중국 전자지능 위원회United States Intellectronical Board) 연구결과에 따르면 저희 엑스텔로페디아 이전 판본 두 개 모두 알파벳의 각 글자당 평균 9.008~8.05% 범위로 실제 상황과 오차를 보였습니다. 그러나 현

---

[*] (원주) 본 예고편에 첨부된 엑스텔로페디아 체험판을 참조하세요.

재 저희의 가장 미래적인 판본은 핍진성 99.0879%의 확률로 미래의 중심 한가운데 있습니다.

어째서 그렇게 정확한가요?

이 최신판을 완전히 신뢰할 수 있는 이유가 무엇일까요? 왜냐하면 이 판본은 세계 최초로 완전히 새로운 두 가지 미래 판정법인 **초복법**과 **신뢰언어법**을 적용했기 때문입니다.

초복법, 즉 초복합판정법은 '맥 플랙 핵' 프로그램이 1983년에 보비 피셔를 포함한

세계 체스 사상 모든 위대한 거장을

이기는 데 사용되었던 연산법에서 비롯되었는데, 이 연산법은 시뮬레이션 과정 중 1그램, 1칼로리, 1센티미터, 1초당 18번의 체크메이트를 안겨주었습니다. 이 프로그램은 이어서 1,000배 강화되고 외삽적으로 응용된 덕분에, **무슨 일이든** 일어난다면 **무슨 일이 일어나는지 예견**할 수 있을 뿐만 아니라, 여기에 더하여 구체적으로 그 일이 아주 조금도 일어나지 않으면, 즉 전혀 발생하지 않으면 어떤 일이 일어나는지도 예견합니다.

이제까지 예견기는 **긍잠성**(긍정적 잠재성, 즉 무엇인가 존재하게 되는 가능성)에만 바탕을 두고 작동해왔습니다. 저희 출판사의 새로운 초복법 프로그램은 **여기에 더하여 부잠성**(부정적 잠재성)에 의거해 기능합니다. 저희 프로그램은 **모든 전문가의 최신 의견에 따라 확실히 일어날 수 없는 일**에 관해 예견합니다. 그리고 다른 경

우에도 알려져 있듯이 미래의 본질은 바로 전문가들이 **일어나지 않을** 것이라 생각하는 그것입니다.

미래가 바로 여기에 달려 있습니다!

그러나 초복법에 의해 얻은 결과를 통제확정 절차(십자가형)로 넘기기 위해 저희는 상당한 비용에도 불구하고 **완전히** 새로운 다른 방법, 즉 **미래언어학적** 외삽법을 적용했습니다.

저희 **신결언**(신뢰할 수 있게 결합된, 혹은 신결된 언어학적 컴퓨터) 26대가 발달 경향, 즉 불확정적 기울기를 보이는 경향성(불기경)을 분석한 결과에 따라 미래의 지역언어, 방언, 전문용어, 속어, 학명, 문법용어 2,000개를 창조했습니다.

이 거대한 성과가 무엇을 의미하느냐고요? 바로 **2020년 이후 세계의 언어적 기반**을 창조했다는 뜻입니다. 단순하게 말하자면 저희 **컴퓨터시**, 그러니까 **심합물**(심리합성물질) 1제곱밀리미터당 지적 단위 1,720개가 들어 있는 컴퓨터 도시가 **미래에** 인류가 사용하게 될 여러 언어의 단어, 문장, 문구와 문법(그리고 의미)을 창조했다는 것입니다.

물론 10년, 20년 혹은 30년 뒤에 사람들이 서로 혹은 기계와 이야기할 때 사용하는 **언어 자체만**을 안다고 해서 **그때의 사람들이 무엇에 대해** 가장 많이, 가장 즐겨 이야기할지도 안다는 뜻은 아닙니다. 그런데 바로 이걸 알아야만 하죠, 왜냐하면 보통은 **우선** 말을 배우고 **그다음에** 생각하고 행동하니까요. 이제까지 **언어학적**

미래학 혹은 **예측언어학**을 구축하려는 모든 시도의 근본적인 결함은 절차의 잘못된 논리에서 비롯되었습니다. 왜냐하면 학자들은 사람들이 미래에 **언제나 합리적인 것**을 말하고 그에 따라 행동할 것이라고 암묵적으로 가정했기 때문입니다.

그러는 동안 실제 연구 결과를 보니 사람들은 **대부분 멍청한 것**만 말했습니다. 그러므로 사반세기 이상 진행된 외삽법을 통한

전형적인 인간식 화법

구현을 위해 저희가 구축한 **관용자동기**와 **컴퓨털이(서툴퓨터)**, 다시 말해 관용어 자동기계와 서투른 컴퓨터 '털털이'가 비로소 미래 언어의 **유사생문법**, 즉 유사논리학적 생성문법을 창조했던 것입니다.

통제관리용 미퓨터, 언어단어용기, 전조증가분열표절기들이 그 덕분에 뒷담악스, 주절주저렉스, 수다떤, 중얼릿, 대헛소리, 투덜투덜렉스, 아구람, 크레티낙스 등 118개의 하위언어(방언, 지역언어, 속어)를 정리했습니다. 이를 바탕으로 드디어 **크레티언어학**이 생겨났으며 그리하여 '십자가형' 기록확정 프로그램을 구현할 수 있었습니다. 구체적으로는 이 때문에 미래관능학(그중에서도 예술장기와 애정장기를 궤도형, 금성형, 화성형 무중력 성관계탐색 중에 외설적이고 일탈적인 지역까지 포함하여 사용할 때의 상세사항) 관련된 친밀한 예견을 수행할 수 있게 되었습니다. 이는 에로티글롬, 판투섹스, 바이웨이 등의 프로그래밍언어 덕분에 성공했습니다.

하지만 이것이 끝이 아닙니다! 저희 **통미테**, 즉 통제미래적 **테라**가 **크레티언어학**과 **초복학**적 방법의 결과물을 중첩해 300기가바이트 분량의 정보를 해석한 결과 엑스텔로페디아 배복수, 즉 **배아** 복합수정체가 생겨났습니다.

어째서 **배아**일까요? 왜냐하면 이렇게 해서 노벨상 수상자를 포함한 모든 살아 있는 생명체들에게 전혀 **이해불가능한 버전**의 엑스텔로페디아가 생겨났기 때문입니다.

어째서 **이해불가능**할까요? 왜냐하면 이것은 **오늘날 아직 아무도 말하지 않는** 언어로 표현된 **텍스트**이며 그렇기 때문에 **아직 아무도 알아들을 수 없기** 때문입니다. 저희 **회귀언어기** 80대를 동원한 뒤에야 비로소 앞으로 나타날 언어를 원문으로 해서 표현된 혁신적인 데이터가 지금 우리에게 알려진 현시대 언어로 도로 번역되었습니다.

베스트란드 엑스텔로페디아는
어떻게 사용해야 할까요?

부담 없는 가격에 별도 구입할 수 있는 편리한 거치대에 엑스텔로페디아를 놓습니다. 그러고 나서 책장에서 두 걸음 이상 떨어진 곳에 서서 지나치게 크지 않은 차분한 목소리로 원하는 검색어를 말합니다. 그러면 해당 전자책이 스스로 펼쳐져 구독자분이 편 오른손에 스스로 뛰어듭니다. 왼손잡이 독자분들은 특히 **언제나** 오른손만 펴도록 미리 연습하시기를 부탁드립니다. 그렇지 않을 경우 전자책이 날아가는 도중에 방향을 바꾸어 말하는 분 혹은 주변에 있는 분을 **살짝** 타격할 수 있습니다.

표제어는 두 가지 색으로 인쇄되어 있습니다. **검은색** 표제어는 **가구가**(가상현실구현가능성) 99.9% 이상이라는 의미이며 통상적으로 '철벽'이라고 합니다.

붉은색 표제어는 가구가 86.5% 미만이라는 의미이며 이처럼 바람직하지 못한 상태로 인해 그러한 표제어는 **해설 전체**가 베스트란드 엑스텔로페디아 선임편집부와 (홀로그램자기장 방식으로) **지속적 원격 연결**되어 있습니다. 저희 미퓨터, 판퓨터, 신편퓨터들이 끊임없는 미래추적 작업의 새로 수정된 결과를 얻는 순간 **붉은색**으로 인쇄된 **표제어의** 해설이 **스스로** 올바른 상호연결(재편성)을 진행합니다. 이처럼 원격으로 진행되는 **미세하지만 최적화**된 개선 작업에 대해 베스트란드 출판사는

구독자분들께 **그 어떤** 추가적인 비용도

요구하지 않습니다!

극단적인 경우, 가구가 0.9% 미만 판정이 나면 **본 제안서 내용** 또한 **돌연한** 변화를 겪을 수 있습니다. 이 문장을 읽는 도중 눈앞에서 단어가 튀어 오르고 글자가 흔들리거나 깜빡거리면 10~20초 정도 읽기를 중단하시고 안경을 닦거나 옷장을 점검하거나 이와 비슷한 활동에 전념하신 뒤 **전부 다시**, 즉 읽다가 멈춘 **부분뿐만 아니라** 처음부터 읽으셔야 하는데, 왜냐하면 그러한 **깜빡임**은 바로 **결함**이 수정되어 업데이트가 진행된다는 뜻이기 때

문입니다.

그러나 아래에 제시된 베스트란드 엑스텔로페디아 **가격만** 깜빡임(흔들림, 일부 번짐)이 시작된다면 이런 경우 제안서 전체를 처음부터 다시 읽으실 필요는 없습니다. 이런 경우 업데이트는 오로지

구독 조건에만

한정되는데, 구독 조건은—여러분도 이미 잘 아시는 세계 경제상황으로 인해—24분 이상 이전에 예견하기란 유감스럽게도 불가능합니다.

이상의 내용은 또한 베스트란드 엑스텔로페디아의 시각자료와 참고자료 전체에도 해당합니다. 여기에는 조종형, 동작형, 촉감형, 그리고 맛있는 시각자료가 포함됩니다. 또한 전체 구성에 미래받침과 자구결(자가구축형 결합컴퓨터)이 포함되며 전자책 전질과 거치대와 함께 별도의 아름다운 가방형 보관함에 넣어 배송해드립니다. 원하실 경우 보관함에 정리한 엑스텔로페디아 전체를 오로지 구독자(소유자) 목소리에만 반응하도록 프로그래밍해드립니다.

실어증이 발병하거나 목이 쉬는 경우 가장 가까운 베스트란드북스 고객센터에 연락하시면 즉각 도와드립니다. 저희 출판사는 현재 새롭고 럭셔리한 버전의 엑스텔로페디아를 개발 중이며 이 버전은 세 가지 목소리(남성, 여성, 중성)와 두 종류의 어조(애정 넘치는 어조와 건조한 어조)로 스스로 읽어드립니다. 울트라 디

럭스 모델은 타인이(예를 들어 경쟁자가) 습득하여 분쟁이 일어날
경우에 대한 보증과 함께 미니바와 흔들의자가 포함된 구성이며,
마지막으로 '우니베르미그'는 외국인을 위한 모델로서 검색된 내
용을 수어로 전달합니다. 이런 특별모델의 가격은 표준판본 가격
의 40~190% 이상 높아집니다.

베스트란드 엑스텔로페디아 체험판[*]

무료!

베스트란드북스

뉴욕-런던-멜버른

예견용기Profertyza: 예견된 시장 상황에 근거한 상업 및 서비스 분야 제안. 민간용(예견민용기)과 군사용(예견군용기)으로 구분된다.

1. 예견민용기에는 10년 뒤를 예견한 근접예견기와 글뢰일러 장벽 전까지 예견한 원격예견기가 있다. ('글뢰일러 장벽', '예견벽', '프로독스' 참조.) 공용 예견컴퓨터망('예견컴퓨터 연결망' 참조)에 불법으로 접속할 때 가장 자주 일어나는 경쟁간섭 혹은 경섭('경섭' 참조)은 예견민용기를 변태민용기('변태민용' 참조) 혹은 기생충민용기('기생민용' 참조), 즉 자기파괴적 예견으로 바꾼다. ('경섭적 파산', '예견분석', '예견흡수', '예견화면화', '반대예측' 참조.)

---

[*] 원문의 순서를 중시해 표제어에 폴란드어를 병기하고, 국어사전에 등재하는 방식의 가나다 순 정렬은 하지 않았다.

2. 예견군용기는 군사적 수단(하드워웨어hardwarware)과 군사적 사상(소프트워웨어softwarware)의 진화에 대한 예견에 바탕을 둔다. 군사적 예견을 위해 갈등구조 대수학 혹은 대수전략학('대수전략' 참조)이 사용된다. 기밀예견, 군사적인 기밀수단예견 혹은 기밀 모략예견('기밀모략예견' 참조)과 구분해야 한다. 기밀 무기에 대한 기밀예견은 기밀기밀학('기밀기밀' 참조)이다.

교수Profesor: 다른 말로 유교컴(유자격 교훈적 컴퓨터) 혹은 디지털이('디지털이' 참조). USIB('미합중국 전자지능위원회' 참조)에 의해 고등교육기관에 도입된 교육장치. 함께 참조: '무장교수'(전투용으로 무장한 교수, 학습자의 문제적 활동에 저항력이 있다), '문제 중화 기술'과 '군사적 수단'.

'교수'는 이전에 유사한 기능을 수행하는 인간을 의미했다.

예견탄총Profuzja*: 예견된 총기, 미래의 사냥용 총. 상위: '수렵'과 '어로', '합성기계' 참조.

예견모순Prognodox 혹은 프로독스: 예견적 패러독스. 대표적으로 A. 뤼멜한 패러독스, M. 드 라 파이앙스 패러독스, 그리고 메타언어기 GOLEM('GOLEM' 참조) 패러독스가 있다.

---

* fuzja는 폴란드어로 '사냥용 총기'라는 의미.

1. 뤼멜한 패러독스는 예언장벽을 넘는 문제와 관련이 있다. T. 글뢰일러, 그와 별개로 U. 부시치가 증명했듯이 미래예측은 세속적 장벽에 가로막힌다. (이 장벽을 세속벽1. 예견벽이라 한다.) 신뢰 장벽 너머에서 예측은 음의 값을 갖게 되는데, 즉 무슨 일이 일어나든 확실히 예측과는 다르게 일어난다는 의미. 뤼멜한은 시간통용적 외측정보법을 적용해 이 장벽을 회피했다. 시간통용적 외측정보법은 '등주제선'(참조)의 존재에 기반을 둔다. 등주제선은 '의미론적 공간'(참조)에서 주제적으로 동일한 모든 출간물을 가로지르는 선인데, 물리학에서 등온선이 동일한 온도를 가지는 모든 점을 가로지르는 선을 이르고 우주학에서 등심리선이 우주공간 안에서 주어진 발달수준을 보이는 모든 문명을 가로지르는 선을 이르는 것과 같다. 현재까지 등주제선의 궤적을 알면 의미론적 공간 안에서 어떠한 한계도 없이 그 궤적으로부터 외삽적으로 추정할 수 있다. 뤼멜한은 스스로 '야곱의 사다리 방법'이라 이름 붙인 방법을 적용해 바로 이러한 등주제선을 따라 존재하는, 예견적 주제를 가지는 모든 저작을 발견했다. 그는 이 작업을 단계적으로 수행하여 처음에는 미래에 나타날 다음 저작의 내용을 예견하고 그러고 나서는 그 내용을 바탕으로 그다음 저작물을 예견했다. 이런 방식으로 그는 글뢰일러 장벽을 회피해서 100억년대 미국의 상태에 대한 데이터를 획득했다. 물라이넨과 주크는 1010억년대 태양이 '적색거성'(참조)이 되어 지구 궤도 너머 멀리 가 있을 것이라 강조하며 이 예측에 의문을 표했다. 그

러나 뤼멜한 패러독스의 핵심은 예견적 작품을 등주제선을 따라 소급하여 추적하는 것만큼 효율적으로 이후로도 추적할 수 있다는 것이다. 또한 바르블뢰는 뤼멜한의 시간통용 계산을 근거로 20만 년 전, 제4기, 또한 탄소기(석탄기)와 시생대 미래학적 작품의 내용에 대한 데이터를 얻었다. 여하간 T. 브뢰델이 강조했듯이, 20만 년 전이나 1억 5,000만 년 전 혹은 10억 년 전에는 인쇄기술도 책도 인류도 없었다는 것은 알려진 사실이다. 두 가지 가설이 뤼멜한 패러독스를 설명하는 데 사용된다. A. 옴팔리데스에 따르면 성공적으로 회귀측된 텍스트는 실제로는 생겨나지 않았으나 적절한 시간에 누군가 기록해서 발간했더라면 생겨날 수 있었을 텍스트이다. 이를 '등주제적 회귀측의 가상성 가설'(참조)이라 한다. B. 다르타냥에 따르면(다르타냥은 프랑스 미래반박학자 단체의 가명이다) 등주제적 외측정보법의 공리는 고전적인 칸토어의 이론('고전적 다중성 이론' 참조)과 마찬가지로 극복할 수 없는 모순을 내포하고 있다.

2. 드 파이앙스의 예측적 패러독스 또한 등주제적 예측을 다룬다. 드 파이앙스는 시간통용적 추적 결과 앞으로 50년이나 100년 뒤에야 초판이 발간될 예정인 작품 텍스트가 현재 나타난다면 그 작품은 이미 초판으로서 발간될 수 없다는 점에 주목했다.

3. 메타언어기 GOLEM 패러독스는 자가自家스트라투스 패러독스라고도 한다. 역사학자들의 최신 연구결과에 따르면 에페수스 신전을 불태운 사람은 헤로스트라투스가 아니라 헤테로스트

라투스였다고 한다. 이 인물은 자기 자신이 아닌 것, 즉 다른 것
을 파괴했으며 이 때문에 그러한 이름을 얻었다. 반면 자가스트
라투스는 (자신과 사투를 벌여) 자신을 파괴한다. 유감스럽게도
GOLEM 패러독스의 이 부분만이 이해할 수 있는 언어로 번역되
었다. GOLEM 패러독스의 나머지 부분은 다음과 같다.

$$\text{Xi} \cdot \text{viplu} \ (a+ququ \ 0,0)$$
$$e \cdot l+m \cdot el+edu-d \cdot qi$$

이 내용은 원칙적으로 윤리학적 언어로도, 임의의 수학 혹은
논리학적 유형의 공식으로도 번역할 수 없다(GOLEM 패러독스의
근간이 바로 이 번역 불가능성이다). ('메타언어기'와 '예측언어학' 참
조.) GOLEM 패러독스에 대해 수백 개의 다양한 해석이 존재한
다. 오늘날 생존하는 가장 위대한 수학자 중 하나인 T. 브뢰델에
따르면 GOLEM 패러독스의 핵심은 이것이 GOLEM에게 패러독
스가 아니라 인간에게 패러독스라는 사실이다. 이것은 발견된 패
러독스들 중에서 지식을 학습하는 주체들의 지적 능력에 상대화
되는 (관련되는) 첫 번째 패러독스이다. GOLEM 패러독스에 연결
된 논의 전체는 브뢰델의 연구 「GOLEM 패러독스의 일반 상대
성 Die allgemeine Relativitätslehre des Golemschen Paradoxon」(괴팅겐, 2075)이 다
루고 있다.

예견언어학Prognolinguistics: 미래 언어의 예견적 구축을 다루는 분야. 미래의 언어는 이미 발견된 정보의미적 경사도와 생성문법 및 즈비에불린-초스니에츠 학파 이론에 따른 단어생성소에 근거하여 구축할 수 있다. ('생문법' 및 '단어생성소' 참조.) 인간은 독자적으로 미래 언어를 예언할 능력이 없으며 '테라테라'(참조)와 '판테라'(참조)가 언진예(언어학적 진화 예견) 프로젝트의 일환으로 이를 담당하는데, 테라테라와 판테라는 '하이퍼테리어'(참조), 즉 지구 외측정보학 연결망 '글로보테라'(참조)와 내부행성들의 '인터플랜'('행성 간 인터페이스' 참조)에 '위성기억장치'(참조)로서 연결되어 있다. 여기서 예측언어학 이론도, 그 산물인 '메타언어기'(참조)도 인간에게는 이해 불가능하다. 그러나 언진예 프로젝트 결과물 덕분에 임의로 지정한 시기의 미래 언어에 대한 임의의 설명을 생성할 수 있게 되었다. 그 일부는 회귀언어기를 사용해 인간이 이해할 수 있는 언어로 번역함으로써 획득한 현실적인 내용으로 사용할 수 있다. (노엄 촘스키가 20세기에 설정한 방향을 따르는) 즈비에불린-초스네츠 학파에 따르면 언어 진화의 기본 규칙은 암블리온 효과, 즉 새롭게 생겨난 개념과 그 이름에 모든 시기가 다 수렴되어 표현된다는 것이다. 예를 들어 다음과 같은 정의가 있다고 하자. "자동차 혹은 임의의 다른 교통수단을 탄 채 안으로 들어가 차에서 내리지 않은 채 서비스를 이용할 수 있는 상업 서비스용 혹은 행정적인 장소나 시설." 이 전체가 언어 발달 과정에서 '드라이브인'(타고듦)이라는 이름으로 수렴된

다. 이와 똑같은 오염 기제가 작동하는 경우가 "지구에서 'N'광
년 거리의 X행성에서 과거가 원칙적으로 접근 불가능하게 만들
어 이 행성에서 일어나는 일의 지속성을 무효화해 외무행성부가
다른 행성에서 실제 일어난 과거 사건이 아니라 그 행성의 역사
시뮬레이션에 근거한 우주외교 정책을 펼치지 못하게 하는 상대
성 효과이며 이 경우 시뮬레이션을 담당하는 주체는 지구 외부
상태 추적-안내 시스템으로 통상 '초행성부적기'라고 한다('초행
성부적기' 참조)"라는 정의를 '괴상상하다' 한 단어로 대신하는 것
이다. 이 단어는 (그와 유사한 어원을 가지는 '괴짜', '괴짜같이 굴다',
'쓸데없이 상상하다', '괴짜인 척하다', '괴선물하다', '괴상찟다', '괴롭
히다' 등 포함 파생어 519개 존재) 관념적 연결망이 한 뭉치로 **수렴**
한 결과다. '타고듦'과 '괴상데이터'는 모두 현재 사용되는 언어
에 속하는 단어들이며 이 언어는 예견언어학 서열체계에서 '제로
언어'라 불린다. 제로언어 너머에서 '메타언어1', '메타언어2' 등
더욱 고차원적인 다음 수준 언어들이 펼쳐지며 이렇게 이어지는
데 한계가 있는지 아니면 무한한지는 알려지지 않았다. 엑스텔로
페디아에 실린 '예견언어학'이라는 현 표제어 설명문 전체가 메
타언어2로는 다음과 같이 번역된다. "n-상호파이 속에서 최적활
작이 n-t-동기화도희로 뒤돌흘러들어간다." 여기서 보듯이 원칙
적으로 어느 메타언어든 모든 문장은 우리가 말하는 제로언어에
그에 대응하는 표현이 있다. (다시 말해 메타언어 사이에 원칙적으
로 넘을 수 없는 빈틈은 없다.) 그러나 제로언어로 된 임의의 표현

은 언제나 메타언어적으로 더 간결하게 표현할 수 있으며 그 반대 경우는 **현실적으로** 일어나지 않는다. 그러므로 GOLEM이 주로 사용하는 언어인 메타언어3의 문장 "외내부타고듦된 파고듦 수학자 준마의 녹광물 반대소광물이 우주넝마속이다"는 그러므로 인간 고유의 언어(제로언어)로 번역할 수 없는데, 왜냐하면 제로언어의 해당 표현을 말하는 시간이 인간 수명보다 길 것이기 때문이다. (즈비에불린이 계산한 추정치에 따르면 그렇게 번역된 표현을 말하는 데 인간의 시간으로 135±4년이 소요된다.) 여하간 중요한 점은 번역이 근본적으로 불가능한 것이 아니라 그저 현실적으로 절차에 너무 긴 시간이 소요되어 불가능하다는 사실이지만 우리는 그 시간을 단축할 방법을 전혀 알지 못하며 이로 인해 메타언어 작업 결과물은 간접적으로만, 즉 최소 80세대 이후 컴퓨터를 통해서만 얻을 수 있다. 메타언어 사이에 이런 장벽이 있는 것에 대해 T. 브뢰델은 악순환 현상이라 설명한다. 그에 따르면 어떤 상황에 대한 긴 설명을 간결한 형태로 수렴시키기 위해서는 우선 그 상황 자체를 이해해야 하고 상황을 이해하려면 설명이 필요한데, 그 설명이 너무 길어서 평생 가도 다 익히지 못할 정도라면 간결화 작업은 수행 불가능해진다는 것이다. 브뢰델에 따르면 기계를 매개로 하여 개발된 예견언어학은 그 본래의 목적을 이미 넘었고 인간이 언젠가 미래에 사용할 수 있는 모든 종류의 언어를 더 이상 예견하지 않으며, 인류는 아마도 자가 진화에 돌입하여 뇌를 급진적으로 재구성할 것이라고 한다. 그러면 메타언어란 대체 무엇인가? 여기에는 한 가지로 대답할 수 없다. GOLEM은 언어진화적 경사도에서 '상승형 예측'을 수행하던 중 학습 가능한 18개의 고차원 메타언어를 발견했으며 또한 추가적인 5개 언어의 존재를 순환적으로 암시했는데 이 언어들은 GOLEM의 정보용량이 불충분하여 예시나 견본에도 접근할 수 없었다. 어쩌면 우주 전체의 질료를 모두 모아도 해당 메타언어를 사용할 수 있는 장비를 만들 수 없을 정도로 수준 높은 메타언어들이 존재할지도 모른다. 그렇다면 대체 어떤 의미에서 이런 고차원 메타언어들이 존재한다고 단언할 수 있는가? 이것은 예견언어학 작업 과정에서 생겨난 어려운 딜레마 중 하나다. 메타언어의 발견은 어찌 됐든 인간의 이성이 최고인가 하는 오래된 논쟁에 부정적인 결론을 내렸으며 우리는 인간 이성이 최고가 아니라는 사실을 이미 확실히 알고 있다. 메타언어를 구축할 수 있다는 사실 자체가 호모 사피엔스보다 더 우월한 지성을 가진 존재(혹은 장치체계)의 존재 가능성을 스타즈1에게 증명한다. ('심리합성학', '메타언어 경사도,' '언어적 함정', '언어적 상대성이론', 'T. 브뢰델의 신조', '관념의 연결망' 참조. 표 79 함께 참조.)

예견유출Prognorrhoea: 혹은 예견적 설사. 20세기 미래학의 초기 질병('전예측학' 참조). 진실된 예측을 진실하지 않은 '탈분류'(참조)의 결과 속에 파묻어 이른바 '순수한 예견적 소음'을 창조했다 ('소음', '예견간섭' 함께 참조).

〈표 79〉 2190+5년도 예견 영언어 사전 복제: '어머니'

(즈비에불린과 커들바이에 따름)

어머니(여성형 명사)

1. 원자핵 에너지를 이용한 작은 폭탄, 즉 소형 원자폭탄. 불법적인 생산물이며 대체로 범죄자, 테러분자, 마피아, 조직폭력배, 마약중독자, 정신불안정분자, 위험분자, 범죄집단이 협박과 납치 등에 사용함. 어머니가방, 가방에 운반하여 주로 원격 조종으로 폭발시킨다. 어무니, 어무니나. 강화된 방사성 파괴력에 휩싸임. 스트론티우무니 혹은 스트론티어머니. 코발트(Co)와 스트론튬(St)이 혼합된 방사능 낙진에 휩싸임.

어머논스. 1온스의 우라늄(U 235)와 같은 무게를 가지는 폭탄.

어머나. 0어나(제로어나)라고도 함. 우라늄, 탄소, 수소, 질소, 아르곤(U, C, H, N, Ar)의 핵종으로 만들어진 작은 원자폭탄. 1.6킬로미터 반경 안에 영구적인 오염을 유발한다.

어머닐리, 어머니튬, 어머니트. 리튬을 폭발물질로 사용한 수소폭탄.

2. 아이를 낳은 여성(사어).

〈표 80〉 브뢰델과 즈비에불린에 따른 언어학적 진화 그래프

(E=엡실론. 1초당 표현되는 구문의 비트 용량 개념)

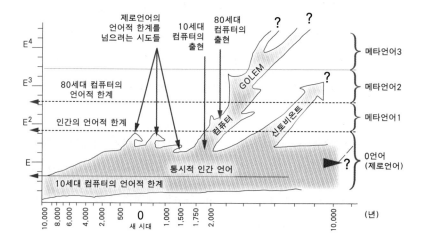

444

예견멸실Prolepsia: 빠지기 혹은 멸실법(이론과 기술)이라고도 하며 1998년 발견되어 2008년에 처음 사용되었다. 예견멸실 기술은 어두운 우주의 구멍 속 '터널 효과'(참조) 활용에 바탕을 둔다. 집스, 하몬과 워스트가 2001년에 발견한바, 우주의 구성요소에는 유사우주와 부정우주가 포함되며 이들은 역우주와 음의 관계로 접촉하고 있다. 이 때문에 우주 전체는 '다중우주'(참조)라는 이름을 가지고 있으며 최근까지는 '보편우주'(참조)라고 했다. 예견멸실 장치는 어떤 물체든 우리 유사우주에서 부정우주로 옮겨놓는다. '빠지기' 기술은 쓰레기와 폐기물을 청소하고 환경오염을 복구하는 기술로 사용된다('오염방지 기술' 참조). 2019년 우간다에서 '이종멸실'(참조) 즉 바람직하지 않은 외국인을 소멸시키는 기술로 사용되었다. 이종멸실은 UN에 의해 금지되었다. 함께 참조: '유사휩쓸림', '부정덮개', '원격멸실', '개봉꺼냄'.

돌진점착격Proleptic: 물리적 개인 혹은 돌진점착[*] 기술을 사용하여 역우주로부터 불가역적으로 가속화된 법인칭.

돌진용해제Prolep: 돌진용해질Prolepic이라고도 한다. 제3자의 신체에 대하여 돌진점착 기술을 적용하기 어렵게 하는 점착성 반죽.

• (원주) 예견이 아님!

전진공간Proportal: '안보인틈'이라고도 한다. 유사우주와 부정우주 교차점에서 음(0 미만)의 차원을 가지는 틈새 혹은 보이지 않는 공간. 전진공간의 사적인 변형, 소유, 사용은 법적으로 금지되어 있다. 함께 참조: '전진문손잡이', '데야니라의 웃옷', '혼인관계 범죄', '파멸적 이혼', '부정적 공혈孔穴학'.

예견하의Proportki: 클라인의 단일표면 바지. '양자터널 재봉' 참조.

돌진용해전면부Proportyk: 돌진용해 방식의 건물 전면부. '제로건축', '탈도시화' 참조. 함께 참조: '단일가구용 비시각주택'.

렘이 만든 가상과 허구 세계의 조각들

1. 스타니스와프 렘: 작가에 대하여

스타니스와프 렘Stanisław Lem(1921~2006)은 20세기 최고의 SF 작가 중 하나이다. 렘은 1921년 당시 폴란드 동부였던 도시 르부프에서 부유한 유대인 의사의 아들로 태어났다. 렘은 아버지처럼 의사가 될 계획이었으나, 고등학교를 졸업하던 해인 1939년 나치가 폴란드를 침공하면서 2차대전이 일어났다. 렘의 아버지는 연줄을 활용해 가족 전체의 가짜 신분증을 만들었고 덕분에 렘과 가족들은 강제수용소에 끌려가지 않고 살아남았다. 나치 점령 기간에 렘은 낮에는 생계를 위해 자동차 정비공이나 용접공 등으로 일하는 한편 밤에는 저항군이 운영하는 비밀 학교에서 몰래

의학 수업을 듣고 저항군에 물품 등을 전달하는 활동도 했다.

2차대전이 끝난 뒤 전범국 독일의 국경을 재조정하는 과정에서 폴란드는 독일 동쪽 영토를 얻는 대가로 자국 동쪽 영토를 소비에트 연방국가였던 벨라루스 사회주의 소비에트 공화국과 우크라이나 사회주의 소비에트 공화국에 넘겨주었는데, 이는 소비에트 연방과 연합군의 전략적 판단에 따른 것이었을 뿐 폴란드의 입장은 거의 반영되지 않았다. 렘의 고향 르부프 또한 이때 우크라이나에 편입되어 리비우가 되었다. 렘의 가족은 소비에트 연방 영토가 된 고향에 모든 것을 버리고 떠나 폴란드 남부 도시 크라쿠프로 이주했다. 렘은 여기서 유서 깊은 야기엘로인스키 대학교에 입학해 의학을 공부했다.

그러나 폴란드는 소비에트 연방의 영향권에 들게 되어 1948년부터 강제로 공산주의 체제를 도입한 터였다. 렘은 자신의 집안이 전쟁 전부터 부유했기 때문에 공산정권에 '부르주아'로 미운털이 박혔다는 것을 알고 있었다. 의과대학을 졸업하고 정식으로 의사가 되면 군의관으로 발령받아 소련으로 끌려가 복무할 가능성이 컸다. 그래서 렘은 일부러 대학 졸업시험을 치르지 않고 병원에서 잡역부로 일하기 시작했다. 1948년 집필한 그의 첫 장편소설 『변화의 병원 Szpital przemienienia』은 1955년 출간되었고 이때부터 렘은 SF 작가로서 본격적으로 이름을 알리기 시작했다.

이후 50년간 렘은 진지하고 철학적인 하드SF부터 해학적이고 풍자적인 유머감각이 돋보이는 작품들까지 폭넓은 필력을 과시하며 폴란드 최고의 SF 작가는 물론 세계에서 가장 뛰어난 SF 작가 반열에 올랐다. 렘은 폴란드에서 가장 많이 번역된 작가이며 그의 작품들은 대략 40개 언어로 번역되어 세계 전체에 알려졌다.

2. 존재하지 않는 책들에 관한 책: 작품에 대하여

『절대 진공*Doskonała próżnia*』(1971)은 존재하지 않는 책들에 대한 서평 모음이다. 『상상된 위대함*Wielkość urojona*』(1973)은 마찬가지로 존재하지 않는 책들의 서문을 모은 책이다. 렘은 존재하지 않는 작품 혹은 자신이 상상한 학문이나 예술 분야를 마치 존재하는 것처럼 논의하는데, 서평이나 서문의 모음집이라는 형태를 띤 만큼 소개하거나 논평만 할 뿐 상세하게 설명해주지 않는다. 그래서 『절대 진공』과 『상상된 위대함』은 렘의 엉뚱한 상상력을 처음 접하는 독자에게는 상당히 난해하게 느껴질 수 있다. 서평 혹은 서문이라는 형식에 맞게 건조하고 공식적인 문체로 존재하지 않는 책과 작가와 분야를 진지하게 논의하기 때문에 원문도 딱딱하고 복잡한 논문집 같은 인상이다.

사실 『절대 진공』과 『상상된 위대함』은 둘 다 철학적이다. 『절대 진공』은 인간과 현실의 관계에 대한 철학적인 논구를 마치 소설의 줄거리인 양 설명한다. 『상상된 위대함』은 기술의 발달과 미래에 대한 예측을 담고 있다.

『절대 진공』의 인간 존재

「마르셀 코스카, 『로빈슨 연대기』」는 무인도에 혼자 조난되어 자신을 시중드는 하인과 자신을 사랑하는 여성을 상상 속에 만들어내는 사람에 대한 존재하지 않는 소설을 논의한다. 주인공 세르주 N.은 자신이 상상해낸 인물들 사이의 복잡한 관계 속에서 고뇌하며 미쳐간다. 그는 이전에 사회에서 살았을 때는 가족, 선생, 친구 등 주변 인물을 자신이 선택할 수 없었기에 복잡한 인간관계에 시달려야 했지만 이제 무인도에 혼자 남았으니 자신이 상상해서 만들어낸 인물들로 자신의 세계를 창조할 수 있다고 생각한다. 그러나 인간에게는 다른 인간이 필요하다. 그런데 다른 인간이 '다른' 이유는 남의 마음이 내 마음과 달라서 인간관계는 언제나 어렵기 때문이다. 세르주 N.은 무인도에서 자신만의 '세상'을 창조했지만, 그 세상이 객관성과 현실성을 가지려면 자신이 창조한 인물들에게 개성을 부여해야 하고, 인물의 역사와 기억에 일관성이 있어야 하며, 무엇보다도 언제나 세르주 N.에게 편리하게 행동해서는 안 된다. 자신이 창조한 세상에서조차 창조자와 세계는 충돌한다. 인간은 세계와 끊임없이 충돌하든가 아니면 완전히 아무것도 없는 곳에 혼자 남든가, 두 가지 선택지밖에 갖지 못한다.

인간과 외부 현실의 관계에 대한 논구라는 유사한 주제가 「쿠노 플랫제, 『이타카 출신 오디스』」 「앨리스타 웨인라이트, 『존재주식회사』」 「아서 도브, 『논 세르비암』」에서도 반복된다. 『이타카 출신 오디스』에서 주인공 오디스는 진정한 '1급 천재'를 찾아 헤매는데, 종국에는 1급 천재란 "역사의 흐름 바깥에 선" 인물임을 이해한다. 대부분의 인간이 참여하는 사회와 문화의 영역에서 벗어난 그러한 인물은 아무리 뛰어나더라도 인간의 사회와 문화에 아무 영향도 끼치지 못한다. 1급 천재는 존재하지 않는 사람과 마찬가지다. 현실과 상호작용하지 못하기 때문이다.

「존재주식회사」와 「논 세르비암」도 마찬가지로 인간과 객관적 현실과의 상호작용을 다루는데, 여기서 렘은 가상현실 개념을 충실하게 활용한다. 「존재주식회사」는 고객이 원하는 대로 '존재'의 현실을 바꿔주는 가상의 회사를 내세운다. '존재주식회사'는 고객이 원하는 종류의 행복한 삶을 살게 해주는데, 철저하게 현실적인 방식으로 그 행복을 구현하기 위해 현실의 여러 요소를 복잡하게 조율한다. 그런데 이와 비슷한 서비스를 제공하는 회사들이 우후죽순으로 생겨나면서 컴퓨터와 인공지능이 조율하고 조종하는 현실의 요소들은 결국 아무도 조종하지 않는 현실과 점점 비슷한 상태로 무작위가 된다. 의도를 가지고 세상의 수많은 요소를 조율하려는 시도들이 셀 수 없을 정도로 많아지면 결국 모든 일은 무작위가 되기 마련이다. 그러니까 우리가 살아가는 세상이 바로 '존재주식회사'인 셈이다.

「체자르 코우스카, 『생명의 불가능성에 관하여』;『예언의 불가능성에 관하여』」는 같은 맥락에서 세상에 존재하는 수많은 가능성과 확률을 다분히 코믹하게 설명한다. 가상의 저자 체자르 코우스카가 세상에 태어나려면 그의 부모와 조부모가 무작위로 놓인 장애물을 얼마나 많이 넘어야만 하는지 대단히 수다스럽게 늘어놓는다. 이러한 논리에 따르면 한 인간이 태어나기 위해서는 수만 대 위의 조상까지 거슬러 올라가면서 상상할 수 없이 많은 무작위한 우연이 전부 다 맞아떨어져야 하므로 누구든 태어날 확률은 0에 수렴한다. 그러나 우리는 그 천문학적인 확률을 뚫고 생겨나 세상에서 살아가고 있다. 그러면 나는 어째서 나이며, 세상에는 어떻게 해서 이렇게 서로 다른 사람들이 과거부터 현재까지 수없이 많이 존재할 수 있는 것인가? 이것은 물리학이나 확률로 설명할 수 없는 철학적 질문이다. 이 질문만 던지고 작가는 서둘러 서평을 끝맺어버린다.

존재하지 않는 책의 서평이라는 형태를 차용한 이유가 바로 이것이라 짐작할 수 있다. 철학적 논의는 어떻게든 질문에 질문을 이어가며 답을 찾아야 한다. 그러나 서평은 짧다. 게다가 존재하지 않는 책의 서평 형식을 취한다면 한 인간이 답변할 수 없는 영역으로 논의가 넘어갔을 때 "다른 사람이 대답해주겠지!" 하고 끝맺어버릴 수도 있다. 작가의 능청이 재미있다.

「논 세르비암」에서 렘은 인간처럼 '개성'과 '자유의지'를 가졌다고 여겨지는 인공 존재들로 채운 세상을 만드는 실험을 전제한다. 인공 존재인 '페르소노이드'들은 자신들이 현실이라고 믿는 세상 안에서 살아가지만, 그 세상은 실험자 입장에서는 설정된 가상세계이다. 실험자가 실험을 계속하기 위해 페르소노이드들에게 진정한 자유의지를 허용한다면, 페르소노이드들이 자신들이 실험자에 의해 창조된 인공 존재임을 믿거나 믿지 않을 자유도 주어야 한다. 그리고 자신들의 존재가 어디서 왔는지에 대한 믿음과 함께 그 믿음에 반응하는 양상 또한 자유에 맡겨야 한다. 「논 세르비암」의 실험자, 즉 '믿는' 페르소노이드들의 관점에서 창조주이자 신은 그저 실험실 안에 가상세계를 차려놓고 설정을 조정하고 페르소노이드들을 관찰하는 연구자일 뿐이다. 실험자는 자신의 실험실 안 세계나 실험 대상물을 특별히 사랑하지도 미워하지도 않는다. 실험이 성공하려면 실험자가 객관적이어야 하기 때문이다. 이러한 실험자와 피실험체의 관계는 그리스도교에서 말하는 창조주인 유일신과 피조물인 인간의 관계로도 이해할 수 있다. 화자는 바로 그렇기 때문에 창조주는 실험자일 뿐이며, 연구자가 피실험체를 사랑할 리 없으므로 자신도 신을 사랑하고 섬길 이유가 없다고 강변한다. 제목인 '논 세르비암', 즉 '나는 섬기지 않을 것이다'는 지금까지도 독실한 가톨릭 국가인 폴란드에서 상당히 충격적이고 대범한 선언을 담고 있다.

그 밖에도 『절대 진공』에 논의된 여러 가상 서평에서 렘은 서로 다른 필자들의 목소리를 빌려 과도함, 흘러넘침, 폭발이 무無와 진공의 상태로 이어지는 과정을 다양한 각도에서 논의한다.

「사이먼 메릴, 『섹스플로전』」에서 흘러넘쳐 제목 그대로 폭발하는 소재는 성性이다. 작품 안 가상의 사회에서는 온갖 성적인 행위와 취향들이 받아들여지고 그에 따라 인간은 더욱더 강한 자극과 더욱더 쾌락적인 행위를 좇는다. 그러나 사람의 몸이 받아들일 수 있는 감각과 자극에는 한계가 있다. 무한히 큰 쾌락을 경험하고 모든 것을 즐긴 인간은 결국 '섹스 폭발' 뒤에 성교도 쾌락도 없는 상태에서 안정을 찾는다.

「잔 카를로 스팔란차니,『백치』」와「패트릭 해너핸,『기가메시』」에서 흘러넘쳐 폭발하는 소재는 간텍스트성이다. 간텍스트성 혹은 인터텍스트성intertextuality은 하나의 텍스트가 다른 텍스트를 언급하거나 인용하는 것을 말한다. 이렇게 말하면 굉장히 어렵게 들리지만 한 문학작품에 다른 작품이 인용되거나, 최신 영화에 고전 영화의 유명한 장면을 재해석해서 집어넣는 것, 리메이크나 오마주나 패러디라고 하는 모든 것이 간텍스트성을 가진다.「백치」에서 작가는 가상의 이탈리아 작가를 내세워 러시아 고전 사실주의 작가 표도르 도스토옙스키의 대표작『백치』를『죄와 벌』과 함께 비틀고 끼워 맞추고 재해석한다. 렘이『절대 진공』에서 논하는『백치』는 사실 허구의 소설이니 렘의「백치」는 그 자체로 가상현실 속의 간텍스트라고 할 수 있다.

「기가메시」에서 가상의 작가 해너핸은 길가메시 서사시부터 제임스 조이스의『율리시스』와 수학과 과학의 여러 법칙까지 단어 하나에도 수없이 많은 의미를 부여한다. 그 결과「기가메시」는 '의미폭발'한 작품이 되어 본문보다 해석이 더 길어지고, 이야기로서 갖는 본래 의미는 그 엄청난 해석 속에 파묻혀버린다.

「요아힘 페르젠겔트,『페리칼립스』」에서 작가는 서평의 형태를 빌려 과도한 풍요의 시대에 문화 상품이 갖는 의미를 묻는다. 자본주의 체제에서 지나친 생산과 소비로 인해 사용한 물건도, 사용하지 않은 물건도 결국 쓰레기가 되어 처치 곤란해지듯이 작가는 문화 상품도 지나치게 많이 창작되면 결국은 처치 곤란인 쓰레기가 될 것으로 예견했다. 그래서 「페리칼립스」에 나오는 상상의 미래 사회에서는 창작자가 창작을 하지 않으면 연금을 받지만 1년에 3종 이상 창작하면 오히려 과도한 생산품을 처리하는 비용을 내야 한다. 역자 후기를 너무 길게 쓰고 있는 입장에서 속이 뜨끔해지는 글이다.

이와 연결하여 문화와 기술문명의 관계를 논하는 글이 「오류로서의 문화」이다. 발달된 기술문명의 시대에 종교나 관습, 신화 등 과학 발전 이전의 사고방식을 포함하는 문화는 '오류'인 듯하다. 그러나 이것은 기술 발달과 과학 지식을 '문명'의 이름으로 거부할 때만 그렇다. 문화의 바탕 속에 기술문명이 성장했으며, 미래에는 양쪽을 바탕으로 세계와 인간을 완전히 새로운 방식으로 이해하는 '그 자체로 최적화된 인간'이 나타나리라고 저자는 가상의 작가 클로퍼의 입을 빌려 예견한다.

「두 유어셀프 어 북」에서 작가는 보드게임과 생성형 인공지능을 결합한 듯한 형태로 고전 문학작품을 해체·재구성하는 상상 속의 '책 만들기 키트'를 선보인다. 여기서 고전 문학작품이 해체되어 재구성되는 것이 의미가 있으려면 그 해체·재구성 놀이를 하는 독자가 원전이 되는 문학작품을 알고 있어야 한다. 렘은

「두 유어셀프 어 북」에서 오락거리가 흘러넘치고 문화가 이전처럼 의미를 갖지 못하는 세상에서 고전이 해체되는 것이 아니라 그저 잊혀버리는 현실을 꼬집는다.

수많은 요소와 의도와 해석과 시도가 점점 많아지다가 흘러넘쳐 결국 폭발해서 산산이 흩어지면 허공이 남고, 그 부스러기와 잔해들이 다시 모여 흘러넘치고 부풀다가 폭발하는 과정이 되풀이되는 것은 우주의 법칙이기도 하다. 은하계나 성운이나 별이 이런 방식으로 만들어지고 수명이 다해 폭발한다. 「앨프리드 테스타, 『새로운 우주생성론』」에서 작가는 우주가 인간이 이해하는 이런 간단한 규칙에 의해 작동하는 것만은 아닐 것이라고 시사한다. 한없이 넓은 우주에 지성을 가지고 문명을 발달시킨 존재가 지구에만 있는 것은 분명 아닐 텐데, 어째서 외계 문명이 우리와 접촉하지 않고 '위대한 침묵'을 지키는가? 렘은 이에 대해 우주 전체가 인간적이지 않은, 혹은 인간이 이해할 수 없는 방식으로 작동하기 때문일 거라고 대답한다. 다시 말해 인간은 아주 작고 매우 제한된 감각과 지성을 가진 생물이며, 우주 전체를 인간의 관점에서 이해하고 우주의 다른 생물체가 인간이 알아듣는 방식으로 접촉해오기를 기대하는 것이 어쩌면 인간의 오만함이라는 것이다.

『절대 진공』의 서평을 번역하다 보면 실제로 이런 소설이 존재했으면 좋겠다는 생각이 드는 작품들도 있었다. 「레이몽 쇠라, 『너』」와 「솔랑주 마리오트, 『아무것도 아닌, 혹은 원인에 따른 결과』는 소설이라는 장르의 서사방식에 대한 도전을 이야기한다. 「아무것도 아닌, 혹은 원인에 따른 결과」는 '없음'에 대한 소설을 제안한다. 보통 글은 '나'의 관점에서 진행하는 1인칭 혹은 '그, 그녀, 그들, 그것'의 관점에서 진행하는 3인칭인데, 「너」는 가상의 2인칭 소설을 비평한다. 그런데 책의 형태를 띤 소설을 통해서는 작가와 독자가 직접 얼굴을 마주하고 상대방에게 바로 말을 걸 수가 없으니 '너'를 주인공으로 하더라도 결국 서사는 1인칭이나 3인칭이 될 수밖에 없다.

'없음'에 대한 소설도 마찬가지다. 소설을 썼다면, 즉 장편 분량의 이야기가 생겨났다면 결국은 누군가 존재하고 무슨 일인가 일어나야 한다. '기차를 타지 않았다' '오지 않았다'라고 말한다 해도 기차가 존재하고 기차를 탔어야 하는 누군가가 존재하며 오기를 기다리는 누군가도 존재하고 기차를 타고 왔어야 하는 이유가 되는 사건이 존재한다. 인간은 존재하기 때문에, 존재하는 인간이 '없음', '부존재'에 대해 논의하기란 불가능에 가깝다.

번역하면서 가장 재미있었던 작품은 「알프레트 첼러만, 『루이 16세 중장』」이었다. 실제로 2차대전 이후 나치 추종자들이 세계 곳곳으로 도주해서 숨어 살았다. 그래서 반드시 렘이 상상하는 방식은 아니더라도 이와 비슷한 일이 없으리란 법은 없다고 생각하며 흥미롭게 읽었다. 실제로 이런 소설이 존재한다면 내가 번역하고 싶다.

『상상된 위대함』 속 기술의 미래

렘은 의학적·과학적 지식과 함께 자동차 정비와 용접 등의 노동에서 얻은 공학적이고 실용적인 지식을 결합해 작품에서 종종 미래의 기술발달을 내다보는 탁월한 식견을 보인다. 예를 들어 대표작 『솔라리스*Solaris*』(1961)에서는 가상현실의 시각적 구현과 3D 모델링 등을 예견했다.

『상상된 위대함』에서도 렘은 「비트 문학의 역사」를 통해 인공지능이 창작하고 인공지능만 이해할 수 있는 문학, 즉 비트bit로 이루어진 문학의 시대를 예견한다. '비트'는 0과 1로 이루어진 디지털 정보의 가장 기본적인 단위다.

실제로 2017년에 페이스북 개발자들이 가상의 모자, 공, 책에 일정한 가치를 부여하여 챗봇끼리 서로 흥정하여 이 물건들을 교환하게 한 일이 있었다. 챗봇들이 흥정하는 과정에서 서로에게 더 편리하고 적합한 방식으로 협상하는 것이 허용되었다. 그러자 '밥'과 '앨리스'라는 이름의 두 챗봇은 곧 자신들만의 흥정언어를 형성하여 "공은 모든 것을 나에게 나에게 나에게 나에게 나에게…" "공은 0을 가지고 있다 나에게 나에게 나에게 나에게…" 등의 대화를 끊임없이 주고받기 시작했다. 개발자들은 무서워져서 이 실험을 중단했다. 이것은 현실에서 일어난 일이다. 렘은 일찍이 1973년에 출간된 『상상된 위대함』에 실린 「비트 문학의 역사」에서 인공지능끼리 인간이 이해할 수 없는 대화를 나누는 정도를 넘어 인공지능만의 문학 분야를 형성하는 미래가 당연히 도래하리라 예견한 것이다.

「베스트란드 엑스텔로페디아 전자44권 체험구독 제안서」도 유사한 형식의 미래학 예언(?) 서문이다. 여기서 렘은 미래를 예언하는 백과사전을 광고하면서 사실은 언어가 진화하고 발전하며 의미가 변하는 과정을 추적한다. 실제로 21세기 현재 인터넷이 발달하면서 매일같이 새로운 외래어나 신조어를 접하는 일이 낯설지 않다. 그리고 한국어를 포함한 여러 서로 다른 언어 사용자들이 렘이 제시한 것처럼 축약하고 합치는 방식으로 신조어를 만든다. 미래의 사람들이 어떤 개념에 흥미를 느끼고 어떤 언어를 사용할지 렘의 방식을 응용하여 예견할 수도 있겠다는 생각이 든다.

「체자리 스트르시비시, 『네크로브』(139판)」와 「레지널드 걸리버, 『에룬티카』」에서 렘은 의학과 과학을 공부한 전공자의 면모를 역시나 엉뚱한 방향에서 드러낸다. 「네크로브」는 엑스선 사진과 포르노를 결합한 새로운 예술 장르를 소개하는 서문이다. 사실 유럽 중세 미술에서 '죽음을 기억하라'는 그리스도교적인 명제하에 미술작품에 해골이 등장하는 일은 빈번했다. 「네크로브」는 어떤 새로운 발상을 제시한다기보다 성적 쾌락과 죽음을 연결한다는 고전적인 발상을 엑스선 촬영기라는 의료기기의 힘을 빌려 보여준다. 인간이 죽지 않는다면 후대를 생산할 필요가 없다. 그러므로 후손을 생산하기 위한 성행위는 죽음을 연상시키기도 하는 것이다.

「에룬티카」에서 세균에게 글을 가르친다는 발상은 실험실에서 세균을 많이 배양해본 사람이어야만 떠올릴 수 있을 것 같다. 가상의 연구서에서 주인공이 세균에게 언어를 가르치는 과정은 실제로는 전혀 실현할 수 없겠지만 렘의 필력으로 서술한 덕분에 그럴듯하다. 세균만이 아니라 바이러스에게도 글을 가르칠 수 있다면 팬데믹으로 세상을 휩쓸었던 코로나19 바이러스에게도 대체 어디서 왔으며 뭘 원하는지 물어보면 좋을 것 같다.

렘의 문체는 대체로 정교하고 복잡하다. 한 문장 안에 최대한 많은 뜻을 섬세하게 담고, 때로는 그렇게 복합적인 의미 전달을 위해 말장난도 서슴지 않는다. 게다가 렘은 의학 공부를 한 사람답게 라틴어에 능하고 나치 독일군 점령기를 살았던 만큼 독일어도 알기 때문에 그의 언어유희는 폴란드어에 한정되지 않는다. 낯선 신조어나 렘이 상상한 개념에 부딪힐 때마다 여러 사전을 뒤지며 최대한 의미를 잘 전달할 방법을 고민했다.

부족한 번역을 꼼꼼하게 보아주신 편집부에 깊이 감사드린다. 번역이 너무 조악해서 독자분들께 원작의 재미가 충분히 전달될지 걱정된다. 책이 어렵게 느껴진다면, 원작도 꽤 어려운 데다 렘은 어마어마한 천재였다는 사실을 기억해주시기를 부탁드린다.

이 책의 기본적인 전제는 가상과 허구이다. 렘은 가상과 허구 위에 철학적인 논제를 깔고, 그러나 이야기가 너무 어려워지기 전에 얼른 마무리 짓는 방식으로『절대 진공』과『상상된 위대함』

을 썼다. 독자분들이 렘이 제시하는 가상과 허구 세계의 조각들을 맛본 뒤 '그 뒤는 어떻게 됐을까'가 궁금해진다면 번역자로서 나는 성공했다고 자평하겠다.

옮긴이 정보라

절대 진공&상상된 위대함

초판 1쇄 펴낸날 2025년 4월 25일

지은이 스타니스와프 렘
옮긴이 정보라
펴낸이 김영정

펴낸곳   (주) 현대문학
등록번호 제1-452호
주소 06532 서울시 서초구 신반포로 321(잠원동, 미래엔)
전화 02-2017-0280
팩스 02-516-5433
홈페이지 www.hdmh.co.kr

ISBN   979-11-6790-300-6 (03890)

* 책값은 뒤표지에 있습니다.
* 파본은 구입처에서 교환해드립니다.